W0322899

SALIM GÜLER

Fürchte die Nacht
– *Tatort Köln: Krimi*

1. Auflage Dez 2015

Autor: Salim Güler
Lektorat: Christiane Saathoff, www.lektorat-saathoff.de
Covergestaltung: Irina Bolgert
Erstveröffentlichung: 2015 als E-Book bei KDP-Amazon
Copyright © 2015 by Salim Güler

Das Buch

Während ganz Deutschland in den Weihnachtsvorbereitungen steckt, erschüttern brutale Morde die Stadt Köln.

Ein psychopathischer Mörder bringt junge blonde Frauen um, indem er sie skalpiert und enthäutet.

Kann die Kölner Kripo um Brandt und Aydin den Mörder schnappen oder wird es für weitere junge Frauen eine tödliche Weihnacht geben?

Der Autor

Salim Güler, aufgewachsen in Norddeutschland, studierte in Köln Wirtschaftswissenschaften und promovierte an der TU-Chemnitz. Er arbeitete lange Zeit in der freien Wirtschaft, zuletzt als Pressesprecher.

Schon als Schüler begann er mit dem Schreiben von selbsterfundenen Geschichten und diese Leidenschaft ließ ihn bis heute nicht los.

In seinen Romanen finden sich immer wieder gesellschaftlich aktuelle Themen, die er geschickt in eine fiktive und hoch spannende Geschichte einzubetten versteht.

Seine Bücher landen regelmäßig in den Bestsellerlisten der Amazon Verkaufs-Charts.

Salim Güler ist sehr am Austausch mit seinen Leserinnen und Lesern interessiert und freut sich daher über jeden Kontakt, entweder über Facebook oder über seine Homepage.

www.salim-gueler.de

https://www.facebook.com/salim.gueler.autor

Kapitel 1

Voller Inbrunst sang er mit. Immer wieder nur diesen Song von Laura Branigan aus den Achtzigern: *Self Control.* Eine quälende Dauerschleife. Unablässig tönte das Lied aus den Lautsprechern und sie war gezwungen, diesem Irrsinn beizuwohnen. Dann fing der Song von vorne an und es kam wieder seine Lieblingszeile über die Nacht. Ja, die Nacht war er. In der Nacht konnte er sich dem hingeben, wonach er sich tagsüber so sehr sehnte. Konnte er frei sein.

»Bitte lassen Sie mich gehen«, flehte die junge Frau, die angekettet auf einem Metalltisch lag.

»Du Schlampe, du hast alles kaputt gemacht«, brüllte er. Er stellte die Musik ab und hörte auf zu tanzen. Sie hatte seine Stimmung zerstört. Statt der Freude und der Lust am Tanzen hatte die Wut wieder Besitz von ihm ergriffen.

Er schaute zu dem großen Spiegel und betrachtete sein Spiegelbild. Er war eigentlich ganz zufrieden mit dem, was er sah. Eigentlich!

Er trug die typische Kleidung, die man zu der Zeit Laura Branigans getragen hatte – das jedenfalls glaubte er. Seidig schimmernd schmiegte sich der eng anliegende blaue Ganzkörperanzug an seinen Körper. Er verband solche Bilder in seiner Erinnerung mit dieser Zeit, dabei war er damals noch ein kleiner Junge gewesen.

Als Branigan ihren großen Hit gelandet hatte, war er acht Jahre alt. Dennoch erinnerte er sich daran, als wäre es erst gestern und er ein aktives Mitglied dieser Zeit, dieser Szene gewesen. Doch das entsprach nicht der Wahrheit. Ein anderes Bild, das er mit Wucht beiseiteschieben wollte, erinnerte ihn daran.

Zum Glück hatte er inzwischen endlich akzeptiert, wer er wirklich war, dadurch hatte sich sein Leben grundlegend verändert. Alles hatte einen Sinn bekommen, einen Sinn, für den er jahrzehntelang gekämpft hatte. Er hatte sich allen Widrigkeiten gestellt und jetzt spürte er, dass die Qualen, Demütigungen und Entbehrungen sich auszahlten. Hartnäckigkeit und Ausdauer hatten ihn diese dunklen Jahre ertragen lassen. Schon bald würde nichts mehr so sein, wie es war.

Diese Gewissheit besserte seine Laune wieder und er bewegte sich glücklich vor dem Spiegel. Griff sich mit beiden Händen an den Kopf, wiegte sich wie ein Ausdruckstänzer hin und her. Sein schütteres Haar, das am Hinterkopf etwas länger war, schwang im Takt seiner Bewegungen mit. Er machte einen Schritt zurück, seinen kleinen Bauch sah er im Spiegel nicht. Er sah einen John Travolta, der beweglich wie eine Gazelle war.

Den Ekel, den die junge Frau empfand, bemerkte er nicht einmal. Er schaltete die Musik wieder an und versuchte, in ihr aufzugehen. Immer wieder kreisten seine Gedanken um die Musik, diese wunderbare Zeit und seine Träume. Seine Bewegungen wurden immer ausdrucksvoller, aber er verlor nie den Takt.

Schweiß rann von seiner Stirn. Er machte sich nicht die Mühe, ihn wegzuwischen. Er liebte seinen Körper, seinen Geruch und seinen Schweiß. Er schmeckte nach Lust und Sex.

Und dann fing er wieder an mitzusingen. Er tat, als hätte er ein Mikro in der Hand, drehte sich im Kreis, fuhr sich mit der Hand ans Stirnband und spielte damit. Da er sich noch immer drehte, konnte er die Geschwindigkeit nicht kontrollieren und das Stirnband fiel herunter.

Er brach den Tanz ab, suchte das Stirnband, spürte aber, dass noch etwas anderes nicht stimmte. Als er sich bückte, sah er unbeabsichtigt in ihre Augen.

Er kannte ihren Namen nicht, wollte es auch nicht. Sie war schließlich nur Mittel zum Zweck. Er brauchte sie, das alleine war schon Ehre genug für diese nutzlose Person.

Hatte sie ihm vielleicht doch ihren Namen genannt und er hatte es einfach verdrängt? Bildete er sich nur ein, ihren Namen nicht zu kennen?

Obwohl die junge Frau nicht mehr schrie, sah man, dass die Angst sie kontrollierte. Gewaltige Angst. Er stellte die Musik aus und fühlte sich plötzlich nackt, als hätte sie sein Geheimnis gelüftet, bevor die Zeit reif dafür war.

»Zeit zum Spielen«, sagte er und versuchte seinen Ärger herunterzuschlucken. Er hasste es, wenn etwas Unvorhergesehenes, Ungeplantes passierte. Es machte ihn unsicher und wütend zugleich. Das heruntergerutschte Stirnband und der Augenkontakt mit der jungen Frau gehörten dazu.

Er trat an den Tisch, berührte mit seiner rechten Hand das glänzende kalte Metall. Dann wanderte seine Hand weiter und berührte die nackte junge Frau an den Beinen.

Sie hatte schöne Beine. Ihre Haut fühlte sich gut an. Er streichelte ihre langen Beine, erreichte ihren Oberschenkel, stoppte kurz.

Noch immer schien die Frau nicht in der Lage zu sein, ein Wort zu sprechen. Noch immer schien sie starr vor Angst.

»Was ist los mit dir?«, fragte er daher. Sein Tonfall hatte etwas pervers Fürsorgliches. »Freust du dich nicht?«

Er grinste und fuhr sich voll Vorfreude mit der Zunge über die Lippen. Seine Hand wanderte zu ihrem Intimbereich.

Wieder hielt er inne. Er spielte mit der Hand an ihrer intimsten Zone. Drückte ihre Schamlippen zusammen. Sie war rasiert und er musste zugeben, dass ihm ihr Intimbereich gefiel. Er wirkte wie gezeichnet. Die Schamlippen standen nicht vor.

»Das könnte ein Chirurg nicht besser machen«, bemerkte er und hoffte, dass sie die anerkennenden Worte zu schätzen wusste.

Sie schluckte, dann fing sie leise an zu weinen. Anscheinend hatte sich die Schockstarre gelöst.

»Wieso weinst du?«, fragte er irritiert.

»Bitte lassen Sie mich gehen«, flehte sie schluchzend.

»Ah, kann die Raupe doch sprechen?« Er senkte seinen Kopf nach links. Seine rechte Hand spielte noch immer mit ihren Schamlippen.

»Bitte ...«

»Tzzzz ....«, unterbrach er sie und hielt seinen linken Zeigefinger vor die Lippen. »Keine Angst, ich will dir nicht wehtun. Ich bin kein Vergewaltiger«, versuchte er sie zu beruhigen. Er nahm seine rechte Hand von ihrem Körper und legte sie auf ihre Lippen. Sie hatte schöne volle rote Lippen. Er hatte sie selbst geschminkt. Die Farbe war ein wenig verwischt, das lag aber nicht an ihm, sondern an ihr. Warum hatte sie sich auch wehren müssen?

Noch immer schluchzte sie. Er wischte ihr die Tränen vom Gesicht.

»Nicht mehr weinen. Du bist so schön.« Er streichelte ihr Gesicht, versuchte sie zu trösten, doch sie weinte noch immer.

»Bitte lassen Sie mich gehen. Ich werde niemandem etwas sagen«, flehte sie erneut. Dabei war ihr Wille schon längst gebrochen, sie schien es aber nicht akzeptieren zu wollen.

»Halts Maul«, brüllte er plötzlich und schlug ihr mit der Faust ins junge unschuldige Gesicht. Er traf ihre Nase, die sofort zu bluten anfing.

Das Mädchen schrie vor Schmerz und er fluchte: »Verdammt, siehst du, das kommt davon, du elende Schlampe.«

Er schlug sie wieder. Diesmal schrie das Mädchen nicht. Tränen rollten leise ihr Gesicht herunter.

»Wieso musst du mich so wütend machen? Ich will nicht wütend sein! Ich hasse doch Gewalt. Begreifst du es nicht!? Du bist meine Entjungferung. Kannst du nicht einfach still sein und die Freude mit mir teilen?«

Er schäumte vor wütender Erregung, sabberte fast. Seine Hand fuhr nervös zum Skalpell.

Er nahm es auf und führte es an den Kopf der jungen Frau.

Jetzt fing sie wieder an zu schreien. Sie brüllte aus voller Kehle, doch niemand würde sie hören.

»Sei still!«, rief er, schlug ihr wieder ins Gesicht, doch sie versuchte sich zu wehren, hörte gar nicht mehr auf zu schreien. Versuchte ihren Kopf zu bewegen. Doch das gelang ihr nicht, denn ihr Kopf war fixiert. Er klebte ihren Mund mit Klebeband zu, dann grinste er und näherte sich mit dem Skalpell ihrem Kopf.

Seine Augen wurden groß, das Schwarz der Pupillen verlieh seinem Blick etwas Wahnsinniges.

Er fühlte eine unglaubliche Energie, als er das Skalpell an ihre Stirn drückte und sie lebendig skalpierte.

Kapitel 2

2. Dezember

»Jungs, das ist kein schöner Anblick«, grüßte Alexander Rech seine Kollegen. An seinem Gesichtsausdruck erkannte Lasse Brandt, Polizeikommissar bei der Kripo Köln, dass er nicht scherzte. Der Jeck, der eigentlich immer einen lockeren Spruch auf Lager hatte, war aschfahl. Was immer unter diesem Leichentuch lag, musste großen Eindruck auf Rech gemacht haben, der als langjähriger Leiter der Spurensicherung wahrscheinlich schon alle möglichen Leichen gesehen hatte.

»Ganz ehrlich, Junior würde ich den Anblick ersparen.« Rech schaute zu Brandts jungem Partner Emre Aydin hinüber.

»Alles gut«, versuchte Aydin die eigene Anspannung herunterzuspielen, doch Brandt sah ihm an, dass Rechs Satz Eindruck bei ihm hinterlassen hatte. In den letzten Monaten hatten die Kollegen Aydin immer wieder Junior genannt. Nicht nur, weil er der neue Kollege bei der Kölner Mordkommission war, sondern auch, weil er mit seinen sechsundzwanzig Jahren der Jüngste im Team war.

Brandt und Aydin hatten sich verspätet. Sie hatten in Frankfurt eine Kriminalpolizistentagung besucht und waren durch den Anruf ihrer Chefin quasi aus der Tagung herausgerissen worden. Kristina Bender, die Leiterin der Mordkommission K-11, wollte, dass die beiden den Fall übernahmen, daher war ihnen nichts anderes übrig geblieben, als sofort loszufahren.

Brandt beugte sich über die Leiche und wollte gerade die Plane zur Seite ziehen, als er aufsah und fragte: »Lag sie hier?«

»Nein, in der großen Mülltonne«, erklärte Rech und zeigte auf eine große Industrietonne, die in der Nähe stand.

»In einer Tonne? Wer steckt eine Leiche in eine Mülltonne?«, fragte sich Aydin laut. Sein Blick war auf das Leichentuch gerichtet.

»Der gleiche Psycho, der ihr das angetan hat«, kommentierte Recht wenig begeistert.

Brandt ließ seinen Blick kurz über die Tonne und die Umgebung schweifen. Er glaubte nicht, dass die Person hier ermordet worden war. Sie befanden sich im Industriegebiet in Porz Wahn. Das Gelände lag ein wenig zurückversetzt und wenn der Täter die Dunkelheit genutzt hatte, um die Leiche in der Tonne zu entsorgen, war es ziemlich wahrscheinlich, dass ihn niemand dabei gesehen hatte.

Leider, dachte Brandt enttäuscht.

Er zog die Einmalhandschuhe noch einmal hoch, dabei saßen sie schon gut. Er ertappte sich bei dem Gedanken, dass er das Leichentuch eigentlich lieber nicht zur Seite schieben wollte. Er wollte nicht sehen, was darunter lag. Aber es war sein verdammter Job, also musste er es tun.

»Du schaust erst, wenn ich es dir gestatte, klar?«, sagte er in Richtung Aydin.

»Mein Gott, ist ja gut. Ich bin doch kein Kind«, reagierte sein Partner ungehalten, dabei schien er nicht zu verstehen, dass Brandt ihm einfach eine wahrscheinlich sehr unangenehme Situation ersparen wollte.

Er und Aydin waren inzwischen ein recht gut eingespieltes Team. Seit ihrem ersten gemeinsamen Fall vor einigen Monaten hatte sich ihr Verhältnis deutlich gebessert. Brandt musste sich eingestehen, dass Aydin sehr talentiert war und vermutlich in einigen Jahren ein unheimlich guter Kriminalpolizist sein würde. Vor allem seine Loyalität wusste Brandt sehr zu schätzen. Aydin war zwar manchmal noch recht naiv und sah viel zu oft das Gute im Menschen, aber welcher Polizist tat das nicht zu Beginn seiner Karriere?

Brandt zählte bis drei und schob dann das Leichentuch zur Seite. Rech hatte nicht übertrieben, es kostete ihn viel Mühe, ruhig zu bleiben. Sein Magen rebellierte, aber er unterdrückte den Brechreiz.

»Scheiße, was ist das?« Aydin schien die Stimme zu versagen.

»Verdammt ...«, schimpfte Brandt, sah dann aber, wie Aydin sich umdrehte und seinen gesamten Mageninhalt lautstark von sich gab.

»Ich habs doch gesagt, sieht übel aus«, schien sich Rech verteidigen zu wollen.

»Was ist das?«, wollte Brandt wissen, dabei hatte er schon eine dunkle Vermutung.

»Sie wurde gehäutet.«

»Gehäutet?«, fragte Aydin und wischte sich den Mund ab.

»Ja, aber nicht nur das. Sie wurde ganz offensichtlich auch skalpiert.«

»Skalpiert? Du scherzt ...«

»Siehst du mich lachen?«, konterte Rech.

»Scheiße, wer macht so was?«

»Das ist euer Job, minge Fründ«, stellte Rech klar und für einen kleinen Augenblick war wieder diese kölsche Leichtigkeit da, die Brandt so an ihm mochte. »Allerdings ist ihm das nicht an allen Stellen gelungen.«

»Was ist ihm nicht gelungen?«, wollte Brandt genauer wissen.

»Das Häuten. Es gibt Stellen, an denen die Haut noch am Körper klebt. Es gibt auch Rissstellen. Ich vermute, dass er sie im Liegen gehäutet hat. Tiere werden eigentlich hängend gehäutet, um solche Risse zu vermeiden. Das ist auch auf Menschen übertragbar.« Rech betonte den letzten Satz so, dass seine Abscheu gegen den Vergleich unmissverständlich war.

»Was für Rissstellen?« Diesmal war es Aydin, der fragte.

»Da sie vermutlich lag, müssen diese Risse beim Abziehen der Haut vom Körper entstanden sein.«

»Geht das überhaupt?«, unterbrach Aydin.

»Da bekommt ‚jemandem das Fell über die Ohren ziehen' plötzlich eine andere Bedeutung«, bemerkte Rech sarkastisch, um jedoch gleich hinzuzufügen: »Warum sollte das nicht gehen? Was bei Tieren geht, geht auch beim Menschen. Die Haut ist mit einer durchschnittlichen Fläche von zwei Quadratmetern zwar das größte menschliche Organ und mit zehn Kilogramm auch das schwerste.

Aber mit einem guten Skalpell und etwas Übung ist das im Bereich des Machbaren. Schon in der Antike war das Hautabziehen eine besonders qualvolle Foltermethode.«

»Hat sie dabei noch gelebt?«, fragte Aydin angewidert.

»Kann ich noch nicht genau sagen. Aber der starre Blick der Augen lässt das fast vermuten. Ich hoffe, in einigen Tagen mehr darüber sagen zu können.«

»Was meinst du, wie lange ist sie schon tot?« Je länger Brandt die Tote betrachtete, desto schlechter wurde ihm. Es erinnerte ihn ein wenig an ein Plastinat, nur war es tausendmal ekliger. Diese Leiche hatte nicht mehr viel mit einem Menschen gemein. Man sah schon erste Zerfallserscheinungen. Allerdings stank die Leiche noch nicht stark.

»Wegen der Kälte ist es schwer, eine genaue Aussage zu treffen. Totenflecken können wir auch nicht bestimmen. Die Tote hat zu viel Blut verloren. Ohne Haut ist das sehr kompliziert. Ich vermute, sie ist seit zwei Tagen tot. Aber nagel mich bitte nicht drauf fest. Das muss sich die Gerichtsmedizin genauer anschauen.«

»Wer hat die Leiche gefunden?«

»Ein Obdachloser«, antwortete Rech und zeigte hinter Brandt.

Dort stand ein Mann neben zwei Kollegen. Sie unterhielten sich.

»Komm«, sagte Brandt zu Aydin. Beide gingen auf den Obdachlosen zu.

»Moin, Moin«, sagte Brandt.

»Wann lernst du endlich, dass wir in Köln ‚jode Dach‘ sagen?«, erwiderte Bock mit einem Grinsen. Brandt und er kannten sich schon seit einigen Jahren und es war wie ein Running Gag. Sie trafen sich nicht oft, aber wenn, dann grüßte Brandt ihn immer so, wie man es nun mal in Hamburg tat.

Als gebürtiger Hamburger tat er sich noch immer mit einigen kölschen Gepflogenheiten schwer, sodass er es sich herausnahm, auch in Köln seine Heimat zu pflegen. Allerdings waren diese Marotten eher spielerischer Natur. Brandt war kein eisenharter Verfechter von irgendwelchen Gebräuchen oder Traditionen.

»Wenn du mich zum Fischessen einlädst«, grinste Brandt.

Bock hasste Fisch.

»Sie haben die Leiche gefunden?«, fragte Brandt an den Obdachlosen gewandt.

»Ja, Herr Kommissar«, antwortete der Mann pflichtbewusst. Ihm war anzusehen, dass er nicht ganz nüchtern war.

»Haben Sie getrunken?«, fragte Aydin. Brandt warf ihm einen mahnenden Blick zu.

»Vielleicht ein oder zwei Schnäpschen. Bei der Kälte ...«, antwortete der Obdachlose.

»Was haben Sie in dieser Gegend zu suchen?«

»Ich bin gern allein und abends stör ich hier keinen und muss auch vor niemandem Angst haben.«

Nun sah Brandt auch den Grund für diese Antwort. »Wurden Sie zusammengeschlagen?« Das Gesicht des Mannes zeigte deutliche Spuren einer Schlägerei.

»Früher hab ich mich gewehrt, aber das hats nur schlimmer gemacht. Inzwischen lass ich es mir einfach gefallen, dann verlieren diese jungen Wilden schnell das Interesse«, schien der Obdachlose die Schläge verharmlosen zu wollen.

»Wieso zeigen Sie die Idioten nicht an?«, hakte Aydin nach.

In Gedanken schüttelte Brandt nur den Kopf. Aydin schien in einigen Bereichen einfach noch nicht begriffen zu haben, wie das echte Leben funktionierte, oder er wollte es in seiner Naivität einfach nicht.

Brandt musste an sich selbst denken. Damals hatten auch ihn seine Ideale zur Polizeiarbeit geführt. Die Vorstellung, die Welt besser machen zu können. Inzwischen sah er sich eher als einen Schuster, der versuchte, die Löcher zu stopfen, die immer größer wurden.

»Was soll das denn bringen? Nee, nee, ich geh diesen Idioten lieber aus dem Weg ...«, antwortete der Obdachlose. Seine Stimme zeugte von Resignation und Frust.

»Also haben Sie hier eine Schlafstelle gesucht?«

»Ja, genau«, bestätigte er, fuhr sich mit der rechten Hand kurz an die Nase und fügte hinzu: »In den Tonnen ist oft Karton, der schützt gut vor Kälte.«

»Und tagsüber gehen Sie zurück in die Stadt?«, wollte Brandt wissen. Das Industriegebiet lag immerhin über 15 Kilometer von der Innenstadt entfernt. Brandt konnte sich schwer vorstellen, dass der Obdachlose im Industriegebiet bettelte. Und irgendwie musste er ja an Geld kommen, für Alkohol und Essen.

»Nicht immer. Wenn ich genug geschnorrt hab, bleib ich auch mal 'n paar Tage hier. Ich brauch nich viel.«

Aydins Blick fiel auf die Plastiktüte in der Hand des Obdachlosen, aus der eine Kornflasche hervorlugte.

»Ich weiß, was Sie denken«, reagierte der Obdachlose auf Aydins Blick. »Aber glauben Sie mir, ich trink wirklich nur zwei drei Schluck am Tag, damit mir nich kalt wird.«

»Gehe ich recht in der Annahme, dass Sie in der Tonne nach Kartons gesucht und stattdessen die Leiche gefunden haben?«, fragte Brandt und ging auf die Bemerkung nicht ein. Warum auch?

Ihn interessierte es nicht, ob der Mann Alkoholiker war oder nicht. Irgendwann in seinem Leben schien er den falschen Weg eingeschlagen und ihn nicht mehr verlassen zu haben. Sicherlich gab es dafür Gründe, aber Brandt war kein Seelsorger, sondern ein Kommissar, der einen brutalen Mord aufzuklären hatte.

Als Polizist durfte er Einzelschicksale nicht zu sehr an sich heranlassen, Distanz war der Schlüssel zu Erfolg und Seelenfrieden.

»Ja, sie lag unter zwei Kartons. Sie können sich vorstellen, was ich für'n Schreck gekriegt hab. Zuerst hab ich gedacht, ich täusch mich. Aber als ich die Leiche angefasst hab, wusste ich, dass sie echt ist.« Der Mann schluckte, als würde er versuchen, einen Brechreiz zu unterdrücken. »Wie können Menschen nur so was Schreckliches machen?«

»Wie haben Sie die Polizei angerufen?« Brandt konnte sich schwer vorstellen, dass der Mann ein Handy besaß.

»Ich bin an die Straße und hab so lange um Hilfe geschrien, bis jemand angehalten hat. Der hat dann die Polizei gerufen. Kurze Zeit später waren Ihre Kollegen schon da«, erklärte er und zeigte auf die beiden Streifenpolizisten.

»Was ist mit dem Anrufer?«

»Der ist weitergefahren.«

»Haben Sie die Leiche bewegt?«, wollte Brandt wissen. Wer der Anrufer war, war zunächst unwichtig, schließlich hatte dieser nur sein Handy zur Verfügung gestellt. Im Zweifelsfalle würden sich die Daten über die Zentrale ausfindig machen lassen.

»Nee, ich bin doch nich verrückt. Ich hab sie nich mal berührt.«

»Das stimmt. Die Leiche war noch in der Tonne, als wir kamen. Danach haben wir die Zentrale benachrichtigt, die alles in die Wege geleitet hat«, bestätigte Bock.

»Ist Ihnen sonst irgendetwas Verdächtiges aufgefallen?«, fragte Brandt.

»Ehrlich gesagt – nee, da war nix.«

»Denken Sie bitte nach. Sie sagten, Sie sind öfter hier. Ist Ihnen in den letzten Tagen oder Wochen irgendein Fahrzeug oder eine Person aufgefallen?«

Für Brandt war es mehr als wahrscheinlich, dass der Täter diesen Ort bewusst ausgesucht hatte. Und das bedeutete auch, dass der Täter den Ort kannte.

Entweder arbeitete er hier in der Nähe, fuhr öfter an diesem Ort vorbei oder er hatte recherchiert, wo er eine Leiche ohne großes Aufsehen entsorgen konnte.

»Tut mir leid, da war wirklich nix.«

»Konzentrieren Sie sich bitte. Jede noch so unwichtig erscheinende Information kann uns diesem brutalen Mörder etwas näher bringen. Vielleicht sah die Person wie ein Bauarbeiter aus, der aber immer wieder um die Mülltonne herumspaziert ist. Nicht auffällig, damit er glaubt, nicht aufzufallen, aber dennoch auffällig, weil er das über Tage oder Wochen getan hat. Oder ein Auto, das öfter hier in der Gegend rumfuhr. Denken Sie bitte nach«, forderte Brandt den Obdachlosen erneut auf.

Er konnte sich einfach nicht vorstellen, dass der Mann nichts gesehen hatte. Ein Blick auf die Flasche sagte ihm aber, dass es wohl leider doch im Rahmen des Möglichen war.

»Nein, ich hab nix gesehen. Kann ich gehen?«, beharrte der Mann. Seine Augen bewegten sich auffällig schnell zwischen den Beamten hin und her. Ein klares Zeichen, dass er ziemlich nervös und unsicher war.

»Sie wissen, dass Sie sich strafbar machen, wenn Sie Informationen nicht weitergeben?«, drohte Brandt und schaute den Obdachlosen streng an.

Irgendetwas verschwieg dieser Mann.

Der Obdachlose wippte leicht in den Knien, seine rechte Hand bewegte sich kurz zur Tüte, berührte die Flasche, doch dann zog er sie wieder zurück.

Er atmete hörbar und dann antwortete er ängstlich: »Vielleicht hab ich doch was gesehen.«

Kapitel 3

»Wo sind Sie mit Ihren Gedanken?«, fuhr ihn sein Vorgesetzter an.

»Ich ... ich«, versuchte er ängstlich eine Entschuldigung herauszubringen. Seine Haltung entsprach seiner Tonlage. Sie hatte was Demütiges, sich selbst Erniedrigendes an sich.

Er wollte keinen Streit, keine Auseinandersetzung. Er wollte nur in Ruhe gelassen werden.

»Dann machen Sie Ihre Arbeit ordentlich, verdammte Scheiße.«

Er wagte nicht zu antworten, sondern begab sich gleich wieder an seine Arbeit. Sein Vorgesetzter blickte ihn noch immer skeptisch an, verließ dann aber den Raum.

Erst jetzt wagte er wieder zu atmen. Er schwitzte, seine Achseln und sein Rücken waren klitschnass. Ganz zu schweigen von seinen Händen. Das Schweißproblem begleitete ihn schon seit Jahrzehnten. Er mochte gar nicht daran denken, denn es erinnerte ihn daran, wie oft er von seinen Klassenkameraden deswegen gequält worden war. Du Stinker, Stinktier, Büffel, Pferd oder Spast waren nur einige Schimpfwörter, die ihn bis zum Schulabschluss begleitet hatten.

Er hatte damals gehofft, dass es vorbei sein würde, wenn er erwachsen wäre, genau wie die andere Sache. Die geheime, von der niemand wissen durfte.

Doch leider hatte er sich getäuscht. Auch die Erwachsenen machten ihre Späßchen auf seine Kosten. Als ob das Schwitzen nicht genug wäre, hatte die Natur ihn auch noch mit einem etwas zu langen Oberkiefer gesegnet, wodurch sich ein breiter Streifen seines Zahnfleisches zeigte, sobald er seinen Mund aufmachte. Noch heute nannten ihn Kollegen und Bekannte abschätzig »Pferd«. Deswegen versuchte er möglichst wenig zu lachen oder zu sprechen.

Bis zum heutigen Tag hatte er nicht verstanden, warum Menschen so böse und hinterhältig sein konnten. Was brachte es ihnen, über andere Menschen, die sie nicht näher kannten, zu urteilen? Sie fertigzumachen, obwohl die anderen ihnen nie etwas getan hatten!

Er selbst war nicht so gemein. Er wollte nur glücklich sein, aber sie ließen ihn nicht. Jahrzehntelang hatte er dieses Spiel mitgespielt und sich verkrochen wie ein Feigling, weil er jeder Konfrontation aus dem Weg gegangen war.

Aber gestern, gestern endlich war er aus diesem übergroßen Schatten herausgetreten. Wie konnte sein Chef da von ihm erwarten, dass er mit seinen Gedanken bei seiner dämlichen, eintönigen Arbeit war?

Seine Gedanken waren bei Desiree. So hieß das junge Ding, das er lebendig skalpiert und gehäutet hatte. Sie hatte ihm ihren Namen tatsächlich genannt, aber er weigerte sich, ihren Namen auszusprechen oder ihn gar in Gedanken zu nennen. Sie war für ihn nur der Engel, der seine einsame, bittere Welt aufgebrochen hatte. Eine Welt voller Enttäuschungen, Ablehnungen und Niederlagen. Was gestern geschehen war, fühlte sich gut an. Verdammt gut. Zum ersten Mal glaubte er zu wissen, was es hieß, zu leben, zu atmen und wirklich frei sein zu können.

Er wusste, dass er noch einiges vor sich hatte. Aber er war bereit, diesen Weg zu gehen. Er war ein geduldiger, ein sehr geduldiger Mensch.

Natürlich war das erste Mal immer etwas Besonderes, das wusste er, dennoch hoffte er, dass er die Intensität, den Genuss konservieren könnte, dass er bei der nächsten Auserwählten das gleiche Glücksgefühl haben würde.

Und dann würde er auch noch besser sein. Das Häuten bei Desiree war etwas komplizierter gewesen, als er es sich erhofft hatte, dabei hatte er vorher geübt.

Durch die Gedanken an sein großes Ziel verstrich die Arbeitszeit schneller und er hatte endlich Feierabend.

Gegen 18 Uhr verließ er seine Arbeitsstätte und machte sich auf den Heimweg. Bei einem Bäcker machte er kurz Halt. Als er eintrat, verschlug es ihm fast den Atem.

»Hallo«, grüßte die junge Bäckerin.

»Hallo«, stotterte der Mann. Noch immer war er unfähig, ein vernünftiges Wort zu sprechen.

Ob die junge Frau das bemerkt hatte oder nicht, konnte er nicht einschätzen, da sie noch immer sehr freundlich wirkte. Er hatte bei dem Bäcker ab und an Brötchen und Brot gekauft, aber die junge Frau war ihm hier noch nicht begegnet.

»Wie kann ich Ihnen helfen?«, fragte sie.

»Ein Brot«, antwortete der Mann und versuchte wieder Haltung zu gewinnen.

»Welches?« Die junge Frau lächelte noch immer.

Der Mann schätzte sie auf höchstens siebzehn oder achtzehn.

»Ein Roggenmischbrot.« Allmählich bekam er etwas Selbstsicherheit zurück. »Das da vorne.« Er zeigte auf ein Brot.

»Das ganze?«

»Ja.«

»Geschnitten?«

»Ja, bitte.«

Sie nahm das Brot und legte es in die Schneidemaschine. Dabei hatte sie ihm den Rücken zugewandt. Ihr langes blondes Haar fiel glatt den Rücken herunter. Es glänzte seidig.

Perfekt!

Nachdem das Brot geschnitten war, verpackte sie es und reichte es dem Mann. Dabei berührten sich ganz kurz ihre Hände. Sie hatte sehr zarte Hände. Perfekte Hände, und sie machten einen sehr gepflegten Eindruck. Er beneidete sie, vor allem um ihre Jugend und ihre schöne, makellose Haut.

»Möchten Sie noch etwas anderes?«, fragte die junge Frau.

Der Mann bestellte noch süßes Gebäck und Brötchen, dabei brauchte er außer Brot eigentlich nichts, aber er wollte sie im Gespräch halten. Er musste mehr über sie erfahren.

»Sicherlich haben Sie schon alle Weihnachtsgeschenke besorgt?«, fragte er freundlich. Er versuchte seine Nervosität zu überspielen.

Ihr Lächeln brachte ihn um den Verstand. Wie gerne hätte er sie an sich gedrückt und ihr Haar gestreichelt.

Sicherlich würde ihr das gefallen, dachte er.

»Ehrlich gesagt noch nicht. Ich bin immer der Last-Minute-Einkäufer«, gestand sie. »Und Sie?«

»Sie haben ja noch ein paar Wochen. Ich habe schon alles gekauft. Ich liebe Weihnachten. Ein schön geschmückter Tannenbaum, Kerzen, der Duft nach Zimt und süßem Gebäck. Dann Glühwein und natürlich die ganzen schönen Geschenke. Es ist jedes Mal aufregend.«

Einiges, was er ihr gesagt hatte, stimmte, anderes hatte er einfach dazu erfunden in der Hoffnung, dass ihr diese Worte gefallen würden. Er liebte Weihnachten in der Tat, auch alles drumherum. Er kaufte Geschenke, allerdings verschenkte er sie nicht. Genauso wenig bekam er Geschenke.

Die Wahrheit war, dass er niemanden hatte, dem er etwas schenken konnte, und es niemanden gab, der ihn zu Weihnachten besuchen oder beschenken würde.

»Ja, ich liebe das auch. Vor allem das beschenkt Werden.« Ihre Augen leuchteten auf.

»Na, dann lassen Sie sich reich von Ihrem Freund beschenken«, schlug der Mann vor. Er wurde immer selbstbewusster. Die eingefallenen Schultern erhoben sich und seine Haltung war nun deutlich gerader, aber noch immer leicht gebeugt.

»Schön wärs. Ich will von dem Idioten nichts mehr wissen.« Sie runzelte die Stirn.

»Darf ich fragen, warum?«

»Der Idiot hat mit Katrin rumgeknutscht und die hat es mir per WhatsApp geschickt. Diese Schlampe.«

»Dann war er es nicht wert. Sie finden schon einen Mann, der Sie zu schätzen weiß.«

»Ich weiß nicht. Ich will erst mal nichts von Jungs wissen«, entgegnete sie und er glaubte gesehen zu haben, wie sie ihm kurz zugezwinkert hatte.

In Wirklichkeit hatte sie nur eine Wimper wegzwinkern wollen.

Der Mann fühlte sich geschmeichelt. In Gedanken hatte er sich schon längst für sie entschieden.

»Sind Sie alleine hier?«, fragte er, da er keine Kollegen sehen konnte.

»Meine Chefin ist gerade austreten«, sagte sie und kicherte.

Trotz ihrer Schönheit machte sie einen schüchternen und leicht unsicheren Eindruck.

Oder spielt sie das nur?, überlegte der Mann.

»Sind Sie in der Ausbildung?«

»Ja, mein erstes Lehrjahr.«

»Und dann schon so fleißig«, lobte er sie.

»Danke. Möchten Sie zahlen?«

»Ja, gerne.«

Die Auszubildende nannte ihm die Summe, er zahlte und verabschiedete sich. In kurzer Entfernung zur Bäckerei bog er ab, ging zu einer Mülltonne und warf das Gebäck und die Brötchen hinein.

Das Mädchen ging ihm nicht aus dem Kopf. Konnte das Zufall gewesen sein?

Er wollte nicht daran glauben. Es musste Schicksal gewesen sein. Desiree hatte er auch wie zufällig entdeckt und sie hatte ihn sehr glücklich gemacht. Sie war für eine höhere Sache gestorben. Konnte diese Ehre auch diesem Mädchen zustehen?

Ja. Sie war perfekt. Sie war jung, hatte strahlend blondes langes Haar. Ihre Haut war makellos. Sie stank nicht nach Zigaretten, also war ihre Haut unbelastet. Das nahm er jedenfalls an.

Sicher hatte sie auch keine anderen Verunreinigungen am Körper, davon war er überzeugt.

Er durfte sie sich nicht entgehen lassen. Er nahm seinen Rucksack vom Rücken und warf einen Blick hinein.

Alles drin. Er grinste.

Ermuntert von der gestrigen Euphorie, hatte er heute eigentlich vorgehabt, seinen Chef zu töten. Glücklicherweise hatte er diesen

Gedanken schnell verworfen. Wer weiß, ob er sonst diesem Engel begegnet wäre.

Es ist kein Zufall. Jetzt war er sich ganz sicher.

Er versteckte sich hinter einem Baum, von wo aus er die Bäckerei sah, ohne von dort entdeckt werden zu können, und wartete, dass der Engel Feierabend machte. Er war so erregt und voller Vorfreude, dass er die Kälte gar nicht bemerkte.

Und dann sah er sie, wie sie sich von ihrer Chefin verabschiedete und in seine Richtung marschierte.

Sie trug eine für die Jahreszeit viel zu dünne Jacke.

Ihre Haare, die sie nun zu einem Zopf gebunden hatte, schwangen mit ihrem sexy Schritt. Er konnte es gar nicht abwarten, diese Haare zu berühren. Er schaute noch einmal kurz in alle Richtungen, sah aber niemanden außer ihr. Vorsichtig folgte er ihr.

Inzwischen war es schon sehr dunkel und es kamen ihnen kaum Passanten entgegen. Er erhöhte sein Tempo, weil sie gleich eine Unterführung erreichten. Sein Herz schlug wie verrückt. Er musste diese Gelegenheit nutzen, Vorsicht hin oder her. Er wollte sie haben und noch heute Abend ihr Haar streicheln.

Es trennten ihn nur noch wenige Schritte von diesem Engel. Sie hörte Musik und schien ihn gar nicht zu bemerken.

Dann berührte er sie kurz an der Schulter.

»Ja ...«, wollte sie erschrocken sagen. Doch zu mehr kam sie nicht, denn er hatte schon längst das Tuch mit Chloroform auf ihren Mund gedrückt.

Kapitel 4

3. Dezember

Brandt und Aydin hatten die Person ausfindig gemacht, die der Obdachlose in den letzten Tagen gesehen hatte. Egal, was man über den Obdachlosen denken mochte, aber dank ihm war es der Polizei gelungen, ein sehr gutes Phantombild des Unbekannten aus dem Industriegebiet zu erstellen. Und anhand dieses Bildes hatten sie innerhalb weniger Stunden die Identität des Mannes festgestellt.

Er hieß Thorsten Kruse und war bei der Polizei kein unbeschriebenes Blatt, was ihn als Tatverdächtigen noch mehr in den Fokus rückte. Ob es eine heiße Spur war oder nicht, vermochte keiner von ihnen zu sagen. Die Spurensicherung versuchte noch mit Unterstützung der Gerichtsmedizin den Tathergang zu rekonstruieren.

Die Kollegen der Informationsbeschaffung waren dabei, die Identität des Opfers zu klären, was bis jetzt gar nicht so einfach war. Keine der bisher als vermisst gemeldeten Personen kam in Frage.

Bender hatte für 14 Uhr ein Meeting anberaumt, um die weiteren Schritte und erste Ergebnisse zu besprechen.

Jetzt waren Brandt und Aydin auf dem Weg zu dem Verdächtigen aus dem Industriegebiet. Der Mann wohnte in Porz Eil.

»Na, da bin ich mal gespannt«, sagte Aydin, nachdem Brandt den Wagen geparkt hatte und beide ausstiegen.

»Vielleicht ist er auch gar nicht da.« Brandt betätigte die Klingel neben dem Namen des Mannes.

»Hallo«, ertönte es aus dem Lautsprecher.

»Guten Tag. Kriminalpolizei Köln, spreche ich mit Thorsten Kruse?«, antwortete Brandt.

»Ja, warum? Was wollen Sie von mir?«

»Herr Kruse, das würden wir Ihnen gerne persönlich sagen. Machen Sie bitte die Tür auf.«

»Und was, wenn Sie nicht von der Kriminalpolizei sind?«, erwiderte Kruse.

Brandt rollte mit den Augen und warf Aydin einen genervten Blick zu. Der konnte sich ein Lachen nicht verkneifen.

»Herr Kruse, wir haben keine Zeit für diese Spielchen. Wir sind von der Kripo. Machen Sie bitte die Tür auf, dann können wir uns auch gerne ausweisen.«

»Ich weiß nicht. Man hört ja ganz schlimme Sachen«, beharrte Kruse auf seinem Standpunkt.

Brandt presste die Lippen zusammen. Der Tag fing sehr gut an!

Er wollte etwas sagen, aber Aydin kam ihm zuvor: »Herr Kruse, dann kommen Sie doch bitte zur Haustür, damit wir uns ausweisen können.«

»Ich weiß nicht«, war seine noch immer abwehrende Reaktion.

»Sie kommen jetzt runter oder wir brechen die Tür auf und nehmen Sie mit aufs Revier. Dann können Sie in der Zelle überlegen, ob wir von der Kripo sind oder nicht.« Jetzt platzte Brandt der Kragen. Kaum hatte er es ausgesprochen, summte es an der Haustür.

»Warum nicht gleich so«, brummte er und betrat den Hausflur. »Was ist so lustig daran?«

»Nichts, nichts ... alles gut«, verteidigte sich Aydin und hob abwehrend die Hände. Sein breites Grinsen verriet allerdings, dass es ihm schwerfiel, nicht in lautstarkes Gelächter auszubrechen.

Kruse wohnte im zweiten Stock. Seine Wohnungstür war noch geschlossen.

»Der verarscht uns doch!«, fluchte Brandt. Er betätigte die Klingel.

»Sind Sie von der Kripo?«, hörten sie nach kurzer Zeit eine Stimme fragen.

»Ja, Kripo Köln. Wollen Sie endlich die Tür aufmachen?« Brandt war kurz davor, zu explodieren.

»Können Sie mir beide Ihren Ausweis vor den Spion halten? Ich will nur ganz sichergehen.«

Brandt schluckte die Wut herunter, nahm seinen Ausweis und hielt ihn vor den Spion. Aydin ebenfalls.

»Und jetzt machen Sie bitte die Tür auf«, wurde Brandt laut.

Es dauerte noch eine gefühlte Ewigkeit, bis ein Klickgeräusch verriet, dass Kruse endlich die Tür öffnete.

»Was möchten Sie von mir?«, fragte Kruse sichtlich verunsichert.

Am liebsten ein Geständnis, wäre es fast aus Brandt herausgeplatzt.

»Können wir das im Wohnzimmer besprechen?«, fragte er stattdessen.

»Ich habe aber nicht lange Zeit.«

Brandt trat einfach in den Flur, dabei drängte er Kruse ein wenig zur Seite. Damit hatte dieser nicht gerechnet, er zuckte kurz zusammen.

»Aber nur fünf Minuten«, sagte Kruse in gebeugter Haltung, sein Blick war zu Boden gerichtet. Offensichtlich fühlte er sich von Brandt eingeschüchtert. Er ging ins Wohnzimmer, die Beamten folgten ihm.

Kruse war minimal größer als Brandt, allerdings deutlich beleibter. Er hatte schütteres Haar. Dass bald nur noch ein Kranz davon übrig bleiben würde, war nicht zu übersehen. Sein rundliches Gesicht und die schmalen Augen passten zu seiner ängstlichen Gesamthaltung. Seine blasse Haut verriet, dass er entweder selten das Haus verließ oder die Sonne mied. Dass eine so helle Haut nur Veranlagung war, wollte Brandt nicht glauben.

Das Wohnzimmer erweckte wie der Flur den Eindruck, dass hier ein Mensch wohnte, der mit den alltäglichen Dingen des Lebens deutlich überfordert zu sein schien. Überall lagen Sachen herum. Gläser standen neben leeren Cola- und Bierflaschen auf dem Tisch. Zeitungen lagen auf dem Boden herum, benutzte Teller und Besteck auf dem kleinen Esstisch.

»Sauber machen ist nicht Ihre Stärke, oder?«, kommentierte Brandt diesen unappetitlichen Anblick.

Er mochte keine Unordnung und Schmutz schon gar nicht. Für einen Mann war er sehr penibel. Seine Wohnung war genauso sauber und ordentlich wie sein Schreibtisch. Immer wieder verpasste er Aydin einen Rüffel, weil sein Schreibtisch mit Akten oder anderen Dingen zugemüllt war.

Im Gegensatz zu ihm selbst war Aydin eher ein unordentlicher Mensch, aber das war bei Weitem kein Vergleich zu Kruse.

»Ist das strafbar?«, reagierte Kruse gereizt. Es entsprach so gar nicht seiner bisherigen Haltung.

»Strafbar nicht, aber ungesund.«

Kruse nahm auf der abgenutzten braunen Couch Platz. Er schob einige Zeitschriften zur Seite. In seiner grauen alten Sporthose, die seit Wochen nicht mehr gewaschen worden zu sein schien, machte er einen sehr ungepflegten Eindruck.

Er nahm eine Zigarettenschachtel aus der Hosentasche, zog eine Zigarette heraus und zündete sie an. Seine Hände zitterten. Auf dem Couchtisch lag noch eine Packung mit Tabak und Blättern zum Selberdrehen, was Brandt merkwürdig fand, glaubte er doch, dass Menschen, die selbstgedrehte Zigaretten rauchten, niemals fertige in die Hand nehmen würden.

Warum bist du nervös?, dachte Brandt angewidert.

»Können Sie bitte erst rauchen, wenn wir hier raus sind?«, bat er daher.

»Das ist mein Zuhause. Hier kann ich rauchen, wann es mir passt«, ignorierte Kruse die Bitte und zog genüsslich an der Zigarette.

Gibt dir die Kippe Selbstbewusstsein? Brandt versuchte seine Wut herunterzuschlucken.

»Das mit eben war nicht so gemeint. Aber ich habe vorhin aus dem Fenster nur Ihren türkischen Kollegen gesehen. Und man kann heutzutage ja nicht vorsichtig genug sein«, plapperte Kruse jetzt drauflos und warf Aydin einen prüfenden Blick zu.

»Wie meinen Sie das?«, fragte nun Aydin.

»Na, das mit den ganzen Asylanten. Diese Verbrecher gehen jetzt von Tür zu Tür und betteln. Halten einem einen Zettel hin, dass man ihnen Geld geben soll. Aber alles nur Taktik. Die wollen sehen, ob jemand zu Hause ist, damit sie dich ausrauben können. Diese verdammten Schmarotzer.«

»So pauschal können Sie das nicht sagen«, erwiderte Brandt, »aber deswegen sind wir nicht hier.« Er wollte auf keinen Fall eine politische Diskussion mit Kruse vom Zaun brechen, der in seinen Augen das Abbild eines Versagers war.

»Ich habe nichts getan. Ich weiß gar nicht, was Sie von mir wollen. Ich bin clean.«

Kruse hatte sich inzwischen die zweite Kippe angezündet. Noch immer zitterte seine Hand, als er das Feuerzeug hielt.

»Kennen Sie die Spedition Kraus?«

»Nein, sollte ich?«

Die Antwort kam schnell, viel zu schnell, als dass sie wahr sein konnte.

»Wo arbeiten Sie?«, mischte sich Aydin wieder in das Gespräch ein.

»Ich arbeite als Hausmeister. Warum?«

»Beantworten Sie nur unsere Fragen«, erhob Brandt seine Stimme.

»Ich sagte doch, ich arbeite als Hausmeister.«

Kruse war inzwischen wie gewandelt, das Ängstliche, Unterwürfige schien wie weggeblasen. Selbst seine Körperhaltung war wesentlich selbstbewusster. Seine Schultern, sein Rücken waren aufrecht.

»Wo genau?«, wollte Brandt wissen.

»Bei Gruber Logistik.«

»In Porz Wahn?«

»Ja, warum?«

»Und dann wollen Sie uns sagen, dass Sie die Spedition nicht kennen?«

»Nein, warum sollte ich?«

»Die sitzen zufällig im gleichen Industriegebiet«, kam Aydin Brandt zuvor.

»Da sind viele Firmen. Ich weiß noch immer nicht, was Sie von mir wollen.« Kruse zog hastig an seiner Zigarette. Asche fiel auf die Couch. Er wischte sie mit der Hand weg, verrieb sie dabei aber mehr.

»Herr Kruse, entweder sprechen wir offen miteinander oder wir nehmen Sie mit aufs Revier. Es gibt Zeugen, die Sie auf dem Firmengelände gesehen haben.« Brandts Geduld war bereits überstrapaziert.

»An welcher Straße liegt denn diese Firma? Vielleicht komme ich daran vorbei, wenn ich zur Bushaltestelle laufe. Mit dem Mindestlohn kommt man nicht gerade weit. Ich bin ja nur ein anständig arbeitender Bürger und kein Asylant, dem man alles hinterherschmeißt.«

»Ein letztes Mal, was haben Sie auf dem Firmengelände gesucht? Sie wurden in den letzten Tagen mehr als einmal dort gesehen. Ich werde keine weitere Lüge dulden.«

Brandt glaubte nicht, dass Kruse an dem Firmengelände vorbeikam, wenn er zur Bushaltestelle ging. Er hatte mit Aydin gestern das Industriegebiet abgesucht, hatte auch mit Kollegen von Kruse gesprochen. Die Bushaltestelle lag in der genau entgegengesetzten Richtung. Kruses Kommentar zu den Asylanten ignorierte er einfach. Das war Stammtischgeschwätz, was ihn fürchterlich aufregte.

»Vielleicht war ich ja da. Wenn ich den Bus verpasse, gehe ich ein wenig spazieren und kaufe mir auch mal eine Currywurst am Imbiss in der Nähe. Gut möglich, dass ich an der Spedition vorbeigekommen bin. Ich achte nicht auf Firmenschilder.«

»Nicht nur vielleicht, Sie wurden mehrmals auf dem Firmengelände gesehen. Dafür mussten Sie die Straße verlassen und das Firmengelände betreten. Warum?« Aydin machte wie Brandt einen genervten Eindruck.

»Warum interessiert Sie das? Ja, vielleicht war ich auf dem Firmengelände. Mein Gott, ist das schlimm? Wollen Sie mich deswegen verhaften?«, platzte es aus Kruse heraus.

Der ängstliche und feige Kruse gefiel Brandt viel besser als der störrische und sich widersetzende.

»Sind Sie eigentlich noch in Behandlung?«, fragte Brandt daher und änderte die Taktik.

»Was?« Kruses Augen wanderten zwischen Brandt und Aydin hin und her.

»Bei Ihnen wurde laut Polizeiakten ein stark ausgeprägter Exhibitionismus diagnostiziert. Es war Teil Ihrer Bewährungsauflagen, dass Sie sich in Behandlung begeben mussten.«

»Das ist fünf Jahre her. Seitdem bin ich clean. Natürlich war ich in Behandlung. Einmal Verbrecher, immer Verbrecher«, motzte Kruse, wagte dabei aber weder Brandt noch Aydin anzuschauen.

»Wer einmal lügt, dem glaubt man nicht«, spottete Brandt. Er wollte Kruse von seinem hohen Ross herunterholen, ihn zu einem Fehler zwingen. Und das ging nur, wenn er nervös und ängstlich wurde.

Brandt glaubte nicht, dass jemand wie Kruse wirklich geheilt werden konnte. Irgendwann würde sein böses Ich wieder erwachen. Diese ganze Psychologenscheiße war für ihn eine Folge falsch interpretierter Idealvorstellungen. Seine langjährige Berufserfahrung sagte ihm einfach, dass nicht jeder Mensch gleich war.

Es gab und würde immer Menschen geben, die das Böse in sich trugen, die nicht aus ihrer Haut konnten, anderen Menschen zu schaden oder ihnen nach dem Leben zu trachten. Wie ein Kinderschänder immer ein Kinderschänder bleiben würde, würde ein Vergewaltiger immer ein Vergewaltiger bleiben. Bender mochte diese Einstellung gar nicht.

»Rufen Sie meine Psychologin an. Sie hat mir attestiert, dass ich geheilt bin. Es war ein Fehler, dafür habe ich bezahlt. Ich würde es nicht wieder tun.«

Kruse hatte inzwischen einige Zigaretten geraucht. Die letzte in einer Geschwindigkeit, dass Brandt annahm, dass Kruse extrem nikotinabhängig war.

»Wer einmal eine junge Frau vergewaltigt, wird es wieder tun«, platzte es aus Brandt heraus.

»Ich habe sie nicht vergewaltigt«, widersprach Kruse. Seine Augen waren weit aufgerissen, seine Kiefer fest zusammengepresst.

»Wenn nicht ein Passant gekommen wäre, hätten Sie Ihre feige Tat vollendet«, erwiderte Brandt.

»Das stimmt nicht. Ich habe an stark psychologischem Exhibitionismus gelitten. Ich konnte nicht anders, ich musste ihr meinen Penis zeigen.«

»Und Sie haben sie an sich gedrückt.«

»Weil sie geschrien hat. Ich wollte, dass sie nicht mehr schreit.«

»Leider hat Ihnen der Richter geglaubt. Ich hingegen glaube Ihnen nicht. Für mich sind Sie noch immer ein gefährlicher Mann.«

»Ich bin kein Vergewaltiger. Ich war ...«, brüllte Kruse. Seine Augen zuckten, Speicheltröpfchen fielen aus seinem Mund und auf seine dreckige Sporthose.

»Was haben Sie auf dem Firmengelände getrieben?«, fragte Aydin, der anscheinend den Gesprächsinhalt auf das Wesentliche lenken wollte.

»Nichts, wirklich. Ich habe nur die Zeit totgeschlagen.«

»Ein letztes Mal, was haben Sie dort getrieben?«, drängte Brandt.

»Nichts, mir nur die Zeit vertrieben.«

Brandt war hin und her gerissen. Natürlich war nicht strafbar, was Kruse getan hatte. Aber er war überzeugt davon, dass Kruse log. Nur ohne Beweise – was hätte da eine Verhaftung gebracht? Außer Ärger mit Bender. Sie schien ohnehin ein Herz für Außenseiter zu haben. Sie mochte es nicht, wenn man Personen aufgrund von Vermutungen verhaftete. Es mussten schon wichtige Anhaltspunkte vorliegen, bevor sie so einer Vorgehensweise zustimmte.

»Dann werden Sie sicherlich auch nichts dagegen haben, wenn wir uns kurz umschauen?«

»Warum?«

»Sie haben doch nichts zu verbergen«, kam Aydin Brandt zu Hilfe.

Kruse antwortete nicht sofort. Er nahm eine offene Bierdose und hielt sie vor seine Lippen. Anscheinend war sie noch nicht leer. Er nahm einen Schluck, schüttelte die Dose, die nun definitiv leer war, und stellte sie auf dem Tisch ab.

»Tun Sie sich keinen Zwang an«, antwortete er dann, allerdings schien er wenig begeistert.

Brandt und Aydin verließen das Wohnzimmer und betraten das Schlafzimmer. Brandt machte die Tür hinter sich zu. Im Schlafzimmer waren die Jalousien heruntergezogen, sodass es noch dunkel war.

Er zog die Jalousien hoch.

»Ganz ehrlich, ich glaube, wir verschwenden nur unsere Zeit«, flüsterte Aydin.

»Das ist der einzige Anhaltspunkt, den wir haben. Oder glaubst du, dass er sich ohne Grund auf dem Firmengelände rumtreibt?«

»Ich weiß nicht. Aber vielleicht tut er das wirklich.«

»Hör auf. Der nicht. Er ist ein Vergewaltiger.«

»Na ja, laut Akten ...«, wollte Aydin berichtigen.

»Komm du mir nicht auch noch so. Die junge Frau hatte nur Glück, dass ein Fußgänger vorbeikam, ansonsten ...« Brandt wagte es nicht, seinen Gedanken auszusprechen. »Ich glaube nicht an Zufälle. Kruse war am Tatort und das nicht ohne Grund.«

»Aber so dämlich kann er doch gar nicht sein. Wenn er schon mal straffällig war, wird er doch nicht die Leiche in der Nähe seiner Arbeit verstecken.«

»Mag sein, aber Triebtäter handeln nicht rational. Deswegen werden sie glücklicherweise so oft geschnappt. Gerade die Wiederholungstäter.«

Brandt öffnete den Kleiderschrank und durchwühlte ihn oberflächlich. Aydin schien damit ein Problem zu haben, da er nur daneben stand und zuschaute.

»Willst du mir nicht helfen?«, schimpfte Brandt.

Aydin schien etwas sagen zu wollen, verkniff es sich aber und half ihm.

»Was versprichst du dir denn von der Suche?«, fragte er dennoch.

»Keine Ahnung, vielleicht irgendeinen Gegenstand des Opfers. Mörder sammeln doch Trophäen.«

Brandt war enttäuscht, dass das Schlafzimmer unverdächtig schien. Er hatte gehofft, etwas zu finden, was einer weiblichen Person gehörte. Etwas, das Kruse verdächtiger machte, als er sie glauben lassen wollte.

»Lass uns gehen. Kruse ist eine Sackgasse.« Aydin öffnete die Tür.

Brandt schaute sich noch einmal um, aber außer einem Bett und dem Kleiderschrank gab es nichts, wo Kruse etwas hätte verstecken können.

»Mist«, fluchte Brandt, verließ mit Aydin das Schlafzimmer und betrat den Flur.

Dort kam ihnen Kruse entgegen, der gerade im Badezimmer gewesen war. Er hielt eine Tüte in der Hand. Als er die beiden Beamten erblickte, schrak er zusammen.

»Was ist in der Tüte?«, rief Brandt.

»Ni... ni... nichts«, stotterte Kruse unsicher.

»Geben Sie mir die Tüte«, forderte Brandt ihn auf. Er zog seine Waffe und zielte auf Kruse, da er etwas aus der Tüte herausragen sah, was ihm ganz und gar nicht gefiel.

Blondes Haar!

Kapitel 5

Die blonden Haare entpuppten sich als Perücke. Sie gehörten zu einem Karnevalskostüm. Kruse konnte anhand einer Eintrittskarte glaubhaft versichern, dass er das Kostüm für eine Karnevalssitzung gekauft hatte.

Brandt entschied, Kruse nicht zu verhaften.

»Komischer Vogel. Erst denkt man, der macht sich vor Angst in die Hosen, und kaum sind wir im Wohnzimmer, ist er wie ausgewechselt«, äußerte sich Aydin, als sie wieder im Auto saßen.

»Der spielt mit uns. Glaub mir, das war alles nur Show. Erst als er begriffen hat, dass wir nichts gegen ihn in der Hand haben, hat er seine Maske fallen lassen«, erwiderte Brandt.

»Sicher?« Zweifel klang in Aydins Stimme mit.

»Nein, ganz und gar nicht. Aber diese Psychos werde ich nie verstehen.« Brandt konnte Kruse noch nicht richtig einschätzen. Er hoffte auf mehr Informationen. »Hunger?«, fragte er Aydin.

»Klar.«

»Gut.« Brandt legte einen kleinen Zwischenstopp bei seinem Lieblingsimbiss ein.

Walter, der Imbissbesitzer, stand außerhalb seiner kleinen Bude und warf einen blauen Müllsack in die große Mülltonne, als Brandt und Aydin aus dem Wagen stiegen.

»Moin, Moin. Ich hoffe, ihr habt genug Hunger mitgebracht.«

»Darauf kannst du wetten«, erwiderte Brandt den Gruß. Er hatte nicht nur Hunger, sondern auch Wut im Bauch. Essen half ihm, runterzukommen.

»Was ist los?«

»Einem Idioten begegnet.«

»Bei deinem Job ist das doch normal«, bemerkte Walter trocken.

»Leider«, antwortete Brandt und dann kam ihm eine Idee: »Sag mal, kennst du einen Thorsten Kruse?«

»Thorsten? So ein Dicklicher, Blasser mit schütterem Haar?«

»Ja, genau den!«

Bingo!

»Was soll mit dem sein?« Walter betrat seinen Imbiss, nahm eine Currywurst und legte sie auf den Grill. »Für dich nur Frisches«, lachte er und fragte an Aydin gewandt: »Rindswurst?«

»Ja, sehr gerne.«

»Zur Currywurst bekommst du ihn nicht mehr. Aber Geschmack ist auch nicht wirklich seine Stärke«, konnte sich Brandt einen Kommentar nicht verkneifen.

»Lass ihn. Er will dich nur ärgern. Meine Rinderwurst ist mindestens so lecker wie die Currywurst«, tröstete Walter. »Aber was ist mit Thorsten?«

»Was weißt du über ihn?«

»Nicht viel. Habe ihn einige Male hier im Imbiss getroffen und weiß das, was man sich so über ihn erzählt in der Szene.«

»Er isst hier?«

»Was schaust du so überrascht? Meine Currywurst ist in ganz Köln bekannt. Es hört sich vielleicht verrückt an, aber ich habe das Gefühl, dass Typen wie Thorsten glauben, wenn sie bei einem Exknacki essen, müssten sie sich weniger verstellen. In den Jahren hat sich rumgesprochen, dass ich einen Imbiss habe und dass meine Würstchen die leckersten der Stadt sind.«

»Erzähl dann bloß nicht, dass Aydin und ich zu deinen Gästen gehören.«

»Ach was, das eine hat mit dem anderen nichts zu tun. Aber du bist doch nicht zum Schwatzen hier. Was willst du über Thorsten wissen?«

»Alles, was du weißt«, antwortete Brandt und nahm die Currywurst mit Brot entgegen.

Der Geschmack war einfach unwiderstehlich. Walter war früher ein Kleinkrimineller gewesen. Aber er hatte seine Taten abgebüßt und seit er Imbissbudenbesitzer war, war er mit dem Gesetz nicht mehr in Konflikt geraten. In den letzten Jahren war so etwas wie eine Freundschaft zwischen Brandt und Walter entstanden.

Da Walter sehr gut vernetzt war, geschah es nicht selten, dass er Brandt wertvolle Informationen liefern konnte.

»Mir gegenüber hat er nicht viel erzählt. Aber ich weiß von anderen, dass er mal extrem exhibitionistisch veranlagt war. Er war wohl lange in psychiatrischer Behandlung.«

Walter reichte Aydin die geschnittene Rindswurst, ebenfalls mit einem Stück Brot und Soße.

»Ist er noch immer aktiv?«

»Meinst du, ob er noch immer wildfremden Frauen seinen Schwanz zeigt?«

»Ja, oder glaubst du, dass er erfolgreich geheilt wurde?«

»Nein, Kinderschänder, Vergewaltiger und solche Typen wie Thorsten Kruse kann man nicht heilen. Das ist Teil ihrer Sexualität. Oder will mir jemand erzählen, dass man auch Schwule heilen kann? Zu welchen Absurditäten das geführt hat, haben wir doch in den Fünfzigerjahren gesehen. Schwule sind mir aber tausendmal lieber als Männer wie dieser Thorsten.«

Brandt nickte nur. Denn genauso dachte er auch. Sexualität war für ihn etwas, das so tief in einem Menschen verankert war, dass ihre Ausprägung nicht geändert oder gar geheilt werden konnte, egal wie abartig sie für den einen oder anderen sein mochte.

»Ist er denn auffällig geworden?«, fragte Aydin.

»Du scheinst anders zu denken?«

»Ja. Die Wissenschaft ist ein weites Feld. Man kann diesen Menschen helfen. Es ist ja oft ein Zwang. Kein Mensch möchte ein Kinderschänder sein, aber sie können nicht anders. Die Medizin und psychologische Betreuung können diesen Menschen aber helfen.«

»Man merkt, dass du noch frisch von der Hochschule bist. Wir reden in einigen Jahren wieder«, erwiderte Walter. »Zurück zu deiner Frage: Ich weiß es nicht, aber ich mach mich mal schlau.«

»Danke«, antwortete Brandt. Der Besuch bei Walter hatte sich bereits ausgezahlt.

Nachdem sie zu Ende gegessen hatten, verabschiedeten sie sich von Walter und fuhren zurück ins Präsidium.

Als sie den Besprechungsraum betraten, saßen Bender und die sieben anderen Kollegen bereits an ihren Plätzen.

»Jetzt, da wir vollzählig sind, können wir ja endlich starten«, grüßte Bender auf ihre Weise.

»Du verdirbst uns den Kleinen noch«, gab Abteilungsleiter Eugen Kramer seinen Senf dazu. Dabei schielte er zur Wanduhr, die bereits 14:03 Uhr zeigte. Das Treffen war für 14:00 Uhr anberaumt.

Ein kleiner Stau hatte dazu geführt, dass Brandt sich verspätet hatte.

»Kleiner? Aydin ist einen Kopf größer als du«, spottete Brandt zurück.

Kramer ließ seine Augen schmal werden. Er hasste es, wenn man ihn auf seine Körpergröße ansprach. Mit gerade mal einem Meter siebzig gehörte er zu den kleineren Kollegen, allerdings besaß er einen messerscharfen Verstand, den er als Fallanalytiker auch brauchte. Bender mochte auf seine Dienste nicht verzichten – im Gegensatz zu Brandt, der bis heute mit Kramers arroganter Art nicht klarkam.

»Nicht streiten. Wir haben größere Probleme«, mahnte Bender und warf beiden einen scharfen Blick zu. »Ich will keine Zeit verlieren. Rech, kannst du uns bitte alle auf den aktuellen Stand bringen?«

»Ävver jään«, flachste Rech. Anscheinend hatte er seine kölsche Frohnatur wieder, stellte Brandt beruhigt fest. Beim Anblick der Toten gestern war ihm einiges davon abhanden gekommen.

Bei der Spurensicherung musste man noch härter sein als in seinem Job. Diese Männer waren für ihn wirklich harte Hunde. Wie leicht die Kollegen den Anblick der Leichen abschüttelten, vor allem den der ganz schlimmen, verdiente Respekt.

»Leider kennen wir noch nicht die Identität der Leiche, allerdings können wir schon mit großer Sicherheit einige Aussagen treffen. Bei der Toten handelt es sich um eine junge Frau, wahrscheinlich zwischen siebzehn und fünfundzwanzig Jahren. Sie war einen Meter fünfundsechzig groß und schlank. Die Haarfarbe können wir noch nicht exakt benennen. Es wurden Haare gefunden, ob sie ihr gehörten, werden wir hoffentlich im Laufe des Tages erfahren.«

»Sie könnten also auch vom Täter sein?«, unterbrach Aydin.

»Das ist möglich. Es ist kurzes Haar, was eigentlich gegen Frauenhaar spricht. Von der Struktur her wirkt das Haar sehr dünn, was auch dagegen spricht, dass es dem Opfer gehört haben könnte. Aber bevor ich von der Gerichtsmedizin keine genauen Informationen habe, möchte ich mich an keinen Spekulationen beteiligen.«

Bender hatte in der Zwischenzeit Fotos von Opfer und Tatort verteilt. Bei den Kollegen, die das Opfer noch nicht gesehen hatten, lösten sie Entsetzen aus. Einige schauten angewidert zur Seite.

»Wenn dich meine Meinung interessieren sollte, lieber Rech, dann gehe ich davon aus, dass das Haar von einem Mann stammt«, mischte sich Kramer in das Gespräch ein.

»Und wie kommst du darauf?«, fragte Brandt.

»Nun, ich war am Tatort, habe mir die Leiche angeschaut und natürlich auch den Bericht, den Rech in vorbildlicher Weise gestern Abend verfasst hat. Dabei fällt mir ein, dass dein Bericht noch nicht vorliegt ...«

»Sei unbesorgt, der kommt noch«, schoss Brandt zurück. Diesen Angriff wollte er nicht einfach auf sich sitzen lassen. »Aydin und ich hatten gestern Wichtigeres zu tun, als einen Bericht zu schreiben. Wir haben einen möglichen Verdächtigen.«

»Jungs, es reicht. Ich will dieses Durcheinander nicht. Jeder kommt der Reihe nach dran und jetzt ist Rech an der Reihe!«, stellte Bender die Tagesordnung klar.

»Mich würde aber trotzdem interessieren, warum Kramer glaubt, dass es Männerhaar ist«, erwiderte Brandt.

»Ganz einfach. Die Leiche war sehr grazil. Besonders an den Fingern war die Haut nicht komplett abgelöst und bei Betrachtung der Finger und der Fingernägel, die der Mörder nicht entfernt hat, muss man davon ausgehen, dass die junge Frau sich sehr gepflegt hat. Kurze Haare passen einfach nicht zum Bild einer jungen, schlanken, wahrscheinlich sehr hübschen Frau.«

»Das sind aber nur Indizien. Es gibt auch hübsche junge Frauen mit kurzen Haaren«, widersprach Brandt.

»Das mag stimmen, aber wohl eher selten. Wie auch immer, ihr dürft euch bei mir bedanken, wenn das Ergebnis sich mit meinen Angaben deckt.« Kramer hob die Schultern, als wartete er, dass ihm jemand anerkennend darauf klopfte.

»Kramer«, erhob Bender ihre Stimme und zeigte damit, dass sie keine weitere Verzögerung oder Diskussion duldete.

Sie machte einen sehr angespannten Eindruck.

»Die junge Frau war bereits tot, als sie in die Mülltonne gesteckt wurde, das wissen wir aufgrund der Untersuchungen ganz sicher. Der Todeszeitpunkt muss vor mindestens sechs Tagen gewesen sein. Er hat die Leiche vermutlich in der Nacht vom 1. auf den 2. Dezember in der Mülltonne versteckt. Wir haben Eisspuren an der Leiche gefunden«, begann Rech auszuführen.

»Eisspuren?«, fragte Aydin überrascht.

»Ja, ich gehe davon aus, dass die Leiche einige Tage in einem Tiefkühlschrank aufbewahrt worden ist. Vielleicht hat der Mörder auf den perfekten Zeitpunkt gewartet, um die Leiche verschwinden zu lassen.«

Das passte zu dem, was der Obdachlose gesagt hatte. Er hatte Kruse in der letzten Woche mehrmals am Tatort gesehen. Und jetzt ergab es auch einen Sinn, warum: Kruse hatte immer wieder geschaut, wann er die Leiche entsorgen könnte.

Mist, fluchte Brandt in Gedanken, da er sich Kruses Wagen nicht angeschaut hatte. Andererseits hatte Kruse gesagt, dass er mit dem Bus zur Arbeit fuhr. Hieß das nicht, dass er kein Auto besaß?

Oder war das nur Tarnung, um sich aus der Schusslinie zu bringen?

»Wie krank kann man sein? Hat sie da noch gelebt?«, brach es aus Lutz Fischer heraus. Fischer arbeitete in der IT-Abteilung und gehörte zum Team der Informationsbeschaffung.

»Mit Sicherheit nicht. Die Skalpierung von Menschen ist eine seit Jahrtausenden betriebene Foltermethode. Die Menschen verbluten und sterben langsam auf qualvolle Weise. Mit etwas Glück hat die Ohnmacht ihr diese Qualen erspart. Also gut möglich, dass sie bereits nach der Skalpierung tot war.«

»Wobei ich an Robert McGee erinnern möchte, der als Kind eine Skalpierung durch Indianer überlebt hat. Es ist also durchaus möglich, das zu überleben«, machte sich Kramer wieder mit seinem Wissen bemerkbar.

»War klar, dass du so was Krankes weißt«, kommentierte Brandt angewidert.

»Ich setze mich mit meinen Fällen nur intensiv auseinander«, verteidigte sich Kramer, dem diese Bemerkung gar nicht schmeckte.

Bender atmete hörbar durch die Nase und warf den Streithähnen einen scharfen Blick zu.

»Gut möglich, dass es Überlebende von Skalpierungen gab. Aber sicherlich nicht in diesem Fall. Der Mörder hat zu tief angesetzt und somit weit mehr als nur den Skalp herausgeschnitten. Und auch wenn sie die Skalpierung überlebt hätte, spätestens bei der Häutung war sie tot. Zusammenfassend bedeutet das, sie war tot, als er sie im Tiefkühlschrank aufbewahrte. Es muss ein sehr großer Tiefkühlschrank gewesen sein, da der Körper keinerlei Brüche oder Verstauchungen aufweist. Das bedeutet, dass der Körper horizontal gelagert wurde.«

Rech machte eine kurze Pause, als suche er nach einem Halt, da das gerade Gesagte für ihn so lebendig war.

»Rech, kann man anhand des Eises die Herkunft der Kühltruhe bestimmen?«, fragte Bender.

»Leider nicht. Sie kommen zum Beispiel in Schlachtbetrieben oft zum Einsatz.«

»Könnte es sein, dass unser Täter selbst Schlachter ist oder in einem Schlachtbetrieb arbeitet?«

»Das ist denkbar. Die Häutung ist ihm zwar nicht sehr gut gelungen, da noch knapp zehn Prozent der Haut am Körper der jungen Frau waren. Vor allem an den schwer zugänglichen Stellen wie Fingern, Füßen, am Kopf oder im Intimbereich, aber die Vorgehensweise lässt vermuten, dass ihm die Häutung nicht fremd ist. Und als Schlachter muss man Rinder, Schweine oder Schafe auch mal häuten.«

»Macht die Suche nicht gerade einfacher. Es gibt doch sicherlich Hunderte Schlachter in Köln und etliche Schlachtbetriebe. Wenn unser Täter überhaupt aus Köln stammt«, entgegnete Jens Schmadtke, ein Kollege des Ermittlungsteams und Kriminalkommissar.

»Das Präsidium hat mir freie Hand gegeben, das heißt, wir haben genug Kollegen zur Verfügung, um diese Betriebe zu prüfen. Sobald es Sinn macht, das zu tun, werde ich keine Sekunde zögern, von diesen Ressourcen Gebrauch zu machen«, stellte Bender klar.

Brandt zweifelte keine Sekunde an ihrem Entschluss. Allerdings konnte er sich kaum vorstellen, dass diese Aktion von Erfolg gekrönt wäre. Nur weil die Person etwas Ahnung vom Häuten hatte und einen großen Tiefkühlschrank besaß, bedeutete das nicht, dass sie auch Schlachter war. Und wenn, wie wollte man diese Person finden?

Da erhoffte er sich von der Analyse des gefundenen Haares weitaus mehr, denn sein Haupttatverdächtiger stand eigentlich schon fest.

»An der Leiche gab es ansonsten keinerlei andere Spuren, die uns zum Täter führen«, führte Rech weiter aus.

»Keine Spermaspuren?«, wollte Aydin wissen.

»Nein.« Rech hob die Schultern.

»Also kein Sexualdelikt?«, hakte Brandt nach.

»Kann man nicht ausschließen. Vielleicht hat er sich einen runtergeholt. Allerdings sind mir keine Fälle bekannt, in denen

Häutungen sexuelle Fantasien verursachen. Ich bin fast geneigt zu sagen, dass es sich nicht um einen Sexual- oder Triebtäter handelt.«

»Dem kann ich nur voll und ganz zustimmen, Kollege Rech«, machte sich Kramer wieder bemerkbar. »Es gibt keinen einzigen Fall in der Geschichte der Kriminologie, bei dem in ähnlich gelagerten Fällen von sexueller Erfüllung gesprochen werden kann. Selbst bei Kannibalismus gibt es Fälle, in denen der Kannibale aus niederen sexuellen Instinkten gehandelt hat. Ich wage zu behaupten, dass es auch in diesem sehr extravaganten Fall so sein dürfte. Am ehesten lässt sich der aktuelle Fall mit dem Fall Harald Kröner vergleichen.«

»Kröner?«, unterbrach ihn Aydin. Brandt verpasste Aydin einen Tritt unter dem Tisch. Aydin zuckte kurz zusammen.

Brandt wollte Kramer unter keinen Umständen eine Plattform bieten, um mit seinem schwachsinnigen und für den Fall unwichtigen Wissen prahlen zu können.

»Harald Kröner war ein Serientäter aus dem Jahr 1878. Er lebte in der Nähe von München, wo er ein kleines Hotel betrieb. Er ermordete mehr als sechzehn junge Frauen auf brutale Weise, indem er sie häutete. Erst nach seinem Tod im Jahre 1904, als das Hotel verkauft wurde, fand man in einer Truhe die getrockneten Häute der ermordeten Frauen. Die Morde waren bis dahin unentdeckt geblieben! Und ratet mal, welchen Beruf Kröner eigentlich ausgeübt hatte, bevor er Hotelier wurde?«

»Willst du damit sagen, dass unser Mörder Trophäen sammelt?«, fragte Brandt, da er niemandem die Gelegenheit geben wollte, zu fragen. Es war offensichtlich, dass Kröner Schlachter gewesen war.

»Es ist ziemlich wahrscheinlich. Vielleicht fühlt sich der Mörder durch Kröner inspiriert. Übrigens war dieser gelernter Schlachter«, grinste Kramer. »Wir haben es hier mit einem besonders perfiden Mörder zu tun. Sollte das Haar vom Mörder stammen, hat er unbewusst einen großen Fehler begangen, da ich ihn für sehr vorsichtig, introvertiert ... Oh, verzeiht, ich war ja noch nicht an der Reihe.«

»Rech, was hast du noch für uns?«, übernahm Bender, da sie anscheinend spürte, dass wieder eine unsinnige Diskussion anstand.

»Wir haben Reifenspuren am Tatort gefunden. Einige frisch, andere weniger frisch. Was auffallend war, es gab bestimmte Reifenspuren, die sich überlagerten, aber immer den gleichen Abdruck hatten. Nach bisherigen Erkenntnissen stammen die Reifen von einem Kombi. Die Analyse läuft noch, aber ich glaube nicht, dass ein anderes Ergebnis dabei herauskommt.«

»Also suchen wir einen Täter, der sich in der Kunst des Häutens auskennt, männlich ist und einen Kombi fährt?«, schlussfolgerte Bender. »Was wissen wir noch?«

»Nicht viel. Schuhspuren haben wir zwar einige gefunden. Allerdings ist zu bezweifeln, dass sie zum Mörder gehören. Den Reifenspuren nach zu urteilen, ist er direkt an die Tonne gefahren und hat die Leiche entsorgt. Da neben der Mülltonne alles betoniert ist, gibt es aufgrund des kalten und trockenen Wetters auch keine Schuhspuren, die dem Mörder zuzuordnen sind. Nur Schuhspuren, die leider außerhalb des Bereichs um die Mülltonnen liegen.«

»Gut, hast du sonst noch was?«

»Nichts Wichtiges mehr. Der Rest steht im Bericht, den ich euch heute Abend zukommen lassen werde.«

»Danke. Fischer, was hast du für uns?«

»Wir haben die Identität der Toten herausgefunden.« Mit diesem Satz hatte Fischer sofort die Aufmerksamkeit aller Personen. »Es fehlt eigentlich nur noch die Bestätigung durch die Gerichtsmedizin.«

»Wieso weiß ich noch nichts davon?«, fragte Rech.

»Das liegt daran, dass ich es auch erst seit 13 Uhr weiß und sofort die Gerichtsmedizin kontaktiert habe. Die haben wahrscheinlich verschwitzt, dich zu informieren, oder dich nicht erreicht.«

Rech nickte nur, machte sich aber eine Notiz.

»Wer ist das Opfer?«

»Sie heißt Desiree Steinbach. Sie wurde gestern Abend als vermisst gemeldet. Ein Abgleich mit ihrem Facebook-Profil lässt den Schluss zu, dass sie unsere Tote sein könnte.« Fischer verteilte Zettel, auf denen Fotos von Desiree zu sehen waren.

Brandt betrachtete die Bilder. Desiree lachte auf allen Fotos. Ihr Lachen hatte etwas Ungezwungenes. Es wirkte nicht aufgesetzt, sondern ehrlich und voller Lebensfreude. Auf allen Aufnahmen fielen vor allem ihre langen hellblonden Haare auf.

»Wir haben ihre Mitbewohnerin kontaktiert. Sie hat die Vermisstenanzeige aufgegeben. Sie wollte die Eltern noch nicht beunruhigen.«

»Ihr habt aber nicht gesagt, dass sie tot ist?«, fragte Bender.

»Nein, noch nicht«, entgegnete Fischer. »Aber wir haben ein paar Informationen bekommen. Desiree ist neunzehn Jahre alt und einen Meter fünfundsechzig groß. Sie hat somit exakt die Körpergröße unserer Leiche. Sie studiert BWL an der FH Köln.«

»Studierte«, berichtigte Kramer.

»Noch müssen wir die Blutprobe abwarten, bevor wir sagen können, ob es wirklich Desiree ist. Schließlich wurden keine Papiere bei ihr gefunden.«

»Wie lange wird Desiree schon vermisst?«, fragte Bender.

»Seit knapp acht Tagen.«

»Dann gibt es doch nichts mehr abzuwarten. Sie ist es! Ich frage mich nur, warum die Mitbewohnerin sich erst jetzt bei der Polizei meldet?«

»Sie war für einige Tage weg«, erklärte Fischer.

»Hast du noch was für uns?«, fragte Bender. Ihr Blick ging zur Wanduhr. Sie hatten die angesetzten zwei Stunden schon fast ausgeschöpft.

»Wir sind gerade dabei, ihr Facebook-Profil dahingehend zu untersuchen, mit wem sie Kontakt hatte.«

»Vergiss es, dieser Mörder nutzt kein Facebook«, merkte Kramer an.

»Woher willst du das wissen?«, fragte Fischer, der sich offensichtlich in seiner Kompetenz angegriffen fühlte.

»Es widerspricht einfach den bisher gesammelten Erkenntnissen.«

»Fischer, du durchsuchst die digitale Welt von Desiree Steinbach. Ich will alles über sie wissen. Welche Hobbys sie hatte, welche Freunde, und mit wem sie kommunizierte. Mach bitte auch die Eltern ausfindig. Aber informiere niemanden aus dem Bekanntenkreis, noch wissen wir nicht, ob es wirklich Desiree ist. Wir wollen so eine schreckliche Nachricht nicht den falschen Angehörigen überbringen«, gab Bender letzte Anweisungen.

»Gut, mach ich.«

»Hast du sonst noch was für uns?«

»Nein, ansonsten nichts.«

»Kramer, du hast fünf Minuten.«

»Mehr brauche ich auch nicht. Diese außerordentliche Tat«, begann Kramer, »widerspricht allen Serienmorden, die wir in der modernen Kriminologie kennen. Blickt man in die Geschichte der Kriminologie, fallen einem jede Menge Psychopathen ein, die ähnlich brutale Morde begangen haben wie der von mir erwähnte Kröner, oder aber John Wayne Gacy, den alle als den lieben ‚Pogo, der Clown' kannten …«

»Kramer, komm zum Punkt«, ermahnte Bender ihn.

»Es ist wichtig, zu verstehen, mit was für einem Täter wir es hier zu tun haben. Sollte er Freude an dem entdecken, was er tut, wird das nicht sein letztes Opfer gewesen sein. Die Frage, die ich mir stelle, ist: Mordet er aus Verlangen, aus Freude oder hat er ein höheres Ziel?«

»Höheres Ziel?«

»Ja, eine Metamorphose.«

»Eine Verwandlung also«, sagte Rech und spann den Faden gleich weiter: »Möchte er seinen Opfern mit dem Häuten Freiheit schenken?« Er schien Kramers Gedanken nicht folgen zu können.

»Freiheit, indem er sie ermordet? Desiree wirkt auf mich alles andere als unglücklich«, widersprach Brandt.

»Für dich und uns vielleicht. Aber möglicherweise nicht für den Mörder. Er sieht nur diese oberflächliche Hülle, die Schminke, den Schlank- und Schönheitswahn. Und genau das widert ihn wahrscheinlich zutiefst an. Vielleicht, weil er in seiner Kindheit und Jugend Opfer der coolen Jungs war. Also will er diesen Menschen zeigen, dass sie letztlich auch nicht anders sind als er.«

»Willst du damit sagen, er tut das aus Rache?«

»Das ist sehr gut möglich. Rache kann ein sehr starkes Motiv für Mord sein, genauso Anerkennung. Gerade für Serientäter. Fast alle hatten eine verkorkste Kindheit und ein schwieriges Verhältnis zur Gesellschaft und ihren Eltern ...«, begann Kramer auszuführen. Er schien in seinem Element. Seine Augen funkelten, seine Brust war nach vorne gedrückt und Brandt sah förmlich die Selbstverliebtheit in seinen Augen funkeln.

»Aber dafür häutet und skalpiert man doch niemanden«, widersprach Brandt.

»Gerade dann macht man das. Wenn er ein Außenseiter war und immer nur gehänselt wurde, ist das die beste Gelegenheit für ihn, endlich Aufmerksamkeit zu erlangen. Bald wird die ganze Welt über ihn sprechen. Er wird plötzlich ein Jemand. Angestachelt von so viel Aufmerksamkeit, wird er weiter morden, bis man ihn schnappt.«

»Ganz ehrlich – ich sehe das wie Lasse«, verteidigte Aydin seinen Partner. »An der Hochschule haben wir die größten Serientäter der Menschheitsgeschichte behandelt. Aber Häuten und Skalpieren passt irgendwie nicht in dieses Muster. Diese Psychopathen töten, weil sie sexuell befriedigt werden wollen oder weil sie Lust am Morden haben. Wie passt Skalpieren und Häuten dazu? Es ist unlogisch.«

»Sag das nicht. Es ist anders, aber für den Serientäter ist es logisch, was er tut. Jemanden zu töten, zu essen oder zu zerstückeln, ist doch heute nichts Besonderes mehr. Damit kann man keine Geschichte schreiben. Aber hiermit schon«, verteidigte Kramer seine Worte. Nicht nur das, Brandt schien es, als würde er damit auch die Tat dieses Killers verteidigen, ja rechtfertigen.

»Was glaubst du, wie alt der Täter ist? Aus welchem Umfeld kommt er?«, fragte Bender. Aus ihrem Blick konnte Brandt nicht deuten, ob sie Kramer glaubte oder nicht.

»Ich vermute, dass er aus ganz einfachen Verhältnissen stammt. Sein Alter schätze ich zwischen dreißig und fünfzig. Sich von seinen Ängsten zu befreien, ist nicht einfach, schon gar nicht für sozial gestörte Persönlichkeiten. So ein Prozess kann Jahrzehnte dauern. Er ist sicherlich ein nach außen hin schüchterner, introvertierter Mensch. Sehr scheu und sehr vorsichtig in dem, was er sagt und tut. Und genau das wird es schwer machen, ihn zu fassen.« Kramer machte eine kurze Pause, als wollte er sicherstellen, dass die Kollegen noch aufmerksam zuhörten.

Gerade als er weitersprechen wollte, klingelte das Telefon im Besprechungsraum.

Bender nahm das Gespräch an. Kramer schaute leicht gereizt. Er mochte es ganz und gar nicht, wenn er in seinen Ausführungen unterbrochen wurde.

Bender beendete das Gespräch. Sie wirkte überrascht.

»Was ist los?«, fragte Brandt.

»Wir wissen, von welcher Person das Haar stammt.«

Kapitel 6

»Du hast so schönes Haar«, sagte er leise, als er die Tür aufschloss und den Raum betrat. Das Mädchen saß auf dem harten Boden. Ihre Beine waren an Fußfesseln mit einer langen Kette befestigt, die in dem kalten Boden verankert war.

Das junge Mädchen hatte geweint. Als sie den Mann erblickte, wischte sie sich die Tränen vom Gesicht. Sie schrie nicht. Aber ihr Blick drückte dennoch Angst aus.

»Ich kenne Sie«, sagte sie, als sie sich ein wenig gefasst hatte.

»Du warst so lieb und hast mir Brot und Gebäck verkauft.« Er versuchte ein freundliches Gesicht zu machen, trotz seiner Nervosität.

»Und Brötchen«, korrigierte sie. »Bitte lassen Sie mich gehen, meine Eltern vermissen mich bestimmt.«

»Ich kann dich nicht gehen lassen. Ich würde dich auch ganz schrecklich vermissen«, erwiderte der Mann, als er sich neben sie auf den Boden setzte. »Das willst du doch nicht? Oder?«

Sie schluckte und wieder rannen ihr Tränen das Gesicht herunter. Sie hatte so viel geweint, dass sich die Tränen mit der Schminke vermischt und sie im Gesicht verteilt hatten.

»Wieso sitzt du auf dem kalten Boden? Auf dem Bett ist es doch viel gemütlicher?«

Sie antwortete nicht. Aber ihr Blick wanderte kurz zum Bett und dann wieder auf den Boden. Den Mann würdigte sie keines Blickes.

»Gefällt dir dein neues Zimmer nicht? Ich dachte, junge hübsche Mädchen stehen darauf? Bist du etwa keine Prinzessin?« Er schaute auf das Bett, dann ließ er seinen Blick durch den Raum schweifen und wieder auf dem Mädchen ruhen. Er hatte sich bei der Renovierung und Ausstattung des Zimmers sehr viele Mühe gegeben. Es war komplett in Rosa gehalten. Ein Himmelbett mit rosa Bettwäsche stand in der Mitte. Mehr gab es nicht in dem Zimmer.

»Ich mag kein Rosa«, brachte sie mit viel Mühe heraus.

Der Mann tat erschrocken und hielt die Hand vor den Mund. »Sag bitte so was nicht. Du bist doch eine Prinzessin. Dein Gesicht und dein Haar sind engelsgleich. Du bist doch ein Engel?«

»Ich will nur nach Hause, bitte. Ich sage ...«

Der Mann hielt den Zeigefinger vor den Mund, das Mädchen unterbrach ihren Satz. Er schloss die Augen und wippte mit dem Kopf, als hörte er eine Melodie.

Dann holte er einen Kamm aus der Hosentasche.

»Bitte lassen Sie mich gehen.«

»Sei still, sei lieb«, flüsterte er und hielt den Kamm an ihr Haar.

Sie wich mit dem Kopf aus, der Kamm verfehlte ihr Haar.

»Mach mich nicht wütend, kleine Prinzessin«, wurde der Mann laut und packte das Mädchen am Hals. Das Mädchen schrie vor Angst. Der Mann erhöhte den Druck auf ihren Hals und ihr Kopf lief rot an. Er drückte das Mädchen an sich und kämmte nun ihr langes offenes Haar.

Die Tränen und das Würgegeräusch ignorierte er, stattdessen pfiff er zunächst eine Melodie und begann dann die gefühlvolle Ballade *Angels* von Robbie Williams zu singen. Der Text sprach ihm ganz aus dem Herzen. Auch er liebte Engel. Immer wieder sang er den Refrain.

Es klang, als kämen die Strophen von einer alten Vinyl-Platte, die deutliche Kratzer auf der Oberfläche hatte und somit nichts mehr mit der schönen Stimme von Robbie Williams gemein hatte. Während er sang, kämmte er ihre Haare.

Fast schien es, als wäre er in Trance. Dass seine starke Hand, die noch immer ihren Hals umschloss, sie fast ohnmächtig werden ließ, bemerkte er in diesem Moment nicht. Dass sein Gesang nicht im Takt war, erst recht nicht.

Er glaubte, er wäre eins mit der Musik. Seine Augen waren weit offen und ganz im Banne des schönen Mädchenhaares.

»Einfach perfekt«, sagte er, als er aufhörte das Haar zu kämmen. Er roch daran. »Perfekt«, wiederholte er und löste den Griff.

Das Mädchen röchelte, atmete schwer und fiel zu Boden. Sie hustete.

Doch all das war ihm egal. Er war in seiner Welt und in dieser Welt bestimmte er. Und das war gut, denn sonst bestimmten andere.

»Ich weiß, es sind noch ein paar Wochen bis Weihnachten, aber ich habe schon ein kleines Geschenk für dich. Magst du es sehen?«

Das Mädchen röchelte noch immer, aber die Farbe war wieder in ihr Gesicht zurückgekehrt. Sie nickte und weinte zugleich. Der Mann sah nur das Nicken.

»Das freut mich«, reagierte er fröhlich und klatschte in die Hände. »Ich bin gleich wieder da. Du wirst es lieben.«

Er stand auf und verließ das Zimmer. Das Geschenk hatte er vor die Tür gestellt. Er nahm es und trat wieder ein.

Dann streckte dem Mädchen das Geschenk entgegen. Für einen kleinen Augenblick konnte man meinen, das Mädchen hätte ein Funkeln in den Augen. Es konnten aber auch die Tränen sein.

»Komm aufs Bett«, sagte er voller Vorfreude.

Sie gehorchte, stand auf und setzte sich aufs Bett.

»Ich bin schon ganz gespannt, ob es dir gefällt.« Er gab dem Mädchen das Paket und drückte sie an sich. Sie ließ es sich gefallen. Auch, dass er ihr die Haare mit der Hand streichelte und ihr dann einen Kuss auf die Stirn drückte, als wäre er ein enger Vertrauter.

Sie sah das Geschenk an und schien zu überlegen. Ihre Lippen bewegten sich kurz, aber es kam kein Satz heraus.

»Mach schon auf«, forderte er sie auf. Seine Augen funkelten vor Freude.

»Darf ich Sie was fragen?« Ihre Stimme klang sehr zerbrechlich, trotzdem konnte man sehen, dass es sie viel Kraft kosten musste, zu sprechen.

»Alles, was du willst, Prinzessin. Ich bin dein Freund.«

»Wollen Sie Sex?«

»Sex?« Der Mann hielt schockiert die Hand vor den Mund. Mit so einer Frage hatte er nicht gerechnet. Sie war doch schließlich noch sehr jung. Wie konnte sie ihm so eine Frage stellen?

»Ich bin nämlich noch Jungfrau und mit sechzehn viel zu jung für so was. Meine Eltern würden Ihnen viel Geld zahlen, wenn Sie mich ...«

»Wieso machst du die ganze Atmosphäre kaputt? Denkst du, ich bin ein Vergewaltiger?« Er schüttelte angewidert den Kopf, den zweiten Teil ihres Satzes hatte er schon gar nicht mehr wahrgenommen.

»Was wollen Sie dann von mir?« Das Mädchen schien nun deutlich gefasster. Als glaubte sie, dass es nichts Schlimmeres als eine Vergewaltigung geben könnte.

»Du bist auserwählt für etwas Größeres, etwas Wunderbares«, antwortete der Mann und sein Blick wanderte zu dem Geschenk. »Gleich wirst du verstehen.«

Das Mädchen verstand natürlich nichts, aber sie öffnete vorsichtig die rosa Verpackung.

»Es wird dir gefallen, davon bin ich überzeugt.« Der Mann kicherte, als könnte er es gar nicht mehr abwarten, dass sie endlich sah, was sich unter dem Papier verbarg.

Sie hatte inzwischen das Geschenkpapier von der Verpackung gelöst. Eine Barbie-Prinzessin kam zum Vorschein.

»Mach auf«, forderte der Mann sie auf.

Sie öffnete die Verpackung und holte die Puppe heraus. Die Puppe trug ein rosa Ballkleid, das mit Strass und Glitzer verziert war. Die Augen des Mannes wurden groß, er war auf ihre Reaktion gespannt.

»Wo sind ihre Haare?«, fragte das Mädchen erschrocken.

Der Mann antwortete nicht, sondern lächelte nur und streichelte ihr übers Haar.

Kapitel 7

Brandt bewunderte die Spurensicherung und ihre Arbeit. Es hatte für ihn schon fast etwas Magisches. Vor einigen Jahren hatte er sich selbst bei der Spurensicherung versucht, jedoch schnell erkannt, dass dieser Zweig der Polizeiarbeit nichts für ihn war. Ihm fehlte einfach die Geduld, auch die kleinsten Beweise zu finden und zusammenzutragen.

Außerdem war er nicht dafür gemacht, Leichen in allen nur denkbaren Zuständen, egal wie entstellt sie waren, zu begutachten oder zu überprüfen.

Daher war er sehr froh, dass Bender ihn selten zur Gerichtsmedizin schickte. Diesen Part übernahm Rech.

Rech war für seine akribische und sehr gründliche Arbeit bekannt und geachtet und genau dieser Arbeit hatten sie es zu verdanken, dass sie endlich eine heiße Spur im aktuellen Mordfall hatten: Thorsten Kruse!

Das gefundene Haar stimmte mit Thorsten Kruses DNA überein. Da er bereits aktenkundig war, hatte die Polizei seine DNA und Fingerabdrücke in ihrer Datenbank gespeichert.

»Ich wusste es«, sagte Brandt, als er mit Aydin Richtung Porz Eil fuhr.

»Ganz ehrlich, ich fand den Mann zwar sehr strange, aber ein Mörder?«

»Strange? Lernt man das auf der Hochschule?«, zog ihn Brandt auf.

»Das kannst du alter Mann natürlich ...«, wollte Aydin kontern, wurde aber von Brandt unterbrochen: »Was heißt hier alt? So viele Jahre trennen uns nun auch wieder nicht.«

In Wahrheit trennten Sie neunzehn Jahre.

»Wenn du dreißig Jahre wenig nennst«, foppte ihn Aydin mit einem breiten Grinsen.

»Ich werd dir gleich. Rein vom Aussehen halte ich doch locker mit dir mit.« Brandt wirkte für seine fünfundvierzig Jahre deutlich jünger und achtete sehr auf seinen Körper und sein Äußeres.

»Wenn du meinst ...« Aydin verzog das Gesicht.

Gerade als Brandt etwas erwidern wollte, hörten sie über Funk Benders Stimme.

»Jungs, keine Alleingänge. Ihr wartet auf das SEK und mich.«

»Klar, Chef.«

»Chefin«, berichtigte Bender. »Kruse wurde zur Fahndung ausgeschrieben. Die Ausfahrten aus Köln werden von Kollegen und der Streife überprüft. Haftbefehl dürfte in der nächsten Stunde erlassen sein. Wollen wir hoffen, dass er es war.«

»Hoffen? Wir haben seine DNA. Er war es, wie sonst soll das Haar an die Leiche gekommen sein? Kruse hat einen Fehler gemacht und dafür bekommt er gleich die Rechnung serviert«, erwiderte Brandt, der keinen Augenblick mehr daran zweifelte, dass Kruse ihr Mann war.

Mit diesen Beweisen sah alles danach aus, als würden sie endlich einmal einen Fall schnell auflösen – vor allem ohne dass es weitere Opfer geben würde.

Als Brandt in die Straße bog, in der Kruse wohnte, stellte er das Blaulicht aus. Er wollte Kruse nicht warnen und parkte das Auto in kurzer Distanz.

»Bleib bei mir«, sagte er zu Aydin.

»Sollten wir nicht auf Bender und das SEK warten?«, gab Aydin zu bedenken.

»Da sind sie ja schon«, reagierte Brandt etwas schroffer, als beabsichtigt. Er war einfach nur angespannt.

»Sehr gut, Jungs, dachte schon, ihr stürmt rein.« Bender stand nun neben den beiden. Ihr Blick war ernst und gefasst. »Wo wohnt das Schwein?«

»Im zweiten Stock«, antwortete Aydin.

Inzwischen war auch der Leiter des SEKs bei ihnen.

»Vier Männer werden alle Ausgänge überprüfen und schützen, auch die im Hinterhof. Vier von Ihren Männern, Brandt und ich werden die Wohnung betreten«, gab Bender Anweisungen.

»Was ist mit mir?«, fragte Aydin.

»Du wartest mit zwei Männern vom SEK im Hinterhof.«

»Ich will aber ...«

»Ich will auch so vieles. Das ist hier kein Wunschkonzert. Verstanden!?« Bender schien keine Diskussion zu dulden.

Aydin schaute verärgert zu Boden. Brandt grinste, schaute aber sofort wieder ernst, als Bender ihm einen strengen Blick zuwarf.

Brandt wusste natürlich, dass Bender es gut mit Aydin meinte. Nachdem er bei einem Einsatz angeschossen worden war, wollte sie ihn jetzt außerhalb der Schusslinie halten. Natürlich verstand sie ihn auch. Aydin war wie Brandt ein Vollblutbulle. Die Gefahr gehörte für ihn einfach dazu und kneifen passte da nicht hinein.

Aber mit Bender brachten solche Diskussionen nichts.

Alle Kollegen nahmen ihre Stellungen ein. Brandt folgte Bender mit den anderen Kollegen in den Hausflur. Die Tür stand glücklicherweise offen. Alle hielten ihre entsicherten Waffen in der Hand, ihre Schutzwesten lagen schwer auf ihren Schultern.

Mit langsamen und vorsichtigen Schritten stiegen sie die Treppe in den zweiten Stock hinauf. Eine junge Frau kam ihnen entgegen und erschrak.

»Alles in Ordnung, gehen Sie bitte zurück in die Wohnung«, forderte Bender die junge Frau leise auf. Diese gehorchte und lief die Treppe hoch. Da sie Schuhe mit Absätzen trug, machte sie dabei ziemlich viel Lärm.

Bender verzog die Lippen und schlug sich mit der linken Hand gegen die Stirn, als wollte sie sagen: Wie dämlich können Menschen sein!

Vor der Tür von Kruse blieben sie stehen.

Der Einsatzleiter des SEKs prüfte das Schloss und nickte kurz. Nachdem auch Bender genickt hatte, nahm er sein Spezialwerkzeug und öffnete das Schloss mit einer Leichtigkeit, als würde er den Originalschlüssel benutzen.

Langsam öffnete er die Tür und war nun der Erste, der die Wohnung betrat, gefolgt von Bender und den anderen.

Er gab ein Zeichen und zwei seiner Leute warteten vor dem Schlafzimmer, während er mit den anderen den Flur entlang ging und das Wohnzimmer betrat. Die Waffe hielt er vor seinen Körper, jederzeit bereit, sofort davon Gebrauch zu machen.

Brandt hatte ein ganz komisches Gefühl. Es war einfach zu ruhig. Viel zu ruhig dafür, dass jemand in der Wohnung war. Kein Fernseher, keine Musikanlage, selbst der Geruch von frischem Zigarettenrauch war nicht auszumachen. Und Kruse war doch ein Kettenraucher. Oder lauerte er auf sie, weil er sie vom Fenster aus gesehen hatte?

»Wohnzimmer sauber«, sagte der SEK-Leiter und gab ein Handzeichen. Seine Männer teilten sich auf, einer bewegte sich auf die rechte Wand, der andere auf die linke zu.

»Das sehe ich auch«, konnte sich Brandt einen spöttischen Kommentar nicht verkneifen. Schließlich war das Wohnzimmer nicht wirklich groß, warum sich das SEK-Team aufgeteilt hatte, verstand er nicht. Das SEK schien sich wieder wichtiger machen zu wollen als notwendig.

»Schlafzimmer auch sauber, sowie das Bad und die Küche«, meldeten die anderen beiden SEK-Beamten, als sie das Wohnzimmer betraten.

»Scheiße, er ist ausgeflogen«, fluchte Bender.

»Oder er war nie zu Hause«, erwiderte Brandt.

»Er kommt nicht weit. Alle Ausfahrten sind gesperrt.«

»Brauchst du mich noch?«, fragte Brandt.

»Wo willst du hin?« Bender schaute skeptisch.

»Ich habe eine Idee.«

»Und die wäre?«

»Ich kenne jemanden, der vielleicht weiß, wo er sein könnte«, antwortete Brandt und bevor Bender etwas erwidern konnte, verließ er das Wohnzimmer.

»Keine Alleingänge. Wenn du weißt, wo er ist, melde dich sofort!«, rief Bender ihm nach.

Brandt nahm mehrere Stufen gleichzeitig. Als er draußen war, kam ihm Aydin entgegen.

»Wir haben schon über Funk gehört, dass er nicht da ist.«

»Komm«, sagte Brandt und eilte zum Wagen.

»Wohin fahren wir?«, fragte Aydin, als Brandt bereits Vollgas gab.

»Zu Walter.«

Wenig später standen Brandt und Aydin vor dem Imbiss. Zwei Gäste waren vor ihnen und bestellten etwas zu essen.

Brandt wartete ungeduldig, dass die beiden Schlipsträger verschwanden, dennoch musste er kurz schmunzeln, als er sah, wie einer von ihnen herzhaft in die Currywurst biss und sich dabei fast bekleckerte.

Wenn es ums Essen ging, waren die Menschen doch gleicher, als ihre Kleidung und Stellung manchmal vermuten ließen.

»Sagt nicht, dass ihr schon wieder Hunger habt?«, begrüßte Walter sie.

»Was ist los? Ist dir kalt?«, antwortete Brandt, dem der Schal um Walters Hals nicht entgangen war.

»Machst du Witze? Es ist Dezember. Ich kann mir keine Erkältung leisten als Ein-Mann-Unternehmer.« Sein breites Grinsen verriet jedoch, dass er Brandts Spruch verstanden hatte. »Auch füllige Menschen können frieren«, warf er noch ein. »Aber ihr seid bestimmt nicht hier, um euch über meinen Halsschmuck lustig zu machen.«

»Wir brauchen deine Hilfe«, sagte Aydin.

»Das war eigentlich mein Part«, erwiderte Brandt und wurde gleich von Walter unterbrochen: »Der Kleine ist nicht auf den Kopf gefallen.«

»So klein bin ich nun auch nicht.«

»Wir sind nur neidisch auf dich, Junior, die besten Jahre liegen bereits hinter uns«, erklärte Walter und wendete einige Würstchen, die auf dem Grill lagen.

»Bei dir vielleicht ...«, kommentierte Brandt augenzwinkernd und fügte hinzu: »Wir brauchen wirklich deine Hilfe.«

»Na, dann schieß mal los.«

»Weißt du, wo Thorsten Kruse stecken könnte?«

»Kruse? Wieso?«

»Wir suchen ihn wegen Mordes«, antwortete Brandt. Er wusste zwar, dass er mit Informationen vorsichtig sein musste. Aber wenn er Walter nicht sagte, warum sie Kruse suchten, könnte er sich auf den Schlips getreten fühlen. Schließlich wollte Brandt Informationen von ihm, also musste er selbst auch welche herausrücken. Nur so konnte man Vertrauen aufbauen. Dass er so handelte, war mit ein Grund dafür, dass Walter und ihn ein freundschaftliches Verhältnis verband.

»Junge, Junge, da habt ihr aber Glück gehabt.«

»Warum?«, wollte Aydin wissen.

»Nachdem ihr hier wart, habe ich ein bisschen rumtelefoniert. Unser Thorsten treibt sich noch immer in der Szene rum ...«

»In welcher Szene?«, unterbrach ihn Aydin.

»Wenn du ihn aussprechen lassen würdest, wüssten wir das«, ermahnte Brandt seinen Partner.

»Aber, aber«, versuchte Walter zu schlichten. »In der exhibitionistischen Szene natürlich.«

»Es gibt so eine Szene? Ich dachte, das wären Einzeltäter?« Man konnte an Aydins Blick erkennen, dass er äußerst überrascht schien. »Was machen die, zeigen die sich gegenseitig ihr bestes Stück?«

»Das Internet gibt allen Durchgeknallten eine Plattform und dann dauert es nicht lange, bis sie sich in Foren austauschen. Sie erzählen sich, wo sie ihrer Leidenschaft nachgehen.«

»Leidenschaft?« Diesmal war es Brandt, der skeptisch schaute. Für ihn war das Wort Leidenschaft in diesem Zusammenhang absolut fehl am Platz. Fremden Frauen sein bestes Stück zu zeigen, war vieles, aber sicherlich nicht leidenschaftlich.

»Wollt ihr nun wissen, was ich weiß? Oder wollen wir uns wegen irgendwelcher Wörter streiten?«

»Wir sind ganz Ohr.«

Das Letzte, was Brandt jetzt gebrauchen konnte, war ein wütender Walter. Er war zwar die meiste Zeit der nette Brummbär, aber wenn er sich ärgerte, konnte er sehr ungemütlich werden.

»Er trifft sich öfter mit jemandem aus dem Kölner Raum.«

»Und du kennst nicht zufällig diesen Jemand?«

»Doch. Sein Name ist Olaf Peisker. Er wohnt in Mülheim.«

»Und wo genau?«

»Keine Ahnung. Ihr seid doch die Bullen. Ihr müsstet das wissen«, entgegnete Walter, der zwei Würste vom Grill nahm.

»Danke, ich bin dir was schuldig«, erklärte Brandt und gab Aydin zu verstehen, dass er ihm zum Auto folgen sollte.

»Wartet, Jungs. Bevor die schlecht werden.« Er reichte Brandt eine Wurst. »Keine Sorge, Kleiner, die ist aus Rind.« Walter zwinkerte ihm zu und lachte herzlich.

»Danke«, sagte Aydin, nahm die Wurst und schien noch etwas auf den Lippen zu haben, was er aber nicht aussprach.

»Keine Ahnung, wie er das macht, aber diese Würstchen sind echt phänomenal. Die Currywurst ist die leckerste.« Sie saßen wieder im Auto und Brandt steuerte auf Mülheim zu, einen Stadtteil Kölns, der rechtsrheinisch lag.

Während der Fahrt hatte er bei der Informationsbeschaffung angerufen und Fischer persönlich erreicht. Es hatte ihn nicht gewundert, dass Olaf Peisker aktenkundig war. Somit war es ein Leichtes, seinen aktuellen Aufenthaltsort zu erfahren.

Brandt hatte sich auch gleich erkundigt, ob es Neuigkeiten über das erste Opfer, Desiree, gab. Die Facebook- und Internetanalyse lief noch, aber wie Kramer bereits vermutet hatte, schien es keine Verbindung zwischen dem Täter und Desiree gegeben zu haben.

Alle Nachrichten auf Facebook stammten von Desirees Freunden, so weit wagte sich Fischer bereits festzulegen. Er versprach, Brandt zu kontaktieren, sobald er weitere Informationen hatte.

»Da scheint Kramer wohl richtig zu liegen«, kommentierte Aydin Fischers Worte.

»Kramer ist ein Idiot«, erwiderte Brandt genervt. Er mochte Kramer einfach nicht und wenn er auch noch recht hatte, umso weniger.

»Wieso magst du ihn eigentlich nicht? Ja, er ist aufgeblasen und arrogant, aber seinen Job scheint er draufzuhaben.«

»Er siezt dich«, entgegnete Brandt.

»Du hast mich auch gesiezt«, gab Aydin zurück.

»Das war doch was ganz anderes. Du willst mich doch wohl nicht mit diesem aufgeblasenen Lackaffen Kramer vergleichen?«

»Nein, natürlich nicht. Was ist denn zwischen euch vorgefallen?«

Brandt schaute irritiert. »Warum muss immer was vorgefallen sein? Ich mag keine arroganten Menschen wie Kramer, die denken, die Weisheit mit Löffeln gefressen zu haben. Diese aufgesetzte Freundlichkeit stößt bei mir einfach bitter auf. Das solltest du als Hamburger doch wissen.«

Aydin antwortete nicht, sondern schaute nur ahnungslos.

»Wahrscheinlich bist du nicht mal in Hamburg geboren.«

»Doch, natürlich. Im Marienkrankenhaus.«

»Egal, sprechen wir einfach nicht über den Idioten. Da vorne müsste es schon sein«, sagte Brandt, als er in die Holweider Straße einbog. Er parkte in der Nähe von Peiskers Wohnung.

»Nicht klingeln«, mahnte Brandt, als Aydin die Hand zur Klingel hob.

»Warum?«

»Deswegen«, sagte Brandt, denn nur wenig später kam jemand aus dem Wohnblock und Brandt betrat den Hausflur. »Ich will nicht, dass Peisker eine Chance hat, die Tür nicht zu öffnen.«

Aydin nickte nur.

»Du bleibst hinter mir. Entsichere die Waffe.«

»Wir wissen doch nicht mal, ob Kruse überhaupt bei ihm ist.«

Brandt hob die Brauen, er duldete keine Diskussion. Aydin zog die Waffe und entsicherte sie, dabei fiel Brandts Blick auf Aydins Schuhe.

»Und mach die Schnürsenkel ordentlich zu. Irgendwann stolperst du darüber. Am besten kaufst du dir mal gescheite Schuhe.« Brandt mochte diese halbhohen Chucks einfach nicht.

»Die sind gescheit«, verteidigte sich Aydin, der Chucks in verschiedenen Farben und Designs besaß.

Manchmal hatte Brandt das Gefühl, dass sich Aydin mit Absicht Chucks kaufte, um ihn zu ärgern. Brandt war immer top gepflegt, trug Hemd und elegante Lederschuhe, kaum Turnschuhe, außer zum Sport natürlich.

Aydin hingegen trug nur Turnschuhe, zerrissene Jeans und des Öfteren einen Kapuzenpulli. In Sachen Bekleidung lagen zwischen den beiden Welten.

Mit langsamen Schritten folgten sie dem Flur. Anhand der Namensschilder neben der Haustür hatte Brandt gesehen, dass Peisker im dritten Stock wohnen musste. Dort angekommen, gingen sie weiter den Flur entlang und standen bald vor der Wohnungstür von Peisker.

Brandt betätigte die Klingel.

Kapitel 8

»Warum muss sie immer schreien? Warum muss sie mich so wütend machen?«, brüllte er in den Raum. »Kann sie nicht verstehen, dass sie Teil von etwas Größerem ist? Etwas viel Größerem? Etwas Wunderbarem?«

Speichel tropfte ihm auf den Boden. Er wischte sich mit der Hand über den Mund.

»Musik, Musik ...« Der Mann nahm das Ende der rosa Federboa, die er um den Hals geschlungen hatte, und legte es über die Schulter. Er trug wieder seinen eng anliegenden Ganzkörperanzug, diesmal komplett in Rosa. Er musste seinen Bauch einziehen, damit das Kostüm nicht platzte.

»Es ist doch Weihnachtszeit, die Zeit der Liebe, wie kann man da nur so egoistisch sein?«

Sein Blick wanderte zu dem Kamm, den er vor Wut auf den Boden geschmissen hatte. Er war bei Kira gewesen. Bewusst sprach er ihren Namen nie aus. Er wollte keine Namen hören. Sie war nur seine Prinzessin.

Als er eingetreten war, hatte sie friedlich geschlafen. Er hatte sich an ihr Bett gestellt und ihr ein wenig beim Schlafen zugeschaut. Sie schnarchte nicht, ihr Atem war ruhig und ein Lächeln lag auf ihrem Gesicht.

Sie wirkte sehr glücklich. Nein, sie war sehr glücklich. Das jedenfalls glaubte er. Er setzte sich aufs Bett, holte seinen Kamm heraus und wollte gerade ihr wunderschönes Haar kämmen, als sie aufwachte.

»Guten Morgen, Prinzessin«, begrüßte er sie liebevoll.

Und wie antwortete sie? Sie schrie, nein, sie schrie nicht, sie brüllte. Wie ein altes hysterisches Weib. Er versuchte sie zu beruhigen. Doch sie schrie nur noch mehr. Er schlug ihr mit der Hand auf den Hinterkopf. Doch sie beruhigte sich einfach nicht. Statt endlich den Mund zu halten, schlug sie wild um sich, sodass ihm nichts anderes übrig blieb, als ihr mit der Faust ins Gesicht zu schlagen. Ihr Blut spritzte durch den Raum und klebte an seiner Faust.

Noch schlimmer, es beschmutzte die schöne Bettwäsche, und genau das machte ihn noch wütender.

Also schlug er wieder zu, dabei hasste er Gewalt doch so sehr. Sie versuchte sich mit Händen und Füßen zu wehren. Biss ihn dabei in den Oberarm. Er schrie auf, packte sie am Haar und schlug ihren Kopf auf die Matratze. Doch noch immer gab sie keine Ruhe, sodass ihm keine andere Wahl blieb.

Er hielt ihr den Mund zu, damit sie endlich Ruhe gab. Er wusste nicht wie lange, aber irgendwann hörte dieses jämmerliche Geheule und Treten auf. Er ließ sie los und sie regte sich nicht mehr. Nichts, rein gar nichts war von ihr zu hören.

Endlich, dachte er erschöpft. Schließlich wollte er ihr doch nicht wehtun, aber welche Wahl hatte er? Er warf ihr einen kurzen Blick zu, aber sie regte sich noch immer nicht.

Was dann genau passiert war, konnte er sich nicht erklären. Er wusste nicht, ob es die Angst vor seinem eigenen Blut gewesen war, schließlich hatte sie ihn gebissen, oder die Angst, dass sie tot sein könnte, die ihn dazu gebracht hatte, fluchtartig das Zimmer zu verlassen.

Er wollte sich einreden, dass es die Bisswunde gewesen war, schließlich glaubte er irgendwo gelesen zu haben, dass Bisswunden von Menschen gefährlich waren. Also war er ins Badezimmer gerannt, hatte die Wunde abgespült, Wundsalbe genommen und seinen rechten Unterarm verbunden.

Obwohl das Ganze schon einige Stunden zurücklag, war er noch immer wütend. Sein Blick war auf den Kamm gerichtet, der die Bilder wieder heraufbeschwor. Er war ein sehr emotionaler Mensch und manchmal voller Wut, die er, so gut es ging, zu bändigen versuchte.

Bei der Arbeit gelang es ihm, meistens jedenfalls. Aber in seinen eigenen vier Wänden gab es keine Mauern, die seine Persönlichkeit aufhielten, keine Grenzen, die ihm vorschrieben, wie er zu funktionieren hatte. Hier konnte er einfach er selbst sein und diese Wut war ein Teil seines Ichs.

Er glaubte zu wissen, woher diese Wut kam: Weil man ihm immer verwehrt hatte, der zu sein, der er tief in seinem Herzen war. Dieses Verlangen war einfach stärker als jede Norm, jede gesellschaftliche Ordnung. Und es war klar, dass seine Wut irgendwann die Oberhand gewinnen und ihn endlich dazu bringen würde, das zu tun, was er schon viel früher hätte tun sollen: glücklich sein!

Nur verstand es dieses dumme Mädchen nicht, warum hatte sie so hysterisch geschrien?

»Alles wird gut, du machst das Richtige.«

Der Mann nahm sein Handy, öffnete den Mediaplayer und suchte einen bestimmten Titel.

»Oh ja«, sagte er freudig wie ein Kind, dem gerade ein Geschenk überreicht wird. Er startete den Titel und begann mitzusingen: »Last Christmas ...«

Während er versuchte, den Song in so hoher Stimmlage wie George Michael zu singen, da auch er eine recht hohe Stimme hatte, fing er an, sich zu bewegen, zu tanzen. Wieder einmal spürte er, dass Musik etwas Beruhigendes, etwas Magisches hatte.

Seine Wut verflog und seine gute Laune kehrte langsam zurück, sodass er den Song erneut abspielte.

Diesmal sang und tanzte er nicht. Er ging mit dem Handy ins Wohnzimmer, wo ein großer Tannenbaum stand, der nur halb geschmückt war.

Auf dem Boden lag eine Kiste mit dem Baumschmuck.

»Heute nicht«, sagte er. »Dieses Weihnachten wird etwas ganz Besonderes.«

Im Wohnzimmer wie auch in den anderen Räumen standen große Spiegel. Er liebte Spiegel. Er liebte es, sich darin anzuschauen.

Er ging zur Couch und hob das blonde Haar auf, das darauf lag.

»So schönes Haar«, sagte er, roch daran und schloss die Augen.

Es war das Haar von Desiree. Er hatte die Haut von dem Haar entfernt, damit er die volle Schönheit des Haares bewundern, daran riechen und natürlich, damit er seinen Plan vollenden konnte.

Das Haar brauchte er noch, aber der Skalp, die Hautfetzen, die waren nur Müll, ein notwendiges Übel. Schließlich wollte er das Haar in seiner vollkommenen Schönheit und das bedeutete, von der Wurzel bis zu den Spitzen.

Dass die Wurzeln schon längst abgestorben waren, interessierte ihn nicht, er dachte nicht einmal daran.

Der Song von George Michael wiederholte sich inzwischen in Dauerschleife.

»Es ist Zeit«, sagte er, als er das Wohnzimmer verließ und die Küche betrat. Er ging zum Kühlschrank und nahm die Flasche mit dem Chloroform heraus, dazu ein Tuch aus der Kommodenschublade.

Damit bewaffnet machte er sich auf den Weg zurück zu Kira, schließlich war es nicht mehr weit bis Weihnachten und er hatte noch einiges vor sich.

Als er gerade aus der Küche herausgetreten war, erschrak er, denn es klingelte an der Tür.

Kapitel 9

»Vielleicht ist er nicht da«, flüsterte Aydin, als auch nach dem dritten Klingeln niemand Anstalten machte, die Tür zu öffnen.

Brandt verzog wütend das Gesicht und hielt den Zeigefinger an den Mund. Schließlich sollte Aydin still sein. Wie es schien, hatte er begriffen, denn Aydin presste die Lippen zusammen.

Er betätigte die Klingel noch einmal, doch noch immer schien es, als sei niemand zuhause. So wie es aussah, hatte Aydin recht gehabt.

Peisker war nicht in der Wohnung. Ausgeflogen? Oder mit Kruse auf der Flucht?

Brandt war so angespannt, dass er nicht in der Lage war, die richtigen Schlüsse zu ziehen. Sie waren Kruse so nahe gewesen und statt auf sein Gefühl zu hören und ihn zu verhaften, hatte er nichts getan, nur um einen Streit mit Bender zu vermeiden.

Dafür ohrfeigte er sich in Gedanken.

»Was jetzt?«, wagte Aydin einen erneuten Vorstoß.

»Ohne Durchsuchungsbeschluss können wir nicht rein«, antwortete Brandt und drückte mit der Hand gegen den Türgriff. Natürlich war abgeschlossen. »Komm, wir gehen.«

Doch genau in dem Moment glaubte er Schritte zu hören.

»Hinter mich«, sagte er hastig zu Aydin und dieser gehorchte.

Tatsächlich wurde die Tür geöffnet.

»Was soll der Scheiß?« Peiskers Begrüßung fiel alles andere als freundlich aus.

»Herr Peisker, wir müssen kurz mit Ihnen sprechen«, antwortete Brandt und versuchte locker zu bleiben. Aber Peisker war ihm auf den ersten Blick unsympathisch. Er trug eine graue alte Turnhose und ein dreckiges T-Shirt. Es sah aus, als hätte er sich mit Ketchup bekleckert.

»Warum? Wer sind Sie überhaupt?«

Peiskers Worte zeugten von seiner deutlichen Skepsis.

»Wir sind von der Kriminalpolizei Köln.« Brandt zeigte seine Marke, Aydin ebenfalls.

»Was wollt ihr von mir? Ich bin in Therapie«, platzte es aus Peisker heraus.

Er war ein wenig größer als Brandt, wobei Brandt mit seinen ein Meter einundachtzig auch nicht zu den kleinsten zählte. Selbst das große schwarze T-Shirt konnte nicht darüber hinwegtäuschen, dass Peisker korpulent war. Er war blass und hatte eine sehr unreine Haut. Vermutlich eine schwere Akne.

Das schüttere Haar, das breite Gesicht und die schmalen Augen machten aus ihm einen absolut unattraktiven Mann.

Eine dicke Warze am rechten Oberkopf fiel Brandt sofort ins Auge, er musste sich innerlich schütteln.

»Wir müssen Sie kurz sprechen.«

»Und warum?«

»Das würden wir Ihnen gerne in der Wohnung sagen.«

»Ich hab nicht aufgeräumt.« Als wollte er seinen Worten Nachdruck verleihen, stellte er sich nun genau in den Türrahmen, damit Brandt und Aydin sich nicht hindurchmogeln konnten.

Brandt hasste das. Warum verstanden diese Idioten nicht, dass es besser war, ihn hereinzulassen?

»Wir ermitteln in einem aktuellen Mordfall. Und Sie sind zur Aussage und Zusammenarbeit verpflichtet«, kam ihm Aydin zuvor, als ahnte er, dass Brandt ein dummer Spruch auf der Zunge lag.

»Dann kommen Sie halt rein. Ich traue Ihnen zu, dass Sie mich sonst verhaften. Ich hab schließlich nichts getan.«

Peisker zog die Nase hoch, das Geräusch, das er dabei machte, entsprach genau dem Bild, das Brandt von ihm hatte.

Sie folgten ihm ins Wohnzimmer. Brandt fiel auf, dass jede Zimmertür geschlossen war. Die Wohnung musste, den Türen im Flur nach zu urteilen, mindestens vier Zimmer haben.

Wozu braucht ein Single so eine große Wohnung?, überlegte Brandt, da er sich kaum vorstellen konnte, dass jemand wie Peisker verheiratet war.

Er wusste zwar nicht viel über Peisker, aber dieser hatte unfreiwillig schon jede Menge von sich preisgegeben. Er war in

Therapie und das sicherlich nicht freiwillig, sondern bestimmt auf richterliche Anordnung, was bedeutete, dass er in der Polizeidatenbank zu finden war.

Brandt würde die Informationsbeschaffung bitten, mehr über Peisker in Erfahrung zu bringen, als sie bisher über ihn wussten.

Das Wohnzimmer sah überraschend ordentlich aus, vor allem, wenn man Peiskers Outfit damit verglich. Brandt sah, dass auch Aydin überrascht schien, denn sein Blick fiel ebenfalls auf den großen Tannenbaum, der in der hinteren Ecke stand.

Was hatte jemand wie Peisker mit Weihnachten zu schaffen? Nicht mal Brandt hatte einen Weihnachtsbaum. Er konnte sich auch nicht so recht damit identifizieren. Und da er Single war, sah er keinen Grund, warum er bei diesem Weihnachtskitsch, dieser großen Kommerzfalle, mitmachen sollte. Die einzige Konstante an Weihnachten war der Besuch bei seinen Eltern in Hamburg. Bei dem Gedanken daran beschlich ihn ein merkwürdiges Gefühl. Irgendetwas sagte ihm, dass es sehr gut möglich war, dass ihn der Fall von dieser Reise abhalten könnte, wenn sie Kruse bis dahin nicht verhaftet hatten.

Brandt wusste nicht warum, aber in diesem Augenblick glaubte er, dass auch Aydin nicht Weihnachten feierte, da er Moslem war. Mit Sicherheit konnte er das natürlich nicht sagen, da er mit Aydin noch nie über Religion oder seine Familie gesprochen hatte. Sie verstanden sich zwar gut, aber so vertraulich waren sie noch nicht geworden.

Und Brandt hatte auch nicht die Absicht, das so schnell zu ändern.

»Haben Sie den geschmückt?«, fragte Brandt und zeigte auf den Tannenbaum.

»Ja, warum?«, murrte Peisker. »Ist das verboten?«

»Nein, mit Sicherheit nicht. Wohnen Sie alleine hier?«

»Mehr oder weniger.«

»Was denn nun? Ja oder nein?«, hakte Brandt nach. Er wollte noch nicht auf Kruse zu sprechen kommen. Irgendetwas gefiel ihm an Peisker nicht. Vielleicht konnte er ihm noch ein paar Informationen entlocken.

»Hin und wieder ist jemand ...«, reagierte Peisker ungehalten.

»Weiß dieser Jemand von Ihren Vorlieben?«

»Verdammt noch mal, denken Sie, ich hab mir das ausgesucht? Exhibitionismus ist eine anerkannte Krankheit und ich bin in Behandlung. Aber das interessiert euch Scheißbullen ja nicht.«

Brandt spürte, dass Peisker drohte, die Nerven zu verlieren.

»Kennen Sie einen Thorsten Kruse?«, fragte er daher. Um ihn nicht weiter zu provozieren, ging er auf Peiskers Beleidigung nicht ein.

»Thorre, klar. Was ist mit dem?«

»Wissen Sie, wo wir ihn finden können?«

»Hat Thorre wieder Mist gebaut?« Peisker lachte, als wunderte ihn das nicht.

»Wo können wir Kruse finden?«, wiederholte Brandt seine Frage.

»Ist er nicht zu Hause?«

»Sonst wären wir nicht hier.«

»Ich dachte, der wäre clean?«

»Sind Sie denn clean?«, platzte Aydin unüberlegt heraus.

»Was soll das?«, brüllte Peisker.

»Beruhigen Sie sich bitte. Beantworten Sie nur die Frage, wo wir Kruse finden können, dann sind Sie uns los.«

»Wenn er nicht zu Hause ist, dann ist er bei seiner Perle.«

»Perle?«, hakte Brandt nach.

»Simone heißt das Miststück. Seit er mit ihr zusammen ist, ist er voll daneben. Der merkt gar nicht, dass sie ihn nur verarscht.«

»Und wo finden wir diese Simone?«

»Bestimmt in ihrem Laden.«

»Und wo ist dieser Laden?« So langsam wurde Brandt wütend. Peisker warf ihnen absichtlich nur Informationsfetzen zu. Er spielte mit ihnen.

»In Nippes. Sie hat einen kleinen Blumenladen, glaube, von ihrer Mutter geerbt oder so.«

»Wo genau ist der Laden in Nippes und wie heißt er?«

»Das weiß ich doch nicht. Suchen Sie im Internet.«

»Das werden wir tun«, antwortete Brandt mit einem gepressten Lächeln.

»Dann können Sie ja endlich abhauen.«

Brandt und Aydin gingen zum Flur. Peisker folgte ihnen, als fürchtete er, sie könnten auf dumme Gedanken kommen und doch nicht gehen.

Brandt fielen wieder die geschlossenen Türen zu den anderen Zimmern auf.

Wer schließt zu Hause seine Türen?, huschte ihm der gleiche Gedanke wie zu Beginn ihres Besuches durch den Kopf.

»Zieht es in der Wohnung?«, konnte sich Brandt einen bissigen Spruch nicht verkneifen.

»Was?« Peisker schien die Andeutung nicht zu verstehen.

»Weil alle Türen verschlossen sind«, klärte Aydin ihn auf. Sein Grinsen verriet Brandt, dass er wahrscheinlich ähnlich dachte.

»Sie sind echt witzig.«

»Sie sollten sich einen neuen Verband drummachen.« Brandts Blick war auf den schlecht angelegten Verband an Peiskers linkem Unterarm, der bereits rot getränkt war, gerichtet. Ein deutliches Zeichen, dass die Wunde noch frisch und schlecht verbunden war.

»Werd ich machen«, antwortete Peisker und hielt die rechte Hand auf den Verband.

Brandt und Aydin gingen zum Wagen. Brandt fuhr los und wollte gerade eine Nummer wählen, als Aydin fragte: »Wen rufst du an?«

»Du Scherzkeks. Die Informationsbeschaffung. Die sollen mir sagen, welcher Blumenladen in Nippes dieser Simone gehört.«

»Mensch, Partner. Vielleicht ist dir das ja entgangen, aber unsere Smartphones haben Internet.«

»Witzig«, konterte Brandt.

»Fahr du nach Nippes, ich suche den Laden raus. So viele Blumenläden wird es da sicherlich nicht geben. Ich frag mich, wie du ohne mich überhaupt klarkommen konntest.«

»Nur nicht frech werden. Als schüchterner Neuankömmling hast du mir deutlich besser gefallen. Aber meine Schuld, ich bin zu locker mit dir. Außerdem wissen wir ja nicht einmal, ob er uns nicht angelogen hat.« Brandt lachte kurz auf, aber an Aydins Blick sah er, dass dieser für einen kleinen Augenblick verunsichert war. Und Brandt musste sich eingestehen, dass ihm diese Schadenfreude ein wenig gefiel.

»Ich frage mich, woran sich Peisker geschnitten hat. Es wirkte ja so, als ob er den Verband in aller Hektik angelegt hätte.«

»Gut beobachtet, Junior. Vielleicht war das der Grund, warum er die Tür so spät geöffnet hat. Aber ich wüsste nicht, was das mit unserem Fall zu tun haben sollte. Hast du schon was gefunden?«

»Nur Geduld, noch zwei Adressen, die ich überprüfen muss. Sag mal, warum beschäftigst du dich nicht intensiver mit dem Internet? Ich kann dir gerne Nachhilfe geben.«

»Du solltest lieber die anderen beiden Adressen überprüfen, statt so einen Dünnpfiff von dir zu geben.«

»Kein Grund, zickig zu sein.«

»Ich und zickig? Wer von uns ist wohl zickig? Sag mir lieber, wohin ich fahren soll. Wir sind nämlich gleich in Nippes.«

»Einen Moment«, bat Aydin. Er schien sich ein Lächeln zu verkneifen.

»Lach nicht.«

»Tue ich gar nicht ... Warte, hier ich habe sie. Der Laden ist in der Bergstraße.«

»Ist ja gleich um die Ecke. Wollen wir hoffen, dass Peisker seinen Kumpel nicht schon vorgewarnt hat.«

»Falls er uns überhaupt die Wahrheit erzählt hat«, gab Aydin zu bedenken.

»Wie heißt die Frau mit Nachnamen?« Brandt verstand Aydins Sorgen, aber welche Wahl hatten sie?

»Herder, wenn die Daten stimmen«, antwortete Aydin und band seinen Schnürsenkel zu.

Brandt schüttelte darüber nur den Kopf und parkte den Wagen. Sie betraten den kleinen Blumenladen.

»Guten Tag«, machte sich Brandt bemerkbar.

»Guten Tag, wie kann ich Ihnen helfen?«, fragte eine junge Verkäuferin. Sie hatte kurzes dunkles Haar und war ein wenig füllig. Brandt schätzte sie auf höchstens Ende zwanzig.

»Wir möchten mit Frau Simone Herder sprechen.«

»Das bin ich. Wie kann ich Ihnen helfen?« Die Freundlichkeit war aus ihrem Gesicht gewichen, stattdessen wirkte sie jetzt vorsichtig.

Brandt sah aus dem Augenwinkel, dass Aydin mindestens genauso überrascht schien wie er. Er hielt Kruse für einen Loser und ungepflegten Rowdy. Was konnte eine junge, normale Frau von so einem Psycho wollen?

Das Leben ging manchmal sehr seltsame Wege.

»Wir sind von der Kriminalpolizei. Das ist mein Kollege Emre Aydin und mein Name ist Lasse Brandt.«

Beide zeigten ihre Marken. »Kennen Sie einen Thorsten Kruse?«

»Ja, das ist mein Freund. Was wollen Sie von ihm?« Ihre Augen wurden schmal.

Brandt fragte sich, ob sie überhaupt wusste, wer Kruse in Wirklichkeit war, dass er vorbestraft war und ein Perverser.

»Wir müssen ihm ein paar Fragen stellen.«

»Hat er was angestellt?«

»Das wissen wir noch nicht. Haben Sie ihn heute gesehen?«

So richtig durschauen konnte er Herder nicht. Wusste sie, wer ihr Freund in Wirklichkeit war, und es war ihr egal? Liebe konnte schließlich blind machen. Oder war sie einfach zu entsetzt, um eine ehrliche Emotion zuzulassen, um geschockt und verletzt zu reagieren?

Vielleicht gehörte sie aber auch zu den Frauen, die einfach keine Gefühle zeigten.

»Nein, habe ich nicht. Aber ich kann ihm gerne etwas ausrichten.«

»Sicher?«, hakte Brandt nach, da er glaubte, dass sie log.

»Ja, ganz sicher.« Ihre Stimme klang allerdings sehr hohl.

»Wie gut kennen Sie Herrn Kruse?«

»Was soll diese Frage?«

»Nun, Frau Herder. Thorsten Kruse wird wegen Mordes gesucht. Er ist ein sehr gefährlicher Mann. Ich hoffe, Sie wissen, dass er bereits vorbestraft ist, weil er eine Frau vergewaltigen wollte.« Es war Zeit, Herder die rosarote Brille abzunehmen. Sie sollte wissen, wer dieser Kruse wirklich war, bevor sie ihn weiter in Schutz nahm.

Brandt war davon überzeugt, dass sie ganz genau wusste, wo Kruse steckte.

»Das glaube ich nicht. Er hat mir von dieser angeblichen Vergewaltigung erzählt. Er hat jahrelang unter seinem exhibitionistischen Verlangen gelitten. Aber er war in Behandlung. Schauen Sie nicht so erstaunt, Thorre und ich haben keine Geheimnisse voreinander.«

Mit so einer Antwort hatte Brandt nicht gerechnet. Hatte Kruse ihr gegenüber wirklich mit offenen Karten gespielt, weil ... Er mochte diesen Gedanken gar nicht zu Ende denken, aber diese Frage war nicht unbedeutend: Konnte es sein, dass Kruse diese Frau liebte?

»Dann ist es umso wichtiger, dass Sie uns die Wahrheit sagen«, drängte Brandt.

»Nochmals, ich habe ihn heute nicht gesehen.« Ihre Augen funkelten gefährlich.

»Dann werden Sie sicherlich eine Handynummer von Ihrem Freund haben«, mischte sich Aydin in das Gespräch ein. Brandt brauchte einen kleinen Augenblick, bis er zu verstehen glaubte, worauf Aydin hinauswollte.

»Ja, wieso?« Herder schaute verwirrt.

»Geben Sie uns einfach die Nummer«, forderte Brandt sie in strengem Ton auf. Herder schien das deutlich zu missfallen, doch sie nahm ihr Handy und suchte die Nummer heraus. Aydin tippte die Nummer in sein Handy ein.

»Wohnen Sie oben?«, fragte Brandt.

»Ja.«

»Dann wird es Sie sicherlich nicht stören, wenn wir uns kurz bei Ihnen umsehen, oder?«

»Dürfen Sie das überhaupt?«, fragte sie und wollte das Handy in die Tasche ihrer dünnen Jacke zurückstecken, als Aydin einen Schritt auf sie zu machte und ihr das Handy wegnahm.

»Was soll das?«, rief die junge Frau.

»Was soll *das*?«, erwiderte Aydin lautstark. Auf dem Display erschien:

Thorre – Schatz

»Was?«, tat sie unwissend.

»Sie haben Kruse angerufen, um ihn zu warnen«, antwortete Aydin, nachdem er das Handy ausgeschaltet hatte.

»Er ist in Ihrer Wohnung?«, schlussfolgerte Brandt. Herders ängstlicher Blick verriet ihm, dass er richtig lag.

Kapitel 10

Er hatte seine ungebetenen Gäste schnell abgeschüttelt. Er betrat das Badezimmer, öffnete den Waschbeckenunterschrank und nahm die Flasche mit dem Chloroform und das Tuch heraus.

Er hatte beides dort versteckt, bevor er die Haustür geöffnet hatte.

Eigentlich hatte er die Tür gar nicht öffnen wollen, doch nachdem das Klingeln einfach nicht aufgehört hatte, hatte er sich durchgedrungen, doch zu öffnen.

Mit dem Chloroform in der Hand ging er zurück zu seiner Prinzessin.

Als er das Zimmer betrat, lag sie noch immer regungslos auf dem Bett. Er erschrak.

»Stirb mir nicht«, platzte es aus ihm heraus. Hatte er sie doch zu hart angefasst? Er hoffte es nicht. Er brauchte sie lebendig, nur lebendig würde sie sich richtig häuten lassen, das jedenfalls glaubte er.

Das junge Mädchen regte sich jedoch selbst dann nicht, als er über ihr stand.

»Nicht tot sein, du darfst nicht tot sein«, stammelte er irritiert, dabei bewegte sich sein Kopf schnell hin und her und seine Stimme bekam einen noch höheren Tonfall als ohnehin, sie klang beinahe hysterisch.

»Wach auf«, forderte er das Mädchen auf.

Keine Regung.

Er berührte sie mit der Hand an der Schulter.

»Wach auf!«

Noch immer keine Regung.

Jetzt begann er sie zu schütteln. Sie zeigte keine Reaktion, sodass er sie kräftiger durchschüttelte.

Seine Augen wurden groß und er brabbelte Worte ohne Sinn. Er schluckte den sich sammelnden Speichel hektisch herunter.

»Du schläfst nur. Sag, dass du nur schläfst«, brüllte er und drehte sie auf den Rücken. »Du lebst«, brüllte er wieder.

Fast weinte er, so sehr steigerte er sich in das Ganze hinein.

»Nicht wütend werden«, ermahnte er sich zur Ruhe.

Und dann glaubte er endlich aus dieser Unsicherheit befreit zu werden. Sie bewegte sich.

Das Schicksal hatte kein Mitleid mit ihr und holte sie zurück ins Leben.

»Du lebst, ich wusste es!« Er strahlte über beide Ohren.

Sie sah ihn nur an. Ihr Blick war leer und verloren, als begreife sie nicht, was gerade um sie geschah. Als würden ihre Augen sagen, lass mich bitte weiterschlafen. Für immer. Aber das Leben war brutal.

»Alles wird gut«, ließ er sie wissen, als er das Tuch mit Chloroform tränkte. Kiras Augen wanderten zu dem Tuch, aber sie schien zu keiner Reaktion fähig.

Der Mann stellte die Flasche auf den Boden und beugte sich zu seiner Prinzessin herunter. Dann drückte er ihr das Chloroform auf den Mund. Es war einfach, viel einfacher als bei Desiree. Desiree hatte sich gewehrt, als er ihr das Chloroform auf den Mund gedrückt hatte, um sie zum Operationssaal zu führen.

Dabei gab es in seinen Augen keinen Grund für so ein ungebührliches Verhalten, schließlich wurden sie doch Teil von etwas Großem, etwas Wunderbarem.

Kira hatte exakt den gleichen Ausdruck in ihren Augen wie Desiree. Es war dieses Verzweifelte, nicht Verstehende.

»Gleich wirst du verstehen«, versuchte er beruhigend auf sie einzureden. Das Chloroform wirkte. Sie verlor das Bewusstsein. Er löste die Fußfesseln und trug sie in den Operationssaal.

Sie war sehr leicht, leicht wie eine Fee, fand er, und immer wieder fiel sein Blick auf ihr wunderschönes hellblondes Haar. Allein der Anblick betörte ihn und machte ihn glücklich.

Er war wieder mit sich im Reinen. Dass sie hätte tot sein können, wäre ein Schock gewesen, den er nicht verkraftet hätte.

Er legte sie auf den Metalltisch und bevor sie aufwachte, zog er sie aus. Danach fixierte er ihre Arme, Beine, den Oberkörper und den Hals mit den Lederriemen, die am Tisch befestigt waren. Er fixierte auch ihren Kopf. Die Enden der Riemen waren in Metall gefasst und fest mit dem Tisch verschweißt. Es war eine Spezialanfertigung, die er selbst ausgeführt hatte, dabei war er nicht einmal Schweißer, aber er war handwerklich begabt.

Danach nahm er sein Handy heraus und spielte die Musik aus den guten alten Zeiten. Er hörte gerade *Roxanne* von The Police, als das Mädchen wieder zu sich kam. Er machte die Musik leiser.

»Schön, dass du wach bist«, begrüßte er sie freundlich. Er saß auf einem Stuhl, der in der Nähe des Tisches stand.

Sie schaute ihn nur an. Anscheinend war sie noch immer benommen.

»Du wirst gleich verstehen«, sagte er, als er von seinem Stuhl aufstand und einen Schritt auf sie zu machte.

Sein Blick fiel auf sein Operationsbesteck, das auf dem Tisch lag.

Sie folgte seinem Blick und schien langsam zu begreifen, in welch auswegloser Situation sie sich befand, denn ihre Augen wurden feucht. Und dann schrie sie aus Leibeskräften. Sie brüllte all ihre Angst hinaus, versuchte sich zu befreien, indem sie sich wie verrückt hin und her bewegte.

»Sei still«, fuhr der Mann sie an, doch das junge Mädchen gehorchte nicht. Sie war hysterisch wie ein gefangenes Schäfchen, das zur Schlachtbank geführt wird.

Er atmete schwer, und dann schlug er zu. Er traf sie mit der Faust ins Gesicht.

Er glaubte etwas knacken zu hören. Ihre Nase war gebrochen und Blut schoss heraus. Das Mädchen schrie kurz auf, verstummte dann aber genauso plötzlich.

»Bitte ...«, konnte sie nur verzweifelt herausbringen, bevor der Mann ihren Mund mit einem Klebestreifen zuklebte.

»Deine Schuld! Ich brauche Ruhe, Ruhe! Wieso begreift keiner, was für ein Wunder ich vollbringe?«, brüllte er das völlig verängstigte Mädchen an.

Er nahm ein Skalpell und wie bei Desiree betrachtete er nun ihren Körper genauer. Desirees Intimbereich war schöner und vollendeter gewesen als Kiras. Daher verschwendete er auch keine weitere Zeit mit ihrem Körper. Er setzte das Skalpell an ihre Stirn. Er spürte die gleiche Energie, die er auch gespürt hatte, als er Desiree skalpiert hatte. Das wertete er als gutes Zeichen und schritt mit seinem Plan fort. Er sah das schmerzverzerrte, flehende und verzweifelte Gesicht des jungen Mädchens nicht. Er sah nur das Werk, das er zu vollenden gedachte.

Als er fertig war, bewegte sich Kira nicht mehr. Ob sie tot war oder nicht, war ihm völlig egal. Er war in Trance. Er hielt ihren Skalp mit den schönen langen Haaren in den Händen. Es war pure Magie. Aber die Arbeit war noch nicht fertig. Er setzte das Skalpell an ihrem Körper an, schließlich musste er sie noch häuten. Dennoch ließ er es sich nicht nehmen, an ihrem blonden Haar zu riechen, es zu berühren und zu schmecken und dann ihren Skalp auf seinen Kopf zu setzen. Blut tropfte über sein Gesicht, aber das war unwichtig. Wichtig waren nur die schönen langen blonden Haare auf seinem Haupt. Er bewegte seinen Kopf hin und her, als würde er weiterhin Musik hören, dabei fiel der Skalp auf den Körper des Mädchens. Sein Blick wanderte zu ihrem Bauch, wo der Skalp lag. Ihr Bauch hob und senkte sich ganz langsam. Wahrscheinlich lebte sie doch noch. Fasziniert schaute er dieser Bewegung kurz zu.

Doch dann besann er sich wieder und setzte das Skalpell an, um mit der Häutung zu beginnen. Er machte einen sauberen Schnitt am Bauch, dabei fiel ihm etwas Komisches auf.

Etwas irritierte ihn. Er hob den Skalp hoch, betrachtete das Haar genauer. Jetzt gab es keinen Zweifel mehr.

Eine unbändige Wut überkam ihn.

»Du falsche Schlampe«, brüllte er und schnitt dem Mädchen die Kehle durch.

Kapitel 11

»Wenn Sie uns nicht sofort die Wahrheit sagen, verhaften wir Sie und stürmen Ihre Wohnung«, drohte Brandt.

Herder schien so verunsichert, dass sie immer wieder von Brandt zu Aydin schaute.

»Geben Sie uns bitte die Wohnungsschlüssel. Wenn Sie einen Tatverdächtigen verstecken und die Polizei belügen, machen Sie sich strafbar. Sie wollen doch nicht ins Gefängnis?«, versuchte Aydin ihr auf freundliche Art klarzumachen, dass sie besser kooperierte.

Herder griff in die Hosentasche und holte einen Schlüsselbund heraus, sie reichte ihn Aydin, ohne etwas zu sagen. Aber ihre Augen wurden feucht.

Brandt hatte kein Mitleid mit ihr. Wie konnte man sich auf einen Perversen wie Kruse einlassen? Wie könnte er für solche Frauen je Verständnis haben? Es gab doch genug nette Männer in Köln, warum gerade Kruse?

»Sie bewegen sich nicht von der Stelle, klar!?«

Sie nickte nur.

»Wo ist die Wohnung?«

»Im ersten Stock, gleich die erste, wenn Sie den Flur erreichen«, antwortete sie.

»Danke«, sagte Aydin.

Brandt schüttelte nur den Kopf. Es gab schließlich keinen Grund, freundlich zu sein. Beide betraten den Hausflur und nahmen die Treppe nach oben.

»Bleib ...«

»Ich weiß, hinter dir bleiben und Waffe entsichern«, kam Aydin ihm zuvor.

Brandt hob die Augenbrauen, antwortete aber nicht. Seine Waffe war längst entsichert.

Vor der Tür blieb er kurz stehen, schaute zu Aydin und versuchte, die Tür vorsichtig zu öffnen. Sie war verschlossen.

Er nahm den Schlüssel und öffnete, dann betrat er die Wohnung, die Waffe nach vorne gerichtet und bereit, sofort abzufeuern, wenn Kruse Dummheiten machte.

Aydin folgte ihm.

Aus einem Raum kamen leise Geräusche und genau dort vermutete er Kruse. So leise wie möglich näherten sich beide dem Raum, was gar nicht so einfach war, denn der Boden des Flurs bestand aus alten Dielenböden, was für einen Altbau keine Seltenheit war.

Brandt hoffte, dass das Quietschen der Dielen Kruse nicht aufschreckte oder gar zu einer Dummheit hinreißen ließ. Nur noch ein Schritt trennte ihn von dem Zimmer. Die Tür war geschlossen. Vorsichtig betätigte Brandt die Türklinke, sie ließ sich herunterdrücken, die Tür bewegte sich nach vorne.

Er schob die Tür noch ein Stück weiter auf, trat mit einem großen Schritt ins Zimmer, die Waffe noch immer nach vorne gerichtet, und schrie: »Keine Bewegung, hier ist die Polizei!«

Was er dann sah, war widerwärtig und schockierend zugleich.

Kruse stand vor dem Fernseher, nackt, und holte sich einen runter. Als Kruse Brandt bemerkte, erschrak er und hielt sich die Hand vor den Schritt.

»Was soll das?«, brüllte Kruse, der die Fassung zurückgewann.

»Sie sollten sich etwas anziehen. Außerdem befinden Sie sich nicht in der Position, hier irgendwelche Fragen zu stellen«, machte Brandt unmissverständlich deutlich.

Kruse wollte etwas antworten, schien aber seine Worte herunterzuschlucken und ging zur Couch, wo seine Sachen lagen. Brandt hatte ihn die ganze Zeit im Visier. Einmal blickte er kurz zu Aydin, der die ganze Situation anscheinend belustigend fand. Als er jedoch Brandts scharfen Blick sah, senkten sich seine Mundwinkel und er schaute wieder mit erhobener Waffe zu Kruse.

Nachdem sich Kruse angezogen hatte, fuhren sie mit ihm aufs Revier.

»Gut gemacht«, begrüßte Bender die beiden, als sie schwungvoll die Bürotür öffnete. »Ist er im Verhörraum?«

»Ja, wir wollten uns gerade auf den Weg zu ihm machen.«

»Und warum habt ihr mich nicht angerufen?«

»Ehrlich gesagt, wusste ich nicht, ob du da bist«, versuchte Brandt sich herauszureden.

»Ein Anruf hätte für Klarheit gesorgt.« Mit diesem Satz zeigte Bender, was sie von dieser Ausrede hielt.

Die Wahrheit war, dass Brandt seine Chefin nicht bei dem Verhör hatte dabeihaben wollen, da er wusste, was jetzt kam.

»Wie auch immer«, fing sie an. »Ich bin dabei. Kramer ist auch schon auf dem Weg.«

»Kramer?«, platzte es aus Brandt. Genau das hatte er befürchtet.

»Mensch, Brandt. Ich weiß, du magst Kramer nicht. Aber er ist ein verdammt guter Fallanalytiker. Ich will, dass er aus dem Nebenzimmer das Gespräch beobachtet, um uns zu sagen, ob Kruse lügt oder nicht.«

»Das kann ich auch. Wenn du mich denn lassen würdest.«

»Keine Diskussion. Dass ihr ihn geschnappt habt, freut mich sehr. Aber das gibt weder dir noch Aydin das Recht zu glauben, Kruse würde jetzt euch gehören.«

»Das habe ich ja auch gar nicht gemeint«, erwiderte Brandt.

»Na wunderbar, dann lass uns keine Zeit verlieren«, konterte Bender und trat zur Tür, um jede weitere Diskussion im Keim zu ersticken.

Brandt schluckte diese Kröte, vorerst. Aber er war fest entschlossen, sich das Verhör nicht aus der Hand nehmen zu lassen, Kruse gehörte ihm. Brandt nahm eine Mappe vom Tisch und trat aus dem Büro.

»Stimmt es, dass er sich einen geschrubbt hat?«

»Was?«, fragte Aydin, der neben Bender den Flur entlang in Richtung Verhörzimmer lief. Brandt ging vor ihnen.

»Ja, wir haben ihn beim Wichsen erwischt«, übersetzte Brandt.

Aydin lief kurz rot an, anscheinend war es ihm unangenehm, neben seiner Chefin so derbe Worte zu benutzen.

Bevor sie ins Verhörzimmer gingen, betraten sie das Nebenzimmer. Kramer hatte bereits auf einem Stuhl Platz genommen. An der rechten Wand war ein großes verspiegeltes Fenster, aus dem sie in den Verhörraum schauen konnten. Außerdem gab es noch zwei Monitore, die die Kamerasignale aus dem Verhörraum übertrugen, die Aufnahme wurde auf einer Festplatte gespeichert.

»Wir gehen rein«, sagte Brandt, tippte Aydin auf die Schulter und wollte den Raum verlassen, als Bender ihn aufhielt.

»Keine Dummheiten. Wir stehen so kurz davor. Alles spricht gegen Kruse. Jetzt brauchen wir nur noch seine Aussage. Dräng ihn nicht und halt dich im Zaum. Kramer und ich werden vorerst von hier aus das Verhör beobachten.«

»Okay«, antwortete Brandt und warf Kramer einen kurzen Blick zu, der anscheinend mit der Entscheidung nicht zufrieden war, was Brandt erfreute.

»Ich meine das ernst, Brandt. Wenn ich das Gefühl habe, dass du zu weit gehst, werden Kramer und ich euch ablösen.«

Brandt verdrehte nur die Augen, da Bender sich diese Belehrung hätte schenken können. Er war schließlich kein Anfänger und dies nicht sein erstes Verhör.

»Ich führe das Gespräch und du mischst dich erst ein, wenn ich ein Zeichen gebe, klar?«, machte Brandt deutlich, als er mit Aydin im Flur stand.

»Wie immer«, kommentierte Aydin, was Brandt zu einem kritischen Blick hinriss.

Du tust mir unrecht, wollte Brandt sagen, aber er ließ es dabei. Er konnte jetzt keine Auseinandersetzung mit Aydin gebrauchen. Und dessen Anspannung verriet ihm, dass er streitlustig war.

»Was soll diese Scheiße?«, brüllte Kruse, als Brandt und Aydin das Verhörzimmer betraten.

»Sie können gehen«, ließ Brandt den Polizeibeamten wissen, der bis dahin auf Kruse aufgepasst hatte.

Kruse saß am Tisch, sein Blick und seine Körpersprache signalisierten Konfrontation.

Brandt und Aydin nahmen ihm gegenüber Platz.

»Wenn Sie sich beruhigen, können wir das Ganze schnell beenden.«

»Sie verarschen mich doch! Ich habe niemanden ermordet. Verdammte Scheiße, ich will meinen Anwalt sprechen.«

Kruses Augen stachen hervor, seine Kiefer waren extrem angespannt und Brandt erwartete jeden Augenblick, dass Kruse explodierte.

»Keine Sorge, Sie bekommen noch jede Menge Gelegenheit, mit Ihrem Anwalt zu sprechen.«

»Ohne meinen Anwalt sage ich nichts«, schnaubte Kruse.

Brandt öffnete die Mappe, die er in den Händen hielt, nahm ein paar Fotos heraus und reichte sie Kruse.

»Was soll das?«

»Schauen Sie sich die Fotos an. Und dann beginnen wir von vorn.« Diesmal erhob Brandt seine Stimme. »Die Tote auf den Fotos heißt Desiree Steinbach. Sie war neunzehn Jahre alt und hatte ihr ganzes Leben noch vor sich.«

Inzwischen hatte die Blutprobe die Annahme bestätigt, dass es sich bei der Toten um Desiree handelte.

Kruse schaute nur flüchtig auf die Fotos und Brandt glaubte, einen Ekel in seinen Augen zu sehen.

»Schauen Sie sich alle Fotos an. Sie haben ihr das angetan. Und jetzt sagen Sie noch einmal, dass Sie das junge Mädchen nicht auf bestialische Weise ermordet haben.«

Brandt atmete hörbar aus und es kostete ihn viel Kraft, ruhig zu bleiben, aber er wollte Kramer im Nebenzimmer keine Gelegenheit geben, gegen ihn zu sticheln.

»Warum zeigen Sie mir diese kranken Fotos? Ich bin kein Mörder und von Häuten habe ich überhaupt keine Ahnung. Sie sollten einen

Schlachter suchen«, antwortete Kruse, grinste überheblich und warf die Fotos zu Brandt zurück.

»Grinsen Sie nicht so dämlich. Wir haben Beweise, die gegen Sie sprechen.«

»Was denn für Beweise?« Kruse schien Brandt nicht zu glauben. Brandt wusste nicht, was geschehen war, aber seit Kruse die Fotos gesehen hatte, war er wie ausgewechselt. Als hätten die Fotos ihn darin bestärkt zu glauben, dass er mit der Tat nichts zu tun hatte.

Ein Freak, dachte Brandt und zweifelte nach wie vor keinen Augenblick daran, dass Kruse ihr gesuchter Täter war.

»Jemand hat Sie gesehen. Ein Obdachloser«, kam Aydin seinem Partner zuvor.

»Ein besoffener Penner, toller Zeuge«, machte sich Kruse über Aydins Bemerkung lustig.

»Und wir haben ein Haar von Ihnen«, ließ Brandt die Bombe platzen.

»Ein was?« Zu mehr kam Kruse nicht. Er schien diesmal wirklich fassungslos.

»Sie haben einen Fehler gemacht, Kruse. Wir haben ein Haar von Ihnen an der Leiche gefunden. Wollen Sie noch immer leugnen, dass Sie schuldig sind? Machen Sie es nicht schlimmer, als es ohnehin schon ist«, versuchte Brandt ihm eine Brücke zu bauen, obwohl sein Innerstes Kruse am liebsten seine Faust hätte schmecken lassen.

»Das ist unmöglich, ich habe diese Leiche noch nie gesehen.«

»Und wie kommt dann Ihr Haar da hin?«, fragte Aydin.

»Sie haben diese junge Frau auf bestialische Weise ermordet und ihre Leiche in dieser großen Industriemülltonne entsorgt, aber Sie haben Fehler gemacht. Sie wurden gesehen und wir haben Ihr Haar. Verdammt noch mal, Kruse, geben Sie doch endlich zu, diese grausame Tat begangen zu haben. Der Staatsanwalt wird das zu würdigen wissen«, drängte Brandt auf ein Geständnis. Die Worte lagen ihm wie Blei auf der Zunge. Dass er einem Psycho, einer

Bestie wie Kruse überhaupt so ein Angebot unterbreitete, widersprach seiner festen Überzeugung.

Aber er war Polizist und als Polizist war das Leben nun einmal kein Wunschkonzert.

»Ich schwöre, ich habe diese Frau nicht ermordet. Ich bin unschuldig«, wiederholte Kruse und für Brandt schien es so, als hätte Kruse ein Tonband in Dauerschleife laufen, um sich vor der Verantwortung für seine Tat zu drücken.

»Was sagt eigentlich Ihre Freundin zu Ihren kranken Vorlieben?«, fragte Brandt und änderte die Taktik.

»Was?« Kruse schaute irritiert. »Kann ich eine Kippe haben?«

Er schien nervös zu werden.

Brandt hatte eine Idee.

»Na, Ihre neue große Liebe. Frau Herder, die Blumenverkäuferin. Oder spielen Sie ihr nur was vor?«

»Nein, natürlich nicht. Wir lieben uns und sie weiß alles über mich und meine Vergangenheit«, erwiderte Kruse.

Brandt presste die Lippen zusammen. Herder hatte, wie es aussah, die Wahrheit gesagt. Der kranke Psycho hatte ihr anscheinend wirklich seine Vergangenheit offengelegt.

Brandt hatte nicht selten erlebt, dass gerade verliebte Frauen für ihren Partner logen, vor allem, wenn dieser sehr dominant war.

»Und sie hat kein Problem damit, dass Sie wildfremden Frauen Ihren Penis zeigen?«, provozierte Brandt.

»Ich bin geheilt, das habe ich Ihnen doch gesagt«, wurde Kruse laut.

»Sicher? Warum haben Sie masturbiert, als wir Sie im Wohnzimmer überrascht haben?«, reizte Aydin ihn weiter.

So gefiel Aydin Brandt am besten, wenn er intuitiv verstand, wann er was zu sagen hatte.

»Ein Mann hat halt Bedürfnisse.«

»Bedürfnisse? Lässt Herder Sie nicht ran?«, stichelte Brandt.

»Was hat das Ganze mit diesem Scheißmord zu tun?«, wurde Kruse nun laut.

»Sehr viel. Sie haben Desiree Steinbach ermordet, weil Sie nicht aus Ihrer Haut können. Sie sind, wer Sie sind, und kein Psychiater der Welt wird das jemals ändern können«, brüllte Brandt und schlug mit der flachen Hand auf den Tisch.

Kruse zuckte kurz zusammen, fast wirkte es, als hätte ihn Brandt endlich da, wo er ihn haben wollte. Kruse wirkte eingeschüchtert.

»Warum haben Sie die junge Frau ermordet?«, fragte Brandt. Er wollte mit dieser Frage keinen Zweifel daran lassen, dass Kruse schuldig war.

»Ich habe niemanden getötet«, erwiderte Kruse, doch seine Stimme klang alles andere als sicher.

»Wem machen Sie etwas vor? Ihr Freund Olaf Peisker hat uns gegenüber ausgesagt, dass Sie sich nach wie vor in der Szene herumtreiben«, hob Brandt zum nächsten Angriff an.

Natürlich stimmte das so nicht, aber woher sollte Kruse das wissen? Allein dass Brandt den Namen erwähnte, schien Eindruck zu hinterlassen. »Wir machen unsere Hausaufgaben, Herr Kruse«, setzte Brandt nach.

»Es ist kompliziert. Wirklich, ich wollte das nicht. Aber manchmal ist der Drang zu stark«, fing Kruse an, endlich die Wahrheit zu sagen.

Aydin wollte etwas ergänzen, aber Brandt hielt ihn am Arm. Er wollte Kruse alle Zeit geben, die er brauchte, um endlich den feigen Mord zu gestehen.

»Simone hat alles verändert. Ich bin jetzt ein anderer Mensch«, schien er sein Verhalten zu erklären. »Wir haben keine Geheimnisse voreinander.«

»Dann sollten Sie ihretwegen endlich ein Geständnis ablegen.« Brandts Stimme bekam eine Weichheit, die selbst Aydin einen kurzen verwunderten Blick entlockte.

»Ich habe ihr alles gestanden, was ich getan habe, und sie hat mich nicht abgewiesen. Sie verurteilt mich nicht wie andere.«

Brandt war für einen kurzen Augenblick wie erstarrt. Hatte Kruse gerade gesagt, dass er Herder den Mord gestanden hatte? Wenn ja, was für ein Mensch war Herder, dass sie nicht zur Polizei ging, sondern ihn deckte? Konnte Liebe wirklich so blind machen?

»Was haben Sie ihr gestanden?«, fragte Aydin.

»Was ich getan habe«, antwortete Kruse und fügte hinzu: »Die Sache mit dem Schwanz. Es ist ein Drang, dem ich einfach nie widerstehen konnte. Es kommt einfach und dann bin ich machtlos. Aber ich habe nie einem Menschen wehgetan. Ich bin kein Mörder.«

Kruse hielt sich beide Hände vors Gesicht und schluckte. Diese weiche und zerbrechliche Seite passte so gar nicht in das Bild, das Brandt von ihm hatte. Und genau deswegen musste er ihm so schnell wie möglich das Geständnis entlocken, solange Kruse noch so zerbrechlich war. Brandt holte seinen Joker aus der Mappe. Es war ein Foto von Desiree Steinbach, wie sie lächelnd in die Kamera schaute. Eine junge, lebensfrohe Frau.

»Haben Sie diese Frau ermordet?«, fragte Brandt und zeigte Kruse das Foto.

Kruse antwortete nicht sofort. Er fuhr sich übers schüttere Haar. Seine Augen wurden feucht.

Kapitel 12

Er brauchte sehr lange, bis er sich wieder gefasst hatte. Selbst seine Lieblingssongs aus den Achtzigern konnten ihn nicht beruhigen. So ein Verrat war einfach nicht zu verzeihen, denn nichts anderes war es in seinen Augen.

Die kleine Prinzessin hatte sich als Hexe entpuppt.

»Mich kannst du nicht verarschen, du Biest. Fast hättest du alles ruiniert«, schrie er. »Aber ich habe dich entlarvt. Du bist ein Kuckuck, nichts anderes. Ich bin hinter dein Geheimnis gekommen.«

Um sich zu beruhigen, hatte er sich das Haar von Desiree geholt und roch immer wieder daran.

»Du hättest Teil von etwas Großem sein können, aber du bist eine falsche Schlange. Du hast es nicht verdient. Du wirst immer eine hässliche Raupe bleiben und nie ein Schmetterling werden wie Desiree.«

Mit dem Haar in der Hand stand er auf und ging zum Kühlschrank. Er nahm eine Cola und trank mit großen Schlucken. Dabei tropfte etwas auf sein T-Shirt, das ohnehin ziemlich schmuddelig war.

Er nahm noch einen großen Schluck und wieder tropfte etwas daneben.

»Nein«, schrie er, als er bemerkte, dass auch auf dem blonden Haar Cola war.

Er lief ins Bad und wusch das Haar. »Das geht wieder raus«, sagte er zu sich, als er sich im Badezimmerspiegel anschaute.

Er nahm das feuchte Haar, wrang es vorsichtig aus und ging damit in einen anderen Raum, wo es kühler war als in der Küche.

Er legte das Haar auf den langen breiten Tisch, der in der Mitte des Raumes stand.

»Bald ist es so weit«, sagte er zu sich, als sein Blick auf die Haut fiel, die auf einer schrägen Platte ausgebreitet war. Er hatte die Haut gleich nach dem Säubern von Fett und Fleischresten mit Kochsalz bestreut, damit kein Fäulnisprozess eintrat und die Haut konserviert wurde.

Er berührte sie und streichelte sie vorsichtig, als wäre sie ein kostbarer Schatz.

Dann verließ er den Raum und ging zurück in den Operationssaal. Hier lag noch immer Kira. Der Metalltisch war blutverschmiert.

»Schau nicht so dämlich. Nur Ärger und Arbeit hast du mir eingebrockt. Was glaubst du, wer das alles wieder sauber machen muss?«, schimpfte er mit der Toten.

Neben dem Geruch von Blut erfüllte auch der Gestank von Urin und Kot den Raum.

»Nicht Ladylike.« Ein Lächeln huschte über sein Gesicht.

»Es ist deine Schuld, dass ich jetzt unter Zeitdruck stehe. Bald ist Weihnachten und ich habe noch nicht mal angefangen, stecke noch mitten in den Vorbereitungen. Statt mich endlich an die Arbeit zu machen, muss ich mich mit dir falscher Schlange herumschlagen. Eigentlich sollte ich dich hinten im Garten vergraben, da findet dich eh keiner. Wer vermisst schon eine Schlampe wie dich.«

Er knirschte mit den Zähnen, hob die Tote auf und legte sie sich über die linke Schulter, dann nahm er ihr blondes Haar. Sie wog nichts. Dass sein T-Shirt hinterher blutverschmiert sein würde, war ihm herzlich egal. Er wollte den Raum säubern, schließlich drängte die Zeit und er brauchte eine neue Prinzessin, die die Lücke von Kira schloss. Er betrat den Kühlraum, wo einige Tiefkühlschränke standen. Er öffnete einen und warf sie samt Haaren hinein, dann schloss er ihn zu.

»Du hast das alles hier gar nicht verdient«, bemerkte er missmutig. Und wieder überkam ihn diese Wut. »Ich kann es mir nicht leisten, wütend zu werden, verdammtes Miststück.«

Er holte Putzmittel und säuberte den Operationssaal. Dabei kam ihm immer wieder dieser eine Gedanke. Der Gedanke, dass er Kira einfach vergraben sollte.

Aber sein wahres Ich ließ das nicht zu. Jahrzehntelang war er immer den Weg des geringsten Widerstandes gegangen, hatte immer nachgegeben und sich verstellt. Doch sein wahres Ich wollte das nicht mehr, sein wahres Ich war zu intelligent, um weiterhin ein Feigling zu sein. Und dieses Ich sagte ihm, dass er Kira nicht vergraben konnte, weil er einen Plan hatte.

Kapitel 13

Brandt hatte schon vieles in seinem Berufsleben erlebt. Dinge, die man besser schnell wieder vergaß, aber was Kruse hier gerade ablieferte, konnte er überhaupt nicht einschätzen. Statt ein Geständnis abzulegen, weinte er. Es schien, als wären alle Dämme gebrochen und all seine Männlichkeit dahin. Er weinte ohne Pause, hemmungslos.

Der verarscht uns doch, dachte Brandt, aber irgendwie wirkte dieses Weinen verdammt echt und nicht gespielt. Und wenn doch, war Kruse ein wirklich guter Schauspieler. Oder weinte er, weil er endlich verstand, für welch schreckliches Verbrechen er verantwortlich war?

»Hier«, sagte Aydin und reichte Kruse zu Brandts Überraschung ein Taschentuch.

Kruse nahm das Taschentuch und wischte sich die Augen trocken.

»Ich bin kein Mörder«, schluchzte er.

Brandt wollte gerade etwas erwidern, aber Aydin legte ihm die Hand auf den Arm und in dem Moment wurde auch noch die Tür geöffnet.

»Kommt«, hörten sie Bender rufen.

Brandt und Aydin folgten ihr in den Nebenraum. Die ganze Situation war mehr als unbefriedigend für Brandt.

»Der verarscht uns doch!« Brandt brach als Erster das Schweigen. »Und was sollte diese scheiß Taschentuch-Nummer?«, fragte er an Aydin gerichtet.

»Er zeigt wenigstens noch etwas wie Menschlichkeit«, konnte sich Kramer einen Kommentar nicht verkneifen.

»Nicht streiten«, ermahnte Bender die beiden. »Was denkt ihr?«

»Der war es, er spielt mit uns.«

»Das sehe ich anders«, widersprach Kramer.

»Und warum?«, blaffte Brandt.

»In Kruses Akte und dem psychiatrischen Gutachten, die ich natürlich beide vorher gelesen habe, wird von einem einfachen Charakter und Gemüt gesprochen.«

»Ja und?«, unterbrach Brandt ihn scharf.

»Wenn du ihn ausreden lässt, erfahren wir das sicherlich gleich«, bemerkte Bender trocken.

»Danke, Chefin«, antwortete Kramer und nickte kurz. »Kruse ist jemand, der sich gerne entblößt, und nach dem zu urteilen, was ich vorhin erlebt habe, ist er auch eine eher extrovertierte Persönlichkeit. Er mag sich und ist mit sich eigentlich im Reinen. Aber sicherlich ist er nicht der Intelligenteste, was ja auch das psychiatrische Gutachten aufgezeigt hat.«

»Das hatten wir doch schon«, konnte sich Brandt einen Kommentar nicht verkneifen, trotz des drohenden Blickes von Bender.

»Es ist aber sehr wichtig, dass das alle auch wirklich verstanden haben«, erklärte Kramer überheblich. »Ein Mensch wie Kruse ist gar nicht zu so einer Tat fähig. Und schon gar nicht zu so einem Schauspiel.«

»Also denken Sie, dass Kruse wirklich geweint hat?«, fragte Aydin.

Da Aydin erst wenige Monate im Team war, hatte Kramer ihm noch immer nicht das »Du« angeboten.

»Selbstverständlich. Das war nicht geschauspielert.«

»Er wurde aber am Tatort gesehen und wir haben ein Haar von ihm gefunden, auf der Leiche«, gab Brandt zu bedenken.

»In der Tat, das ist sehr merkwürdig. Dennoch glaube ich nicht, dass er unser Täter ist. Wir suchen eine Person, die überdurchschnittlich intelligent ist. Einen introvertierten Menschen, der mit dem Häuten und Skalpieren ein bestimmtes Ziel verfolgt ...«

»Und das wäre?«, hakte Aydin nach.

»Das weiß ich noch nicht. Ich lese mich gerade in die Mythologie des Enthäutens ein. Vielleicht wusstet ihr das noch nicht, aber das Häuten von Menschen, auch Schinden genannt, hat eine jahrtausendealte Tradition in der Menschheitsgeschichte. Selbst in der griechischen Mythologie kommt das Schinden vor. So wurde Marsyas zur Strafe bei lebendigem Leib die Haut abgezogen und unter den Azteken war das Enthäuten von Menschen ein gängiges Menschenopfer für den Vegetationsgott Xipe Totec. Nicht umsonst wird dieser Gott mit roter Körperbemalung und übergezogener Menschenhaut dargestellt ...«

»Das interessiert mich einen Scheiß«, fluchte Brandt, dem die Klugscheißerei von Kramer mächtig gegen den Strich ging. »Kruse wurde am Tatort gesehen und wir haben sein Haar, damit ist er für mich der Tatverdächtige Nummer eins«, beharrte er auf seinem Standpunkt.

»Jetzt beruhigt euch doch bitte. Kann man nicht einmal ein Meeting mit euch haben, ohne dass ihr euch gleich an den Hals gehen müsst?«, mischte sich Bender ein. »Brandt hat recht. Kruse bleibt unser Haupttatverdächtiger. So schnell wird er die Untersuchungshaft nicht verlassen, dennoch muss ich Kramer zustimmen. Kruse passt einfach nicht ins Täterprofil. Ihr solltet unbedingt mal die Mitbewohnerin von Desiree aufsuchen. Vielleicht hat sie ja ein paar Informationen, die uns weiterhelfen können.«

»Was ist mit Kruse? Das Verhör war noch nicht zu Ende.«

»Jetzt schon«, stellte Bender klar.

Brandt biss sich auf die Lippen, da er fürchtete, ihm könnte etwas herausrutschen, das ihm hinterher leidtun würde.

»Weiß sie denn jetzt, dass Desiree tot ist?«, fragte Aydin.

»Nein, das ist euer Job.«

Brandt nahm sein Handy und machte ein Foto von Kruse, der sich anscheinend langsam beruhigt hatte, da er weder seine Hände vors Gesicht hielt noch mit dem Taschentuch seine Tränen trocknete. Er schaute wie apathisch einfach zur Tür.

»Ein kleines Andenken?«, schmunzelte Kramer über Brandts Aktion.

»Witzig«, reagierte Brandt sauer, sagte aber nichts weiter, dann wandte er sich zu Aydin und sagte: »Komm.« Er wusste, dass jede Diskussion mit Bender sinnlos war.

Aydin folgte ihm zum Wagen.

»Weißt du überhaupt, wo sie wohnt?«, fragte Aydin, als sie im Auto saßen.

»Nein, aber die Informationsbeschaffung sicherlich.«

Brandt fuhr mit quietschenden Reifen aus der Tiefgarage. Kramer hatte es wieder geschafft, ihn wütend zu machen.

Wann merkte Bender endlich, dass Kramer einfach ein Arschloch war?

Er rief die Kollegen aus der Informationsbeschaffung an, die ihm gleich die Adresse nannten. Die Freundin und Mitbewohnerin von Desiree wohnte im Studentenwohnheim in Deutz.

Kurze Zeit später klingelten sie an der Haustür und wurden sogleich eingelassen.

Die Mitbewohnerin hieß Anna Heise. Sie war zweiundzwanzig Jahre alt, knapp einen Meter siebzig groß und hatte langes schwarzes Haar. An Aydins Blick sah Brandt, dass sie ihm gefiel. Er musste an Maike Schüler denken. Sie hatten sie bei ihrem ersten gemeinsamen Fall aufgesucht und schon damals hatte Brandt vermutet, dass Aydin auf schwarzhaarige Frauen stand.

Diesmal fühlte er sich in diesem Glauben bestärkt und im gleichen Atemzug fragte er sich, wie wohl Aydins Freundin aussah, wenn er denn überhaupt eine hatte.

Heise bat die Beamten in ihr bescheidenes Wohnzimmer.

»Wo ist Desiree?«, fragte sie und an ihrem Tonfall war deutlich zu erkennen, dass sie das Schlimmste befürchtete.

»Es tut uns sehr leid, aber wir müssen Ihnen mitteilen, dass Frau Steinbach ermordet wurde.«

Heise antwortete nicht, sie setzte sich auf die kleine Couch und hielt ihre Hände vors Gesicht. »Ich habe es irgendwie geahnt«, schluchzte sie.

Brandt warf Aydin einen strengen Blick zu. Er wollte auf keinen Fall, dass Aydin wieder seine Taschentuch-Nummer abzog. Es wurde einfach Zeit, dass sein Partner begriff, dass solche Dinge, egal wie schlimm und tragisch sie waren, zum Polizeialltag gehörten.

»Frau Heise, ich muss Ihnen leider ein paar Fragen stellen«, versuchte Brandt wieder auf den Grund ihres Besuches zu kommen.

»Was wollen Sie denn wissen?«, fragte sie und wischte sich die Tränen aus dem Gesicht.

»Was war Desiree für ein Mensch?«

»Jeder mag Desiree. Sie hat keine Feinde ... hatte keine Feinde, wenn Sie darauf hinauswollen.«

Genau das wollte Brandt wissen, er wollte allerdings nicht gleich mit der Tür ins Haus fallen.

»Hat sie sich in letzter Zeit komisch verhalten?«, fragte Aydin.

»Nein, überhaupt nicht. Sie war glücklich, sehr sogar, weil sie frisch verliebt war.«

»Und in wen?«

»In einen Kommilitonen.«

»Können Sie uns sagen, wie er heißt und wo er wohnt?«, wollte Aydin wissen und zückte seinen Notizblock.

»Er heißt Enrique und wohnt auch hier im Studentenwohnheim.«

»Und sein Nachname?«

»Das weiß ich leider nicht. Seine WG ist am Ende des Flurs.«

»Gab es in letzter Zeit noch andere Männerbekanntschaften?«, hakte Brandt nach.

»Desiree war keine Schlampe«, platzte es aus Heise heraus.

»So meinte ich das nicht. Aber jedes noch so unwichtige Detail könnte uns helfen, den Mörder von Frau Steinbach zu finden«, erklärte Brandt. Heise wirkte zwar nach außen hin gefasst, doch ihre Antwort sagte ihm, dass sie kurz vor einem Nervenzusammenbruch stand.

»Nein, nein. Sie war ein liebes und lebensfrohes Mädchen. Enrique war ihr Schwarm. Sie hat sich mit keinen anderen Männern getroffen.«

»Vielleicht hatte sie ja einen Verehrer? Jemanden, der aufdringlich war. Ein Professor oder so?«, fühlte Aydin vorsichtig vor.

Die Idee mit dem Professor war gar nicht so dumm, vor allem, wenn man Kramers Worten glauben mochte. Er hatte doch behauptet, dass der Mörder intelligent und introvertiert sei. Waren nicht viele Professoren so?

»Sie war hübsch und Sie sagten, dass sie eine lebensfrohe Frau war. Da ist es doch denkbar, dass der ein oder andere Professor sich vielleicht falsche Hoffnungen gemacht hat.«

»Nein, das glaube ich nicht. Wir haben die gleichen Fächer. Unsere Professoren sind langweilig und spießig.«

»Denken Sie bitte nach«, drängte Brandt.

Denn genau so jemanden suchten sie, jemanden, der langweilig und spießig war. Wobei Brandt noch immer davon ausging, dass Kruse ihr Mann war. Aber ein Professor eröffnete ungeahnte Möglichkeiten.

»Ich kann mir das einfach nicht vorstellen. Das macht keinen Sinn«, wiederholte Heise ihren Standpunkt.

Zeit, einen Schritt weiterzugehen, dachte Brandt. Er zog sein Smartphone aus der Tasche und zeigte ihr das Bild von Kruse.

»Kennen Sie diesen Mann?«

»Nein, wer ist das?«

»Niemand«, antwortete Brandt und steckte das Handy wieder weg.

Da ist sie hin, die kleine Hoffnung, dachte er. *Wäre auch zu schön gewesen.*

»Hier ist meine Karte, wenn Ihnen etwas einfällt, können Sie mich jederzeit anrufen.«

»Danke«, sagte sie und nahm die Visitenkarte. »Wissen ihre Eltern das schon?«

»Nein, aber die Kollegen werden sie anrufen, es sei denn ...«

»Ich würde das gerne übernehmen, das bin ich Desiree schuldig«, unterbrach sie Brandt und bekam wieder feuchte Augen.

»Danke.«

Brandt und Aydin verabschiedeten sich von Heise und gingen über den Flur zu der WG von Enrique.

Sie klingelten und kurz darauf wurde ihnen von einer jungen Frau die Tür geöffnet.

»Hi«, grüßte sie.

Brandt fragte, ob Enrique zu sprechen sei, die Frau bat beide hinein, da Enrique sich im gemeinsamen Aufenthaltsraum befand.

Enrique machte seinem Namen alle Ehre. Vor ihnen stand ein smarter junger Mann. Braungebrannt, blaue Augen, kurze schwarze Haare, eine sportliche Frisur. Seine freundliche Art hatte etwas Ansteckendes. Brandt konnte sich sehr gut vorstellen, warum Mädchen wie Desiree diesem Sonnyboy verfielen.

»Was ist mit Desiree?«, fragte er, die Lockerheit war aus seinem Gesicht gewichen, als Brandt ihm mitgeteilt hatte, dass sie wegen seiner Freundin bei ihm waren.

Als Aydin ihm erzählte, dass sie ermordet worden sei, musste sich Enrique setzen. Seine Mitbewohnerin tröstete ihn.

»Wissen Sie, ob Desiree in letzter Zeit irgendwelche Probleme hatte?«, fragte Brandt. Natürlich berührte es ihn, den sympathischen jungen Mann so zu sehen, aber welche Wahl hatte er?

Er musste Beweise sammeln. Beweise, die belegten, dass Kruse der Mörder war – oder dass ein anderer für die Tat verantwortlich war. Wenn es jemand anderer war, war es noch wichtiger, diese Beweise so schnell wie möglich zusammenzutragen. Schließlich bedeutete das nichts anderes, als dass der Psycho noch frei herumlief und womöglich sein nächstes Opfer im Visier hatte.

»Nein, nein, ich glaube nicht. Sie war immer so gut gelaunt.«

»Warum haben Sie ihr Verschwinden nicht der Polizei gemeldet?«, wollte Aydin wissen und kam Brandt damit zuvor, denn die gleiche Frage schwirrte auch ihm durch den Kopf.

»Ich war einige Tage weg, mit Anna und ein paar Kommilitonen«, erklärte er.

»Und haben Sie sie in der Zeit nicht angerufen? Frisch Verliebte können doch die Finger nicht voneinander lassen«, bohrte Aydin weiter.

»Ich habe nur ein Prepaidhandy.«

»Man kann doch über WhatsApp kostenlos schreiben und telefonieren«, drängte Aydin weiter.

»Ich habe ...«, begann Enrique, unterbrach sich dann aber. Er holte kurz Luft und sagte dann: »Wir haben uns gestritten.«

»Gestritten?« Brandt horchte auf. Doch nicht alles so rosa, wie es den Anschein hatte.

»Ja, Desiree war eifersüchtig.«

»Eifersüchtig? Warum?«

»Weil sie nicht mitkonnte.«

»Auf die Reise?«

Lass dir doch nicht alles aus der Nase ziehen, hätte Brandt ihm am liebsten entgegnet, aber er blieb ruhig.

»Ja. Sie war knapp bei Kasse, außerdem war die Reise schon lange geplant. Wir konnten sie nicht einfach stornieren. Hätte ich ihr doch bloß die Kohle vorgestreckt«, machte er sich nun Vorwürfe. Seine Augen wurden feucht und Brandt war geneigt, ihm zu glauben.

»Aber wieso war sie eifersüchtig, weil sie nicht mitkommen durfte? Das ergibt doch keinen Sinn«, überlegte Aydin laut.

»Sags Ihnen doch. Desiree war eifersüchtig, weil Enrique mit vier Mädels unterwegs war. Desiree war extrem besitzergreifend«, mischte sich die Mitbewohnerin ein.

Plötzlich bekam die Eifersucht einen Hintergrund und Desiree, das liebe nette und fröhliche Mädchen, bekam Ecken und Kanten.

»Weil Sie sich gestritten haben, haben Sie sich nicht bei ihr gemeldet?«, wollte Aydin wissen.

Enrique antwortete nicht, aber sein Nicken verriet Brandt, dass er recht hatte. Sicherlich war Enrique ein eitler und stolzer junger Mann und konnte es mit seiner Männlichkeit nicht vereinen, nachzugeben.

»Haben Sie sich denn keine Sorgen gemacht, als sie sich nicht bei Ihnen gemeldet hat?«

»Ja, aber irgendwie war ich abgelenkt.«

»Abgelenkt, du Idiot! Wieso belügst du die Polizei?«, wurde seine Mitbewohnerin laut.

»Was ist geschehen?«

»Er wollte mit ihr Schluss machen, weil er eine Affäre mit Anina hatte.«

»Ich war wütend«, versuchte sich Enrique herauszureden.

»Und deswegen poppst du auch gleich am ersten Abend mit Anina?« Der Vorwurf in ihren Augen war nicht zu übersehen. Brandt hielt es nicht für unwahrscheinlich, dass auch sie ein Auge auf Enrique geworfen hatte.

»Hatte Desiree irgendwelche Probleme an der Uni?«, fragte Brandt, denn die Liebesprobleme interessierten ihn nicht und halfen auch nicht, den Fall aufzuklären.

»Sie war sehr fleißig und ehrgeizig«, antwortete Enrique.

»Kennen Sie diesen Mann?« Brandt holte sein Smartphone heraus und zeigte es beiden. Sie verneinten zum Bedauern von Brandt.

»Und wie sah es mit Kommilitonen aus? Hatte Sie mit jemandem Streit? Von Ihnen einmal abgesehen.«

»Nein, nicht dass ich wüsste.«

»Und Professoren?«

»Was meinen Sie?«

»Haben sich die Professoren ihr gegenüber ungebührlich verhalten?«

Enrique schüttelte den Kopf, als könnte er nicht glauben, was er gerade hörte. Noch immer schien es undenkbar, dass Professoren ihren Studentinnen zu nahe kommen könnten. Doch für Brandt war alles möglich, bis er das Gegenteil beweisen konnte.

»Warte, Enrique. Natürlich gab es da jemanden«, erwiderte die Mitbewohnerin.

»Was meinen Sie?«, wollte Aydin wissen.

»Na, diesen schmierigen Professor Fent.«

Kapitel 14

Konnte es sein, dass sein Plan aufging? In den Online-Ausgaben der Zeitungen stand noch nichts darüber, dass man eine gehäutete Frauenleiche gefunden hatte.

Er war in einem Internetcafé und wählte die Nummer von Kruse, doch der Anruf wurde nicht angenommen.

Einige Minuten später wählte er die Nummer noch einmal und wieder ging niemand ran.

Bedeutete es das, was er hoffte? Dass Kruse bereits verhaftet worden war und ein Geständnis abgegeben hatte?

Natürlich kannte er Kruse – zu seinem Bedauern. Und weil er ihn kannte, war Kruse das perfekte Opfer, oder besser ausgedrückt: der perfekte Täter.

Ein Schmunzeln huschte über sein Gesicht.

Wieder rief er die Nummer an, diesmal nahm zu seinem Schrecken nach dem dritten Klingelzeichen doch jemand ab.

Verdammt, wollte er in Gedanken schon rufen, doch als er eine Frauenstimme hörte, beherrschte er sich.

»Guten Abend, ist Thorre zu sprechen?«, fragte er die Frau am anderen Ende der Leitung.

»Er ist nicht da«, antwortete sie. Sie hörte sich verheult an.

»Kein Problem, ich rufe dann morgen noch mal an. Auf Wiederhören.« Er hätte nicht glücklicher sein können.

Sein kleiner Schwindel war ihr nicht aufgefallen. Sicherlich hatte sie nichts bemerkt, weil er Kruses Spitznamen benutzt hatte, den eigentlich nur Freunde kannten. Aber irgendwie waren sie ja auch Bekannte, irgendwie.

Vielleicht ist es ihr aber auch nicht aufgefallen, weil sie total durch den Wind ist, war ein anderer Gedanke, der gar nicht so abwegig schien.

Egal, die Botschaft, die er aus dem Gespräch mitnahm, war eindeutig: Die Polizei hatte Kruse und seine Freundin trauerte deshalb.

Warum sonst hätte sie weinen sollen?

Natürlich wusste er, dass Kruse eine Freundin hatte. Er wusste einiges über Kruse und hatte dafür nicht mal recherchieren müssen. Außerdem hatte Kruse es verdient. Es war einfach zu perfekt.

Einen Plan zu haben, war sehr clever, und genau deswegen war er sich sicher, dass es richtig gewesen war, Kira nicht im Garten vergraben zu haben.

Er widmete sich wieder dem PC in der Hoffnung, dass jemand über eine neu aufgefundene Leiche berichtete, aber noch immer fand er nichts.

Sicherlich hält die Polizei die Informationen noch zurück, dachte er und überlegte, ob er nicht den Kölner Express anrufen sollte, entschied sich aber dagegen.

Er wollte mit der Toten in keiner Weise in Verbindung gebracht werden.

Morgen, morgen wirst du es in der Zeitung lesen, war er überzeugt und verließ das Internetcafé.

Er schlenderte in Richtung Innenstadt und ließ sich mit der Menge treiben, bis er den Weihnachtsmarkt am Kölner Dom erreichte. Er liebte diese Jahreszeit. Es wurde früh dunkel, was dazu führte, dass der Kölner Dom durch die Beleuchtung besonders schön und majestätisch zur Geltung kam. Überall roch es nach Zimt und Zucker. Nach frischem Glühwein und Weihnachtsgebäck.

Wie konnte man Weihnachten nicht lieben? Die Menschen schienen wenigstens im Dezember für einen Monat ihren Kummer und ihre Alltagssorgen zu vergessen und alle waren damit beschäftigt, für ihre Liebsten Geschenke zu kaufen, oder sie taten gute Dinge, indem sie etwas spendeten oder ehrenamtlich halfen. Nicht umsonst galt die Vorweihnachtszeit als Hochsaison für karitative Vereine.

Er kaufte sich gebrannte Mandeln und einen Glühwein und bestaunte die schönen Weihnachtsstände. An einem Plakat blieb er kurz stehen und betrat danach den Kölner Dom.

Er war kein gläubiger Mensch, aber der Besuch des Kölner Doms gehörte einfach zu Weihnachten dazu. Und diesmal musste einfach alles perfekt sein. Wie ein guter Christ es tun würde, bekreuzigte er sich mit Weihwasser.

Er setzte sich auf eine Bank und hielt für einen kurzen Augenblick inne, danach ging er an eine der Stellen, wo bereits Opferkerzen brannten. Er nahm eine und zündete sie an. Als er den Dom verlassen wollte, sprach ihn eine ältere Dame an: »Wollen Sie für die Kerze, die Sie genommen haben, nichts geben?« Ihre Stimme klang vorwurfsvoll.

Der Mann schaute sie entgeistert an und antwortete: »Weihnachten ist kein Zwang, es ist ein Privileg. Der verdammte, korrupte Vatikan ist nicht meine Kirche.«

Wutentbrannt lief er hinaus.

Wieso konnten sie ihn nicht einfach in Ruhe lassen? Nicht einmal in der Kirche!

Er kannte die Antwort: Weil er nicht zu ihnen gehörte, nie dazugehört hatte. Er war keiner von ihnen, kein durchschnittlicher Mensch.

Du bist anders! Und das ist auch gut so, sagte er sich immer wieder. Er war nicht krank oder gestört, es war die Gesellschaft, die ihn das glauben lassen wollte.

»Du bist normal, die sind krank. Sie haben Angst vor dir, weil du ihnen überlegen bist, und bald wird dein Stern leuchten. Leuchten und alle anderen in den Schatten stellen. Bald.«

So sehr war er in Gedanken und mit sich selbst beschäftigt, dass er gar nicht bemerkte, dass einige Passanten ihm komische Blicke zuwarfen, weil er sie bei seiner Flucht aus dem Dom angerempelt hatte und mit sich selbst sprach. Gefangen in seiner Welt, glaubte er, dass er die einzige Ordnung in dieser unheilvollen Unordnung wäre.

Erst als er am Hauptbahnhof ankam, hatte er sich wieder beruhigt.

Wut war nicht gut, seine Emotionen zu kontrollieren, war wichtig für ihn. Alles musste geordnet sein, dennoch passierte es immer wieder, dass er sich aufregte, und er war sicher, dass es nicht seine

Schuld war. Die Menschen um ihn herum waren einfach zu dämlich, selbst die, die er Vorgesetzte nennen musste.

Er stieg in die S-Bahn und fuhr nach Hause. In seinen vier Wänden fühlte er sich sicher. Als er sich auszog, machte sich der Schweißgeruch breit, der sich unter seiner dicken Winterjacke angesammelt hatte, ihn störte es nicht. Schließlich war es sein Körpergeruch.

Er war kein schmutziger Mensch, Körperpflege war ihm wichtig, aber er übertrieb es auch nicht.

Trotz des unangenehmen Vorfalls war der Weihnachtsmarktbesuch ein voller Erfolg gewesen, da ein Ereignis bevorstand, welches ihm helfen konnte, seinen Fahrplan einzuhalten. Kira hatte ihn leider viel Zeit gekostet, wertvolle Zeit, die er eigentlich nicht hatte.

Doch das baldige Ereignis würde das wettmachen. Zunächst musste er jedoch dafür sorgen, dass er Kiras toten Körper loswurde, ohne dass er auffiel. Und er musste wieder falsche Spuren legen, damit die Polizei mit einem weiteren Tatverdächtigen beschäftigt war. Denn sobald die Polizei Kiras Leichnam entdecken würde, wüsste sie, dass Kruse unschuldig war.

Und dann, dann würde er sich aufmachen, um einer weiteren blonden Prinzessin die Ehre zuteilwerden zu lassen, Teil von etwas Großem zu werden.

Und das Plakat, welches er auf dem Weihnachtsmarkt gesehen hatte, würde ihm diese Prinzessin liefern. Denn in drei Tagen fand ein Wettbewerb statt, bei dem Kölns hübscheste Blondine gekürt werden sollte.

Kapitel 15

»Was kann ich für Sie tun?«, grüßte Professor Fent Brandt und Aydin, als sie in seinem Büro Platz nahmen.

Fent erinnerte Brandt an seinen alten Deutschlehrer, den er nie gemocht hatte. Er schätzte ihn auf Ende fünfzig. Er hatte einen unförmigen Kopf, der einem misshandelten Fußball glich, und nur noch wenige Haare.

Er war deutlich kleiner als Brandt. Ein grauer Schnurrbart schmückte sein ansonsten blasses und mit Sommersprossen übersätes Gesicht.

»Es geht um Desiree Steinbach, eine Studentin von Ihnen«, antwortete Brandt und beobachtete Fent ganz genau.

Der lächelte nur kurz und antwortete: »Was ist mit Desiree?«

»Sie wurde ermordet«, antwortete Aydin.

»Ermordet? Wer kann so etwas Schreckliches tun? Sie war doch so ein liebenswürdiges Kind«, reagierte Fent bestürzt. Brandt war sich nicht sicher, ob das Mitgefühl echt oder gespielt war.

»Wie war Ihr Verhältnis zu Frau Steinbach?«, nahm Brandt den Faden wieder auf.

»Wie sollte es schon sein? Sie war eine hervorragende Studentin, vielleicht sogar die beste, die ich je hatte.«

»Und darüber hinaus?« Brandt ließ Fent nicht aus den Augen, doch dieser wich dem Blick nicht aus, hielt ihm stand, bis Brandt schließlich wegschaute.

»Nichts darüber hinaus. Ich bin Professor dieser Fakultät. Mein Interesse an Desiree war rein beruflicher Natur.« Diesmal lag keine Freundlichkeit in Fents Stimme.

»Wir haben von Kommilitonen gehört, dass Sie ihr Avancen gemacht haben sollen.«

»Was? Wer? Das ist doch Unfug. Da erlauben sich einige Studenten aber einen üblen Scherz. Sie müssen wissen, dass ich aufgrund meiner Strenge nicht zu den beliebtesten Professoren zähle«, schien Fent nach einer Erklärung für diese Unterstellung zu suchen.

Brandt wusste zwar noch nicht genau, wann der Mord exakt stattgefunden hatte, aber die Spurensicherung hatte ihm einen ungefähren Zeitpunkt genannt, vielleicht hatte Fent ja kein Alibi. Daher fragte er, wo Fent sich in dieser Zeit aufgehalten habe.

»Hören Sie, ich bin ein verheirateter Ehemann und Vater von drei Kindern. Meine Abende verbringe ich mit meiner Familie. Sie können das gerne überprüfen. Es ist ungeheuerlich, dass Sie herkommen und mich eines Mordes beschuldigen.«

»Wir beschuldigen Sie keineswegs. Wie Sie, versuchen auch wir, unserem Beruf so gut wie möglich nachzugehen. Wir ermitteln und stellen Fragen«, stellte Brandt klar. Ihm gefiel Fents Tonfall gar nicht mehr.

»Verstehe«, antwortete Fent grimmig mit schmalen Augen.

Brandt und Aydin stellten noch ein paar Fragen, danach verabschiedeten sie sich und gingen zum Wagen.

»Was denkst du?«, fragte Brandt.

»Ich weiß nicht, aber der Fent scheint ein Alibi zu haben. Er sieht mir auch nicht wie der eiskalte Killer aus.«

»Wie sieht denn für dich ein eiskalter Killer aus?«, neckte Brandt seinen Kollegen.

»Jedenfalls nicht wie Fent. Vielleicht führt er in eine Sackgasse.«

»Oder es ist ein anderer Professor«, entgegnete Brandt.

»Gut möglich, aber sollen wir jetzt alle Professoren befragen?«, gab Aydin zurück.

»Ich bin nach wie vor davon überzeugt, dass es Kruse war. Wenn er nur gestehen würde, wäre dieser ganze Hokuspokus zu Ende.«

»Ganz ehrlich, ich bin geneigt, Kramer recht zu geben.« Das Ende des Satzes war kaum mehr zu hören, als hätte Aydin zu viel Respekt vor Brandt, um seinen Gedanken auszusprechen.

»Fall mir bloß nicht in den Rücken«, drohte Brandt.

»Das tue ich gar nicht. Aber wenn man es mal vernünftig betrachtet, spricht vieles gegen Kruse.«

»Kramer ist und bleibt ein Idiot, auch wenn er recht haben sollte«, verteidigte Brandt seine Haltung. Er zog natürlich in Betracht, dass Kruse nicht der Täter war, sonst hätte er sich viel stärker in Kruses Umfeld umgesehen, als sich seine Zeit mit Studenten und Professoren zu vertreiben.

»Soll ich dich ins Präsidium fahren?«

»Was ist mit dir?«, fragte Aydin.

»Ich wollte zu Walter, vielleicht hat er ja noch ein paar Infos.«

»Ich komme mit.«

»Gut. Sag mal, hat dir die Kleine gefallen?«

»Welche?«

»Na komm, die Anna Heise.«

»Sie war hübsch, mehr aber nicht.«

»Sicher? Sie scheint dein Typ zu sein.«

»Ganz sicher. Ich bin glücklich vergeben«, erwiderte Aydin zu Brandts Überraschung.

»Du und eine Freundin, hätte ich jetzt nicht gedacht.«

»Warum?«

»Na ja, du guckst schon gerne«, erklärte Brandt, wollte ihn aber eigentlich nur ein wenig aufziehen.

»Stimmt doch gar nicht«, tat Aydin eingeschnappt.

»Das haben wir vorhin gesehen«, grinste Brandt.

»Lass das bloß nicht Nina hören.«

»So heißt also deine Freundin. Stehst du nicht auf Türkinnen?«

»Ganz ehrlich, mir ist die Herkunft völlig egal. Es muss einfach passen, und bei Nina ist das so.«

»Sag nicht, Liebe auf den ersten Blick?«

»Doch ... Lach nicht! Ich wusste von Anfang an, sie oder keine. Was ist mit dir? Wartet zu Hause eine Frau Brandt auf dich?«

»Glücklicher Single, und wenn du mich fragst, kann das auch eine Weile so bleiben«, antwortete Brandt und parkte den Wagen, da sie Walters Imbiss erreicht hatten.

Mehr wollte Brandt über sein Liebesleben auch nicht bekannt geben. Natürlich kannte er das Gefühl von Liebe und Geborgenheit und den Glauben, die Richtige gefunden zu haben. Doch in dieser heilen und romantischen Welt kam nirgends vor, dass die Verlobte einen Tag vor der Hochzeit mit einem guten Kumpel durchbrannte.

Glücklicherweise lag das schon einige Jahre zurück und Brandt glaubte, diesen Schmerz endlich überwunden zu haben.

Trotzdem tat er sich seitdem mit der Liebe schwer, dabei wünschte er sich tief in seinem Herzen eine Frau an seiner Seite. Eine, die ihn so akzeptierte, wie er war, mit Ecken und Kanten. Eine, die nicht fremdging.

»Moin, Moin ... Irgendetwas sagt mir, dass diese häufigen Besuche nichts mit meinen Würstchen zu tun haben. Oder wollt ihr mir in der Kälte ein wenig Gesellschaft leisten?«, begrüßte Walter die beiden.

»Eine Currywurst nehme ich trotzdem«, antwortete Brandt frech und fügte hinzu: »Es geht um unsere aktuellen Ermittlungen.«

»Und du eine Rindswurst?«, wollte Walter von Aydin wissen.

»Leider nicht. Ich habe meiner Freundin versprochen, heute Abend mit ihr lecker essen zu gehen.«

»Willst du damit sagen, dass Walters Würstchen nicht lecker sind?«, zog Brandt ihn auf. Er und Walter lachten herzlich.

»Lass dich von diesem Idioten nicht ärgern, ich weiß schon, wie du das meinst«, stärkte Walter Aydin den Rücken, dennoch war es Aydin unangenehm, da er nicht wirklich etwas zu erwidern wusste. »Habt ihr diesen Kruse?«

»Ja, den haben wir verhaftet.«

»Dann ist doch alles klar, oder?« Walter schaute skeptisch, als kenne er die Antwort.

»Leider nicht. Der Schweinehund beharrt darauf, dass er unschuldig ist.«

»Aber ihr habt doch Beweise, sonst hättet ihr ihn nicht verhaftet?«

»Natürlich haben wir Beweise, aber ob die letztendlich ausreichen, weiß ich nicht. Ein Geständnis hätte schon ein ganz anderes Gewicht.«

»Zu meiner Zeit hätten wir dem Kruse das Geständnis rausgeprügelt, aber ihr Bullen seid ja wie Kätzchen ohne Zähne.«

Brandt nickte nur.

»Wir leben in einem Rechtsstaat und da gilt zum Glück noch die Unschuldsvermutung«, erwiderte Aydin hingegen.

»Unser Klugscheißer.« Brandt zog eine Grimasse.

»Und genau deswegen tanzen euch die Verbrecher auf der Nase rum. Ein wenig mehr Härte würde euch den Respekt auf der Straße zurückbringen. Irgendwann wirst du das verstehen«, antwortete Walter und drehte die Würstchen mit der Zange.

»Ich hoffe nicht. Ihr werdet bestimmt gleich lachen, aber ich bin zur Polizei gegangen, weil ich genau das nicht will. Wir müssen besser sein als die ganzen Verbrecher.«

»Junge, Junge, ein Träumer durch und durch. Ganz ehrlich, bringen sie euch diesen Müll an der Hochschule bei? Wir reden in einigen Jahren noch mal über Recht und Unrecht«, machte Brandt seinen Standpunkt klar.

Natürlich befolgte auch er die Gesetze, aber es war für ihn eine simple Tatsache, dass die Polizei aufgrund immer komplizierterer Gesetze den Verbrechern gegenüber ins Hintertreffen geriet.

»Was weißt du über diese Szene, von der du uns erzählt hast?«, fragte Brandt an Walter gerichtet.

»Nicht viel. Wahrscheinlich sind das nicht einmal zehn Personen in Köln und Umgebung. Peisker und Kruse sind zwei von ihnen. Die Dunkelziffer dürfte deutlich höher liegen. Viele trauen sich ja nicht, es öffentlich zu machen.«

»Aber im Internet sind sie doch anonym«, entgegnete Brandt.

»Schon, aber dennoch hinterlassen sie Spuren. Einige treiben sich im Internet in Foren und auf Seiten rum, wo sie sich nicht anmelden müssen. Die Anmeldung bedeutet noch immer für viele eine große Hemmschwelle«, erklärte Aydin und bestätigte damit Walters Ausführungen. »Und ehrlich gesagt, verstehe ich nicht, warum jemand, der darauf steht, seinen Intimbereich in der

Öffentlichkeit zu präsentieren, eine Frau auf so brutale Weise ermorden soll. Das klingt doch unlogisch. Kramer ...«

»Erwähne bloß den Namen nicht«, drohte Brandt und fügte hinzu: »Dann erklär mir mal, warum wir ein Haar von Kruse auf dem Körper der Leiche gefunden haben?«

»Ich sage ja nicht, dass Kruse die Wahrheit sagt. Vielleicht war er an der Mülltonne. Hat nach irgendetwas gesucht und ist dann auf die Leiche gestoßen, hat sich erschrocken und ist weggelaufen.«

»Und das Haar, du Schlaumeier?«

»Der Mensch verliert im Schnitt hundert Haare am Tag, da ist es nicht abwegig, dass ihm ein Haar von der Schulter oder vom Kopf runtergefallen ist. Mich würde es nicht wundern, wenn noch mehr Haare von ihm in der Tonne liegen.«

»Du machst trotzdem einen Denkfehler.«

»Und welchen?« Aydin schien eingeschnappt.

»Er hat euch bestimmt nicht gestanden, dass er die Leiche gesehen hat«, mischte sich Walter mit einer eigenen Schlussfolgerung ein.

»Richtig«, kommentierte Brandt kurz und knapp. »Wenn dem so war, warum sagt er es uns nicht? Er beharrt doch darauf, nie an der Tonne gewesen zu sein.«

»Keine Ahnung, vielleicht aus Angst oder ...«

»Oder weil er Desiree getötet hat«, beendete Brandt Aydins Satz.

»Vielleicht kann ich ja noch etwas beisteuern«, machte sich Walter bemerkbar, dem die hitzige Diskussion natürlich nicht entgangen war.

»Schieß los.«

»Du weißt ja, ich kenne mich in der Szene ein wenig aus. Als Kleinkrimineller hatte ich schon mit den unterschiedlichsten dunklen Gestalten Kontakt. Und was mir immer aufgefallen ist: Es ist auch eine Persönlichkeitsfrage. Es gab Diebe wie mich, die hätten jemanden zusammenschlagen können, wenn sie gemusst hätten. Aber Mord sicherlich nicht. Das liegt einfach nicht in unseren Genen und soweit ich das mitbekommen habe, ist Kruse eher ein Schwätzer und Feigling.«

»Lass dich nicht täuschen. Viele Mörder machen nach außen hin einen liebenswürdigen oder schüchternen bis introvertierten Eindruck, wenn ich da nur an unseren Prostituierten-Mörder denke. Er kam aus gutem Hause und war introvertiert«, warf Brandt ein.

»Er war aber in psychologischer Behandlung und dort wurde ihm ein Hang zur Gewaltbereitschaft attestiert. Und wenn ich die Akte über Kruse richtig gelesen habe, stand dort nichts von Gewaltbereitschaft oder Ähnlichem. Es wurden ihm ein einfaches Gemüt und eine nicht besonders hohe Intelligenz bescheinigt.«

»So unrecht hat Junior nicht. Vor allem, wenn man bedenkt, dass er in einer Beziehung ist«, gab Walter zu bedenken.

»Du weißt davon?«, sagte Brandt überrascht.

»Na klar, ich sollte doch ein wenig für euch schnüffeln. Und ganz ehrlich, der Kruse scheint bis über beide Ohren verliebt zu sein.«

»Das entlastet ihn aber nicht«, pochte Brandt auf seinen Standpunkt, dabei wusste er, wie wackelig dieser inzwischen war.

»Würde ein Mörder sich freiwillig in eine Behandlung begeben?«, stellte Walter in den Raum.

Kapitel 16

Manchmal ist einem das Schicksal gleich zweimal am Tag hold.

Dass er das Plakat mit der Werbung für den Blondinen-Schönheitswettbewerb gesehen hatte, war ein Wink des Schicksals, daran gab es für ihn keinen Zweifel, aber dass er noch am selben Abend eine weitere Chance bekommen sollte, daran hätte er nicht mal in seinen schönsten Träumen geglaubt.

Er war mit dem Passat unterwegs, um Kira fortzuschaffen. Er wusste, wo er sie entsorgen konnte. Aber es kamen ihm immer wieder Passanten oder Autofahrer entgegen, sodass er sich nicht traute.

»Was muss dieser Idiot auch hier in der Nähe arbeiten«, dachte er wütend. Er hatte die Leiche schon präpariert und der Ort, an dem er sie beseitigen wollte, war geradezu perfekt.

Aber im Gegensatz zu dem ersten Ort, an dem er Desiree entsorgt hatte, lag dieser nicht weit genug vom Schuss, sondern in einem Wohngebiet. Besser gesagt auf dem Parkplatz eines Supermarktes. Der Platz war zwar leicht nach hinten versetzt und nicht sofort einsehbar, dennoch verirrten sich immer wieder Passanten selbst zu dieser späten Stunde hierher. Und sei es nur, um ihr Auto kostengünstig zu parken.

Wütend stellte er seinen Wagen in der Nähe ab, um sich die Beine zu vertreten.

»Bist du wohl still«, sagte er zu seinem Hündchen, das laut bellte, da anscheinend die Blase drückte. Es war ein Chihuahua. Er nahm die Hündin an die Leine und führte sie zu einem Baum, wo sie sogleich das Beinchen hob.

»Musst du kein Kacka?«, fragte er sie. Sie schaute ihn nur an und bellte kurz. Er liebte seine Hündin, sie war die Einzige, die ihn so akzeptierte, wie er war. Sie stellte keine Fragen und machte ihm keine Vorwürfe. Sie erklärte ihm nicht, wie die Welt zu funktionieren hatte, oder noch schlimmer, wie er zu funktionieren hatte.

Sie wollte nur ihr Futter und dass man mit ihr Gassi ging, dafür schenkte sie ihm all ihre Liebe. Und da er einen großen Garten hatte, musste er nicht einmal oft mit ihr Gassi gehen.

Wie konnte man Hunde nicht lieben?

In einer Stunde, wenn es noch dunkler wird, dachte er, als er an der Stelle vorbeiging, wo er die Leiche verstecken wollte.

»Oh, ist die süß«, hörte er plötzlich jemanden sagen. Er schaute in die Richtung, aus der die Stimme kam, und hätte sich fast geohrfeigt, dass er so in Gedanken gewesen war und diesen Engel fast übersehen hätte.

Schicksal!

»Sie heißt Berta«, antwortete er und blieb stehen, damit die junge Frau das Hündchen streicheln konnte.

Die junge Frau bückte sich und streichelte sie. Berta schien es regelrecht zu genießen. Aber auch der Mann war begeistert, am liebsten wäre er vor Entzückung in die Luft gesprungen.

Ihr langes hellblondes Haar brachte ihn um den Verstand. Und sie roch so gut.

»Sie ist so süß. Ich will auch einen Hund, aber mein doofer Freund will das nicht«, ließ sie ihn wissen.

»Dann sollten Sie sich durchsetzen. Wenn er Sie liebt, wird er das schon akzeptieren«, versuchte der Mann sie in ein Gespräch zu verwickeln.

Er schaute sich um. Es war niemand in der Nähe.

Verdammt, wo ist das Chloroform, wenn man es braucht?, dachte er verärgert. Er hätte ihr auch eins überbraten können, traute sich aber nicht. Schließlich hielt er sich für keinen gewalttätigen Menschen. Er glaubte, sensibel und zartbesaitet zu sein.

»Da kennen Sie meinen Freund nicht. Der hasst Hunde.« Sie stand wieder auf und schaute ihm direkt in die Augen.

Sie funkelten blau, ihr Gesicht schien voller Unschuld. Wie alt mochte sie sein? Neunzehn, zwanzig, zweiundzwanzig? Es war egal, denn sie war ein Engel, ein Engel, den er besitzen musste.

»Ich hätte eine verrückte Idee«, sagte er dann, als er schon fast glaubte, von ihrem Blick hypnotisiert worden zu sein. Ob sie es bemerkt hatte oder nicht, war ihm völlig egal.

»Ach ja?«, fragte sie und lächelte. Dabei kamen ihre Grübchen und ihre wunderschönen weißen Zähne zum Vorschein.

»Nehmen Sie doch Berta heute mit nach Hause. Ich hole sie morgen ab.«

Kapitel 17

Brandt war trotz Aydins Einwand alleine nach Nippes gefahren, um Simone Herder erneut über ihren Freund Kruse zu befragen. Aydin hatte ihm angeboten, ihn zu begleiten, aber Brandt wusste, dass er eine Verabredung mit seiner Freundin hatte, und die sollte er seinetwegen nicht verschieben.

Aydin hatte schließlich nachgegeben. Brandt hatte ihn im Präsidium abgesetzt und war danach direkt nach Nippes gefahren.

Die Gespräche mit Walter und Kruse hatten seine erste Annahme, Kruse könnte der Täter sein, ins Wanken gebracht. Aber weder Aydin noch Walter gegenüber wollte er das zugeben.

Simone Herder empfing Brandt in ihrem Wohnzimmer.

»Was ist mit Thorre?«, fragte sie. Ihre verschränkten Arme und ihr fordernder Ton sagten ihm, dass sie nicht gut auf ihn zu sprechen war.

»Ihr Freund sitzt in Untersuchungshaft«, holte Brandt aus.

»Er ist unschuldig«, unterbrach Herder ihn scharf.

»Frau Herder, ich möchte Sie bitten, sich zu beruhigen. Ob Ihr Freund schuldig oder unschuldig ist, werden die weiteren Ermittlungen zeigen. Und wenn Sie ihm helfen wollen, dann beantworten Sie bitte meine Fragen.«

»Wer sagt mir, dass Sie ihn nicht in die Pfanne hauen wollen? Wieso darf ich ihn nicht besuchen?«

»Weil er noch vernommen wird. Sobald es möglich ist, sind Sie die Erste, die das erfährt.« So hatte sich Brandt das Gespräch nicht vorgestellt. Herder zeigte ihre Krallen, und die waren lang und spitz.

»Was wollen Sie wissen?«, fragte sie und ihr Blick wanderte zum Tisch, auf dem eine Flasche Wodka stand.

Sie war halb geleert. Brandt konnte sich gut vorstellen, wo der restliche Inhalt war.

»Haben Sie ein Alkoholproblem?«, fragte er dann auch unverblümt. Rücksicht oder diplomatisches Vorgehen waren noch nie seine Stärke gewesen. Im Alkohol sah er auch schon die

Antwort, warum jemand wie Herder mit einem Idioten wie Kruse zusammen war.

»Nein, was soll das?«, echauffierte sich Herder und ihre Augen wurden groß.

»Eine halbe Flasche pur ist nicht gerade wenig.« Sein Blick wanderte zur Flasche, sie schaute ebenfalls dorthin.

»Ich habe nur einen Schluck genommen.«

»Das wage ich zu bezweifeln. Ich glaube, dass Sie den Deckel weggeworfen haben, weil Sie die Flasche noch heute leeren werden, denn ich sehe nirgendwo einen Verschluss. Und genau das sagt mir, dass Sie regelmäßig trinken«, beharrte Brandt auf seinem Standpunkt. *Deswegen sind Sie auch mit Kruse zusammen. Sie sind genauso kaputt wie er*, beendete er den Satz in Gedanken.

»Ist es jetzt ein Verbrechen, seinen Kummer zu ersäufen?«, wurde sie laut.

»Mir ist völlig egal, wie viel Sie trinken, solange Sie meine Fragen beantworten.«

»Was wollen Sie von mir?«

»Nur ein paar Antworten, danach bin ich weg.«

Ihr Blick wanderte wieder zur Flasche. Anscheinend kam sie weder mit Stress noch mit Druck zurecht. Der Alkohol war ihre Antwort darauf.

Wie schafft sie das mit dem Blumenladen?, überlegte er unweigerlich. Er hatte keine Aushilfe gesehen und alleine war das bestimmt nicht einfach.

»Wie lange gehört Ihnen der Laden schon?«

»Vier Jahre.«

»Haben Sie ihn übernommen?«

»Ja, von meiner Großmutter.«

»Haben Sie Angestellte?«

»Angestellte? Sie machen wohl Witze! Der Mindestlohn würde mir das Genick brechen. Es bleibt nicht viel übrig.« Sie lachte abwertend.

»Und was ist mit Kruse, hilft er Ihnen?«

»Besser nicht. Er hat es nicht so mit Blumen.«

»Wie lange sind Sie schon mit ihm zusammen?«

»Morgen werden es drei Monate.«

»Und wie haben Sie sich kennengelernt?«

Sie antwortete nicht sofort, sondern schaute zur Seite, als würde sie ihre Antwort ganz genau abwägen oder als hätte sie Angst vor der Wahrheit.

»Na so halt«, sagte sie dann und Brandt wusste, dass sie log.

»Wie haben Sie Kruse kennengelernt«, wiederholte er seine Frage.

Warum lügt sie?, dachte er verärgert und war froh, dass Aydin nicht dabei war, der hätte sicherlich wieder Verständnis gezeigt oder wäre sauer auf ihn gewesen, weil er zu grob war.

»In der Volkshochschule.«

»In der Volkshochschule?« Brandt fühlte sich veräppelt. Wollte sie ihm gerade weismachen, dass sie sich bei einem Kurs kennengelernt hatten? Blumenschneiden für Fortgeschrittene? Kruse war der Letzte, dem er Weiterbildung zutraute.

»Ja«, mehr sagte Herder nicht. Aber da war wieder diese Unsicherheit in ihrer Stimme.

»Haben Sie in der Volkshochschule gemeinsam einen Kurs besucht?«, wurde Brandt deutlicher. Der Hohn in seiner Stimme war nicht zu überhören.

»Wir haben uns halt dort kennengelernt«, entgegnete sie eingeschnappt.

»Sagen Sie mir die Wahrheit! Warum waren Sie in der Volkshochschule?«

Wieder antwortete sie nicht sofort, sondern schien ihre Worte gut abzuwägen.

»Sie wissen, dass ich das nachprüfen werde, und wenn Sie mich anlügen, wird es eine Anzeige gegen Sie geben. Damit ist nicht zu scherzen«, drohte Brandt.

»Ich habe ihn wirklich dort kennengelernt. Ich war in Behandlung«, platzte es aus ihr heraus. Ihr Blick wanderte wieder zur Wodkaflasche, die noch immer ganz friedlich auf dem Esstisch stand.

»Wenn ich weg bin, können Sie sich weiter volllaufen lassen. Aber ich habe noch ein paar Fragen«, stellte Brandt klar, schließlich war es ihm völlig egal, wie viel und was sie trank.

Allerdings war ihm neu, dass man sich bei der Volkshochschule in Behandlung begeben konnte. Er kannte die Einrichtung nur als Weiterbildungs- und Informationsstätte.

»Seit wann gibt die Volkshochschule Kurse in Alkoholentzug?«, war dann auch seine bissige Frage.

»Nein, nein, es ist nur in dem Gebäude, im Mediapark 7.«

»Weswegen waren Sie dort in Behandlung?«

»Wegen Alkoholproblemen. Ich wurde bei einer Verkehrskontrolle erwischt und musste ein paar Sitzungen bei den Anonymen Alkoholikern besuchen«, rückte sie endlich mit der Wahrheit heraus.

Brandt überraschte das ganz und gar nicht, es bestätigte nur, was er ohnehin geahnt hatte.

»Und war Kruse auch dort?«

»Ja.«

»Haben Sie gemeinsam einen Entzug gemacht?«, fragte Brandt. Ein Blick zur Flasche genügte allerdings, um ihm zu sagen, dass er nicht erfolgreich gewesen war.

»Nein, nein. Thorre trinkt kaum.«

»Was denn nun? Ich dachte, Sie haben Kruse dort kennengelernt?« Brandt wurde langsam sauer. Herders Alkoholspiegel schien ihre Sinne zu verwirren, obwohl sie dafür, dass sie bereits die halbe Flasche geleert hatte, recht nüchtern wirkte.

Was wiederum für einen regelmäßigen hohen Alkoholkonsum sprach.

»Nein, in der Volkshochschule.«

»Frau Herder, mir ist es egal, wie viel Sie getrunken haben, aber bitte konzentrieren Sie sich. Sie haben Kruse im KOMED-Haus, wo auch die Volkshochschule untergebracht ist, kennengelernt. Ist das richtig?«

»Ja.«

»Sehr gut. Und was genau hat er dort gemacht?« Brandt versuchte es mit der Salamitaktik: scheibchenweise Informationen zusammenkratzen, wenn es schon nicht anders ging.

»Er hat einen Freund abgeholt.«

»Und warum?«

»Weil der Freund dort in Behandlung war«, antwortete sie.

So langsam nervte sie. Anscheinend war sie wirklich so betrunken, dass sie nur noch auf einfache Fragen antworten konnte. Oder sie wollte etwas verbergen. Brandt biss sich auf die Unterlippe. Er musste da jetzt durch.

»Und weswegen? Wegen Alkohol?«

»Nein, dann hätte ich ihn doch schon vorher kennengelernt. So einen schnuckligen Kerl übersieht man doch nicht.«

Hatte er gerade richtig gehört? Hatte Herder gesagt, Kruse sei schnuckelig? Allein der Gedanke war abstoßend.

»Weswegen dann?«

»Na wegen dieser Sache, mit dem Sich-nackt-Ausziehen in der Öffentlichkeit und so«, nuschelte sie. Es schien ihr unangenehm zu sein. Nervös fuhr sie sich mit der Hand übers Ohr.

Stimmt meine Info nicht?, war Brandts erster Gedanke. Konnte es möglich sein, dass Kruse bereits in Behandlung gewesen war, bevor er Herder kennengelernt hatte? Aber in den Polizeiakten stand nichts von einer aktuellen Therapie. Das konnte nur bedeuten, dass Kruse sie freiwillig gemacht hatte. Aber laut Walter hatte er die Therapie erst begonnen, als er sich in Herder verliebt hatte. Widersprach sich das nicht?

»Frau Herder, Sie wissen, dass Sie mich nicht anlügen dürfen. Ich weiß, dass Kruse schon mal in Therapie war, wegen seiner extremen exhibitionistischen Veranlagung.«

»Ich lüge nicht«, beharrte Herder auf ihrem Standpunkt. Sie wackelte unruhig auf ihrem Sitz, während Brandt sie im Stehen genau beobachtete.

»War Kruse in Behandlung, als Sie ihn kennengelernt haben?«

»Nein, sein Freund!«, wurde sie nun laut. »Sie schätzen Thorre völlig falsch ein. Er ist ein ganz lieber Mensch, mit einer Macke. Aber haben wir nicht alle irgendeine Macke?«

»Und wie heißt dieser Freund?«

»Olaf Peisker.«

Brandt glaubte ihr, schließlich hatte Peisker selbst zugegeben, dass er in Therapie war.

»Was ist Peisker für ein Typ?«, fragte er. Es konnte nicht schaden, zu erfahren, was sie über Peisker dachte.

»Ein aufgeblasenes Arschloch. Er hat von Anfang an versucht, unsere Beziehung zu zerstören.«

»Und warum?«

»Weil er scharf auf mich ist.«

Brandt zog skeptisch die Augenbrauen hoch, kommentierte diese Aussage aber nicht weiter.

»Und wie ist das Verhältnis zwischen Peisker und Ihrem Freund?«

»Verlobten«, korrigierte sie. Auch diese Bemerkung überraschte Brandt, dennoch war sie ohne Belang für die Ermittlungen, so glaubte er jedenfalls.

»Olaf ist total besitzergreifend, und wenn ich nicht so streng mit Thorre wäre, würde Olaf ihm auf der Nase rumtanzen.«

»Inwiefern? Hat er Ihren Verlobten zu etwas gezwungen?«

»Natürlich! Wenn Olaf nicht wäre, hätte mein Schatzi diese ganze exhibitionistische Scheiße doch schon längst hinter sich. Er war geheilt, aber Olaf hat ihn immer wieder dazu gebracht, dass er rückfällig wurde. Olaf ist geradezu besessen. Den kann keine Therapie heilen, im Gegensatz zu meinem Thorre.«

»Und warum beendet Kruse die Freundschaft zu Peisker nicht?«, fragte Brandt.

Wenn ein angeblicher Freund einem nicht guttat, sollte man sich von diesem falschen Freund doch schnellstmöglich trennen, oder?

»Weil er ein Depp ist. Aber durch mich wird jetzt alles anders. Wenn er seine Therapie beendet hat und wir heiraten, werden wir dieses verdammte Köln verlassen und nach Berlin ziehen.«

Falls Ihr Verlobter nicht vorher ins Gefängnis wandert, dachte Brandt, wollte das aber der inzwischen geschwätzigen Herder nicht auf die Nase binden. Er hatte eine Idee.

»Sind Sie sicher, dass er die Therapie Ihretwegen begonnen hat, und nicht, um weiterhin Kontakt mit Peisker zu haben?«

»Sie spinnen. Natürlich nicht. Wir haben extra nach Therapiemöglichkeiten geschaut, aber es gab keine andere Gruppentherapie, die die Krankenkasse übernimmt.«

»Aber so ist er doch weiterhin in der Nähe von Peisker«, gab Brandt zu bedenken.

»Nein, die Sitzungen beginnen erst um zwanzig Uhr. Ich begleite ihn und passe auf, dass dieses Schwein meinem Schatz nicht zu nahe kommt.«

Diese Information überraschte Brandt, für so konsequent hatte er Herder nicht gehalten. Anscheinend glaubte sie wirklich, dass sie und Kruse eine gemeinsame Zukunft hatten.

»Wann ist die nächste Sitzung?«

»Nächste Woche Donnerstag.«

Brandt nahm sich vor, die nächste Sitzung zu besuchen.

Er musste an seine Begegnung mit Peisker denken. Er hatte auch den Eindruck, dass er ein dominanter Mensch war, der gerne über andere bestimmte, und er musste noch an etwas anderes denken, etwas, was ihm nur flüchtig aufgefallen war: der Verband um Peiskers Arm. War es denkbar, dass er der Mörder war und Kruse für seine Zwecke missbraucht hatte?

Kapitel 18

6. Dezember

Seinen Nikolaustag hatte sich Brandt sicherlich anders vorgestellt. Er war auf dem Weg zu einem neuen Tatort und spürte noch deutlich den Alkohol des gestrigen Abends in Kopf und Gliedern.

Die Ermittlungen waren in den letzten Tagen nur schleppend vorangekommen. Kruse war noch immer in Untersuchungshaft und blieb bei seinem Standpunkt.

Immerhin hatte er gestanden, einige Male am Tatort gewesen zu sein, aber nicht bei den Mülltonnen, sondern vor einem Fenster, wo eine junge Dame arbeitete, der er sein erigiertes Glied gezeigt hatte. Er hatte zunächst nicht damit herausrücken wollen aus Sorge, die Beziehung zu seiner Verlobten zu gefährden.

Erstaunlicherweise lag bei der Polizei keine Anzeige wegen Exhibitionismus vor. Kollegen hatten Kruses Angaben überprüft und bestätigt. Die junge Dame hatte keine Anzeige erstattet, weil Kruse immer zu schnell verschwunden war, sodass die Frau sich nicht an sein Gesicht erinnern konnte. Zudem schien ihr der Vorfall unangenehm zu sein.

Es lag an dem berühmten »Schamgefühl«, das Opfer häufig an den Tag legten und das Brandt nur schwer verstehen konnte. Schließlich musste sich nicht das Opfer schämen, sondern der Täter, auch wenn es alles andere als angenehm war, das beste Stück eines wildfremden Mannes ansehen zu müssen.

Die Aussage der jungen Frau entlastete Kruse sogar ein wenig, da es jetzt einen handfesten Grund gab, warum er sich in der Nähe der Mülltonnen herumgetrieben hatte.

Da gegen Peisker nichts vorlag, hatte Brandt davon abgesehen, ihn erneut aufzusuchen. Allein die Annahme, dass dieser seinem Kumpel Kruse einen Mord andichten wollte, reichte nicht aus.

Doch vielleicht wollte Brandt in Wirklichkeit einfach, dass Kruse der Mörder war. Immerhin war es in den letzten Tagen ruhig gewesen, keine neuen Morde hatten Köln erschüttert. Und genau deswegen konnte Brandt sich noch immer sehr gut vorstellen, dass Kruse der gesuchte Mann war und nicht Peisker, trotz der Aussage der jungen Büroangestellten aus dem Industriegebiet.

Für die Presse war der bestialische Mord natürlich ein gefundenes Fressen. Mit so einer Brutalität hatte noch kein Psychopath in Köln gemordet. Natürlich spekulierte die Presse wild herum, was für ein Mensch der Mörder sein müsste und was alles in seinem Leben schiefgelaufen sein könnte.

So waren die Medien!

Brandt las die ganzen Schmierenblätter normalerweise nicht, aber wegen des Mordes tat er es, da er wissen wollte, ob nicht doch eine wichtige Information in den Artikeln steckte. Journalisten hatten manchmal sehr nützliche Quellen. Quellen, die der Polizei nicht zur Verfügung standen und die für ein paar Euros wertvolle Hinweise geben konnten. Aber dem war nicht so.

Der Anruf heute Morgen hatte nun alles verändert. Als sein Handy um 7 Uhr morgens geklingelt hatte, hatte er es schon geahnt. Wer außer den Kollegen hätte ihn an einem Sonntag, dazu noch am Nikolaustag, so früh morgens anrufen sollen?

Als er den Tatort in Köln Mülheim erreichte, waren die Kollegen schon vor Ort. Es war der große Parkplatz einer bekannten Supermarktkette.

Wie schaffen die das immer so schnell?, dachte er und hielt sich die Hand an den Kopf. Er brauchte dringend eine Ibuprofen.

»Ist der Kollege Brandt auch endlich da«, begrüßte ihn Rech, der sich gerade in einen weißen Schutzanzug presste.

»Na, zu gut gefuttert?«, gab Brandt zurück, da Rech Probleme beim Überstreifen hatte.

»Jedem Dierche sing Pläsierche«, erwiderte Rech mit einem Augenzwinkern. »Aber ihr im Norden seid schließlich als Morgenmuffel bekannt, kann ja nicht jeder so eine Frohnatur sein wie wir kölsche Jungs.«

»Witzig. Sag mir lieber was über die Leiche.«

»Wie du vielleicht siehst, stecke ich mitten in den Vorbereitungen. Ergo kann ich dir noch nichts über das Opfer sagen. Das solltest du überziehen.« Rech warf ihm Einmalhandschuhe und Einmalüberzieher für die Schuhe zu.

»Denkst du, es könnte wieder ...?«, fragte Brandt und zog sich Hand- und Schutzschuhe an – die Verhüterli, wie er sie liebevoll nannte.

»Gedulde dich, lass mich doch erst mal die Leiche sehen.«

Gemeinsam gingen sie zu Bender. Der Tatort war großzügig abgesperrt, dennoch hielt es einige Schaulustige nicht davon ab, neugierig über das rot-weiße Band zu spähen.

»Guten Morgen«, grüßte Brandt seine Chefin.

»Deine Fahne stinkt ja bis zum Himmel«, antwortete sie übel gelaunt.

»Ist es jetzt verboten, an seinem freien Wochenende ein Bier zu trinken?«

»Du solltest lieber Kölsch trinken«, warf Rech ein.

»Das ist Spülwasser und kein Bier«, erwiderte Brandt, dabei trank er sehr gerne Kölsch. Er wollte Rech nur ärgern.

»Ich mach mich mal an die Arbeit.« Mit diesen Worten entfernte sich Rech.

»Wenigstens bin ich nicht der Letzte«, kommentierte Brandt das Erscheinen von Aydin, der beide freundlich grüßte.

»Ich bin nicht in der Stimmung für dumme Sprüche«, stellte Bender klar. Sie schien sehr gereizt.

Die neckische Bemerkung, warum Bender gerade am Nikolaustag schlecht gelaunt sein könnte, behielt Brandt lieber für sich.

»Wo ist die Leiche?«, fragte er daher.

»Da vorne«, antwortete sie knapp. Brandt folgte ihrem Blick und sah, dass Rech und sein Team bereits eifrig Spuren sicherten.

»Komm«, sagte er zu Aydin, der sich gerade die Verhüterli überzog.

»Wurde ihr die Kehle durchschnitten?«, waren Brandts erste Worte, als er das tote junge Mädchen sah.

»Sieht so aus. Ein sauberer Schnitt«, antwortete Rech, der gerade Proben entnahm.

»War das unser Täter?«, fragte Aydin.

»Keine Ahnung. Die junge Frau wurde skalpiert, aber wie unschwer zu erkennen ist, wurde die Häutung abgebrochen, aus welchen Gründen auch immer. Vielleicht ist es der gleiche Täter oder irgendein Nachahmer.«

»Mist«, fluchte Brandt, da er nicht an einen Nachahmer glaubte, was wiederum bedeutete, dass Kruse wirklich unschuldig war. »Was wissen wir bisher?«

»Die Leiche wurde in einem Altkleidercontainer gefunden, der da drüben steht.«

Brandt schaute sich um, die Gegend war deutlich belebter als der Fundort der ersten Leiche.

»Warum hier, wo ihn jemand beobachten könnte?«, fragte er daher laut in die Runde.

»Das musst du den Mörder fragen«, war Rechs spöttische Antwort.

»Oder mich«, sagte eine Stimme hinter ihm.

Brandt verzog das Gesicht. Es war Kramer.

»Er hat einen Plan«, erklärte Kramer.

Was macht der Idiot hier am Tatort?, dachte Brandt genervt. Dieser Klugscheißer hatte ihm zu seinen Kopfschmerzen gerade noch gefehlt.

»Was für einen Plan?«

»Das weiß ich noch nicht. Aber die Leiche hat er nicht zufällig hier entsorgt.«

»Entsorgt?«, empörte sich Rech und schnaufte dabei.

»Ja, entsorgt. Für den Mörder ist der Körper nur Mittel zum Zweck.«

»Diese Leiche ist kein Gegenstand, sondern ein Mensch. Ein junges Mädchen, das sein ganzes Leben noch vor sich hatte«, wurde Rech nun laut.

»Entspann dich. Ich sehe die Dinge nur aus der Perspektive des Mörders, das ist mein Job. Und unser Mörder kennt keine Empathie, geschweige denn, dass er jemals ein Philanthrop sein könnte.« Kramer hielt kurz inne und grinste über seine Feststellung.

Aydin schüttelte nur den Kopf und Brandt hätte am liebsten seine Faust in Kramers Gesicht geparkt. Wie konnte das tote junge Mädchen, das hier vor ihnen lag, jemanden nur so kalt lassen? Natürlich mussten sie ihren Job tun, schließlich waren sie Polizisten. Aber man sollte doch ein wenig Respekt haben, auch vor einer Leiche. Es gab angebrachten Humor und es gab die Sprüche von Kramer, die sehr oft einfach nur daneben waren.

Dennoch versuchte sich Brandt zu beherrschen.

»Was könnte der Beweggrund sein, dass er sie hier entsorgt hat?«, fragte Brandt. Es brachte nichts, dass er sich mit Kramer stritt. Allein schon aus Rücksichtnahme auf seine Kopfschmerzen.

»Das weiß ich leider noch nicht. Deswegen bin ich auch hergekommen. Ich war mir sicher, dass es wieder unser Täter ist. Allerdings bin ich doch ein wenig überrascht.«

»Warum?«, fragte Aydin.

»Er hat das Opfer skalpiert, aber nicht gehäutet.«

»Und was glaubst du, warum nicht?«, fragte nun Bender, die sich zu ihnen gesellt hatte.

»Gute Frage. Wie es scheint, hat er immerhin damit angefangen.« Kramer hielt kurz inne und zeigte auf die Leiche. »Das lässt darauf schließen, dass er vorhatte, den Körper zu häuten. Irgendetwas muss ihn davon abgebracht haben.«

»Es sei denn, es war ein Nachahmer«, gab Aydin zu bedenken.

»Und wie kommen Sie auf diesen naiven Gedanken?«, wollte Kramer in seiner überheblichen Art wissen.

»Na, weil er es nicht zu Ende gebracht hat. Jemanden zu häuten, ist bestimmt nicht so einfach, wie es aussieht.«

»Das halte ich für ausgeschlossen«, erwiderte Kramer. »Irgendetwas muss ihn verstimmt haben.«

»Oder abgelenkt«, warf Rech ein.

»Nein, das glaube ich auch nicht. Er wird für das Enthäuten einen Ort gewählt haben, an dem er vollkommen ungestört ist, er braucht dafür absolute Ruhe.«

Brandt stimmte Kramer zu, sagte aber nichts.

»Aber warum hat er dann die Leiche hierher gebracht? Wenn er seine Tat nicht beenden konnte, muss die junge Frau doch für seine Zwecke ohne Wert gewesen sein. Also warum hätte er sich an seinen Plan halten sollen?«, wollte Bender wissen. Sie biss sich auf die Unterlippe.

»Weil er nicht anders kann. Aus welchen Gründen auch immer hat er seine Tat nicht vollenden können. Aber dennoch kann er die Leiche nicht irgendwo anders als an diesem bestimmten Ort entsorgen, das würde seinem Plan und seinen für uns wirren Gedanken widersprechen.«

»Vielleicht war sie ja nicht würdig?«

Kramer warf Aydin einen komischen Blick zu, doch dann wurde seine Miene deutlich freundlicher. »Gut, das könnte in der Tat ein starkes Motiv sein«, sagte er und Brandt hätte sich fast an seiner eigenen Spucke verschluckt.

Hatte Kramer eben Aydin gelobt?

»Würdig?« Bender schaute skeptisch.

»Ja, er sucht seine Opfer nach bestimmten Kriterien aus. Mich würde es nicht wundern, wenn diese Frau auch blond war. Nur ist die Frage, warum er sie nicht als würdig empfunden hat.«

»Vielleicht war ihre Haut nicht makellos?«, vermutete Aydin

»Hör mir damit auf. Gleich kommst du mir noch mit der Jungfräulichkeit«, erwiderte Brandt.

»Jungfräulichkeit wäre ein starkes Motiv, ein sehr starkes. Aber ich bezweifle, dass sie noch Jungfrau war.«

»Die Bemerkung hättest du dir schenken können«, knurrte Bender. Trotz des fehlenden Skalps und der Unterkühlung sah man, dass die junge Frau eher eine Jugendliche als eine erwachsene Frau war.

»Wo ist der Zeuge?«, wollte Brandt wissen. Ein Kollege neben ihm zeigte auf eine Person, die etwas weiter entfernt von ihnen stand.

Brandt gab Aydin ein Zeichen, ihm zu folgen. Solange Rech seine Untersuchungen noch nicht abgeschlossen hatte, war es sinnlos, über die Beweggründe des Mörders zu diskutieren.

»Sie haben die Leiche gefunden?«, fragte Brandt, als sie vor dem Mann standen.

Er schätzte ihn auf Ende fünfzig. Er war ein wenig kleiner als Brandt und sehr korpulent. Er hatte ein breites Gesicht mit deutlichen Falten, die ihm Charakter gaben.

»Ja, Herr Kommissar.«

»Und wie?«

»Nun, ich wollte Altkleider entsorgen, als ich die Hand bemerkte.«

»Die Hand?«

»Ja, sie lugte heraus. Ich dachte zunächst, dass jemand seine Gummipuppe weggeworfen hätte. Als ich jedoch die Hand berührte und an ihr zog, war mir klar, dass es etwas anderes war, und dann habe ich sofort die Polizei angerufen.«

»Werfen Sie Ihre Altkleider immer so früh weg?«, hakte Brandt nach. Schließlich fand er es sehr ungewöhnlich, dass jemand seine Altkleider sonntags morgens wegwarf.

Schlief man da nicht?

»Nein, natürlich nicht. Aber ich war auf dem Weg zu meinen Kindern nach München, da habe ich gedacht, es wäre nicht dumm, die Altkleider auf diesem Weg gleich wegzubringen«, erklärte der Mann.

Brandt fand es zwar etwas verschroben, aber undenkbar war es nicht.

»Ist Ihnen sonst noch was aufgefallen?«

»Nein, wenn Sie meinen, ob ich jemanden gesehen habe. Es war um die Zeit noch dunkler und ich war halt in Gedanken.«

»Waren noch andere Passanten hier?«, wollte Aydin nun wissen.

»Mir ist niemand aufgefallen. Wirklich, ich wollte nur meine Altkleider in den Container werfen. Ich war in Gedanken bei meinem Sohn, der nächste Woche auswandert. Kann ich gehen? Ich bin schon spät dran.«

»Haben wir seine Personalien und die Handynummer?«, fragte Brandt an seinen Kollegen gewandt.

»Ja.«

»Gut, dann können Sie gehen, aber halten Sie sich bitte in der Nähe Ihres Handys auf. Es ist gut möglich, dass wir Sie anrufen«, antwortete er dem Zeugen. Er sah keinen Grund, ihn weiter aufzuhalten. »Oder brauchen Sie ärztliche Betreuung?« Zwar wirkte der Zeuge gefasst, aber das konnte auch täuschen. Schließlich war er unter Zeitdruck und der Fund der Leiche dürfte nicht spurlos an ihm vorübergegangen sein.

»Danke, mir gehts wirklich gut.«

»Sicher?«, hakte Aydin nach. Er schien nicht davon überzeugt.

»Ja, ganz sicher. Ist nicht meine erste Leiche«, war die flapsige Antwort des Mannes.

Kapitel 19

Leider war die hübsche junge Frau nicht auf sein Angebot eingegangen, seinen Hund für einen Abend mit nach Hause zu nehmen. Katja, so hieß sie, hatte es aber ernsthaft in Erwägung gezogen, was ihn hoffen ließ. Er hatte ein sehr freundliches Gespräch mit ihr geführt, sodass er ihren Worten glaubte.

Natürlich liebte er seinen Hund und unter normalen Umständen hätte er Berta auch niemand anderem anvertraut, aber hier ging es um etwas Höheres und dafür musste man Opfer bringen. Berta hätte das verstanden, wenn sie ein Mensch gewesen wäre und ihm hätte antworten können.

Er hatte ihr angeboten, sie nach Hause zu fahren, aber sie hatte auch dieses Angebot dankend abgelehnt, da sie sich mit einer Freundin treffen wollte, um mit ihr um die Häuser zu ziehen.

Als Studentin hatte man anscheinend die Zeit, spät abends auf Partys zu gehen, statt zu lernen.

Dennoch war er nicht sauer auf sie. Natürlich wäre es ihm lieber gewesen, wenn sie ihn zum Wagen begleitet hätte, schließlich hatte er dort seine Flasche mit dem Chloroform. Aber wie konnte man einem Engel böse sein? Außerdem hatte ihn ein Satz, den sie gesagt hatte, milde gestimmt.

Alles ging somit seinen Weg.

Und dann hatte er es auch noch geschafft, seinen ungeliebten Gast zu entsorgen. Zufrieden war er nach Hause gefahren.

Die Tage bis zum Schönheitswettbewerb vergingen ohne ein wirklich nennenswertes Ereignis. Er war zwar jeden Abend auf Streifzug gewesen in der Hoffnung, doch noch ein würdiges Opfer zu finden, aber das Glück war ihm nicht hold.

»Geduld zahlt sich aus«, sagte er zu sich selbst, als er sich im Spiegel betrachtete. Er hatte die Haut von Desiree um seinen nackten Körper gelegt und hielt ihr blondes Haar in Händen.

»Steht dir gut«, lobte er sich selbst und strich über die Haut, die sich noch etwas rau anfühlte. »Ein wenig Öl, dann bist du wieder ganz weich. Aber ich muss mich gedulden. Noch kann ich damit nicht anfangen, noch habe ich nicht alles zusammen.«

Er legte die Haut vorsichtig weg, dann roch er ein letztes Mal an den blonden Haaren, streichelte sie und legte auch die Haare beiseite.

»Noch ein wenig Musik«, trällerte er fröhlich. Berta ließ ein freudiges Bellen vernehmen. Er nahm sein Handy, öffnete den Mediaplayer und suchte nach einem Song. Seine Wahl fiel auf *Driving Home For Christmas* von Chris Rea. Er liebte die Achtziger einfach. Der Song passte perfekt zur Situation und seiner Stimmung und brachte seine Emotionen auf den Punkt. Vor allem die eine Zeile, in der sich der Sänger so sehr auf die Gesichter der anderen freute.

Diese Zeile trug so viel Wahrheit in sich, dass er fast eine Gänsehaut bekam, als er sie mitsang. Wobei seine Wahrheit mit dem Inhalt des Songs eigentlich kaum etwas gemein hatte. Nur, dass auch er sich freute, nämlich auf das große Finale und auf all die Gesichter, auf alle, die noch nicht wissen konnten, was auf sie zukam.

Während er weiter mitsang, zog er sich an.

Danach fuhr er los, schließlich wollte er pünktlich beim Schönheitswettbewerb sein. Glücklicherweise hatte er noch reichlich Zeit, sodass er es sich nicht nehmen ließ, auf dem Weihnachtsmarkt am Dom vorbeizuschauen. Er bestellte gebrannte Mandeln, an einem anderen Stand trank er einen Glühwein, danach fuhr er mit dem Wagen auf die Ringe. Er parkte in einer Seitenstraße, achtete darauf, dass es möglichst dunkel drumherum war, und betrat dreißig Minuten vor Beginn der Veranstaltung den Nachtflug, einen In-Club in Köln. Langsam fing er an nervös zu werden.

So viele Engel auf einmal hatte er noch nie gesehen. Er suchte sich einen Platz in der hinteren Reihe, wo er dem Treiben ungestört zusehen konnte.

Dann begann die Veranstaltung. Ein Moderator führte mit markanten Sprüchen und gespieltem Charme durch den Abend. Die Menge jubelte, nur der Mann fand den Moderator geradezu widerwärtig und schmierig, grapschte er doch jede der Teilnehmerinnen an. Nach und nach wurden die blonden Engel vorgeführt. Sie waren alle hübsch, in der Tat sehr hübsch. Allerdings war keine unter ihnen, die das gewisse Etwas hatte. Das gewisse Etwas, das sie für die höhere Sache auszeichnete. Keine von ihnen war wie Katja. Sie war perfekt. Dennoch war er aufgeregt wie ein Kind, als eine nach der anderen sich vorstellte.

Keine ist würdig, stellte er enttäuscht fest. War er vielleicht umsonst hergekommen?

Hatte sie ihn angelogen? Sich einen Scherz mit ihm erlaubt?

Dann erschien die letzte Bewerberin und er war schon kurz davor, wütend aufzustehen, da er sich getäuscht fühlte, doch dann erkannte er sie.

Sie hat nicht gelogen, dachte er überglücklich.

Die letzte Bewerberin stellte sich vor: Katja Brandenburger, neunzehn Jahre und Studentin.

Kapitel 20

Für einen kurzen Augenblick war es dem Zeugen gelungen, Brandt und seine Kollegen aufhorchen zu lassen, als er gesagt hatte, dass er an diesem Tag nicht die erste Leiche in seinem Leben gesehen habe. Auf Brandts misstrauische Nachfrage hin hatte er erzählt, dass erst vor zwei Wochen ein Kollege von ihm bei einem Betriebsunfall ums Leben gekommen sei. Brandt hatte ihn daher gehen lassen, damit er rechtzeitig die Reise zu seinem Sohn antreten konnte.

Aufgrund der neuen Beweislage wurde Kruse aus der Untersuchungshaft entlassen, was Brandt an Peisker denken ließ. Leider hatten sie noch nichts gegen ihn in der Hand und nach dem Vorfall mit Kruse würde Bender Peisker sicherlich nicht auf bloßen Verdacht hin verhaften lassen.

Inzwischen saßen Brandt, Aydin und die restlichen Kollegen, die an dem Fall arbeiteten, zur Besprechung in einem Konferenzraum des Kölner Polizeipräsidiums.

Bender begrüßte alle und gab Rech das Wort.

»Es gibt einige Parallelen zum ersten Mord«, begann Rech. »Wie bei Desiree Steinbach wurde auch dieses Opfer skalpiert und zu enthäutenversucht. Allerdings blieb es bei dem Versuch. Im Gegensatz zum ersten Opfer wurde diesem Opfer die Kehle durchschnitten.«

»Weil ihn irgendetwas verstimmt hat«, unterbrach Kramer ihn.

»Sehr gut möglich. Ich gehe davon aus, dass das auch der Grund des Todes war, der Bericht der Gerichtsmedizin steht noch aus. Es gibt jedoch weitere Parallelen zum ersten Mord.«

»Lass mal hören«, bat Brandt, der sich die Fotos vom Tatort anschaute.

»Wir haben am Opfer Spuren von Eis gefunden.«

»Es ist Winter«, brachte Fischer sich in die Runde ein.

»Ist mir auch nicht entgangen.« Rech kniff die Augen zusammen. »Aber hier handelt es sich um künstliches Eis, um Eis, welches vor allem in Tiefkühlschränken entsteht. Und obwohl mir die exakte Analyse noch nicht vorliegt, bin ich geneigt zu behaupten, dass unser aktuelles Opfer aller Wahrscheinlichkeit nach in dem gleichen Tiefkühlschrank wie im ersten Fall gelagert wurde.«

Wenn Rech sich so weit aus dem Fenster lehnte, musste etwas dran sein, schließlich gehörte er zu den korrektesten und gewissenhaftesten Kollegen. Bevor Rech sich festlegte, musste er sich schon hundertprozentig sicher sein.

»Und es gibt noch etwas, was die beiden Fälle gemein haben.«

»Das wäre?«, fragte nun Bender, die wie Brandt und Aydin ebenfalls den Tatort ziemlich schnell verlassen hatte.

»Reifenspuren.«

»Reifenspuren? Meinst du, er hat das gleiche Auto benutzt?«

»Wir haben die gleichen Reifenspuren wie an den Mülltonnen in Porz Wahn gefunden, mit dem gleichen abgenutzten Profil. Glücklicherweise hat es gestern Nacht ein wenig geregnet und da es kalt war, sind die Spuren sogar noch besser zu erkennen.«

»Könnt ihr schon sagen, von was für einem Wagen sie stammen?«

»Wie schon vor einigen Tagen angedeutet, ist es ein Kombi. Die Analyse kam vorhin rein. Es sind Bridgestone Reifen. Und der Radabstand liegt zwischen 2500 und 2800 Millimetern. Somit können wir davon ausgehen, dass es ein Kombi sein muss. Wir sind dabei zu prüfen, welche Automodelle dafür in Frage kommen.«

»Vergebene Mühe«, meldete sich wieder Kramer zu Wort. Rech schaute überrascht. »Der Täter wird wahrscheinlich einen Passat oder sonst ein beliebtes Modell fahren. Wir können schlecht alle Kombifahrer in der BRD überprüfen.«

So sehr es Brandt widerstrebte, aber er musste Kramer recht geben. Einen Kombifahrer zu ermitteln, war schier unmöglich.

»Aber wir können die Anwohner fragen, ob sie einen Kombi gesehen haben, das würde die Suche extrem einschränken«, schlug Aydin vor.

»Gute Idee. Rech, was glaubst du, wann wir die Liste der Modelle bekommen fragte Brandt, um Kramer keine Gelegenheit für eine dumme Bemerkung zu geben.

»Vielleicht in ein, zwei Tagen, aber nagel mich nicht darauf fest.«

»Gut, danke«, antwortete Brandt und betrachtete ein Foto etwas genauer. »Sind das die Haare des Opfers?«

»Ja, warum?«

»Warum hat er sie ebenfalls in den Container geworfen?«

»Gute Frage. Die Haaranalyse steht noch aus. Es widerspricht in der Tat seinem Verhaltensmuster«, erklärte Rech.

»Unwürdig«, sagte Kramer. »Nachdem er sie skalpiert hat und sie enthäuten wollte, muss ihm etwas aufgefallen sein. Etwas, das ihn dermaßen gestört hat, dass er sie für unwürdig hielt und sein Werk abgebrochen hat. Allerdings können wir mit Bestimmtheit sagen, dass er es auf hübsche junge Blondinen abgesehen hat.«

»Es muss noch etwas anderes sein«, erwiderte Aydin. »Schließlich war auch sein letztes Opfer jung, hübsch und blond.«

»Genau das könnte sein Motiv sein«, schlussfolgerte Kramer. »Wenn wir das entscheidende Puzzleteil finden, das Desiree von diesem Opfer unterscheidet, kann ich das Täterprofil noch genauer ausformulieren.«

Kramer liebte es, in der Ich-Form zu sprechen. Als wäre die Auflösung des Falles keine Teamarbeit, sondern allein seinem Tun geschuldet. Brandt war allerdings mit den Gedanken ganz woanders, sodass er Kramers Spitze verpasste.

»Hattet ihr gesagt, seine Opfer müssen blond und jung sein?«

»Ja, engelsgleich«, bestätigte Kramer mit einem süffisanten Lächeln.

»Scheiße! Ich glaube, ich weiß, warum das Opfer nicht würdig war. Fischer, kannst du die Haare vergrößern?«

»Was?«, fragte Fischer.

Er saß an dem Laptop, von dem die Fotos über einen Beamer an die Wand projiziert wurden.

»Kannst du das Foto mit dem Haar vergrößern?«

»Klar, worauf willst du hinaus?«

»Tu es einfach. Ihr werdet es sehen.«

Fischer tippte etwas in den Laptop ein, bediente die Maus und vergrößerte das Foto.

»Bitte den Haarschaft ranzoomen.«

Wieder vergrößerte Fischer das Foto.

»Sie sind gefärbt!« Aydin war der Erste, der es bemerkte.

»Kein Wunder, dass dem Kollegen Brandt dieser kosmetische Makel als Erstes aufgefallen ist, bei seiner narzisstischen Veranlagung«, entgegnete Kramer und Brandt sah an seinem starren Gesichtsausdruck, dass ihm Brandts Fund schwer im Magen lag. Daher ignorierte er diese Anspielung.

»Jetzt haben wir den Unterschied. Er muss nach dem Skalpieren bemerkt haben, dass die Haare gefärbt waren, und das muss ihn natürlich besonders wütend gemacht haben. Dann verwundert auch seine Reaktion nicht.«

»Welche Reaktion?«, fragte Aydin.

»Na, dass er der Kleinen die Kehle durchschnitten hat«, antwortete Kramer trocken. »Mich wundert nur, dass der Spurensicherung das nicht aufgefallen ist.«

»Weil wir die Haare noch nicht analysiert haben«, kommentierte Rech angesäuert.

»Wie gut, dass wir unseren Metrosexuellen haben«, ließ sich Kramer zu einer weiteren Spitze gegen Brandt hinreißen.

»Nicht jeder steht drauf, die Unterhose nur einmal die Woche zu wechseln«, erwiderte dieser.

»Nicht streiten!«, ermahnte Bender sie. »Wir wissen, dass der Täter mit großer Wahrscheinlichkeit seine Opfer nach ihrem Aussehen aussucht. Sie müssen blond, jung und hübsch sein. Aber wir kennen noch immer nicht das Motiv. Kramer glaubt, er hat einen Plan. Der Mörder sucht seine Opfer danach aus, ob sie würdig sind. Aber warum? Um sie einfach zu skalpieren und dann zu häuten? Das glaube ich nicht.«

»Vielleicht wünscht er sich, wie die Frauen zu sein. Engelsgleich«, warf Aydin in die Runde.

»Ein Mann, der gerne eine Frau sein möchte? Diesen Gedanken habe ich auch schon in Erwägung gezogen, dagegen spricht allerdings die brutale Vorgehensweise. Transgender oder transsexuelle Psychopathen sind mir nicht bekannt. Er würde dann wohl eher als Frau verkleidet seine sexuellen Fantasien ausleben«, erwiderte Kramer.

»Was ist dann sein Motiv?« Bender rieb sich die Stirn.

»Die Lust am Töten«, bot Kramer als Antwort an.

»Das könnte er einfacher haben. Warum muss er sie häuten?«, entgegnete Brandt, da er eher Aydins als Kramers Gedanken folgen konnte.

»Bestrafung«, stellte Kramer schlicht fest.

»Bestrafung? Ich dachte, die Frauen wären auserwählt, würdig?«, widersprach Rech.

»Das eine hat doch nichts mit dem anderen zu tun«, verteidigte sich Kramer. »Vielleicht möchte er sie für seine verkorkste Kindheit bestrafen.«

»Und deswegen hält er sie für würdig? Gibs doch zu, dass du keine Ahnung hast«, spottete Brandt. Er genoss diese Situation.

»Nur kein Neid, Kollege. Wir haben es hier mit einem außerordentlichen Fall zu tun, der viele Theorien erlaubt. Unser Täter scheint sehr vielschichtig zu sein.«

»Mir egal, ich brauche endlich belastbare Anhaltspunkte. Wir können nur hoffen, dass Kruse nicht der Presse steckt, dass wir ihn verhaftet haben«, machte sich Bender Luft.

»Aber die Beweise sprachen eindeutig gegen Kruse. Wir haben ein Haar von ihm beim Opfer gefunden«, verteidigte sich Brandt.

»Ein Haar, genau!«

»Und einen Zeugen hatten wir auch. Alles sprach gegen Kruse«, ergänzte Aydin.

»Nicht alles, sonst hätten wir nicht eine weitere Tote. Mist!«, fluchte Bender. »Ich will wissen, wie dieses Haar dort hinkommt.«

»Aber könnte das nicht bedeuten, dass der Täter Kruse kannte?«, schlug Aydin vor.

»Oder Kruse hat uns angelogen und sich doch an der Mülltonne zu schaffen gemacht«, überlegte Kramer.

Brandt musste an sein Gespräch mit Herder denken. »Ich gebe Aydin recht. Was, wenn der Täter Kruse kennt und diese falschen Spuren gelegt hat?«

»Und warum?«, fragte Kramer.

»Um ... um ...«, Brandt überlegte hastig, er wollte Kramer keine Steilvorlage bieten. »Um Zeit zu gewinnen. Er wusste, wenn wir Kruse verhaften, werden unsere Ermittlungen nur auf ihn fokussiert sein.«

»Und auf sein Umfeld«, wandte Kramer ein. »Das würde bedeuten, dass wir auch seine Freunde genauer ins Visier nehmen würden und damit würde er sich doch selbst ins Blickfeld der Polizei rücken. Ganz ehrlich, das kann ich mir beim besten Willen nicht vorstellen.«

»Und wie kommt dann das Haar an das Opfer?«, wurde Brandt lauter, als beabsichtigt. Kramer war wieder kurz davor, ihn explodieren zu lassen.

»Ganz einfach. Kruse hat gelogen. Es gibt Menschen, die gerne im Müll anderer Leute schnüffeln. Vielleicht schämt er sich dafür.« Kramer schien mit seiner Erklärung mehr als zufrieden, er lehnte sich zurück.

»Vielleicht hat Kruse gelogen, allerdings sind Brandts und Aydins Theorien auch denkbar. Ich möchte, dass ihr euch Kruses Umfeld genauer anschaut. Hat er Feinde? Schuldet er jemandem Geld oder etwas anderes? Wenn jemand aus seinem Umfeld eine so niederträchtige Tat begeht, muss er ein echtes Problem mit Kruse haben. Warum sollte ein Freund ihm sonst so einen brutalen Mord andichten wollen?«

Brandt gab Bender in Gedanken recht. Und genau deswegen war er nicht sicher, ob Peisker ihr gesuchter Mörder war. Peisker hatte kein Problem mit Kruse, soweit Brandt das beurteilen konnte.

Simone Herder hatte ein Problem mit Peisker, aber wegen so etwas würde dieser Kruse sicherlich keinen Mord anhängen.

Brandts Freunde hatten auch Partnerinnen, mit denen er nicht zurechtkam. Frauen neigten seiner Meinung nach dazu, die Dinge manchmal zu kritisch zu sehen.

»Wissen wir eigentlich schon, wer das Opfer ist?«, fragte Bender.

»Leider noch nicht. Bei der Leiche waren keine Papiere oder sonst etwas, was uns einen Anhaltspunkt liefern könnte. Wir sind gerade dabei, die Vermisstendatenbank mit den Daten der Toten abzugleichen«, antwortete Fischer.

»Sag mir bitte Bescheid, sobald du etwas gefunden hast. Wenn nichts mehr ist, beende ich die Sitzung. Wir treffen uns morgen um 9 Uhr.«

Da keiner mehr etwas hatte, löste sich die Runde auf.

Brandt und Aydin liefen zum Wagen und fuhren nach Nippes zum Blumenladen von Simone Herder.

»Hoffentlich ist er da«, sagte Aydin, als sie aus dem Wagen stiegen.

»Was soll er bei sich zu Hause? Jede Wette, der ist bei ihr und schiebt eine Nummer«, erwiderte Brandt, da er glaubte, Menschen von Kruses Schlag einschätzen zu können.

Brandt klingelte und kurz darauf hörte er durch den Lautsprecher Herders Stimme. Sie öffnete ihnen, allerdings nicht, ohne Brandt ihr Missfallen darüber kundzutun.

»Mein Mann hat eigentlich keine Lust auf Sie«, sagte sie, als Brandt und Aydin vor der Wohnungstür standen.

»Wenn Sie wüssten, worauf ich alles keine Lust habe«, entgegnete Brandt. »Das ist mir ehrlich gesagt völlig egal. Er sollte inzwischen begriffen haben, zu was wir fähig sind, wenn er nicht kooperiert.«

»Dann kommen Sie mal rein«, antwortete sie mit scharfem Unterton. »Die Polizei, dein Freund und Helfer«, bemerkte sie noch bissig, als Brandt und Kruse an ihr vorbei gingen.

Brandt ignorierte das. Er wollte die gereizte Atmosphäre nicht noch giftiger machen.

Kruse saß auf der Couch. Als er Brandt erblickte, wurde seine Miene finster.

»Was wollen Sie?«, fragte er mit zusammengekniffenen Augen.

»Reden«, antwortete Brandt.

»Oder mich wieder eines Mordes beschuldigen?«

Brandt spürte, dass Kruse auf Konfrontationskurs war. Dieser Kruse hatte nichts mit dem Kruse gemein, den Herder ihm gerne verkaufen wollte.

»Das mit Ihrer Verhaftung tut mir leid, Herr Kruse«, versuchte Brandt diplomatisch zu sein, auch wenn es ihn viel Überwindung kostete.

»Und was wollen Sie jetzt noch von mir?«

»Wir müssen einen Mörder finden.«

»Ich habe niemanden ermordet, das habe ich Ihnen schon mal gesagt. Ich kann Ihnen nicht helfen. Sie sollten gehen.«

»Sie scheinen nicht zu verstehen. Ihr Haar wurde am Tatort gefunden, und da Sie noch immer bestreiten, in die Mülltonne geschaut zu haben, stellt sich uns die Frage, wie das Haar an die Leiche gelangt ist.«

»Was habe ich damit zu tun? Noch mal, ich war nicht an der Tonne. Ich bin kein Messi!«, brüllte Kruse.

»Beruhigen Sie sich, bitte. Verstehen Sie denn nicht, dass wir Ihnen helfen wollen?«, antwortete Aydin. »Wenn Sie nicht da waren, ist es doch möglich, dass jemand Ihnen etwas anhängen will.«

»Ja, genau. Jemand will meinem Thorre etwas Übles«, sagte nun Herder ganz aufgeregt und setzte sich zu Kruse, um ihn an sich zu drücken.

Peisker?, dachte Brandt wieder, behielt diesen Gedanken aber zunächst für sich.

»Haben Sie Feinde?«, fragte er stattdessen.

»Wer hat keine Feinde«, antwortete Kruse nichtssagend.

»Trauen Sie jemandem so eine Tat zu? Er muss Sie nicht nur denunzieren wollen, sondern auch noch ein Mörder sein.«

»Ein Psychopath«, ergänzte Aydin.

»Nein, ich verkehre nicht mit Mördern. Das sind alles harmlose Kerle.«

»Herr Kruse, bitte denken Sie nach. Jemand will Ihnen einen Mord anhängen, damit ist nicht zu spaßen«, ermahnte Brandt.

»Niemand aus meinem Freundeskreis, die nicht«, beharrte Kruse.

Herder wirkte sehr unruhig auf ihrem Platz.

»Denken Sie bitte nach. Hatten Sie mit jemandem Streit oder hatte jemand eine offene Rechnung mit Ihnen?«, bohrte Aydin weiter.

Wieder wirkte Herder sehr unruhig und angespannt.

»Nein, mit niemandem.«

Nun stieß Herder Kruse mit dem Ellenbogen an.

»Was soll das?«, murrte er.

»Sags ihnen endlich.«

Kapitel 21

Als er sah, dass statt Katja irgendeine andere Blondine gewann, hätte er am liebsten mit ihr geweint, so nahe fühlte er sich ihr. Nicht nur das, er glaubte, sie sei um den Titel betrogen worden.

Schließlich war sie die Hübscheste von allen. Ihr Wesen überstrahlte alle. Wie konnte die Jury da so blind sein und das hässliche Entlein wählen?

Doch ihre Tränen sollten nicht vergebens sein, schließlich war sie für etwas viel Größeres bestimmt. Er hoffte, dass sie das trösten könnte.

Dass dieses Größere ihren qualvollen Tod bedeuten würde, daran dachte er keinesfalls, so sehr war er von seinem Tun und seinem Ziel überzeugt. Alles andere musste sich dem unterordnen. Das Wort Unrecht wäre ihm dabei nie in den Sinn gekommen.

Eigentlich hatte er gehofft, dass sich die Gesellschaft nach der Siegerinnenehrung schnell auflösen würde, damit er Katja endlich näher kommen konnte, aber es kam anders. Der Moderator schwafelte und schwafelte und zu allem Überfluss verwandelte sich der Laufsteg noch in eine Partylocation. Der Veranstalter nannte es Aftershowparty.

Wer um alles in der Welt konnte sich so etwas ausdenken? Er saß wie auf heißen Kohlen, aber ihm blieb nichts anderes übrig, als dieser Scharade beizuwohnen.

Dann spielte der DJ auch noch fürchterliche Musik. Schwarze Möchtegerns schimpften darin heftig über Gleichberechtigung, nannten Frauen Schlampen und sinnierten darüber, wie sie deren Mütter fickten.

Und die feine Gesellschaft lachte und tanzte dazu! Für ihn war das krank. Wie konnte man jemanden bewundern oder ihm zujubeln, der einen beschimpfte, beleidigte und dem man am liebsten eine Kugel in den Kopf jagen würde?

Und mich nennen sie Psychopath?, dachte er verärgert. Natürlich hatte sein brutaler Mord es auf die Titelseite der Klatschblätter der

Nation geschafft, nichts anderes hatte er erwartet. Ehrlich gesagt, war es ihm aber er egal. Wichtig waren nur die Informationen, die er dadurch bezog. Die Polizei schien keine Ahnung zu haben, wer der wahre Täter war.

Und die Presse ahnte nicht einmal im Geringsten, welche Absichten er hatte. Er war schließlich kein Mörder, der nur aus Spaß mordete. Keiner seiner beiden Morde hatte ihm Freude bereitet. Wenn er ehrlich war, hatte er rein gar nichts dabei gespürt. Er hat es einfach getan, weil er es tun musste.

Und dass er Kira die Kehle durgeschnitten hatte, war für ihn auch ganz einfach zu erklären: Sie hatte sich als etwas ausgegeben, was sie nicht war. Sie war nicht blond und das hatte ihn wütend gemacht. Was dann folgte, war Kiras Schuld. Hätte sie ihm von Anfang an reinen Wein eingeschenkt, wäre es nie zu dieser Tat gekommen.

Dann hätte Kira weiterhin eine verlogene Schlampe sein können, die den Männern etwas vormachte.

Aber darüber berichtete die Presse natürlich nicht. Was hatte er auch erwartet? Ehrlichkeit oder Gerechtigkeit?

Er schüttelte angewidert den Kopf und saugte heftig an seinem Strohhalm, um den letzten Rest Cola aus der Flasche zu bekommen.

Von seinem Platz aus hatte er einen ungestörten Blick auf Katja, konnte sie beobachten, ohne dass sie ihn bemerkte.

Zu seinem Missfallen schien sie großen Spaß zu haben, denn sie tanzte zu dieser kranken Musik, bewegte sich alles andere als engelsgleich. In ihrem kurzen Kleid wirkte sie fast wie eine Nutte, stellte er erschreckt fest.

Nein, nein, sie ist ein Engel, das ist alles nur gespielt. Ich habe ihr wahres Ich kennengelernt. Sie ist ein Engel, versuchte er sich zu beruhigen. Und dann küsste sie einen Mann, sicherlich war das ihr Freund, obwohl er es sich nicht vorstellen konnte. Denn der junge Mann hatte wirklich nichts Besonderes an sich.

Er war groß, schlaksig und was ihn am meisten wurmte, er trug seine Hose auf halb acht. Er konnte nicht verstehen, warum. Zumal er in einer Dokumentation gesehen hatte, dass vor allem amerikanische Gefängnisinsassen das so trugen. Sie zeigten damit den anderen, dass sie bereit für Sex waren und somit einer Vergewaltigung entgehen wollten.

Warum aber taten das junge Männer freiwillig, vor allem wenn sie nicht im Knast saßen? Es sprach nicht gerade für die Intelligenz dieses jungen hässlichen Typen.

Er hatte schon einige Cola getrunken und noch immer schien diese langweilige Party nicht enden zu wollen. Seine Ohren taten von den unendlichen Beleidigungen der Sänger inzwischen weh und Katja schien keine Anstalten zu machen, endlich gehen zu wollen.

Was ist, wenn sie mit diesem Idioten nach Hause geht?, dachte er ungehalten, da er langsam befürchtete, dass dieses ewige Warten ins Leere laufen könnte.

Unsicher und nervös kaute er auf seinem Strohhalm und bekam nicht mit, wie sich eine junge Frau neben ihn setzte.

»Ich weiß nicht, was alle an ihr finden«, sagte sie und holte ihn aus seinen Gedanken.

»Wie bitte?«, fragte er.

»Na, an dieser Schlampe.«

Der Mann warf der Brünetten einen kurzen Blick zu. Sie war nicht hässlich, aber wirklich hübsch war sie in seinen Augen auch nicht. Sie versuchte ihr durchschnittliches Aussehen damit zu kaschieren, dass sie sich besonders sexy anzog. Sie trug einen kurzen Rock, der ihre Unterwäsche beim Sitzen zum Vorschein brachte. Und als Oberteil trug sie ein Spaghettiträger-T-Shirt, das nicht nur ihren Bauchnabel freilegte, sondern auch ihren BH offenbarte.

Und was bist du?, dachte er, schwieg aber zunächst. Stattdessen sagte er: »Welche Schlampe?«

»Na, die da vorne«, antwortete sie missmutig und zeigte mit dem Finger auf ein junges Mädchen.

»Katja?«, platzte es unbewusst aus ihm heraus.

»Du kennst sie?«, fragte sie und schien ein wenig überrascht, obwohl sie sicherlich mehr als zwei Promille hatte. Die Fahne war nicht zu überriechen und ihre Stimme hatte Störungen, die nur bei extrem betrunkenen Menschen vorkamen.

»Nein, nein«, antwortete er hastig und fügte noch schnell hinzu: »Sie hat doch beim Schönheitswettbewerb mitgemacht.«

»Und ehrlich gesagt, freue ich mich, dass sie nicht gewonnen hat. Immer bekommt sie alles, was sie will. Dabei ist sie alles andere als ein Engel«, spottete die Braunhaarige.

Der Mann entspannte sich, sie schien ihm seine Lüge abzunehmen.

»Sie sieht aber wie ein Engel aus. Blondes Haar, süßes unschuldiges Lächeln und strahlend blaue Augen«, versuchte er eine Lanze für Katja zu brechen.

»Alles nur Schein. Soll ich dir was verraten?« Sie nahm einen großen Schluck aus ihrer Bierflasche.

»Wenn du willst«, antwortete der Mann, dabei wollte er das auf keinen Fall hören, war sie doch gerade dabei, seinen Engel zu denunzieren. Und genau das konnte er in seiner ohnehin labilen Situation gar nicht gebrauchen. Schließlich verlief der Abend überhaupt nicht wie geplant.

Aber was hatte er sich vorgestellt? Manchmal schien seine Naivität brutaler zu sein als seine Morde.

»Der Kerl, mit dem sie da rumleckt, ist gar nicht ihr Freund«, ließ sie ihn mit zusammengekniffenen Augen wissen.

»Und ihr Freund?«, fragte der Mann, den diese Information regelrecht geschockt hatte.

»Der macht ein Praktikum in England. Ich sagte doch, dass sie eine Schlampe ist. Ich wollte den Jungen, aber immer muss sie dazwischen grätschen«, jammerte sie.

Der Mann brauchte einen Augenblick. Konnte es sein, dass er sich wirklich geirrt hatte? Dass sie kein Engel war? Sondern eine Femme fatale in einem Engelskostüm?

»Du lügst«, platzte es aus ihm heraus. »Du bist doch nur eifersüchtig, weil du nicht so hübsch bist. Wer ist hier die billige Schlampe?«

»Ich eifersüchtig auf das Flittchen? Bestimmt nicht«, sagte sie spöttisch, aber ihre Augen schienen plötzlich hellwach zu sein, als würde sie trotz ihres Alkoholpegels Angst verspüren.

»Wie kannst du so über deine Freundin sprechen? Was bist du nur für eine falsche Schlange«, schleuderte er ihr entgegen.

Bevor sie darauf reagieren konnte, stand er auf und verließ mit schnellen Schritten die Party.

Die Wut hatte ihn gepackt. Wut über die Braunhaarige, die seinen Engel so beleidigte, und Wut über sich selbst, weil er Stunden damit zugebracht hatte, zu warten in der Hoffnung, endlich mit Katja alleine zu sein.

Er holte tief Luft und ließ die kalte Dezemberluft ungefiltert in seine Lungen. Diesen Vorgang wiederholte er einige Male, bis er sich allmählich beruhigte.

Hat sie vielleicht recht?, dachte er dann plötzlich und war bereit, seine Meinung über Katja grundlegend zu überdenken.

Zu allem Überfluss brummte sein Schädel. Glücklicherweise hatte er immer Kopfschmerztabletten bei sich, da er häufig Kopfschmerzen bekam.

Er nahm eine Tablette und schluckte sie ohne Wasser herunter, als ihn jemand von hinten ansprach.

»Hast du auch eine für mich?«, hörte er eine Frauenstimme sagen. Als er sich umdrehte, wollte er seinen Augen nicht trauen.

Es war Katja, die sich gerade eine Zigarette angezündet hatte und ihn mit großen liebenswürdigen Augen anschaute.

Nein, nicht anschaute, sondern anhimmelte, glaubte er.

»Was, was meinst du?«, stotterte er.

»Na, ein Teilchen«, antwortete sie mit schwerer Zunge und da dämmerte es dem Mann. Sie sprach von Ecstasy. »Sag mal, kennen wir uns nicht?«

»Doch, wir haben uns gestern Abend kennengelernt«, antwortete er.

»Ja, ja. Ich erinnere mich. Du wolltest mir doch Berta mitgeben. Wo ist der süße Fratz?«

»Laute Musik würde sie nur verschrecken«, antwortete er und fühlte sich gut bei dem Gedanken, dass sie ihn erkannt hatte.

Wie sie ihn gerade anschaute, mit ihm sprach und dabei diese Grübchen im Gesicht bekam, ließ ihn schon dahinschmelzen.

Das passte einfach nicht zu den Worten dieser komischen braunhaarigen Freundin. Aber machte das nicht gerade eine Femme fatale aus? Er war verwirrt.

»Schade, sie ist so süß«, schmollte sie und schob die Unterlippe nach vorne.

»Sie würde sich bestimmt auch freuen. Ich habe sofort gemerkt, dass sie dich in ihr Herz geschlossen hat.« Seine Wut war wie weggefegt. Er überlegte krampfhaft, wie er sie von der Party weglocken konnte.

Dass sie rauchte, nervte ihn zwar, das war schließlich alles andere als engelsgleich und machte außerdem eine schlechte Haut, aber er war geneigt, es ihr zu verzeihen. Denn was die knappe Bekleidung zeigte, gefiel ihm ausgezeichnet. Sie hatte keine Falten und auch sonst schien ihre Haut makellos. Weder Pickel noch Muttermale verunreinigten sie. Und genau deswegen konnte es nur Katja sein.

»Du musst sie nächstes Mal unbedingt mitbringen«, sagte sie so dahin.

Was sollte man mit so einem Satz anfangen? Es klang nach belanglosem Bullshit. Wohin sollte er sie mitbringen?

»Sehr gerne. Mein Angebot steht noch immer, du kannst sie dir jederzeit ausborgen«, antwortete er daher und versuchte so, ein wenig mehr Verbindlichkeit in die Sache zu bringen. Er musste sie ja schließlich irgendwie zu sich locken.

»Irgendwann mache ich das bestimmt. Warst du auch auf der Party?«

»Ja, ich wollte dir eigentlich zum Sieg gratulieren«, antwortete er und überlegte noch immer krampfhaft, wie er sie ins Auto locken konnte. Ihre Zigarette sagte ihm allerdings, dass er nicht mehr allzu viel Zeit hatte, da sie fast zu Ende geraucht war und Katja sicherlich gleich wieder ins Warme fliehen würde.

»Ich war leider nur Zweite«, schmollte sie wieder.

»Dabei hattest du es verdient, zu gewinnen. Die andere konnte dir in keiner Weise das Wasser reichen«, versuchte er ihr gut zuzureden.

»Lass uns nicht darüber sprechen, das zieht mich nur runter. Hast du nun eine Pille für mich, oder nicht?«

»Das war nur ...«, wollte er ehrlich erwidern, als sie ihn unterbrach und lallend antwortete: »Ich sags auch niemandem, bitteee. Ich bin gerade so gut drauf, aber keiner meiner Leute hat was dabei und auf Koks habe ich nicht so Bock.«

Was sagte sie da? Ecstasy, Koks? War sie drogenabhängig? Er wusste, dass die Jugend viel ausprobierte und dass gerade in den Clubs auf den Ringen viele Drogen konsumiert wurden. Aber warum dieser Engel? Sie hatte es doch gar nicht nötig!

Dass sie trank und rauchte, war doch schon schlimm genug, warum mussten es auch noch Drogen sein? So dumm konnte doch kein Engel sein? Oder?

Er wollte ihr gerade seine ehrliche Meinung über Drogen aufzeigen, als ihm plötzlich ein Geistesblitz kam.

Was, wenn das Schicksal ist?

Er lächelte und antwortete: »Ich hab noch was, aber leider im Auto.«

»Wo hast du denn geparkt?

»Gleich um die Ecke. Wollen wir kurz was holen gehen?

Sie bekam große Augen. Statt zu antworten, hakte sie sich bei ihm ein und folgte ihm in Richtung Straße. Sein breites Grinsen schien sie nicht zu bemerken.

Kapitel 22

Brandt war nicht sicher, ob Kruse wirklich seine eigene Meinung geäußert oder Herder ihren Verlobten zu der Aussage gedrängt hatte.

Kruse war über Peisker hergezogen, er hatte erklärt, dass Peisker ihn nur ausgenutzt habe und dass er, wenn Peisker nicht gewesen wäre, nie rückfällig geworden wäre.

»Was denkst du?«, fragte Aydin als sie im Auto saßen.

»Keine Ahnung. Wir sollten noch mal mit Peisker sprechen«, antwortete Brandt und startete den Wagen, um zu Peisker zu fahren. »Frauen können Männer ganz schön manipulieren.«

»Aber es würde gut ins bisherige Bild passen«, sagte Aydin.

»Ja, schon. Aber damit bringt sich Peisker doch selbst in die Schusslinie.«

»Nicht, wenn er gehofft hatte, dass Kruse gesteht.«

»Das ist Quatsch. Dann hätte der Täter nicht morden dürfen, während Kruse noch in U-Haft war.«

»Und warum fahren wir dann zu Peisker? Er wäre doch dann unschuldig?«

»Das habe ich nicht gesagt. Psychopathen neigen zu Handlungen, die unsereins nicht nachvollziehen kann. Vielleicht wollte er nur einen Mord begehen, hat dann aber Spaß daran gefunden und weiter gemordet.«

»Aber er hat das zweite Opfer nicht enthäutet. Der mordet bestimmt nicht aus purer Freude am Töten. Er hat ein Ziel. An der Hochschule ...«

»Hör mir auf mit deiner Hochschule. Hier spielt das Leben«, unterbrach ihn Brandt schärfer, als er eigentlich beabsichtigt hatte.

»Sorry, dass ich versuche, ein wertvoller Teil unseres Zweierteams zu werden«, reagierte Aydin eingeschnappt.

Brandt warf ihm einen kurzen Blick zu und spürte, dass er wirklich beleidigt war.

»Hey, nimms mir nicht übel. War nicht meine Absicht«, entschuldigte sich Brandt, so gut es ging. Er mochte dieses Akademie-Geschwätz einfach nicht. Das wahre Leben konnte man nun einmal nicht rational erklären und schon gar nicht in irgendwelche Theorien kleiden.

Mord war weder Mathematik noch Betriebswirtschaft!

»Schon gut. Es könnte trotzdem nicht schaden, mich auch mal ausreden zu lassen.«

»Tue ich doch«, widersprach Brandt.

»Nein, tust du nicht. Du schimpfst lieber.« Aydin schaute aus dem Beifahrerfenster.

»Jetzt tust du mir aber unrecht. Ich will dich nur auf das echte Leben vorbereiten. Du hast halt noch diese Akademiker-Naivität«, versuchte Brandt seine Worte zu erklären.

»Habe ich gar nicht. Natürlich bin ich nicht so erfahren und ich will auch von dir lernen, da ich dich für einen verdammt guten Bullen halte ...«

»Bullen?« Brandt lachte.

»Sorry, Polizisten meinte ich natürlich«, entschuldigte sich Aydin schnell.

»Ist schon gut. Kannst gerne ein wenig härter sein. Keiner nimmt einen weichen Bullen ernst.«

»Ich wollte nicht respektlos ...«

»Bist du nicht, das würde ich dir schon sagen. Kramer ist respektlos, aber du ganz sicher nicht. Du bist eher weichgespült ...«

»Was?« Aydin machte große Augen.

»Zu soft«, erklärte Brandt.

»Bin ich gar nicht«, schmollte Aydin.

»Und ob. Wir sind da.«

Brandt parkte den Wagen, Aydin schwieg. Brandt mochte Aydin, aber er wollte es dem jungen Mann nicht so offensichtlich zeigen. Eine gewisse Distanz war für beide besser.

Schließlich hatte sein blindes Vertrauen zu seinem Ex-Partner dazu geführt, dass dieser nicht mehr lebte. Sein Partner hatte sich eine Kugel eingefangen. Eine Kugel, die für Brandt bestimmt gewesen war, und seitdem hatte er sich geschworen, nie wieder einen Kollegen so nahe an sich heranzulassen, geschweige denn, eine intensive Freundschaft zu einem Kollegen zuzulassen.

Peisker öffnete ihnen ohne Murren die Tür. Brandt und Aydin folgten ihm ins Wohnzimmer. Peisker nahm auf der Couch Platz und schien kein Problem damit zu haben, deutlich zu zeigen, dass er keine Lust auf ein Gespräch mit der Kripo hatte.

»Was wollen Sie?«, fragte er daher auch deutlich desinteressiert.

»Mit Ihnen sprechen, wegen Thorsten Kruse.«

»Was hat der Arme denn ausgefressen, dass Sie mich schon wieder besuchen müssen?«

Brandt antwortete nicht sofort. Sein Blick fiel auf den Tisch, auf dem ein Adventskranz lag. Eine der vier Kerzen brannte.

Der Kranz passte genauso wenig zu Peisker wie der Tannenbaum, und dennoch befanden sich beide in der Wohnung.

Brandt wurde nicht wirklich schlau aus ihm.

»Nichts. Es geht um Ihr Verhältnis.«

Peisker antwortete nicht, er lachte nur.

»Was ist so witzig daran?«, fragte Brandt.

Wieder antwortete Peisker nicht, sondern nahm Drehtabak, Papier und einen Filter und drehte sich in aller Ruhe eine Zigarette, die er sich dann anzündete.

»Kann mir schon denken, warum Sie hier sind.«

»Und das wäre?«, fragte nun Aydin.

»Die fette Schachtel schickt euch«, sagte er vielsagend.

»Wen meinen Sie?«, fragte Brandt.

»Na, die Olle von Thorre. Diese Hexe.«

»Was soll mit Frau Herder sein?« Brandt ging bewusst nicht auf die Provokation ein, war aber dennoch gespannt darauf, was er gleich hören würde.

»Die war hier, total hysterisch«, erklärte Peisker.

»Und warum?«, wollte Brandt genauer wissen. Das war in der Tat eine interessante Information. War Herder vielleicht viel dominanter als er ohnehin vermutete?

»Die ist voll ausgerastet. Hat mich aufs Übelste beschimpft, weil sie glaubt, ich bin schuld, dass ihr Thorre im Knast sitzt. Die spinnt doch.« Peisker zog noch einmal an seiner Zigarette und drehte sich eine neue.

»Und welchen Grund sollte sie dafür haben?«, fragte Brandt. Er wollte Peisker zunächst nicht erzählen, dass Kruse wieder auf freiem Fuß war.

»Das müssen Sie die Schlampe fragen. Die hat mich von Anfang an nicht gemocht, weil ich Thorre die Augen öffnen wollte.«

»Inwiefern wollten Sie Kruse die Augen öffnen?«, fragte Aydin.

»Wegen der Hexe. Die hat doch einen totalen Kontrolltick die würde ihn am liebsten an sich ketten. Seit die beiden sich kennen, hat der arme Kerl keine Eier mehr. Als ich sie das erste Mal im KOMED-Haus gesehen hab, hab ich gleich gewusst, mit der stimmt was nicht.«

Brandt missfiel die Antwort, denn Kruses Freundin hatte mit ihrer Schnellschussaktion vermutlich genau das Gegenteil von dem erreicht, was sie bezweckt hatte. Wenn Peisker Dreck am Stecken hatte, war er jetzt gewarnt.

»Und was genau soll mit ihr nicht stimmen?«

»Kommen Sie ...«, er unterbrach sich kurz und schaute die beiden Polizeibeamten an, als könnte er nicht glauben, dass sie nicht schon längst bemerkt hatten, was mit Herder nicht stimmte. »Die Kleine ist nicht wirklich hässlich. Was will so eine Frau von Thorre? Vor allem wenn sie weiß, dass er gerne blankzieht. Sie muss doch ’ne Schrauben locker haben.«

Und Sie? Finden Sie sich attraktiver als Kruse?, hätte Brandt ihn am liebsten gefragt, behielt den Gedanken aber für sich. Peiskers Blick und seine Körperhaltung verrieten ihm, dass er sich für eine tolle Partie hielt.

Dennoch war die Antwort nicht von der Hand zu weisen. Herder war im Vergleich zu Kruse doch eine Granate. Vielleicht hatte sie das Helfersyndrom.

Es soll solche Frauen geben, dachte Brandt.

»Was ist nach dieser Drohung geschehen?«, fragte Aydin nun.

»Nix, ich hab die Schlampe nicht ernst genommen und ihr eine gescheuert.«

»Was haben Sie?«, platzte es aus Aydin.

»Was hätt ich denn machen sollen? Sie hat rumgeschrien und plötzlich angefangen, mit meinen Sachen rumzuwerfen. Ich musste ihr einen scheuern. Hat ihr bestimmt nicht geschadet. Thorre ist ein Waschlappen. Würde mich nicht wundern, wenn sie dabei feucht geworden ist.«

»Herr Peisker, mäßigen Sie Ihren Ton«, ermahnte Brandt ihn und wusste im gleichen Augenblick, dass er damit nur eins erreichte: Genugtuung für Peisker. Er wollte sie provozieren, das war Brandt klar, dennoch glaubte er ihm, dass er Herder geschlagen hatte.

Warum hatte Herder ihnen das nicht erzählt? Sie hätte doch Anzeige erstatten können. Rein theoretisch hätte er Peisker jetzt mit aufs Revier nehmen können, da er gestanden hatte, jemanden geschlagen zu haben.

Aber er verzichtete darauf. Was hätte das auch gebracht?

Vielleicht war es gut, dass sich Peisker in Sicherheit wiegte, das würde ihn leichtsinnig machen, was wiederum zu Fehlern führen könnte. Wenn er denn überhaupt ihr gesuchter Täter war.

»Was macht der Arm?«, fragte Brandt, da sein Blick auf den Verband fiel.

»Wird schon«, antwortete Peisker brummig.

»Was haben Sie denn gemacht?«

»Beim Gemüseschneiden daneben geschnitten.«

Brandt glaubte ihm nicht. Er beschloss, das Risiko zu erhöhen, auch auf die Gefahr hin, dass Peisker blockieren würde.

»Wir haben Informationen darüber, dass Kruse nur Ihretwegen rückfällig geworden ist«, begann Brandt seine Scharade.

»Was soll die Scheiße? Das war doch bestimmt Simone, die erzählt dauernd irgendwelche Ammenmärchen«, wurde Peisker laut.

»Also ist was dran?«

»Nein, natürlich nicht. Der Idiot hat sich Hals über Kopf in sie verliebt und sagt nur das, was sie hören will, damit er sie in die Kiste kriegt. Dass sie ihn aber an den Eiern packt und nicht mehr loslässt, hat ja keiner ahnen können.«

»Uns wurde aber noch mehr zugetragen.«

Peisker horchte auf. »Was soll der Müll? Wollen Sie mir was andrehen?«

»Wir verfolgen nur Hinweise. Hatten Sie Streit mit Kruse?«

»Nein, Mann. Fragen Sie ihn doch. Simone will uns nur auseinanderbringen. Wir waren schon Freunde, bevor die sich kannten, und werden Freunde sein, wenn sie ihn verlassen hat.«

Merkwürdigerweise war Brandt geneigt, Peisker zu glauben. Seine Worte wirkten weder gestellt noch überheblich, sie hatten etwas Verletztes, als könnte er sich nicht erklären, warum sein guter Freund wegen einer Frau ihre Freundschaft aufs Spiel setzte.

»Das haben wir«, erhöhte Brandt den Druck erneut.

»Was?«

»Wir haben Kruse gefragt, ob er sich vorstellen kann, dass Sie ...«

»Ich hab nichts gemacht«, unterbrach Peisker scharf.

»Beruhigen Sie sich bitte, genau deshalb sprechen wir mit Ihnen. Wir können Sie auch mit aufs Revier nehmen«, mischte sich Aydin ein und Brandt fand den Einwand sehr passend. Er hätte von ihm sein können.

Peiskers Augen stachen hervor und er spielte mit der rechten Hand am Tisch.

»Kruse unterstellt Ihnen, dass Sie ihn manipulieren.«

»Ich? Ihn? Er ist mein Freund! Ohne mich wäre der noch in der Gosse. Ich habe ihn da doch erst rausgeholt.«

»Gosse?«

»Mann, der hat noch bei seiner durchgeknallten Mutter gewohnt, mit seinem Arsch von Bruder. Die haben ihn die ganze Zeit tyrannisiert. Der Idiot durfte nicht mal atmen, ohne sie um Erlaubnis zu fragen.«

»Und was genau haben Sie getan?«, hakte Aydin nach.

So langsam bekam das Gespräch eine Wendung, die Brandt überhaupt nicht einschätzen konnte. Er hatte eigentlich gehofft, dass Peisker etwas verraten würde, was ihn belastete, oder dass er gegen Kruse hetzte. Aber stattdessen zeigte er, welch Samariter er war.

»Ich hab ihn bei mir wohnen lassen. Ohne mich wär der dieser Hölle nie entkommen. Und statt mir dankbar zu sein, zieht er meinen Namen in den Dreck. Aber was wundere ich mich. Er ist einfach zu weich, das ist doch alles das Werk dieser fetten Hexe.«

»Was für eine Hölle soll das denn gewesen sein?«, fragte Brandt. Er glaubte, dass Peisker übertrieb.

Kruse hatte jedenfalls nicht den Eindruck gemacht, als könnte er sich nicht gegenüber seiner Mutter verteidigen.

»Fahren Sie hin und gucken Sie sich's selbst an«, antwortete Peisker.

Kapitel 23

7. Dezember

Ihr Schädel brummte.

»Verdammter Kater«, brummelte sie und fasste sich noch im Bett liegend an die Schläfe. »Schlaf einfach weiter«, nuschelte sie zu sich selbst und schloss die Augen.

Sie hatte es wieder übertrieben. Aber so war sie nun einmal. Sie feierte gerne, und wenn sie feierte, ließ sie auch die Korken knallen. Schließlich war man nur einmal jung.

Außerdem glaubte sie, allen Grund gehabt zu haben, sich abzuschießen. Sie war nur Zweite geworden! Der Preis stand eigentlich ihr zu. Aber diese blöde, hässliche Blondine hatte anscheinend mit der Jury geschlafen. Nur so konnte sie sich ihre Niederlage erklären.

Sie hatte natürlich ihren Charme spielen lassen und mit den männlichen Jurymitgliedern geflirtet. Aber diese komische Frau in der Jury hatte sie nicht gemocht, das hatte sie von Anfang an gespürt. Letztendlich war ihre Stimme aber nicht ausschlaggebend gewesen, dessen war sie sich sicher. Insgesamt hatten vier Personen in der Jury gesessen, darunter nur eine Frau.

Also mussten auch einige Männer gegen sie gestimmt haben. Dass sie verloren hatte, weil der Auftritt der Gewinnerin insgesamt besser gewesen war, daran verschwendete sie keinen Gedanken, da es für sie der Realität widersprach.

Bestimmt hat sie zwei von denen einen geblasen, dachte sie herablassend, als sie sich im Bett drehte und dabei etwas Kaltes am Fuß spürte.

Sie fror immer so schnell.

Ich muss die Heizung aufdrehen, dachte sie. Sie versuchte die Position zu halten, da nicht nur ihr Schädel brummte, sondern sich alles um sie herum drehte. Die typischen Symptome einer durchzechten Nacht.

Hab ich gekotzt?, schoss ihr ein Gedanke durch den Kopf. Sie konnte sich jedenfalls nicht daran erinnern. Sie vertrug eine Menge, aber es geschah schon, dass sie sich auch mal übergab, weil ihr Körper einfach zu viel Alkohol oder Drogen intus hatte.

Sie konnte sich an so einiges nicht mehr erinnern. Filmriss. An sich auch nichts Neues.

»Lass mich doch einfach schlafen ...«, nuschelte sie und verfluchte die Gedanken, die ihr durch den Kopf schwirrten. Sie fühlte sich viel zu erschöpft und kaputt, um jetzt aufstehen zu können. Außerdem drehte sich alles, sobald sie sich bewegte, und sie wollte sich unter keinen Umständen übergeben.

Doch genau das würde geschehen, wenn sie auf den dummen Gedanken käme, ihre Augen zu öffnen und aufzustehen.

Wozu überhaupt aufstehen? Sie war Studentin und somit konnte sie selbst entscheiden, wann sie zur Vorlesung erschien und ob überhaupt.

Und heute würde sie, so hoffte sie jedenfalls, nichts aus dem Bett bringen. So in Gedanken schlief sie wieder ein. Jedoch war ihr kein langer Schlaf vergönnt, sie wachte keine Stunde später wieder auf. Wieder spürte sie dieses kalte Etwas an den Füßen, als sie sich drehte. Da jedoch das Schwindelgefühl stärker war, ignorierte sie es. Allerdings machte sich nun auch ihr Magen bemerkbar. Sie versuchte, den Brechreiz zu unterdrücken, was ihr einigermaßen gelang.

Nie wieder Alkohol, sagte sie sich und fügte noch hinzu: *und Drogen.*

Kaum hatte sie dies realisiert, fragte sie sich, ob sie überhaupt Drogen genommen hatte. Sie konnte sich jedenfalls nicht mehr daran erinnern.

Ihre Gedanken folgten keiner Logik oder Systematik. Sie sprangen von einem zum anderen. Plötzlich war sie bei dem süßen Kerl, den sie in der Disco kennengelernt hatte und dem sie nur schwer widerstehen konnte.

Eigentlich war sie treu, aber irgendwie hatte sie sich zu dem hübschen Jungen hingezogen gefühlt und dann hatten sie einfach geknutscht. Was danach geschehen war, daran konnte sie sich nicht mehr erinnern. Aber sie glaubte, noch immer den süßen Geschmack seiner Lippen zu schmecken, was natürlich nicht möglich war.

Vielleicht sollte ich aufstehen und eine Ibuprofen nehmen, dachte sie, da sich die Kopfschmerzen wieder stärker bemerkbar machten. Aber im Bett war es einfach zu kuschelig und überhaupt wollte sie weder die Augen öffnen noch aufstehen.

»Guten Morgen ...«, hörte sie da eine freundliche Stimme. »Oder sollte ich lieber guten Mittag sagen?«

»Was?«, mehr kam zunächst nicht über ihre Lippen. Sie lag noch immer mit geschlossenen Augen auf der Seite.

»Du Schlafmütze«, lachte der andere. Da sie noch immer die Augen geschlossen hatte, sah sie nicht, wer da überhaupt sprach.

»Lass mich, schlafen, Daniel«, nuschelte sie, glaubte sie doch, dass es ihr Freund war.

Doch dann nahm ein anderer Gedanke von ihr Besitz: *Daniel? Der ist doch in England!*

»Ich bin nicht Daniel«, antwortete die Stimme.

»Oh Mann ...«, begann sie, drehte sich um und öffnete die Augen. Es drehte sich noch immer alles und sie nahm die Umgebung nur verschwommen wahr, doch dann wurde es immer besser und sie sah, dass ein Mann vor ihrem Bett stand.

»Wer ... wer ...?«, wollte sie fragen, als er sie unterbrach.

»Wie? Kennst du mich denn nicht?«

Sie hob ihren Kopf und jetzt erkannte sie die Person. Glaubte es zumindest.

»Doch, irgendwie kommst du mir bekannt vor«, ließ sie ihn wissen, um gleich danach ein: »Kann ich nicht einfach mal in Ruhe weiterschlafen?« hinzuzufügen.

»Bist noch ganz schön verkatert«, lachte der andere.

Katja wollte sich eigentlich zur Seite drehen und weiterschlafen, als die restlichen noch funktionsfähigen Gehirnzellen ihr signalisierten, dass das keine gute Idee war und sie endlich ihren Verstand gebrauchen sollte.

»Wieso bist du hier?«, fragte sie ihn und ein ganz und gar ekliger Gedanke beschlich sie.

Hatte ich etwa Sex mit ihm?

Doch im gleichen Augenblick war ihr klar, dass sie niemals so betrunken sein könnte. Das Gesicht des Mannes war absolut unattraktiv und er trug etwas ganz Schräges. Ein Ganzkörperkondom. Etwas, das sie eher an Aerobic und die durchgeknallten Achtziger erinnerte.

Das Kostüm war so eng, dass sie selbst im total verkaterten Zustand nicht übersehen konnte, dass der Mann dick war.

Er war hässlich, dick und eklig! Das stand für sie außer Frage. Und mit dieser Erkenntnis begann ihr Hirn, immer mehr Kontrolle über ihr Handeln zu bekommen.

»Ich wohne hier«, antwortete der Mann trocken. Und genau dieser Satz ließ sie endlich in der Realität ankommen.

»Ich kenne dich«, sagte sie ängstlich mit weit aufgerissenen Augen.

Der Mann lachte zufrieden.

»Verstehst du jetzt? Du bist mein Gast.«

»Dein Gast? Was mache ich hier?« Ihre Stimme wurde Ausdruck ihrer Angst. Wieder spürte sie etwas Kaltes an ihrem Fuß, gefolgt von einem komischen Geräusch, das nach Metall klang.

Trotz einer aufkommenden Panik versuchte sie, Ruhe zu bewahren. Die Kopfschmerzen, das Schwindelgefühl und der Brechreiz waren verflogen und hatten etwas anderem Platz gemacht. Etwas sehr Gefährlichem, etwas, was nicht eintreten durfte.

»Bist du nicht ...?«, fragte sie, konnte sich aber nicht an den Namen des Mannes erinnern. »Gehört dir nicht Berta?«

»Ja, jetzt erinnerst du dich endlich.« Der Mann trat einen Schritt an das Bett heran.

»Warum bin ich hier?« Eigentlich wollte sie die Antwort zu dieser Frage gar nicht hören. Warum sollte sie schon hier sein? Sie hatte sicherlich keinen Sex mit diesem Ekelpaket gehabt und sie konnte sich sehr schwer vorstellen, dass sie freiwillig mit ihm gegangen war. Aber warum war sie dann hier?

Erinnerungsfetzen kamen zurück. Sie war draußen gewesen, hatte eine geraucht. Während sie versuchte, diesen Erinnerungsfetzen zu halten, beobachtete der Mann sie nur. Er hatte ihr noch nicht geantwortet.

»Du warst draußen«, sagte sie. Es war mehr eine Feststellung als eine Konversation. Der Mann nickte nur. »Du, du wolltest mir Pillen besorgen. Wir sind zum Wagen gegangen«, setzte sie nach und nach die Erinnerungsfetzen zusammen und sie wusste, zu welchem Ergebnis diese Erinnerungen kämen.

Es bereitete ihr unendliche Angst.

Ihre Augen wurden feucht und Tränen flossen ihre Wangen herunter.

»Bitte nicht«, flüsterte sie weinend.

»Nicht weinen, mein Engel. Alles wird gut. Ich werde dir nichts tun. Ich verspreche es dir«, schien er sie trösten zu wollen und setzte sich auf die Bettkante.

Sie wollte in die andere Ecke des Bettes flüchten, war aber wie erstarrt.

Er reichte ihr ein Taschentuch. Sie nahm es, fühlte sich dabei wie ein Roboter, der keinen eigenen Willen hatte. Am liebsten hätte sie vor Angst losgebrüllt, dem Mann ihre Fingernägel in die hässliche Visage gebohrt. Stattdessen wischte sie mit dem Taschentuch ihre Tränen vom Gesicht.

Er setzte sich nun richtig aufs Bett und drückte sie an sich.

»Alles wird gut, du bist doch für etwas Größeres bestimmt.«

Wieder kamen ihr die Tränen.

Du musst stark sein, versuchte sie sich einzureden. Sie verstand, dass nur Ruhe sie retten konnte. Sie wusste nicht, was er vorhatte, aber sie fürchtete, dass er sie vergewaltigen würde. Es war in diesem Moment komisch, aber sie liebte Horrorfilme und Serien wie »Akte XY« oder »CSI«. Sich selbst in einem Horrorfilm wiederzufinden, überstieg allerdings jede Vorstellungskraft.

Dennoch bildete sie sich ein, vielleicht genau deswegen zu wissen, wie man sich gegenüber einem Vergewaltiger verhalten musste.

Du musst stark sein. Wenn du dich wehrst, bringt er dich sofort um, dachte sie und war bereit, das Schlimmste, was sie sich nur vorstellen konnte, über sich ergehen zu lassen.

Fast hatte sie das Gefühl, der Mann könnte ihre Gedanken lesen, da er plötzlich lachte. Sie versuchte ihn nicht anzuschauen. Es einfach geschehen zu lassen.

Dann drückte er sie an sich. Sie war bereit, obwohl ihre Tränen eine andere Sprache sprachen.

Sie spürte einen Kamm durch ihr Haar gleiten und fühlte, wie seine dicken, knolligen und ekligen Hände durch ihr Haar strichen. Dabei sagte er in geradezu abgeklärtem Tonfall: »Du bist so hübsch. Du hast so schöne Haare, mein Engel.«

Damit brachen alle Dämme. Sie fing an zu schreien!

Kapitel 24

Am Sonntag hatten Brandt und Aydin Kruses Bruder und seine Mutter nicht erreichen können. Sie hatten mehrmals an der Tür geklingelt, aber es hatte niemand geöffnet, sodass sie beschlossen hatten, am nächsten Tag erneut ihr Glück zu versuchen.

Sie befanden sich gerade wieder auf dem Weg nach Libur, dem südlichsten Stadtteil Kölns – wobei man Libur schon eher als selbstständiges Dorf bezeichnen konnte, denn als einen Teil der Großstadt Köln.

»Ich hoffe, wir fahren nicht wieder umsonst«, sagte Aydin und spielte an seinem Smartphone.

»Und wenn schon, dann fahren wir halt noch mal. Das gehört zu unserem Job«, antwortete Brandt gereizt. Er hatte schlecht geschlafen, außerdem wurmte ihn die ganze Situation. Kruse war nicht der Täter, das stand außer Frage. Daher war es für ihn nur logisch, sich zu fragen, warum sie überhaupt seinen Bruder aufsuchten.

Es war die Hoffnung! Diese verdammt kleine Hoffnung, dass sie neue Erkenntnisse gewinnen würden. Je mehr Brandt darüber nachdachte, desto geringer wurden seine Zweifel, dass der Täter aus Kruses Umfeld kommen musste.

»Wenigstens wissen wir jetzt, wer das zweite Opfer war.«

»Ganz ehrlich, ich bin froh, dass wir heute nicht den Eltern des zweiten Opfers die schlechte Nachricht überbringen müssen.«

Inzwischen hatten sie die Identität der zweiten Leiche klären können. Es handelte sich um die junge Auszubildende Kira Bröse. Ihre Eltern wohnten in Köln Deutz und Bender hatte andere Kollegen mit der Überbringung der Nachricht beauftragt, da sie Brandt und Aydin bei ihren Ermittlungen nicht ablenken wollte – das war jedenfalls die offizielle Version.

Doch Brandt kannte seine Chefin. Als sie während des morgendlichen Meetings bekannt gegeben hatte, wer die Tote war, hatte sie Aydin einen Blick zugeworfen, der sehr deutlich sagte, dass sie Angst hatte, ihn zu überfordern. Und Brandt war geneigt, ihr Recht zu geben.

Egal wie tough Aydin tat, im Kern war er ein Softie, davon war Brandt überzeugt.

»Sie war erst sechzehn«, fluchte Aydin leise, »noch ein Kind.«

»Das Monster interessiert es nicht, ob sein Opfer ein Kind war oder nicht. Was immer er vorhat, er geht ohne Rücksicht und mit äußerster Brutalität vor«, erklärte Brandt, der innerlich bei dem Gedanken an den Mörder kochte.

Er bog von der Landstraße links ab und erreichte Libur. In der Margaretenstraße parkte er vor dem Einfamilienhaus der Familie Kruse.

Das Haus lag ein wenig nach hinten versetzt, ein Vorgarten schmückte den vorderen Bereich. Ansonsten unterschied es sich nicht von den anderen Einfamilienhäusern. Es wirkte wie der Teil eines ruhigen idyllischen Dorfes, von dem man nicht glauben mochte, dass es die Hölle sein sollte. Denn so hatte Peisker es genannt.

Brandt betätigte die Klingel und hoffte, dass ihnen heute jemand öffnen würde. Er kannte zwar dank der Informationsbeschaffung den Festnetzanschluss der Familie, dennoch hatte er sein Kommen nicht angekündigt, da er nicht wollte, dass die Kruses einem Termin aus dem Weg gingen oder irgendwelche Spuren verwischten. Wenn es denn überhaupt Spuren gab. So war Brandt, er mochte es nicht, seinen Besuch telefonisch vorab anzukündigen.

»Niemand da«, sagte Aydin, als Brandt erneut die Klingel betätigte.

Brandt antwortete nicht, sein Blick war auf die Tür gerichtet, da er glaubte, etwas gehört zu haben.

Kurz darauf wurde die Tür geöffnet.

Vor ihnen stand ein Mann, den Brandt auf Ende vierzig schätzte. Man sah die Ähnlichkeit mit Kruse, nur war er noch ein wenig korpulenter und seine Augen strahlten Unbehagen aus.

»Ja?«, fragte Jochen Kruse und verzog keine Miene.

»Wir sind von der Kriminalpolizei«, begann Brandt und stellte Aydin und sich vor.

»Darf ich Ihre Marken sehen?«

Brandt und Aydin zeigten ihre Ausweise. »Wir müssen Sie kurz sprechen.«

»Warum?«

»Es geht um Ihren Bruder Thorsten.«

»Was hat der Nichtsnutz wieder angestellt?«, fragte Jochen Kruse.

»Das würden wir gerne drinnen mit Ihnen besprechen«, erwiderte Brandt.

Sein Blick war unmissverständlich. Obwohl Kruse sie in die Wohnung ließ, sagte sein Gesichtsausdruck, dass er sie so schnell wie möglich wieder draußen haben wollte.

Aydin stupste Brandt an, da ihm anscheinend etwas aufgefallen war. Brandt folgte seinem Blick und sah es nun auch: In einem Zimmer, dessen Tür offen stand, lag etwas auf dem Boden. Eine Schürze. Sie war blutverschmiert.

Instinktiv zuckte Brandts Hand zur Waffe. War Jochen Kruse ihr Mann?

Es würde jedenfalls ihre Annahme stützen, dass der Täter aus Kruses Umfeld stammte. Für Jochen wäre es ein Leichtes, an ein Haar seines Bruders zu gelangen. Andererseits hätte er sich damit selbst in die Schusslinie gebracht.

Brandt war hin und her gerissen. Die Schürze sprach jedoch eindeutig für diese Theorie. Dennoch wollte er erst das Gespräch abwarten und er hoffte, dass Aydin seinem Gedankengang folgte.

Da Kruse vor ihnen marschierte, konnte er nicht sehen, wie Brandt Aydin mit einem intensiven Blick zu signalisieren versuchte, dass er ja nichts Unüberlegtes tun sollte.

Aydin nickte nur kurz, was Brandt als Zustimmung deutete.

»Was hat nun mein Dummkopf von Bruder verbrochen?«, fragte Kruse, als sie im Wohnzimmer standen. Er hielt die Arme vor dem Oberkörper verschränkt. Da er trotz des kalten Wetters nur ein dunkles T-Shirt trug, konnte man deutlich die Tätowierungen auf seinen Armen erkennen.

»Das wissen wir noch nicht. Wir ermitteln in einem aktuellen Mordfall und haben dazu ein paar Fragen an Sie.«

»Mord? Der Waschlappen? Wer hat Ihnen denn diesen Floh ins Ohr gesetzt?« Kruses Augen blitzten kurz auf und Brandt war versucht zu glauben, dass diese Nachricht tatsächlich überraschend kam.

»Wann haben Sie Ihren Bruder das letzte Mal gesehen?«, fragte Aydin und kam damit Brandt zuvor, dem exakt dieselbe Frage auf der Zunge lag.

»Keine Ahnung, ist das wichtig?«

»Bitte beantworten Sie nur unsere Fragen«, mahnte Brandt. Kruse war ihm durch und durch unsympathisch und er zeigte deutlich, wer in der Familie die Hosen anhatte.

»Ich weiß es nicht. Vor einigen Monaten vielleicht«, brummte Kruse.

»Und wo war das?«

»Was weiß ich. In der Innenstadt. Der Idiot ist einfach an Mutter und mir vorbeigegangen, als wären wir Luft.«

Dafür, dass Kruse sich angeblich nicht erinnern konnte, wann er seinen Bruder das letzte Mal gesehen hatte, schien er sich sehr gut an den Vorfall erinnern zu können.

»Was ist denn zwischen Ihnen vorgefallen, dass er Sie nicht mehr grüßt?«, fragte Aydin.

»Was?«

»Sie haben schon richtig verstanden. Warum hat sich die Familie entzweit?«

»Was soll diese Frage? Was geht Sie unsere Familie an?«, wurde Kruse laut und nahm eine Verteidigungshaltung ein, als wollte er jeden Augenblick auf die beiden Beamten einschlagen.

»Entspannen Sie sich und beantworten Sie nur meine Frage.«

»Fragen Sie doch meinen Bruder. Wir wüssten das nämlich auch gerne. Der ist einfach von heute auf morgen abgehauen!«, antwortete Kruse und machte die Augen schmal, dann fügte er hinzu: »Oder fragen Sie seinen genauso kranken Freund, diesen Vollpfosten Peisker. Dabei haben wir meinen Bruder selbst dann nicht verstoßen, als wir erfahren haben, dass er in aller Öffentlichkeit seinen Schwanz zeigt. Statt uns dankbar zu sein, ist der Idiot einfach abgehauen. Er weiß gar nicht, was er Mutter damit angetan hat.« Kruse schien sich gar nicht mehr beruhigen zu wollen. Sein Gesicht lief knallrot an, seine Augen wurden immer größer und die Pupillen schienen die Iris komplett einzunehmen.

Fast, als hätte er Drogen genommen.

»Wann haben Sie erfahren, dass Ihr Bruder sich gerne nackt in der Öffentlichkeit zeigt?«

Kruse antwortete nicht sofort. Er atmete hörbar, als müsste er sich erst beruhigen.

»Ist schon einige Jahre her. Ich habe es eigentlich schon immer geahnt. Er war einfach nicht ganz normal. Ich habe ihn mal drauf angesprochen, aber er hat natürlich alles ignoriert. Und ich dachte, ich hätte dafür gesorgt, dass er das niemals wieder tut, wir sind ja schließlich keine Freaks ...«

Kruse hielt inne, als würden seine Erinnerungen gerade vor seinem geistigen Auge ablaufen.

»Was meinen Sie mit: Sie haben dafür gesorgt?«, wollte Aydin wissen.

»Was wohl. Ich habe das gemacht, was jeder gute Vater in dieser Situation mit seinem missratenen Sohn tun würde.«

»Und das wäre?«, wiederholte Aydin seine Frage.

Brandt kannte die Antwort. Alles an Kruse roch nach roher Gewalt.

»Ihm das Maul stopfen. Vater war ja nicht da. Er hat sich lieber von der Brücke gestürzt, als seine Kinder zu erziehen, dieser Feigling.«

»Haben Sie Ihren Bruder misshandelt?« Aydins Stimme bekam etwas Drohendes. Brandt hoffte, dass er jetzt nicht persönlich wurde, schließlich war Kruse gerade dabei, auszupacken. Und so einen Redefluss durfte man nicht unterbrechen, denn Menschen wie Kruse waren unberechenbar. Sie konnten von einem auf den anderen Augenblick dichtmachen, dann würden sie nichts mehr erfahren.

»Spinnen Sie! Was soll das? Ich habe ihm eine gescheuert, ja. Aber ihn doch nicht misshandelt. Er ist mein Bruder. Nur kapiert der Dummkopf das nicht. Der ist einfach ein Waschlappen und glaubt allen, nur nicht seiner Familie«, erzürnte sich Kruse. »Wollen Sie mir nicht endlich den Grund Ihres Besuches verraten? Was hat er angestellt?«

»Es geht um Ermittlungen in einem Mordfall, in die Ihr Bruder unfreiwillig hineingezogen wurde«, erklärte Brandt.

»Wer will ihm ans Bein pinkeln? Peisker oder ein anderer aus dieser kranken Clique?«

»Welche Clique meinen Sie?«

»Das wissen Sie doch genau. Sonst wären Sie nicht hier. Die anderen Kranken, die ihren Schwanz in der Öffentlichkeit zeigen. Die, die ihn manipulieren. Mein Bruder wäre dumm genug, einen Mord zu gestehen, auch wenn er unschuldig ist. Der Depp ist doch zu feige, ein Messer in die Hand zu nehmen, wie soll er da jemanden umbringen?«

»Was meinen Sie damit?«

»Er ist ein Feigling.«

»Darf ich kurz Ihre Toilette benutzen?«, fragte Aydin.

»Wenn es sein muss. Die letzte Tür links, wenn Sie im Flur sind«, antwortete Kruse gereizt.

Aydin verschwand aus dem Wohnzimmer.

»Was wissen Sie über Olaf Peisker?«

»Nicht viel. Irgendwann stellte mein Bruder ihn uns vor. Ich wusste gleich, dass er ihm nicht guttun würde. Aber Thorre wollte nicht auf uns hören. Sobald Olaf anrief, ließ er alles stehen und liegen. Er war ihm hörig.«

»Und davon abgesehen? Hat Peisker Ihren Bruder zu irgendwelchen Straftaten animiert?«

»Er hat uns doch nichts erzählt. Als er das erste Mal eine Anzeige wegen Erregung öffentlichen Ärgernisses bekam, hat es mich nicht gewundert, dass auch Olaf angezeigt wurde. Während mein Bruder vollkommen panisch war, da er sich vor unserer Mutter schämte, prahlte Olaf, dieser Idiot, damit. Der schien das wirklich zu genießen.«

»Was ist dann geschehen?«

»Mein Bruder hat versprochen, es nie wieder zu tun. Wir haben ihm den Kontakt mit Olaf verboten, doch keine zwei Wochen später stand Olaf auf der Matte und hat uns aufs Übelste beschimpft.«

Brandt antwortete nicht sofort. Er wusste nicht, ob er ihm glauben sollte oder nicht. Einer von ihnen log, entweder er oder Peisker, das stand außer Frage. Doch wer log nun und warum?

»Wie ist Ihr Verhältnis zur Freundin Ihres Bruders?«

»Freundin? Thorsten hat eine Freundin?«, fragte Kruse und fing laut an zu lachen, doch plötzlich brach sein Lachen ab und seine Miene verfinsterte sich. Sein Blick war starr auf etwas gerichtet.

Brandt drehte sich um. Aydin war zurückgekehrt.

»Wollen Sie uns das erklären?«, fragte er. In seinen Händen hielt er die blutverschmierte Schürze.

Kapitel 25

»Siehst du, was ich tun musste? Wieso machst du mich wütend?«, brüllte er sie an.

Ihre Nase blutete und sie hatte aufgehört zu schreien.

Es war ein Instinkt. Jetzt, da er das Blut sah, schämte er sich für das, was er ihr angetan hatte. Sie war doch ein Engel, er wollte ihr nicht wehtun. Es war nicht nur Scham, sondern Angst. Angst vor dieser rauen männlichen Gewalt. Er war doch kein gewalttätiger Mensch. Er war doch anders als seine Familie.

Harmonie und Liebe waren ihm wichtig. Konnte sie das nicht erkennen? War er nicht freundlich gewesen? Er hatte sie doch ausschlafen lassen und versucht, sie behutsam auf die neue Situation vorzubereiten.

Zunächst hatte er große Hoffnung gehabt, dass sie verstanden hätte, denn sie war ruhig geblieben. Als er jedoch ihr Haar gekämmt hatte, war sie ohne Grund ausgeflippt und dann war es geschehen. Seine Hand hatte sich ohne sein Wollen zur Faust geballt und auf ihr hübsches Gesicht eingeschlagen.

Endlich hörte sie auf zu weinen. Sie schluchzte und zog die Nase hoch. Er nahm ein Taschentuch aus der Hosentasche und reichte es ihr. Als hätte er geahnt, was auf ihn zukommen würde.

»Was willst du von mir?«, schluchzte sie.

»Dein Haar ist doch nicht gefärbt, oder?« Er ignorierte ihre Frage einfach.

Sie schaute ihn an, als verstünde sie seine Frage nicht.

»Dein Haar, das ist doch nicht gefärbt?«, wiederholte er nervös seine Frage.

»Nein«, antwortete sie. Ihr Blick sagte noch immer, dass sie nicht verstand, was er von ihr wollte.

Er hielt die Hand vor die linke Brust und antwortete entzückt: »Du weißt gar nicht, wie glücklich du mich machst. Aber alles andere hätte mich auch gewundert.«

Dann griff er nach ihren langen Haaren, hielt sie vor seine Nase und roch an ihnen.

»Ich liebe deine Haare, du Engel«, ließ er sie wissen. Dabei fiel ihm gar nicht auf, dass Katja am ganzen Körper zitterte und anscheinend große Mühe hatte, nicht in einen Heul- und Schreikrampf auszubrechen.

»Ich heiße Katja«, flüsterte sie mit zittriger Stimme.

»Ich weiß, wie du heißt, sag das nie wieder«, wurde er laut. Natürlich kannte er ihren Namen, wie auch die Namen der vorherigen Opfer. Er hatte sie doch schließlich alle angesprochen und sie in ein vertrauensvolles Gespräch verwickelt, bevor er entschieden hatte, dass sie die Richtigen waren.

Bis auf bei Kira hatte er immer richtig gelegen. Dieser ganze Plan war ja nicht spontan entstanden. Er war jahrzehntelang in ihm gereift und irgendwann hatte er es gewagt. Glücklicherweise war ihm Desiree über den Weg gelaufen.

Er wusste nicht, ob er sein Vorhaben verwirklicht hätte, wenn er als Erstes Kira begegnet wäre. Denn nach Kira war seine Laune ziemlich am Boden gewesen. Doch mit Katja war er wieder glücklich und zuversichtlich, dass er sein Ziel erreichen würde.

Bevor er Desiree mit nach Hause genommen hatte, hatte er sieben andere junge Frauen angesprochen, doch bei keiner hatte er den Mut gehabt, sie zu betäuben.

Doch das gehörte der Vergangenheit an. Er stand kurz vor seinem Ziel und lag somit noch voll im Zeitplan für das große Finale.

»Ich heiße Katja«, wiederholte sie. »Ich dachte, wir wären Freunde.«

»Halts Maul«, brüllte er sie an und wieder rutschte ihm die Hand aus. Glücklicherweise wurde die Hand nicht zur Faust, sodass er sie mit der Innenfläche der rechten Hand gegen das Gesicht schlug.

»Du bist mein Engel! Engel haben keine Namen«, brüllte er weiter. Er wollte nicht, dass sie ihren Namen sagte. Wieso begriff sie das nicht?

Katja schrie nicht, sie weinte auch nicht. Sie wirkte verändert. Als hätte der Schlag etwas in ihr ausgelöst, was der Mann nicht einordnen konnte.

Sie schaute ihn an und fragte in ruhigem Ton: »Willst du Sex?«

Er erwiderte den Blick, konnte ihr aber nicht standhalten. Fast eingeschüchtert schaute er zur Seite. Ihre Augen waren einfach zu schön und ihr Ausdruck zu stolz, als dass er ihr etwas hätte entgegensetzen können.

Er stand auf, schaute zur Seite und lächelte. Im Hinausgehen sagte er: »Du Dummerchen, ich bin doch kein Vergewaltiger.«

Kapitel 26

»Was gibt es da zu erklären? Wer gibt Ihnen das Recht, bei mir rumzuschnüffeln?«, wurde Kruse laut.

»Beantworten Sie nur die Frage«, antwortete Brandt. Aydin hatte es geschafft, selbst Brandt zu überraschen, als er, statt auf die Toilette zu gehen, die blutige Schürze aus dem Nebenraum geholt hatte. Es war ein cleverer Schachzug, denn nun musste Kruse ihnen eine Antwort geben.

»Was ist denn das für ein Lärm?«, schimpfte jemand hinter ihnen. Brandt drehte sich um und sah eine ältere Frau eintreten.

Brandt schätzte sie auf mindestens einen Meter achtzig. Sie war schlank und hatte graues Haar, welches streng zum Zopf nach hinten gebunden war. Ihr Gesicht war hager und voll tiefer Falten. Vor Brandt stand eine Frau, die den Eindruck machte, ordentlich zupacken zu können, trotz ihres stolzen Alters.

»Mama, die Männer sind von der Polizei«, antwortete Jochen Kruse. Seine Stimme wurde plötzlich sehr leise und hatte etwas Unsicheres.

Brandt fand das geradezu unheimlich. Noch eben hatte Thorsten Kruses Bruder das ganze Haus zusammengebrüllt und jetzt piepste er wie eine Maus.

»Haben die keine eigene Stimme?«, keifte sie und schaute Brandt an. »Was machen Sie hier?«

»Wir sind von der Kriminalpolizei ...«

»Das hat doch schon mein Sohn gesagt. Ich bin nicht taub. Haben Sie auch einen Namen?«, schnitt sie Brandt das Wort ab.

Brandt stellte Aydin und sich kurz vor.

»Und was wollen Sie?«

»Es geht um laufende Ermittlungen. Wir hatten Ihrem Sohn gerade ein paar Fragen gestellt, als Sie uns gestört haben«, wurde Brandt nun ruppiger. Dame hin oder her, er war kein respektloser Mensch, aber er ließ sich von niemandem derart herabkanzeln.

»Das ist meine Wohnung, verdammt! Und ich habe das Recht zu wissen, was hier vor sich geht«, zeigte sich Frau Kruse wenig beeindruckt.

»Das ändert nichts an der Tatsache, dass Sie und Ihr Sohn zur Auskunft verpflichtet sind«, erwiderte Brandt.

Frau Kruse machte die Augen schmal und zog die Mundwinkel nach unten, aber sie antwortete nicht, was Brandt als einen Punktgewinn für sich wertete.

Vielleicht mochte sie mit ihrer ruppigen Art ihren Sohn einschüchtern, ihn sicherlich nicht.

»Was wollten Sie denn von meinem Sohn wissen?«, fragte sie und warf Kruse einen kritischen Blick zu, als wäre sie über irgendetwas wütend oder besorgt.

»Es geht um Ihren Sohn Thorsten Kruse und sein Verhältnis zu Olaf Peisker.«

»Erwähnen Sie diesen Namen nie wieder in meinem Haus«, wurde Frau Kruse wieder laut.

»Warum?«, fragte Brandt.

»Weil er mir meinen Sohn weggenommen hat.« Während sie sprach, ballte sie die Hand immer wieder zur Faust.

»Warum hat er Ihnen Ihren Sohn weggenommen?«

»Das hat Ihnen Jochen doch sicherlich schon erzählt.«

»Ich möchte es von Ihnen noch einmal hören.«

»Thorsten hat sich von Olaf einnehmen und ausnutzen lassen. Er war schon immer zu naiv und gutgläubig. Was würde Ihre Mutter sagen, wenn Sie sich über Jahre nicht mehr bei ihr melden würden?« Ihre Stimme wurde zum Ende hin überraschend brüchig, als würde sie diese Tatsache wirklich berühren.

Brandt antwortete nicht sofort. Ihre Aussage deckte sich mit der von Jochen. Brandt war sich inzwischen sicher, dass beide nicht wussten, dass die Kripo Thorsten verhaftet hatte.

Was immer das Problem zwischen den Familienmitgliedern war, er fand keinen Bezug zu den aktuellen Ermittlungen. Hatte Peisker ihm und Aydin eine falsche Fährte gelegt?

»Können Sie mir das bitte erklären?«, fragte Brandt und zeigte auf die Schürze, die Aydin noch immer in Händen hielt und die auch Frau Kruse schon gesehen haben musste.

»Was gibts da zu erklären?«, fragte sie und schaute leicht irritiert.

»Wie kommt das Blut auf die Schürze?«, fragte Aydin nun.

»Wie? Na, wie wohl!? Wir haben gerade Fleisch zu Wurst verarbeitet«, erklärte sie mit einer Sicherheit, als würde sie das jeden Tag machen.

»In der Wohnung?«

»Weil ich eine Metzgerei habe. Wir schlachten seit Jahrzehnten selbst und stellen die Wurst selbst her. Ist das verboten?«

»Nein, nein. Wir haben nur gefragt«, versuchte Brandt die Spannung zu lösen.

»So dämlich, wie Sie sind, haben Sie die Metzgerei bestimmt nicht gesehen«, schimpfte sie.

»Nein, haben wir nicht. Wo ist sie denn?«

»Gegenüber.« Frau Brandt machte ein seltsames Schnalzgeräusch mit der Zunge.

»Können Sie uns bitte die Räumlichkeiten zeigen?«, bat Brandt und war erstaunt, dass in dem kleinen Dorf bis heute eine Metzgerei hatte überleben können.

Frau Kruse brummte, ging dann aber voran, die beiden Beamten und ihr Sohn folgten. Sie nahmen die Kellertreppe und fanden sich kurze Zeit später in einem großen Raum wieder, der aussah wie eine kleine Schlachterei. Es standen Schlachtgeräte darin, ein großer metallener Tisch und jede Menge Schlachtmesser.

Es hatte schon etwas Erschreckendes an sich, dies im Keller eines Einfamilienhauses zu vorzufinden.

»Warum haben Sie die Schlachterei nicht in Ihrem Laden?«

»Weil der zu klein ist. Dort haben wir nur die Verkaufsfläche«, erklärte der Sohn.

»Und jetzt mal raus mit der Wahrheit, was hat mein Thorsten angestellt? Hat er wieder seinen kleinen Dödel rausgeholt?«

»Wir dürfen nichts zu laufenden Ermittlungen sagen.«

»Es geht um meinen Sohn, verdammt noch mal! Habe ich als Mutter nicht das Recht zu erfahren, was los ist?«, fluchte sie. Ihre Kiefer waren aufeinandergepresst. Ein deutliches Zeichen ihrer Anspannung.

»Lagern Sie die Würstchen und das Fleisch hier?«, wollte Aydin wissen.

Frau Kruse warf ihm einen vernichtenden Blick zu, bevor sie antwortete. »Sagen Sie mal, junger Mann, hören Sie mir eigentlich zu?«

»Beantworten Sie bitte nur die Fragen«, drängte Brandt. Er glaubte zu verstehen, worauf Aydin hinauswollte.

»Natürlich, drüben haben wir doch nur die Verkaufsfläche.«

»Können Sie uns das bitte zeigen?«

»Sie wollen mir nicht verraten, in was für einer Scheiße mein Sohn steckt, aber erwarten, dass ich Ihnen alles zeige, dabei haben Sie nicht mal einen Hausdurchsuchungsbeschluss.«

»Sie wollen sicherlich nicht, dass wir so weit gehen«, erklärte Brandt ruhig.

»Wir haben uns nichts vorzuwerfen«, knurrte sie noch immer, zeigte ihnen dann aber doch den Kühlraum, der direkt an den Schlachtraum grenzte.

Brandt hatte sich den Kühlraum anders vorgestellt, was er sah, konnte er noch nicht richtig einschätzen. Es standen einige große Tiefkühlschränke in den Raum. Tiefkühlschränke, in denen auch eine menschliche Leiche Platz gefunden hätte.

»Was machen Sie da?«, rief Frau Kruse, als Brandt gerade einen Tiefkühlschrank öffnen wollte.

Brandt ignorierte sie und öffnete ihn trotzdem.

»Machen Sie wieder zu«, wurde Frau Kruse noch lauter. Doch Brandt dachte nicht daran, er schaute sich den Inhalt an. Es lagen Würstchen und Knochenfleischstücke darin.

Aydin wollte Brandt anscheinend in nichts nachstehen und öffnete einen weiteren Tiefkühlschrank.

»Es reicht!«, brüllte nun Frau Kruse. Kaum hatte sie das gesagt, sprang ihr Sohn ihr zu Hilfe und knallte den Deckel des Tiefkühlschrankes, den Aydin gerade anhob, zu.

»Sie haben gehört, was meine Mutter gesagt hat. Sie unterbrechen die Kühlkette. Wissen Sie, wie viel Geld das ist?«, herrschte Kruse ihn an. Seine Augen waren weit aufgerissen, sein Kopf nach vorne gestreckt, als wollte er jeden Augenblick zubeißen.

»Entspannen Sie sich. Wir müssen uns kurz den Inhalt aller Tiefkühlschränke anschauen. Ob es Ihnen gefällt oder nicht. Und wir werden sicherlich nicht die Kühlkette unterbrechen«, erwiderte Brandt wenig beeindruckt.

Kruse wollte gerade lospoltern, als seine Mutter ihm einen scharfen Blick zuwarf. Er schluckte seine Wut herunter.

Brandt und Aydin öffneten noch die anderen beiden Tiefkühltruhen. Auch in diesen war nichts, was darauf schließen ließ, dass hier Menschen skalpiert oder enthäutet worden waren.

»Sind Sie nun glücklich?«, fragte Frau Kruse mit deutlich ironischem Unterton.

Brandt wollte gerade eine Spitze darauf erwidern, aber Aydin kam ihm zuvor: »Danke für Ihre Zeit und Kooperation.«

»Bring die Herren nach draußen«, wies Frau Kruse ihren Sohn an, während sie im Kühlraum zurückblieb.

Kruse brachte die beiden Beamten schweigend nach draußen. Brandts Blick fiel dabei flüchtig auf den Boden, da er glaubte, dort eine Unebenheit entdeckt zu haben, dies jedoch auf die schlechte Beschaffenheit des Kellerbodens zurückführte.

»Ich hoffe, Sie lassen uns jetzt in Ruhe. Ich weiß nicht, was mein Dummkopf von Bruder für einen Bock geschossen hat, aber das hat nichts mit uns zu tun. Wir sind anständige Bürger und meine Mutter ist nicht in bester Verfassung. So etwas wie eben werde ich kein weiteres Mal dulden«, stellte Kruse klar, als sie vor der Wohnungstür standen. Er schien sein Selbstbewusstsein zurückerlangt zu haben.

»Auf Wiedersehen, Herr Kruse«, antwortete Aydin, gab ihm die Schürze, die er noch immer in der Hand hielt, und drängte Brandt nach draußen.

»So ein Idiot«, machte sich Brandt Luft, als sie im Wagen waren und er den Motor startete.

»Echt komischer Vogel. Aber wer die Hosen anhat, war doch klar.«

»Kein Wunder, dass Thorsten Kruse das Weite gesucht hat. Dennoch bezweifle ich, dass die Mutter oder der Bruder etwas mit den Morden zu tun hat.«

»Dabei würde das sehr gut passen ...«

»Was, die Mutter?«, lachte Brandt.

»Witzig! Der Sohn. Er ist Metzger, also weiß er, wie man jemanden enthäuten könnte. So ein Unterschied zu Tieren ist das bei Menschen auch nicht.«

»Wenn du meinst. Und was ist mit der Mutter? Wie soll er die jungen Frauen entführen, gefangenhalten und dann noch enthäuten, ohne dass seine Mutter es bemerkt?«

»Er entführt sie nachts und der Keller ist riesig, vielleicht hat er einen Geheimraum oder so.«

»Du spinnst«, erwiderte Brandt und musste augenblicklich an die Unebenheit im Kellerboden denken. Er schüttelte den Kopf.

»Warum schüttelst du den Kopf?«, fragte Aydin, der natürlich nicht wusste, was Brandt gerade dachte.

»Es wäre zu einfach. Ich würde es dem Sohn zutrauen, natürlich. Aber eine Entführung und dann auch noch zwei Morde vor so einer dominanten Mutter zu verbergen, halte ich für äußerst schwierig. Außerdem macht es keinen Sinn, dass Jochen Kruse seinen eigenen Bruder belastet.«

»Mag stimmen. Aber es ist doch unbestreitbar, dass Jochen seinen Bruder hasst. Hast du bemerkt, wie er reagiert hat, als Frau Kruse sich nach dem Wohlbefinden von Thorsten erkundigt hat?«

»Ist mir nicht entgangen, dennoch reicht das für mich nicht, um Jochen Kruse als Hauptverdächtigen zu sehen. Es muss jemand sein, der sich in den Familienangelegenheiten der Kruses auskennt und sich das zunutze macht.«

»Wie meinst du das?«

»Der Mörder spielt mit uns. Er legt uns falsche Fährten. Er weiß, dass wir, wenn wir Kruse als Mörder ins Visier nehmen, auch seinen Freundeskreis überprüfen werden und natürlich seine Familie. Und er weiß, dass Kruse aus einer Metzgerfamilie stammt, was ihn oder seinen Bruder noch näher in den Focus rückt. Während wir noch damit beschäftigt sind, den Kruses die Morde anzuhängen, sucht er schon sein nächstes Opfer«, erklärte Brandt und atmete hörbar aus.

Aydin nickte nur, anscheinend konnte er Brandts Gedanken folgen.

»Also muss der Mörder jemand sein, der Kruse gut kennt? So viele Freunde kann so jemand doch gar nicht haben?«

»Genau, und die müssen wir finden.«

»Es sei denn, wir kennen den Freund schon«, antwortete Aydin und lieferte die Antwort im nächsten Satz gleich mit: »Peisker!«

Vieles sprach für Peisker. Seine dominante Art, seine kriminelle Vergangenheit und dass er sie auf die Familie von Kruse aufmerksam gemacht hatte.

»Gut möglich, aber ohne Beweise wird es schwierig sein, ihn zu verhaften.«

»Dann müssen wir ihm eine Falle stellen.«

»Und wie stellst du dir das vor? Sollen wir ihn an einen Lügendetektor anschließen?«

»Wir könnten ihn beschatten. Er muss ja die Wohnung verlassen, um zu seinen Opfern zu gelangen. In seiner Wohnung wird er sie schwer unbeobachtet verstecken und enthäuten können.«

»Ohne Gerichtsbeschluss kannst du das vergessen.«

»Und wenn wir es trotzdem tun? Wie wir ermitteln, liegt doch in unserer Hand«, schlug Aydin vor.

Brandt war überrascht über diese Antwort, hatte er das von Aydin doch nicht erwartet. Dieser nette und schüchterne junge

Mann konnte auch tough sein, wenn es drauf ankam, das gefiel Brandt.

»Gar nicht so dumm, Junior«, lobte er. Aydin nickte nur kurz und schaute aus dem Beifahrerfenster. »Aber nix Bender erzählen, sonst gibt es nur dumme Fragen.«

»Sicherlich nicht, war doch mein Vorschlag. Hast du Hunger?«

»Klar, wollen wir zu Walter?«

»Wohin sonst?«, sagte Brandt grinsend und drückte aufs Gaspedal.

Peisker zu beschatten, konnte wirklich einige neue Erkenntnisse bringen. Wenn er der Mörder war, würde er sie früher oder später zu dem Versteck bringen, und dann würden sie das Schwein auf frischer Tat ertappen. Die Frage, die sich Brandt jedoch im gleichen Atemzug stellte, war, ob jemand wie Peisker überhaupt über die finanziellen Mittel verfügte, seine Opfer irgendwo versteckt zu halten?

Es musste ja eine Hütte oder ein Gebäude sein, wo niemand die Opfer vermuten würde, und er musste vor Ort über Skalpell, Messer und einen Tisch oder eine Unterlage verfügen. Wie sonst hätte er seine Opfer skalpieren und enthäuten sollen?

Das Häuten hätte Kruse Peisker beibringen können. Wenn dem so war, müssten sie Kruse noch einmal aufsuchen. Sollte Kruse das bejahen, wäre Peisker ihr dringendster Tatverdächtiger.

Wieder dachte Brandt an den unebenen Kellerboden im Haus von Kruse. Konnte diese Unebenheit eine Geheimtür sein, die in einen Raum führte, der schallisoliert war? Wenn ja, wäre es vielleicht doch möglich, dass Jochen Kruse ohne Wissen der Mutter die Mädchen im Keller gefangen hielt?

Und noch ein anderer Gedanke drängte sich ihm auf und jagte ihm eine Gänsehaut über den Rücken. Was, wenn die Mutter die treibende Kraft hinter allem war? So unlogisch es auch klingen mochte. Brandt ärgerte sich, den Boden nicht genauer inspiziert zu haben. Nahm sich aber vor, Jochen Kruse und seine Mutter erneut aufzusuchen.

Doch jetzt musste er etwas essen. Mit hungrigem Magen konnte er schlecht denken.

Er wollte gerade den Wagen vor Walters Grill parken, als sein Handy klingelte. Er nahm den Anruf entgegen. Es war Bender.

»Wir haben wieder ein Haar gefunden«, kam Bender gleich zum Grund ihres Anrufes.

»Was für ein Haar?«, fragte Brandt.

»Es war im Ohr des letzten Opfers.«

»Und wieso weiß ich nichts davon?«, murrte Brandt.

»Das war nach unserer Besprechung. Ist doch auch egal. Jedenfalls wissen wir auch, zu wem das Haar gehört«, reagierte Bender schroff.

»Wer ist es?«, fragte Brandt und trommelte mit den Fingern auf dem Schalthebel. Auch Aydin schien sehr überrascht. Ob diese neue Erkenntnis ihre Überlegungen komplett über Bord werfen würde?

Es musste jedenfalls jemand sein, der schon polizeilich erfasst war, ansonsten hätte man die Haarprobe niemals so schnell einer Person zuordnen können.

Und dann nannte Bender den Namen – mit der Anweisung, die Person zu verhaften.

Kapitel 27

10. Dezember

Zufrieden legte er die Bild-Zeitung zur Seite.

»Sie wissen nichts«, sagte er zu Berta, die freudig mit dem Schwanz wedelte. »Doch bald wird es die ganze Welt erfahren.«

Er hob Berta hoch und streichelte sie, was sie sichtlich genoss.

»Um Großes zu erreichen, muss man auch bereit sein, große Opfer zu bringen.«

Berta bellte, aber nicht aus Zustimmung, sondern weil er sie abknutschte und streichelte. Er liebte seinen Hund über alles, daher nahm er sie auch nicht mit in den Raum, in dem er die jungen Frauen skalpierte und häutete. Berta war einfach zu sensibel, sie konnte kein Blut sehen.

Er konnte es eigentlich auch nicht, auch wenn er sich eingestehen musste, dass er sich inzwischen daran gewöhnt hatte, schließlich hatte er lange geübt.

»Bald ist es so weit.« Mit Berta im Arm stand er auf und ging in einen Raum, der nicht im Erdgeschoss lag.

Er nahm die blonden Haare und streichelte darüber. Inzwischen hatte er sie präpariert und war mit dem Ergebnis sehr zufrieden. »Bald ist es perfekt«, lobte er sich selbst.

Danach widmete er sich der Haut, die ausgebreitet auf einem langen Tisch lag. Andächtig streichelte er darüber. Sie fühlte sich sehr gut an, das Öl hatte genau das bewirkt, was er erhofft hatte.

»Bald kann es losgehen.«

Er schaute auf die Uhr und wusste, dass er noch ein wenig Zeit hatte.

»Wollen mal schauen, was das Prinzesschen macht«, sagte er zu sich und überlegte, ob er vorher noch einen Song hören sollte, ließ es aber bei dem Gedanken.

Er wollte Berta auf dem Boden abstellen, doch sie bellte.

»Ist schön warm auf Herrchens Arm?« Berta bellte wiederholt. Er drückte sie an sich und gab ihr einen dicken Kuss auf die Schnauze.

»Ausnahmsweise«, gab er dann klein bei und ging mit Berta im Arm zu seinem Gast.

Als er die Tür zu Katjas Zimmer öffnete, schien sie noch zu schlafen, denn er hörte nichts. Er machte das Licht an und sah sie auf dem Bett sitzen. Sie war hellwach. Er erschrak beinahe, denn sie starrte ihn mit ihren großen Engelsaugen regelrecht an, als wollte sie ihn hypnotisieren.

»Berta«, platzte es aus ihr heraus. Berta wedelte mit dem Schwanz und bellte.

»Sie hat dich wiedererkannt«, antwortete der Mann und trat ans Bett.

Katja lächelte kurz. Fast schien es, als ob die Anwesenheit der Hündin ihr helfe, für einen kurzen Augenblick zu vergessen, in welcher Hölle sie sich befand.

»Darf ich sie kurz streicheln?«, fragte sie schüchtern.

»Natürlich, Prinzessin«, reagierte der Mann überaus freundlich. »Ich bin doch kein Ungeheuer. Du darfst alles, wenn du mich brav fragst, mein Engel.«

»Ich heiße Katja«, erwiderte sie.

»NEIN!!! NEIN!!! Du bist meine Prinzessin, mein Engel! Ich will diesen Namen nicht mehr hören, nie wieder!«, wurde der Mann plötzlich laut. Vor Wut bemerkte er gar nicht, dass er Berta mit seiner rechten Hand den Hals zuschnürte. Erst als Berta anfing nach Luft japsend zu bellen, begriff er, was er gerade tat, und entspannte sich.

»Alles gut, meine Süße. Das dumme Mädchen hat dein Herrchen wütend gemacht, dabei möchte er doch gar nicht wütend sein. Er hasst es, wütend zu sein.«

Der Mann drehte Katja den Rücken zu, er war verstimmt und wollte gerade den Raum verlassen, als sie sagte: »Es tut mir leid. Ich bin deine Prinzessin.«

Überrascht drehte sich der Mann um und warf ihr einen skeptischen Blick zu.

»Sicher?«

»Ja, ganz sicher. Ich bin deine Prinzessin. Darf ich Berta kurz streicheln? Ich habe sie sehr vermisst.«

»Warum nicht«, antwortete der Mann zufrieden und reichte ihr Berta.

Sie drückte die Hündin an sich und streichelte sie, was Berta sichtlich genoss.

»Ich muss dich jetzt alleine lassen«, sagte der Mann und wollte sich Berta schnappen.

»Kann ich sie nicht noch ein wenig bei mir behalten? Bitte«, flehte sie ihn an, machte große Augen und einen Schmollmund.

»Wie könnte ich dir etwas abschlagen. Ich muss eh zur Arbeit. Dann ist Berta nicht so alleine.«

»Danke, das bedeutet mir sehr viel«, antwortete sie.

Der Mann klatschte gut gelaunt in die Hände, drückte Berta einen dicken Kuss auf die Schnauze und verließ den Raum. Dabei konnte er nicht sehen, dass sich Katjas Augen zu Schlitzen formten.

Kapitel 28

»Und, hat er inzwischen gestanden?«, fragte Kramer, als sich alle im Besprechungsraum versammelt hatten.

»Natürlich nicht«, antwortete Brandt trocken.

Noch vor Kurzem hatten Aydin und er Peisker im Kreis der Hauptverdächtigen gesehen. Sie hatten ihn sogar beschatten wollen in der Hoffnung, dass er sie zu dem Versteck führen würde, in dem er die Opfer gefangen hielt und enthäutete.

Doch als Bender ihnen mitgeteilt hatte, dass ein Haar von Peisker beim zweiten Opfer gefunden worden war, hatte Brandt gespürt, dass hier etwas nicht stimmte. Für so dämlich hielt er Peisker einfach nicht.

Dennoch hatten sie ihn verhaftet. Er hatte sich nicht gewehrt und saß jetzt den dritten Tag in Untersuchungshaft.

Inzwischen gehörten im Präsidium Weihnachtsgeschenke und das anstehende Fest zu den Themen, über die man sich auf dem Flur austauschte, und nicht ein brutaler Mörder, der seine Opfer gehäutet und skalpiert hatte.

»Was, wenn er es nicht ist?«, gab Aydin von sich.

»Warum nicht? Wir haben ein Haar von ihm gefunden«, erwiderte Rech.

»Genau deswegen. Beim ersten Opfer haben wir ein Haar von Kruse entdeckt und jetzt eins von Peisker. Findet ihr das nicht äußerst merkwürdig?«, bestätigte Brandt Aydins Gedanken.

Hätte man Peisker anhand anderer Spuren überführt, wäre Brandt einer der Ersten gewesen, die Peisker für schuldig befunden hätten. Aber ein Haar? Das Haar war das sprichwörtliche Haar in der Suppe.

»Das sehe ich anders«, ließ Kramer wissen. »Das Haar wurde im Ohr des Opfers gefunden. An einer Stelle, an der es durch Zufall hingefallen sein könnte. Beim Häuten bückt sich der Täter über das Opfer, dabei bemerkt er nicht, dass ein Haar ins Ohr fällt. Auch dann nicht, als er das Opfer nach Haarspuren untersucht, schließlich ist das Haar im Ohr steckengeblieben, da kann man es leicht übersehen.«

»Da muss ich Kramer zustimmen«, äußerte sich Rech. »Wir haben es auch nur gefunden, weil die Gerichtsmedizin eine Lupe hatte. Es saß im Innenohr. Das zu übersehen, liegt im Bereich des Möglichen.«

»Oder der wahre Mörder wollte sichergehen, dass es nicht verloren geht, dass wir es wirklich finden«, blieb Brandt bei seinem Standpunkt.

»Außerdem fährt Peisker keinen Kombi. Und wir wissen, dass der Mörder einen Kombi fahren muss«, ergänzte Aydin.

»Natürlich nicht. Das Auto ist nicht registriert. Peisker ist ein Psychopath. Er hat keine Empathie, ist sehr dominant und absolut von sich überzeugt. Das Auto ist gestohlen, da er keine Spuren hinterlassen wollte, die auf ihn zurückzuführen sind.

Sein Plan, Kruse zu belasten, ist gründlich schiefgegangen. Dass wir das Haar gefunden haben, ist ein glücklicher Umstand, den wir nicht schlechtreden sollten. Und es gibt noch etwas Entscheidendes, was für Peisker als Täter spricht.«

»Und das wäre?«, wollte Aydin wissen.

»Seit er in Untersuchungshaft sitzt, hat es keine weiteren Morde gegeben.« Kramer lehnte sich zurück und Brandt kam es fast so vor, als würde er dies als persönlichen Sieg werten.

»Wir haben aber in seiner Wohnung keine Anhaltspunkte gefunden, die auf die Morde hinweisen.«

»Brandt hat recht, ohne Beweise, nur anhand des Haares, wird es für die Staatsanwaltschaft schwer werden, ihm die Morde anzuhängen. Wir brauchen mehr Futter.« Bender schien erschöpft. »Jedoch stimmt es mich zuversichtlich, dass Peisker der Täter sein könnte, weil auch ich glaube, dass die Tage, in denen wir keinen weiteren Mord hatten, gegen Peisker sprechen.«

Brandt konnte seiner Chefin nicht folgen, dennoch überlegte er, ob er nicht vielleicht doch falsch lag. War es so unmöglich, dass Peisker einen Fehler begangen hatte?

Natürlich nicht, aber sein Gefühl sagte ihm, dass das Haar ein Erkennungsmerkmal des wahren Täters war und dass dieser mit ihnen spielte.

»Und wie sollen wir weitere Beweise gegen Peisker finden?«, fragte Brandt gereizt.

»Das ist verdammt noch mal euer Job«, fluchte Bender und zeigte, wie explosiv es in ihrem Inneren zuging.

»Haben die Kollegen das Umfeld von Kira durchleuchtet?«, fragte Aydin.

Bender hatte diese Aufgabe Jens Schmadtke und seinem Partner übergeben.

»Leider haben wir überhaupt keine Anhaltspunkte gefunden, die auf Peisker oder einen anderen Täter schließen lassen«, übernahm Schmadtke das Wort. »Sie war von ihrer Arbeit nicht nach Hause gekommen. Das war am 3. Dezember. Am Abend hatten die Eltern die Polizei informiert. Niemand hat gesehen, wo Kira nach der Arbeit war oder ob sie mit jemandem mitgegangen ist.«

»Wäre es denkbar, dass Peisker und Kira sich kannten?«, wollte Rech wissen.

»Nein, ausgeschlossen. Wir haben ihren Eltern und ihrem Freundeskreis Fotos von Peisker und Kruse gezeigt. Keiner kannte sie. Das Gleiche haben wir auch mit der Familie und den Freunden von Desiree wiederholt. Wir müssen davon ausgehen, dass beide Zufallsopfer waren.«

»Das entspricht genau meinen Analysen«, meldete sich Kramer wieder zu Wort. »Er sucht die Opfer zufällig aus. Sie müssen blond und jung sein und er nutzt die Dunkelheit, um sie zu überwältigen.«

»Dafür spricht auch, dass im Körper der Opfer Spuren von Chloroform gefunden wurden«, bestätigte Rech die Worte seines Kollegen.

Brandt war überrascht, dass Rech diesem eitlen Kramer so zu Hilfe kam. Er vermutete, es lag daran, dass Rech hoffte, in Peisker den gesuchten Mörder zu finden.

»Haben wir irgendwelche Anhaltspunkte in den Online-Profilen oder dem Internet-Verhalten der beiden Opfer gefunden?«, fragte Bender an Fischer gerichtet.

»Leider nicht. Wir haben sämtliche E-Mail-Kommunikation sowie die Unterhaltungen über Facebook, Instagram und andere Portale analysiert. Es gab einfach keine zweifelhaften Kontakte. Alles spricht für Schmadtkes und Kramers Annahme«, erklärte der IT-Fachmann.

»Keine Annahme, das ist eine Feststellung«, stellte Kramer klar und fügte hinzu: »Die beiden Blondinen hatten einfach nur Pech, es hätte auch jede andere treffen können. Obwohl diese Vorgehensweise für ein primitives Entführungsmuster spricht, ist unser Täter ganz und gar nicht primitiv. Etwas brennt in ihm und dieses Etwas können nur unschuldige junge Blondchen befriedigen. Etwas, was mit dem Skalpieren und Häuten einhergeht. Leider schweigt Peisker beharrlich. Allzu gerne würde ich mit ihm über dieses abnormale Verlangen in ihm sprechen, um es für die Wissenschaft festzuhalten«, holte Kramer weiter aus.

»Hat noch jemand etwas?«, unterbrach Bender ihren Mitarbeiter und schaute kurz in die Runde. »Stand jetzt ist: Peisker ist unser Hauptverdächtiger. Ich brauche Beweise, die diese Theorie untermauern. Brandt, was macht das Gespräch mit Thorsten Kruse?«

»Wir wollten gleich zu ihm. Er war die letzten Tage nicht anzutreffen.«

»Gut, wollen wir hoffen, dass er noch etwas Belastendes gegen Peisker hat«, antwortete Bender und beendete das Meeting.

Brandt und Aydin begaben sich zum Wagen.

»Es ist echt verrückt, dass alle der Überzeugung sind, dass Peisker der Mörder ist.«

»Na ja, vor einigen Tagen haben wir beide das auch noch geglaubt«, erwiderte Aydin.

»Sag nicht, dass du auch ...«, entgegnete Brandt und sprach seinen Gedanken nicht aus. Er bog aus der Tiefgarage nach rechts ab und folgte der Straße.

»Nein, nein ... Ich finde das mit dem Haar auch sehr komisch. Es ist, als wäre das Haar sein Markenzeichen. Sein Identifikationsmerkmal. An der Hochschule hatten wir einen Kurs ...«

»Einen Kurs?«, unterbrach Brandt und warf seinem Partner einen skeptischen Blick zu.

»Schau nicht so. Der Kurs war echt super. Es gibt Serientäter, die Spuren hinterlassen, um anderen, meistens der Polizei oder der Öffentlichkeit, zu zeigen, dass sie für die Tat verantwortlich sind. Wie ein Hund eine Duftmarke setzt, legen auch Serientäter Spuren. Eindeutige Spuren, weil viele von ihnen auf dem Höhepunkt ihrer grässlichen Taten geschnappt werden wollen. Ganz wenige Serientäter genießen die Morde dermaßen, dass sie alles dafür tun, nicht geschnappt zu werden.

Viele von ihnen kehren auch immer wieder an den Tatort zurück. Einige, um die Morde nochmals Revue passieren zu lassen, andere in der Hoffnung, dass sie irgendwann geschnappt werden. Viele dieser Psychopathen gestehen die Morde, sobald sie gefangen genommen werden. Vielleicht hast du mal von dem Serientäter Arthur Shawcross gehört?«

»Nein, aber du willst mir bestimmt gleich erzählen, dass der immer wieder an den Ort des Schreckens zurückgekehrt ist, um entdeckt zu werden.«

»Ja, so ungefähr. Und so wurde er am Ende auch gefasst.«

»Vielleicht ist dir entgangen, dass ich diesen Beruf schon einige Jahre ausübe und dabei mit den unterschiedlichsten Morden zu tun hatte. Ich kenne diesen Uni-Müll, aber die meisten Mörder, mit denen wir es zu tun haben, sind keine durchgeknallten Serientäter, keine, die Augen, Haare oder Haut von ihren Opfern sammeln und sich darauf einen wichsen und hoffen, geschnappt zu werden. Die meisten töten aus den banalsten Gründen und hoffen, niemals dafür belangt zu werden. Und wenn Peisker diese Spuren gelegt hat, um geschnappt zu werden, warum gesteht er dann nicht?«

»Hey, ich wollte damit doch nur sagen, dass ich genau deswegen nicht glaube, dass Peisker der Mörder ist. Unser Täter hinterlässt die Haare am Tatort, weil er damit sagen will, dass er uns jederzeit narren kann.«

»Wenn du so ein Klugscheißer bist, warum hast du das dann vorhin nicht im Meeting erwähnt?«, konterte Brandt, da er keine Lust auf eine akademische Diskussion hatte.

Es waren zwei junge tote Frauen zu beklagen und sie hatten einen Hauptverdächtigen in Untersuchungshaft, von dem Brandt glaubte, dass er unschuldig war. Konnte es noch beschissener kommen?

»Hast du Hunger?«, fragte Aydin und schien auf Brandts Anspielung nicht antworten zu wollen.

»Nein, aber vielleicht hat Walter noch ein paar Infos für uns«, antwortete Brandt und parkte den Wagen vor Walters Imbiss.

»Moin, Moin. Sagt nicht, ihr habt jetzt schon Hunger auf eine leckere Wurst«, begrüßte Walter sie, der gerade dabei war, seine Bude festlich zu schmücken.

»Irre ich mich, oder hattest du letztes Jahr keinen Weihnachtsschmuck?«, fragte Brandt.

»Du irrst nicht, aber ich dachte, ein wenig Abwechslung könnte nicht schaden.«

»Ganz ehrlich, das sieht ziemlich kitschig aus«, antwortete Brandt und Walter verzog kurz den Mund, als wäre er über die Aussage überhaupt nicht erfreut.

»Also ich finde es super«, sagte Aydin, der Walter bei seinem Vorhaben anscheinend Mut zusprechen wollte. »Sieht doch gleich viel gemütlicher aus.«

»Dieser ganze Weihnachtsmüll ist doch eine Riesenerfindung der Konsumindustrie und ihr seid ihre Opfer. Ich frage mich ehrlich gesagt, warum du überhaupt auf Weihnachten stehst?«, reagierte Brandt leicht angesäuert.

»Ich?«, fragte Aydin.

»Ja, du. Du bist doch Moslem. Ihr habt doch kein Weihnachten«, stellte Brandt fest.

»Wieso bist du so gemein zu dem Jungen? Brandt, du kannst manchmal ein Riesenarschloch sein«, polterte Walter los und befestigte Weihnachtsschmuck an der Rückwand.

»Schon gut. Ich mag Weihnachten. Habe ich schon immer. Meine Eltern hatten auch einen Weihnachtsbaum, außerdem liebt meine Freundin Weihnachten«, erklärte Aydin.

»Da haben wir es! Deine Freundin ist der eigentliche Grund, gibs doch zu«, zog Brandt seinen Partner auf.

»Ist doch schön, wenn man etwas mit einem Menschen teilen kann, den man liebt. Und Weihnachten ist für uns beide etwas ganz Besonderes ...«

»Klar, weil deine Mieze reich beschenkt wird«, unterbrach Brandt.

»Nein, weil wir uns Weihnachten kennengelernt haben«, erwiderte Aydin sichtlich eingeschnappt.

»Ihr seid doch bestimmt nicht hier, um euch zu streiten?«, mischte sich Walter in die Diskussion ein.

Brandt warf Aydin einen kurzen Blick zu und sah, dass dieser deutlich schmollte. In diesem Moment taten ihm seine Worte schon leid, aber er war zu stolz, das auszusprechen.

»Es geht um Kruse und Peisker.«

»Was ist mit den beiden jetzt?«

»Wir haben Peisker verhaftet«, erklärte Brandt.

»Peisker? Ich dachte, Kruse ...«

Brandt klärte Walter kurz auf.

»Hört sich für mich so an, als würde der wahre Mörder sich über euch lustig machen«, war Walters erste Reaktion, nachdem Brandt zu Ende erzählt hatte.

»Genau das glauben wir auch. Hast du noch etwas in Erfahrung gebracht?«

»Leider nicht viel. Die Szene hat Angst. Es hat sich wohl rumgesprochen, dass Kruse verhaftet wurde. Wenn die jetzt erfahren, dass auch Peisker hinter Gittern sitzt, wird es schwierig, an die Jungs ranzukommen.«

»Mist. Gut, dass heute Abend eine Sitzung ist. Da gehen wir hin.«

»Wenn die mal nicht bereits abgesagt wurde«, mutmaßte Walter.

Brandt wollte an diese Möglichkeit gar nicht denken. Der Mörder musste im Freundes- oder Bekanntenumfeld von Kruse und Peisker zu finden sein. Und da kamen für Brandt inzwischen vor allem die Gleichgesinnten in Frage.

Es sei denn, beide hatten Freunde, die nichts mit dieser kranken sexuellen Lust zu tun hatten. Dies konnte sich Brandt aber nicht wirklich vorstellen.

»Halte bitte die Ohren und Augen weiter für uns offen. Mich würde vor allem interessieren, ob sie einen gemeinsamen Freundes- oder Bekanntenkreis haben«, antwortete Brandt.

»Mach ich. Wie schauts aus, noch eine leckere Wurst?«

»Warum nicht«, antworteten Brandt und Aydin gleichzeitig, was Walter laut lachen ließ.

»Zwei Dumme, ein Gedanke«, flachste Walter, als er zwei Würstchen auf den Grill legte. »So einen cleveren jungen Mann findest du nicht so schnell wieder. Vergraul ihn nicht«, riet er Brandt.

Der sagte nichts, aber tief in seinem Herzen war er geneigt, Walter recht zu geben. Es auszusprechen traute er sich aber noch lange nicht, da er nicht wollte, dass Aydin zu sehr seine Nähe suchte.

Diesen Fehler hatte er mit seinem letzten Partner gemacht, dabei war eine wunderbare Freundschaft entstanden, die letztendlich dazu geführt hatte, dass sein Partner für ihn gestorben war. Es belastete Brandt bis heute. Die Kugel, durch die Stahl damals gestorben war, war für ihn bestimmt gewesen. Noch immer erwischte er sich dabei, dass er wütend wurde, wütend darauf, dass sein Partner ihm das Leben gerettet hatte.

Womit hatte er das verdient?

Nachdem beide ihre Wurst aufgegessen und sich über Belanglosigkeiten unterhalten hatten, fuhren sie zu Thorsten Kruse. Brandt hatte sein Kommen bereits telefonisch angekündigt.

Kruse empfing sie in der Wohnung von Simone Herder. Er schien gut gelaunt. Herder war nicht zugegen.

»Machen Sie schnell, meine Verlobte kommt gleich. Wir wollen ein paar Weihnachtsgeschenke einkaufen.«

Brandt konnte ein kleines Zucken um die Lippen nicht unterdrücken, aber den Lachanfall hielt er zurück. Weihnachten schien anscheinend so etwas wie eine Volkskrankheit zu sein, die nicht mal vor Perversen Halt machte.

»Wir wissen, dass Ihre Mutter und Ihr Bruder eine Metzgerei haben.«

»Ja und? Waren Sie bei ihnen?« Kruses Gesicht verfinsterte sich. Deutlicher konnte er seine Abneigung gegen seine Mutter und seinen Bruder nicht zeigen.

»Haben Sie eigentlich in der Metzgerei Ihrer Mutter ausgeholfen?«

»Natürlich. Was denken Sie, was los war, wenn ich nicht geholfen habe? Sie haben ja meine Mutter kennengelernt, dann wissen Sie auch, wie resolut die alte Hexe sein kann.«

»Und was ist mit Ihren Freunden? Haben die auch mitgeholfen?«, wollte Brandt wissen. Er ignorierte Kruses abfällige Bemerkung gegen seine eigene Mutter.

»Ja, der ein oder andere hat sich da mal einen Euro dazuverdient.«

»Und Peisker?«

Kruse schaute erst verwirrt, doch dann begann er plötzlich laut zu lachen.

Kapitel 29

Es war einfach, geradezu lächerlich einfach, neue Opfer zu finden. Er war auf dem Weg in die Kölner Innenstadt. Zunächst war er in die S-Bahn eingestiegen, danach hatte er die U-Bahn genommen. Allein auf dem Hinweg waren ihm zwei Blondinen über den Weg gelaufen, die seinen Anforderungen genügten.

Eine von ihnen war an der gleichen Haltestelle ausgestiegen wie er und schritt mit schnellen Schritten vor ihm die Straße entlang. Die Dunkelheit bot ihm die perfekte Tarnung, nur das Chloroform hatte er nicht dabei.

Ansonsten hätte er sie mit Leichtigkeit überwältigen können. Andererseits hoffte er, dass Katjas Haut für sein Vorhaben ausreichen würde. Schließlich hatte er keinen Spaß am Töten. Er war kein Mörder. Aber wie sonst sollte er an menschliche Haut gelangen? Und jeder Mensch kam dafür nicht in Frage. Es mussten Blondinen sein, die Engeln glichen.

Oder hatte man jemals einen schwarzhaarigen Engel gesehen?

Er widerstand dem Drang, seine Arbeit sausen zu lassen, um nach Hause zu fahren, Chloroform zu holen und doch noch einen weiteren Engel für sein Vorhaben auszuwählen. Warum die jungen Frauen dauernd schrien und sich wehrten, konnte er noch immer nicht verstehen. Ihr Tod war ja nicht vergebens, ihr Tod hatte eine höhere Bestimmung. Aber so waren die Menschen, sie erkannten das Gute nicht, wenn man es ihnen vor die Nase hielt.

Doch bald würde die ganze Welt sehen, warum er getan hatte, was er getan hatte, und sie würden verstehen und ihm zujubeln, daran zweifelte er keinen Augenblick. Allein dieser Überzeugung war es zu verdanken, dass er die Gesellschaft, seinen Job und seinen menschenverachtenden Chef ertrug.

Mit diesen positiven Gedanken betrat er den Bürokomplex, in dem er für die nächsten Stunden seine Zeit verschwenden musste, weil er Geld zum Leben brauchte und keine andere Tätigkeit gefunden hatte.

Er hatte unzählige Bewerbungen geschrieben, aber nur Absagen erhalten. Einige hatten die Frechheit gehabt, ihm zu sagen, dass seine Bewerbung eine Beleidigung für die Augen gewesen sei, da sie voller Fehler war.

Was konnte er dafür, dass er eine Rechtschreibschwäche hatte? Musste man ihn deshalb gleich beleidigen, erniedrigen?

Nur sein jetziger Arbeitgeber hatte sich erbarmt und ihm eine Stelle angeboten. Allerdings ließ es sich sein Vorgesetzter nicht nehmen, ihm jedes Mal auf die Nase zu binden, wie dankbar er sein solle, dass er diesen Job überhaupt bekommen hatte.

Dabei war er sich sicher, dass er den Job nur bekommen hatte, weil kein anderer ihn wollte.

Statt des Fahrstuhls nahm er die Treppe.

Etwas für die Figur tun, grinste er in sich hinein. Schließlich wollte er für den großen Tag gut in Form sein.

Mit jeder Stufe, die er nahm, wurde seine Laune schlechter. Als er das Büro betrat, war seine Stimmung komplett im Keller, dennoch lächelte er und grüßte die Dame am Empfang, die ihn freundlich zurückgrüßte.

Die Dame versuchte ihn in ein kurzes Gespräch zu verwickeln, aber er hatte es nicht so mit Small Talk. Er antwortete freundlich und ging rasch weiter.

»Ist der Einfältige auch endlich da«, begrüßte ihn sein Vorgesetzter auf seine gewohnt charmante Art. »Gehts auch ein bisschen schneller?«, fügte er noch hinzu, als der Mann nur freundlich nickte, den Kopf senkte und sich beeilte, so schnell wie möglich mit seiner Arbeit zu beginnen.

»Warum ärgerst du ihn immer?«, fragte die Dame am Empfang, doch das bekam der Mann nicht mehr mit.

»Weil er ein Idiot ist«, antwortete der Vorgesetzte. Glücklicherweise hörte der Mann auch das nicht, denn er hielt sich nicht für einen Idioten, auch wenn alle Welt ihn das glauben lassen wollte.

In letzter Zeit erwischte er sich dabei, dass es ihm immer schwerer fiel, diese Beleidigungen und Erniedrigungen zu ertragen. Heute mehr denn je.

Bleib ruhig, gefährde dein Ziel nicht für eine egoistische Dummheit, dachte er und versuchte sich zu beruhigen.

Die nächsten Stunden verrichtete er seine Arbeit in der seiner Meinung nach gewohnten Art und Weise. Er glaubte, dass er den Anforderungen seines Jobs gerecht wurde. Dieser Arbeitstag war wie die anderen, nur mit einem Unterschied: Seine Arbeitsmoral war die schlechteste, die er je gehabt hatte, und die Zeit wollte einfach nicht vergehen. Seine Gedanken waren bei Katja, Berta und seinem großen Plan.

Kurz vor Feierabend hatten ihn zwei Personen wieder mit ihren Sticheleien aufs Äußerste gereizt. Er war nicht darauf eingegangen, obwohl er innerlich kochte.

So war er erleichtert und froh, als er endlich die Treppe zum Ausgang nehmen und den Horror-Arbeitstag hinter sich lassen konnte.

Draußen griff er mit der rechten Hand in die Hosentasche und holte eine kleine Tüte heraus. Darin lagen zwei kleine unbedeutende Härchen, ein braunes und ein blondes, die sehr bald eine große Bedeutung erlangen sollten. Eines von ihnen jedenfalls.

»Jetzt bin ich Gott«, sagte er zu sich. »Wenn du das wüsstest, würdest du nicht mehr so über mich herziehen«, sagte er und betrachtete das blonde Haar zufrieden. Es war das Haar seines Vorgesetzten.

Immer wieder hatte er ein Haar seines Vorgesetzten in den Händen gehalten und immer wieder hatte er sich vorgenommen, ein solches Haar am Körper der Toten zu deponieren. Jedoch hatte er es bei dem Gedanken belassen, da er fürchtete, die Polizei könnte Rückschlüsse auf ihn ziehen.

Er wollte unter keinen Umständen einen Verdacht auf sich lenken. Doch diesmal war die Versuchung besonders groß.

»Warum nicht? Was riskiere ich überhaupt? Bald ist es doch eh vorbei«, versuchte er seinen Gedanken mehr Entschlusskraft zu verleihen.

Danach betrachtete er das braune Haar. Es war das Haar des eigentlichen Köders. Er betrachtete es lange und sein Verstand sagte ihm, dass er lieber dieses nehmen sollte. Damit würde er die Polizei wieder für ein paar Tage narren und ungestört seine Aufmerksamkeit dem großen Finale widmen können.

Doch die Wut in seinem Bauch sagte: Lass es fallen! Zeig dem Vorgesetzten, diesem Wichser, was wirkliche Macht bedeutet! Zerstöre ihn, seine Familie, sein Leben und seine Existenz.

Während er zur U-Bahn-Station ging, überlegte er, was er tun sollte. Er war hin und her gerissen. Und dann geschah es: Er ließ ein Haar fallen. Er hatte sich entschieden und war mehr als zufrieden mit seinem Entschluss.

Er stieg am Hauptbahnhof aus, schlenderte über den Weihnachtsmarkt, gönnte sich zwei Glühwein, kaufte gebrannte Mandeln, die er Katja mitbringen wollte, und ein paar andere Dinge. Danach ging er zur S-Bahn-Haltestelle und fuhr leicht angeheitert nach Hause.

Der Weihnachtsmarkt hatte das geschafft, was die Arbeit nicht vermocht hatte: Er war gut gelaunt.

Kaum war er zu Hause, konnte er es gar nicht abwarten, Berta in den Armen zu halten, sie zu kuscheln und abzuknutschen. Er brauchte jetzt jede Menge Zuneigung.

Und er war gespannt, ob sich Katja über die gebrannten Mandeln freuen würde.

Er betrat das Zimmer seines Engels und sah, wie sie mit Berta spielte. Sie wirkte sehr glücklich. Dass sie am rechten Bein eine Fußschelle trug und er sie gefangen hielt, schien er in diesem Moment komplett ausgeblendet zu haben.

»Schau, was ich dir mitgebracht habe, mein Engel«, machte er sich bemerkbar. »Gebrannte Mandeln. Sie sind sogar noch warm.«

Er strahlte über das ganze Gesicht, als wären die gebrannten Mandeln für ihn selbst.

Berta bellte freudig, doch dann verstummte sie – im selben Augenblick, in dem sich die Augen und das Gesicht von Katja verfinsterten.

»Mach mich los, du Wichser, oder ich erwürge die Misttöle«, schrie sie.

Kapitel 30

Kruse war intelligent genug, Brandt und Aydin zu durchschauen. Und Brandt hatte keinen Grund, ihn anzulügen, sodass er Kruses Verdacht bestätigte und ihm erzählte, dass sie Peisker als neuen Hauptverdächtigen verhaftet hätten.

»Hören Sie, meine Verlobte mag den Olaf nicht. Sie kennt sich zwar mit Menschen gut aus, aber wenn Sie mich fragen, ob ich Olaf solch einen Mord zutraue? Nein, ganz sicher nicht. Klar, Olaf sieht sich gerne im Mittelpunkt und ist sehr rechthaberisch und altklug, aber das macht ihn noch nicht zum Mörder. Egal was zwischen uns ist, er hat mir geholfen, mich von meiner tyrannischen Mutter und meinem gewalttätigen Bruder loszusagen.«

»Hat Peisker in der Metzgerei ausgeholfen?«, wiederholte Brandt seine Frage, denn darauf hatte Kruse noch nicht geantwortet.

»Ja, hat er. Das hat eigentlich jeder meiner Freunde gemacht. Das war doch leicht verdientes Geld.«

Brandt fluchte kurz in Gedanken. Denn genau diese Antwort hatte er nicht erhofft, da sie genau das unterstützte, wovon Bender, Kramer und die restlichen Kollegen überzeugt waren: dass Peisker der gesuchte Mörder war.

Wenn er im Betrieb ausgeholfen hatte, war es sehr wahrscheinlich, dass er wusste, wie man Tiere häutete.

»Hat er auch Tiere gehäutet?«, fragte Aydin und kam damit Brandt zuvor.

»Was?«

»Die Tiere, die Sie geschlachtet und zu Wurst verarbeitet haben, haben Sie die gehäutet?«

»Wir schon, aber nicht Olaf. Der war für den Metzgerjob überhaupt nicht geschaffen. Er konnte kein Blut sehen. Es hat mich immer wieder überrascht, wie er sich für die paar Euros überwinden konnte.«

»Also hat er nur an der Theke gearbeitet?«

»Ja, mehr oder weniger. Meine Mutter hat ihn nach dem zweiten Mal rausgeschmissen.«

Brandt glaubte Kruse, das passte zu Peisker. Er war ein Schaumschläger, ein Hund, der gerne bellte, aber wenn es darauf ankam, den Schwanz einzog. Und genau deswegen konnte Peisker nicht der gesuchte Mörder sein. Nur fehlten die Gegenbeweise.

»Wir sind auf Ihre Hilfe angewiesen«, spielte Aydin den Verständnisvollen. Brandt horchte auf, da er nicht wusste, was sein unerfahrener Kollege mit dieser Taktik erreichen wollte.

»Meine Hilfe? Nachdem Sie mich verhaftet und wie einen Schwerverbrecher behandelt haben?«, erwiderte Kruse.

Genau deswegen hätte Brandt niemals so verständnisvoll mit Menschen wie Kruse kommuniziert. Jetzt tanzte er ihnen auf der Nase herum. Brandt schüttelte missmutig den Kopf, doch Aydin antwortete: »Das tut mir sehr leid. Aber wir brauchen trotzdem Ihre Hilfe. Wie Ihnen sicherlich nicht entgangen ist, hat der Mörder uns Spuren gelegt, die zunächst zu Ihnen und dann zu Peisker geführt haben. Wenn Sie uns nicht helfen, sieht es für Ihren Freund Peisker sehr schlecht aus.«

Kruse antwortete nicht sofort und Brandt war versucht, das Schauspiel zu beenden und endlich Tacheles zu reden, aber er hielt still. Vorerst.

»Das darf meine Verlobte nie erfahren. Die will, dass ich Olaf hasse und das fällt mir irgendwie schwer. Aber ich will das vor ihr nicht so offen zeigen«, antwortete Kruse für Brandts Verständnis erstaunlich ehrlich.

»Wir vermuten den wahren Täter in Ihrem Freundes- oder Bekanntenkreis. Jemand, der Sie und Peisker kennt. Gibt es Menschen, mit denen Sie und Peisker Probleme haben?«

»Keine Ahnung. Peisker hat mehr Feinde als Freunde. Und ich habe ehrlich gesagt nicht viele Freunde.«

»Denken Sie bitte nach. Irgendjemand spielt dieses perfide Spiel nicht aus Jux und Tollerei. Es muss jemand sein, der Ihnen beiden nahe steht. Nur so kann er an Ihr Haar gelangt sein«, sagte Brandt und spielte Aydins Spiel mit.

»Wir haben keine gemeinsamen Freunde«, wiederholte Kruse.

»Was ist mit den Kreisen, in denen Sie verkehren?«, bohrte Brandt weiter nach.

»Die meisten, die wir gemeinsam kennen, sind virtuelle Bekannte, die haben weder Olaf noch ich je gesehen.«

»Andere Leute, denen Sie ein Dorn im Auge sind? Jemand, der Sie bei Ihren exhibitionistischen Spielchen gesehen hat und Ihnen eins auswischen will?«

»Sicher nicht. Wir zeigen uns nur Frauen. Also, ich ja nicht mehr«, fügte Kruse schnell hinzu.

»Es muss jemanden geben. Es kann kein Zufall sein, dass gerade Sie beide von dem wahren Täter ausgewählt wurden. Denken Sie bitte nach«, beharrte Brandt auf seinem Standpunkt. Alles andere war einfach unlogisch, es sei denn, Peisker war wirklich der gesuchte Mörder.

»Hören Sie, es gibt niemanden. Uns hasst keiner außer meiner Mutter und meinem Bruder«, platzte es aus Kruse, wobei ihm der letzte Teil eher herausgerutscht war.

Aydin und Brandt schauten sich gleichzeitig an. Konnte die Wahrheit doch viel näher liegen, als Brandt glauben wollte?

Konnte Kruses Bruder der gesuchte Mörder sein? Wieder musste er an den Keller denken. Eine vorwurfsvolle Frage machte sich in seinen Gedanken breit: Warum hatten sie Kruses Familie nicht einen erneuten Besuch abgestattet?

Die Antwort war einfach: Bender hätte das nicht gewollt. Aber warum scherte er sich überhaupt darum? Vielleicht war die Antwort eine andere, vielleicht hatte auch er tief in seinem Herzen gewünscht, dass Peisker der Mörder war, damit diese schrecklichen Morde ein Ende fanden.

Ohne Durchsuchungsbeschluss würde die Familie Kruse weder ihn noch Aydin in den Keller lassen.

»Käme noch jemand anderer in Frage?«, wollte Aydin wissen.

»Es gibt niemanden. Wer immer das tut, ist einfach nur krank, ansonsten würde er die jungen Dinger nicht häuten. Vielleicht hat er unsere Haare auf dem Klo gefunden, was weiß ich. Mir fällt keiner ein«, reagierte Kruse inzwischen leicht gereizt. Aydin wollte gerade etwas erwidern, als Kruse weitersprach. »Mist, vielleicht doch.«

»Was?«, fragte Brandt.

»Vielleicht gibt es doch jemanden.«

Brandt horchte auf. Seine Augen wurden groß und er hoffte, dass es keine Finte war. »Wer?«

»Konrad«, antwortete Kruse.

»Konrad? Wer ist Konrad?«, hakte Brandt lauter nach, als beabsichtigt.

»Der ist in unserem Kurs.«

»Welcher Kurs?«

»Na, die Therapie. Konrad ist ein ganz Schlimmer, so sieht er auch aus. Und Olaf war nicht immer nett zu ihm.«

»Was meinen Sie mit: nicht immer nett zu ihm?« Brandt wollte es genau wissen.

»Na ja, er hat gegen Konrad gestichelt, weil er so fett ist und sein Schwanz ganz winzig, und weil er auf junge Dinger steht.«

Da war es! Das Motiv! Damit rückte dieser mysteriöse Konrad plötzlich in den Fokus der Ermittlungen.

»Ist er heute Abend bei der Sitzung?«, fragte Aydin.

»Denke mal schon.«

»Wir werden an der Sitzung teilnehmen, als verdeckte Ermittler. Die Sitzungsteilnehmer, ausgenommen vom Therapieleiter und Ihnen, werden nicht wissen, dass wir von der Polizei sind. Sie werden denken, wir sind normale Teilnehmer. Ich möchte, dass Sie mit niemandem darüber sprechen. Ist das klar?«

Brandt hatte plötzlich einen Plan. Er sah an Aydins Gesichtsausdruck, dass er ihm noch nicht ganz folgen konnte, was aber nicht schlimm war. Er würde ihn noch früh genug einweihen. Aber Kruse musste mitspielen. Wenn er sie als Polizisten bloßstellte, würde der ganze Plan in die Hose gehen.

»Das werde ich wohl hinbekommen, wenn das hilft, Olaf aus dem Knast zu kriegen«, versprach Kruse.

»Sehr gut. Wir sehen uns dann heute Abend«, antwortete Brandt, verabschiedete sich und verließ mit Aydin das Wohngebäude.

»Was hast du für einen Plan?«, fragte Aydin, als sie im Wagen saßen.

Brandt weihte Aydin in sein Vorhaben ein. Einen Versuch war es wert, obwohl Brandt natürlich wusste, dass sie viel Glück brauchten, um Konrad zu überführen. Wenn Konrad überhaupt der gesuchte Täter war.

Sollte es fehlschlagen, würde Brandt, falls Bender nicht mitspielte, auf eigene Faust die Familie von Kruse besuchen und sich irgendwie Zugang zum Keller verschaffen, um endlich Gewissheit zu erlangen, ob die Unebenheit im Boden etwas zu bedeuten hatte, oder nicht.

Während Brandt zur JVA Köln in der Rochusstraße fuhr, rief er bei der Informationsbeschaffung an, um die Kontaktdaten des Therapieleiters zu erhalten, danach bei der JVA, um ein Gespräch mit Peisker zu verabreden.

Auf dem Flur der JVA wäre er fast mit Kramer zusammengestoßen.

»Was machst du denn hier?«, fragte Kramer mit einiger Skepsis.

»Das Gleiche könnte ich dich fragen«, entgegnete Brandt, der überhaupt keine Lust auf eine Konversation hatte.

»Meinen Job, lieber Kollege. Ich hatte eben ein sehr interessantes Gespräch mit Herrn Peisker.« Kramer betonte die Worte »Herrn« und »Peisker« nachdrücklich. Dabei schmunzelte er dermaßen arrogant, dass Brandt ihm am liebsten eine gelangt hätte.

»Und was war daran so interessant?«, fragte er dennoch, da Kramer es ihm ohnehin erzählt hätte und es nicht schaden konnte, zu erfahren, worüber er mit ihm gesprochen hatte. Schließlich wollte er auch zu Peisker.

»Dank meiner rhetorischen und sensiblen Vorgehensweise werden wir Peisker bald so weit haben, dass er uns die Morde gestehen wird, denke ich.«

»Was?«, platzte es aus Aydin heraus.

»Kein Grund zu schreien, Herr Aydin«, ermahnte Kramer, um gleich fortzufahren: »Es ist nur eine Frage von Stunden, bis Peisker ein Geständnis unterschreibt, dann haben wir endlich Ruhe. Es gibt inzwischen keinen Zweifel mehr daran, dass er der Täter ist. Am Ende hat sich nur das bestätigt, was ich schon lange vermutet habe.«

»Was hast du Peisker erzählt? Hat Bender ihm einen Deal vorgeschlagen?« Nun war es Brandt, der die Stimme erhob. Er konnte einfach nicht glauben, dass Peisker ein Geständnis ablegen wollte.

Welchen Sinn hatte das, wenn er unschuldig war? Allein wegen des Haares würde man ihn vor Gericht schwer überführen können. Was hatte Kramer ihm also angeboten, damit er bereit war, für zwei Morde ins Gefängnis zu gehen, die er nicht begangen hatte?

Oder war er doch der Mörder und Brandt war einfach zu borniert, um diese Wahrheit zu akzeptieren?

So oder so, Brandt konnte gerade keinen klaren Gedanken fassen.

»Ich habe ihm nur zugehört, ihm eine Schulter zum Anlehnen geboten und seine Sorgen und Ängste ernstgenommen.«

»Red keinen Müll! Welchen Deal hat Bender dir aufgetragen?«, erwiderte Brandt. Er kochte innerlich. Warum musste Kramer ihn immer wütend machen? War es so schwer, auf eine einfache Frage eine einfache Antwort zu bekommen?

»Entspann dich. Was hast du gedacht? Der Druck auf den Staatsanwalt und das Präsidium ist riesig. Die Medien, die Politiker – alle machen Druck auf das Präsidium ...«

»Das Präsidium? Dann war es gar nicht Benders Idee«, schlussfolgerte Brandt. An Kramers überraschtem Blick erkannte er, dass er ins Schwarze getroffen hatte.

»Stimmt. Das Präsidium hat den Deal angeboten. Ich habe nur die Nachricht übermittelt und dank meiner Professionalität haben wir Peisker nun so weit, dass er gestehen wird.«

»Was für einen Deal?«

»Wenn der Psychiater mitspielt, wird er auf unzurechnungsfähig ...«

»Unzurechnungsfähig? Sagt mal, spinnt ihr? Wenn Peisker die Morde begangen hat, wie könnt ihr ihn dann als Psycho darstellen?« Brandt war fassungslos.

»Na, wenn er kein Psycho ist, wer dann? Normale Menschen skalpieren keine anderen Menschen oder häuten sie«, unterstrich Kramer seine vorherige Aussage.

»Und was sagt Bender zu der ganzen Sache?«, fragte Aydin.

»Es ist die Entscheidung des Präsidiums, wen interessiert da Benders Meinung.«

»Du kleine Ratte, spielst also gegen das Team, wenn das Präsidium ruft. Du Heuchler«, brüllte Brandt und wollte gerade ausholen, als Aydin ihn am Arm festhielt und vor einer Dummheit bewahrte.

»Du solltest dich in Behandlung begeben. Dein Machogehabe ist doch nicht mehr zu ertragen. Ich mache nur meinen Beruf. Wir gehen ständig Deals mit Verbrechern ein, das ist Teil unseres Jobs. Wach endlich auf!«, platzte nun Kramer der Kragen.

Ehe Brandt etwas erwidern konnte, entfernte sich Kramer mit schnellen Schritten.

»Dieser Vollidiot«, sagte Brandt, »wie kann man gegen das Team arbeiten?«

»Beruhig dich, damit hilfst du doch niemandem«, versuchte Aydin ihn zu beruhigen.

»Nächstes Mal hältst du mich nicht zurück. Es ist höchste Zeit, dass Kramer mal jemand das Maul stopft.« Brandt schüttelte Aydin ab, er war noch immer aufgebracht.

Natürlich konnte er verstehen, dass der Staatsanwalt und das Präsidium mächtig unter Druck standen. Schließlich war das die

Schlagzeile in der Presse. Gerade in der Vorweihnachtszeit, wo die Menschen eher harmoniebedürftig waren und sich Gedanken über ihre Familie, Geschenke und das Fest machten, erregten diese brutalen Morde besondere Aufmerksamkeit.

Die Bild-Zeitung hatte erst gestern mit folgender Headline getitelt:

BLONDINEN BLEIBT ZU HAUSE!

Brandt fand das geradezu lächerlich. Natürlich waren die Morde brutal und schrecklich und er wünschte sich nichts sehnlicher, als sie so schnell wie möglich aufzuklären und den Mörder hinter Gitter zu bringen. Aber es starben jeden Tag Menschen. Was bestimmte Boulevardblätter veröffentlichten, war einfach unverantwortlich.

Leider bestimmten sie den Alltag und hatten enormen Einfluss, vor allem auf die Entscheidungen von narzisstischen und pressegeilen Politikern, die bei jedem Druck wie ein Fähnchen im Wind hin und her schwankten.

Und diese nichtsnutzigen Politiker störten seine Ermittlungen. Wie konnte er da ruhig bleiben?

Aydin reagierte nicht und tat damit genau das Richtige für den Moment, denn Brandt war nicht in der Stimmung für irgendeine Diskussion, geschweige denn für ein Danke an seinen Partner. Natürlich wusste er, dass er sich Aydin gegenüber unfair verhalten hatte. Aber wenn er so emotional war, sah er sich einfach nicht in der Lage, freundlich zu sein. Aydin musste lernen, damit umzugehen. Er würde sich jedenfalls nicht ändern.

Ohne ein weiteres Wort folgten sie dem Flur in Richtung Verhörraum. Peisker war bereits an seinem Platz. Zwei Beamte der JVA waren ebenfalls im Raum.

»Könnt ihr uns bitte alleine lassen?«, bat Brandt die beiden Beamten.

»Klar. Wenn was ist, wir sind im Nebenraum«, antwortete einer der Beamten und nickte dem anderen kurz zu. Daraufhin verließen beide den Raum.

Peisker wirkte sichtlich ungehalten. Aber auch Brandt war gereizt. Wenn er Streit wollte, den konnte er haben.

»Was wollen Sie denn?«, waren die ersten Worte, die Peisker ihm entgegenschleuderte.

»Sie von einer Dummheit abhalten«, kam Aydin Brandt zuvor.

Kapitel 31

»Du tust Berta weh, du Miststück«, brüllte der Mann, als er sah, wie Berta vor Schmerzen aufjaulte. Doch Katja schien gar nicht daran zu denken, ihren Griff zu lockern.

Ihr Blick war entschlossen und signalisierte deutlich: Wenn du nicht tust, was ich dir sage, töte ich den Hund.

Wie kann man so brutal sein?, dachte der Mann ängstlich und Panik machte sich in ihm breit.

Er wollte nicht, dass sie Berta wehtat. Berta hatte doch niemandem etwas getan. Sie war so ein liebenswürdiger Hund, ein Teil seiner Familie. Das einzige Wesen, das ihn nicht kritisierte, nicht unterdrückte oder erniedrigte. Und was noch wichtiger war: Sie liebte ihn so, wie er war.

Er musste sich vor ihr nicht verstellen. Sie mochte seine Musik. Wie oft hatten sie zusammen Laura Branigan gehört und dazu laut mitgesungen und getanzt. Berta mochte seinen Style. Sie schien einfach alles an ihm zu mögen.

Wie konnte dieses Miststück diesem wunderbaren Tier etwas Böses wollen?

»Wieso machst du das? Du bist doch ein Engel. Berta ist ein Engel«, flehte der Mann. Er bewegte sich unruhig hin und her. Sein Verhalten passte so gar nicht zu seiner großen, dominanten Gestalt.

»Ich bin kein Engel, du Freak. Mach mich los«, brüllte die junge Frau.

»Verstehst du nicht? Du bist auserwählt. Du bist etwas Besonderes«, versuchte der Mann trotz seiner Angst um Berta, die Situation zu retten.

»Mach mich los«, erwiderte Katja anscheinend wenig beeindruckt.

»Ich habe dir vertraut ... ich habe dir Berta dagelassen und gebrannte Mandeln mitgebracht. Wie kannst du nicht erkennen ...«

»Halts Maul und binde mich los!«, unterbrach sie ihn. Ihre Augen waren weit aufgerissen. Man sah an ihrem Hals deutlich eine Ader hervortreten. Selbst der Mann konnte erkennen, dass ihr Körper von Adrenalin beherrscht wurde.

Und genau das machte ihm noch mehr Angst, denn dieses Adrenalin signalisierte ihm: »Entweder du tust, was ich sage, oder ich töte Berta.«

Und genau das durfte nicht geschehen. Wenn Berta tot war, wen hatte er dann noch? Dann wäre er wirklich alleine. Berta war Familie, seine echte Familie, und die musste er doch schützen.

Berta jaulte auf, weil Katja sie mit einer Hand festhielt und mit der anderen auf die Schnauze schlug. Das kleine Hündchen konnte sich nicht wehren. Katja hatte es zu gut im Griff.

»Nicht, nicht. Tu ihr nicht weh. Ich hole die Schlüssel«, reagierte der Mann besorgt.

Katja antwortete nicht, sie warf ihm nur einen Blick zu. Aber Berta schien ihn anzuflehen, ihre großen Augen wirkten hilflos und suchten nach Rettung.

Diese Rettung, dieser Retter wollte er sein. Er stürzte aus dem Raum, eilte ins Wohnzimmer und öffnete eine Kommode, in der er den Schlüssel für die Fußschellen aufbewahrte. Mit dem Schlüssel in der Hand rannte er wieder zurück, blieb dann aber plötzlich stehen.

»Du kannst sie nicht gehen lassen. Wenn sie geht, wird sie der Polizei alles erzählen und dein großer Plan wird sich in Luft auflösen«, sagte er zu sich.

»Aber sie wird Berta töten«, sagte eine andere Stimme in ihm.

»Du darfst das nicht! Töte sie!«

»Und was ist mit Berta?«

»Manchmal muss man für die höhere Sache auch Opfer bringen.«

Der Mann griff sich mit beiden Händen an den Kopf und schaute sich hektisch um. Die dominante Seite in ihm, die all das überhaupt erst ermöglicht hatte, wollte wieder über sein Tun bestimmen, es zu Ende bringen.

»Nein, ich werde Berta nicht sterben lassen. Sie ist Familie. Ich bin nicht wie die anderen. Ich liebe Berta«, rief er hilflos und lief zurück in den Raum, in dem er Katja gefangen hielt.

»Bind mich los«, brüllte sie, als sie ihn eintreten sah.

»Ja, ja, aber tu Berta nichts«, antwortete er und trat an ihr Bett.

»Bleib stehen«, forderte sie ihn auf, als er nur noch einen Schritt entfernt war. Sie streckte ihr Bein heraus, damit er sie von den Ketten befreien konnte.

Zieh sie am Bein. Sie wird vor Schreck den Hund fallen lassen. Die tut nur so tough, meldete sich eine leise Stimme in seinem Kopf.

Aber er traute sich nicht, den Gedanken in die Tat umzusetzen. Nervös holte er den Schlüssel aus der Hosentasche und griff vorsichtig nach ihrem Bein.

Sie ließ ihn nicht aus den Augen.

»Du tust ihr aber nicht weh«, sagte er zu ihr.

»Mach mich los, du Wichser«, brüllte sie ihn an.

»Ja, ja, tue ich doch. Aber dann lässt du meinen Liebling los.«

»Sobald ich frei bin«, antwortete sie.

Er steckte den Schlüssel in das Schloss und hielt plötzlich inne.

»Und woher soll ich wissen, dass ich dir vertrauen kann?«, fragte er sie.

»Du musst mir einfach vertrauen. Warum sollte ich deinen Hund töten, wenn du mich gehen lässt. Mich interessiert dieses Mistvieh nicht.«

»Sie ist kein Mistvieh. Sie ist eine Prinzessin, ein Engel wie du einer hättest sein können. So wie du dich verhältst, könnte man meinen, deine Haare wären gefärbt.«

Sie schaute ihn angewidert an, ehe sie antwortete: »Du bist krank. Mach mich endlich los.« Um ihren Worten Nachdruck zu verleihen, schnürte sie Bertas Hals noch enger zusammen. Berta röchelte.

»Ist gut, ist gut. Tu meinem Engel nicht weh.« Hastig öffnete er das Schloss, die Angst beherrschte ihn wieder.

Kaum war ihr Fuß befreit, zog sie ihn zurück. Allerdings etwas zu hastig, denn im gleichen Augenblick hatte sie beim Aufstehen auch den Griff um Bertas Hals gelockert und bemerkte nicht, wie die kleine Hündin ihr in die Hand biss.

Sie schrie kurz auf, versuchte den Griff wieder enger zu machen, aber der Chihuahua biss erneut zu und bellte laut.

Wieder schrie Katja kurz vor Schmerz. Der Mann war wie erstarrt und schaute dem Schauspiel zu, unfähig, etwas zu tun.

Und dann geschahen mehrere Dinge gleichzeitig. Berta konnte sich aus Katjas Griff lösen und rannte davon. Katja sprang aus dem Bett, schubste den Mann so zur Seite, dass er zu Boden fiel, und lief aus dem Raum.

Erst jetzt kam der Mann zu sich, sprang auf und rannte der jungen Frau hinterher.

Auf dem Gang sah er Berta, die zitternd am Rand des Flurs saß.

Sie war komplett verängstigt und eingeschüchtert.

»Alles wird gut, mein Engel. Alles wird gut, die Hexe wird ihre Rechnung bezahlen.«

Behutsam hob er Berta auf, nahm sie in die Arme und streichelte sie leise. Berta schien das zu gefallen, denn sie zitterte weniger und schien sich allmählich zu beruhigen.

»Ich hatte große Angst um dich, mein Schatz. Aber du warst sehr tapfer. Die Hexe wird dafür büßen. Dabei ist sie doch für etwas Besonderes, etwas Höheres bestimmt. Wieso will sie das einfach nicht verstehen?«

Berta bellte kurz, als wollte sie ihre Zustimmung signalisieren.

»Ob ich ihr vergeben soll?«

Wieder bellte Berta.

Der Mann machte sich keine Sorgen darum, dass Katja längst aus ihrer Hölle geflohen und in Freiheit sein könnte. Dass sie zur Polizei gehen, ihnen alles erzählen und die Polizei ihn verhaften würde.

Mit Berta im Arm schritt er in aller Ruhe den Gang hinunter.

Und dann hörte er einen Schrei, gefolgt von einem lauten Schluchzen und Weinen.

Der Mann grinste über das ganze Gesicht, denn er wusste, dass Katja am Ende des Ganges angelangt war und gesehen hatte, dass die Falltür, die aus dem Kellerversteck nach oben führte, verschlossen war und sie in der Falle saß.

Kapitel 32

Erst schaute Peisker, als könnte er nicht glauben, was er gerade gehört hatte, dann fing er laut an zu lachen.

»Was ist das hier? Versteckte Kamera für Arme? Ihr arrogantes Arschloch von Kollege schlägt mir einen Deal vor und Sie wollen mich vor Dummheiten bewahren? Hat die Polizei Köln Weihnachtsgefühle, oder was? Für wie dämlich halten Sie mich?«

»Kramer hat uns erzählt, dass Sie bereit sind, ein Geständnis abzulegen, wenn die Staatsanwaltschaft Sie für unzurechnungsfähig erklärt«, antwortete Brandt, der nicht verstehen konnte, warum Peisker sich über sie lustig machte. Die Situation war alles andere als zum Lachen.

»Hat er das?« Peisker hob die Augenbrauen.

»Dann klären Sie uns doch auf«, wurde Brandt direkter.

»Ihr Kollege ist ein Trottel. Ich habe mit meinem Anwalt gesprochen. Dieses Scheißhaar hat doch nichts zu sagen, zumal beim ersten Opfer ein Haar von Thorre gefunden wurde und keins von mir. Ihr Kramer Schlumpf dachte doch tatsächlich, er könnte mich einschüchtern.«

»Unterschätzen Sie ihn nicht. Sie hätten die Tat auch gemeinschaftlich geplant haben können. Und das Haar als Ablenkungsmanöver ins Spiel gebracht haben. Wenn man Sie beide verdächtigt, ist es wahrscheinlich, dass keiner von Ihnen bestraft wird. In der Hochschule kannten wir das als Sunzi, die Kunst des Krieges«, erwiderte Aydin und Brandt schüttelte in Gedanken nur den Kopf.

Obwohl das gar nicht so abwegig war. Konnte es wirklich möglich sein, dass Kruse und Peisker gemeinsame Sache machten?

Kruse war der erste Verdächtige, dann wurde er verhaftet, aber es wurde eine weitere junge Frau ermordet, sodass ihnen nichts anderes übrig blieb, als Kruse aus der JVA zu entlassen.

Konnte die gleiche Situation wieder eintreten? Wenn ja, müsste das bedeuten, dass eine weitere junge Blondine ermordet werden würde. Und dann würde der Polizei wieder nichts anderes übrig bleiben, als auch Peisker zu entlassen.

Welches Haar würde man dann finden?

So unglaublich er diesen Gedanken zunächst fand, bekam er jetzt doch eine gespenstische Facette.

Traute er Kruse und Peisker so eine Intrige zu?

Sein Bauch sagte Nein, sein Verstand fand keine Antwort.

»Jetzt spinnen Sie aber. Mein Anwalt hat mir geraten, nichts zu sagen.«

»Aber Sie haben sich Kramer gegenüber bereit erklärt, zu gestehen«, versuchte Brandt ihm klarzumachen, in welcher Scheiße er steckte.

»Alter ... ich habe mit dem Trottel gespielt und er hat geradezu an meinen Lippen gehangen. Dieser Idiot.«

Brandt hatte Mühe, nicht laut loszulachen. Kramer, der Möchtegern-Psychologe, der sich für den besten Fallanalytiker der Welt hielt, wurde von einem Perversen wie Peisker vorgeführt.

Es war zu herrlich. Wenn die Situation nicht einen so ernsten Hintergrund gehabt hätte, wäre Brandt geneigt gewesen, ihm auf die Schulter zu klopfen.

»Damit haben Sie sich keinen Gefallen getan. Diese Aussage kann vor Gericht gegen Sie verwendet werden«, gab Aydin zu bedenken.

»Mir doch egal. Das arrogante Arschloch hat es nicht anders verdient. Mein Anwalt hat eh die Aussage vor einem Lügendetektor beantragt, dann werdet ihr Wichser schon sehen, dass ich unschuldig bin.«

»Mäßigen Sie Ihren Ton«, drohte Brandt. »Wenn Sie wollen, dass wir Ihnen glauben, sollten Sie uns etwas über Konrad erzählen.«

»Konrad? Was ist mit dem Spast?«

»Erzählen Sie uns nur, was Sie über ihn wissen«, drängte Brandt und hoffte, dass Aydin nicht die Katze aus dem Sack ließ. Diese Sorge war nicht berechtigt, was Brandt gleich erfahren sollte.

»Ihr verdächtigt doch nicht das Hohlbrot?«, fragte Peisker.

»Wir ermitteln in alle Richtungen. Und wenn Sie unschuldig sind, sollten Sie uns helfen, statt zu meckern«, stellte Brandt klar.

»Was soll mit Konrad sein?«

»Was wissen Sie über ihn?«

»Nicht viel. Ich kenne ihn aus verschiedenen Therapien. Ich frage mich, warum man den überhaupt noch zu Therapien schickt. Der ist so dämlich, das tut schon weh, und das Schlimme ist, er sieht auch noch dämlicher aus.« Peisker schenkte den beiden Beamten ein breites Grinsen.

Du bist auch nicht gerade ein Schönling, hätte Brandt gerne entgegnet, aber er wollte ihn nicht unnötig reizen.

»Was wissen Sie sonst noch über ihn?«

»Der muss doch eine Polizeiakte haben, die dicker als das Kölner Telefonbuch ist. Schauen Sie sich mal die Akte an«, riet Peisker abweisend.

Brandt schüttelte nur den Kopf. Natürlich würde er das noch tun. Sobald er den kompletten Namen von Konrad wusste, würde er die Informationsbeschaffung bitten, diese Informationen zusammenzutragen.

»Das wollten wir sowieso. Wenn Sie uns seinen Nachnamen geben und uns sagen könnten, wo er wohnt, würde das Ganze schneller gehen«, kam Aydin Brandt zuvor.

»Er heißt Henkel, müsste in Deutz wohnen. Mehr weiß ich nicht. Mit Typen wie Konrad hänge ich nun mal nicht ab.«

»Das sollte reichen«, sagte Aydin und verschwand kurz aus dem Raum.

Brandt wusste, dass sein Partner hinausging, um die Kollegen von der Informationsbeschaffung anzurufen.

Gut mitgedacht, huschte Brandt ein Gedanke durch den Kopf.

»Hören Sie, wir wollen Ihnen wirklich helfen. Ich mag Sie nicht, aber ich halte Sie nicht für einen Mörder. Sie können hier rumsitzen und mit uns spielen oder mir helfen, den wahren Mörder zu finden. Je früher wir ihn finden, desto eher kommen Sie raus. So eine Untersuchungshaft kann schnell einige Monate dauern«, versuchte

Brandt, Peisker seine Situation klarzumachen, da er sich schwer vorstellen konnte, dass Peisker nichts über Konrad wusste.

»Ich weiß wirklich nicht viel über ihn. Ich glaube auch kaum, dass er mit mir abhängen würde«, grinste Peisker.

»Weil Sie ihn ärgern?«

»Kann man sehen, wie man will. Der ist einfach ein Opfer.« Peisker schien es nicht unangenehm zu sein, dass Brandt davon wusste.

»Hat er eine Schwäche für Blondinen?«

»Der ist verrückt nach jungen blonden Mädels. Soweit ich weiß, hat er mal einer im Park nachgestellt und war so geil, dass er auf ihre Titten gespritzt hat.«

Passt!, dachte Brandt und schnell bekam der bloße Name Konrad Henkel Konturen. Er schien jemand zu sein, der wie ihr Täter auf blonde Frauen ansprang. Er war pervers, was der Täter auch war. Reichte das, um eine Frau zu töten?

»Hat er Ihnen gegenüber auch mal erwähnt, dass er sich mehr als nur sexuelle Belästigung gegenüber Frauen vorstellen könnte?«

»Ob ich ihm einen Mord zutraue?«

»Ja. Hat er solche Fantasien schon mal geäußert?«

»Vor mir nicht. Aber es gab mal eine Fünfzehnjährige, die bei ihm in der Nachbarschaft wohnte, und er hatte die Fantasie, sie zu entführen und vollzuspritzen.«

»Das hat er Ihnen erzählt?«

»Nicht mir, in einer Therapiesitzung. Er hatte ein Foto dabei. Sie war weißblond und sah echt noch wie ein Kind aus.«

»Was haben Sie dann getan?«

»Ich habe ihm die Fresse poliert, was der Therapieleiter nicht so lustig fand. Aber bei Kinderscheiße hört der Spaß auf.«

Peisker, der Moralapostel, das passte so gar nicht zu dem Bild, das Brandt von ihm hatte.

»Und was hat der Therapieleiter gemacht?«

»Das Weichei? Nichts, hat versucht, auf ihn einzureden, dass es richtig ist, über seine Fantasien und Träume zu reden, denn nur so kann sichergestellt werden, dass es bei den Gedanken bleibt. So ein Trottel. Träumen ist nicht strafbar.« Peisker machte ein Geräusch, als würde er auf den Boden spucken.

Brandt wollte gerade etwas erwidern, als die Tür aufging und Aydin den Raum betrat.

Brandt war geneigt, Peisker recht zu geben. Auch er hielt nicht viel von Psychiatern. Auf der anderen Seite war es schon lustig, solche Worte gerade aus Peiskers Mund zu hören, denn er war einer dieser Perversen, die Brandt für nicht heilbar hielt.

»Wie war Kruses Verhältnis zu Henkel?«

»Thorre ist doch ein Waschlappen. Der hält lieber die Schnauze. Waren Sie bei seiner Mutter?«

»Ja. Was halten Sie von seinem Bruder?«

»Jochen ist ein Sadist. Der hat Thorre gequält, wo er konnte, weil er ein Opfer ist. Aber vor seiner Mutter hat der immer den Unterwürfigen gespielt. Der ist ein Psycho.«

»Hat Jochen auch abartige Sexfantasien?«

»Was soll diese Scheiße?«, wurde Peisker plötzlich laut. »Sie wollen, dass ich Ihnen helfe, aber eigentlich verachten Sie mich doch.«

»Beantworten Sie nur meine Frage«, erwiderte Brandt und ging gar nicht erst auf die Anspielung ein. Warum auch? Peisker hatte genau erkannt, was Brandt von ihm hielt. Warum hätte er also noch mit einem Perversen diskutieren sollen? Solche Menschen würden niemals auf Augenhöhe mit ihm sein können. Er war kein Menschenversteher wie Aydin.

»Was weiß ich, fragen Sie doch Thorre. Wenn er nicht wieder Schiss hat, kann er Ihnen bestimmt jede Menge über seinen Psycho-Bruder erzählen«, maulte Peisker.

Statt zu antworten, beendete Brandt das Gespräch und verließ mit Aydin die JVA.

Bevor sie ins Präsidium fuhren, machten sie einen kurzen Stopp bei Walter, um etwas zu essen. Walter hatte leider keine neuen Informationen für sie.

Die heißeste Spur war dieser ominöse Konrad, dicht gefolgt von Kruses Bruder.

»Hör mal, das mit Weihnachten war nicht so gemeint«, nuschelte Brandt.

»Was mit Weihnachten?«

»Was ich darüber gesagt habe. Ich wollte dich nicht beleidigen oder so.«

»Alles gut, habe ich auch nicht so aufgenommen.«

»Na, dann ist ja alles in Ordnung.«

»Ist es auch.«

»Hör mal, wenn dir mir gegenüber mal was stinkt, kannst du auch deinen Mund aufmachen. Du musst nicht für alles Verständnis haben«, stellte Brandt klar, da er unsicher war, ob Aydin das eben Gesagte ernst meinte oder ob er nur freundlich sein wollte.

»Das tue ich. Ich habe das wirklich nicht falsch verstanden. Glaub mir, ich habe schon ganz andere Dinge wegen meiner Herkunft ertragen müssen. Ich kann gut einschätzen, ob mir jemand schaden möchte oder nicht. Du bist zwar emotional, aber nicht bösartig«, erklärte Aydin seinen Standpunkt.

»Emotional, soso. Du hältst mich also für ein Weichei?«

»Nein, nein ...«, versuchte Aydin sich zu korrigieren.

Aber als er Brandt lachen sah, schien er zu spüren, dass dieser ihn nur aufzog, und lachte auch.

Im Präsidium gab es ein weiteres Meeting mit Bender. Allerdings ging sie mit keiner Silbe auf das Angebot ein, welches Kramer dem Hauptverdächtigen Peisker gemacht hatte.

Aber Brandt brachte es natürlich ins Spiel, vermutete er doch, dass Bender noch immer nicht in diesen Deal eingeweiht war. Doch Bender machte klar, dass sie davon wisse und der Inhalt ihres Meetings nicht das Richtig oder Falsch dieses Deals zum Thema habe.

Kramer grinste über das ganze Gesicht und stellte sich wieder in das beste Licht. Brandt und Aydin schwiegen.

Das Meeting wurde ohne wirklich neue Erkenntnisse beendet. Es schien, als hofften alle Kollegen darauf, dass Peisker endlich ein Geständnis unterschrieb. Nur Bender schien sehr angespannt und gereizt. Warum, konnte sich Brandt nicht erklären.

»Scheint ja schon festzustehen, wer der Mörder ist«, sagte Aydin, als sie wieder in ihrem Büro waren.

»Kramer wird sich noch wundern. Dieser arrogante Gockel«, erwiderte Brandt und startete seinen Laptop.

»Die Akte über Konrad Henkel ist da«, sagte Aydin.

»Sehe ich auch«, antwortete Brandt, der gerade seine E-Mails durchlas. »Dann wollen wir mal sehen, wer dieses Ekelpaket ist.«

Brandt las sich die digitale Akte durch und war erstaunt, dass jemand wie Henkel überhaupt noch auf freiem Fuß war.

Er war mehrmals beim Onanieren in der Öffentlichkeit und sogar bei der versuchten Vergewaltigung einer Siebzehnjährigen erwischt worden. Dafür hatte er eine zweijährige Haftstrafe verbüßt.

Und er fand auch den Vorfall, den Peisker geschildert hatte.

Vor vier Jahren hatte er eine Fünfzehnjährige am Aachener Weiher belästigt. Es war im Sommer. Als sie kurz alleine auf ihrem Badetuch lag, lief er auf sie zu, holte sein Glied heraus und onanierte auf ihren Oberkörper. Glücklicherweise erschien nur wenige Augenblicke später der ältere Bruder des jungen Mädchens und verprügelte Henkel, der sich nicht wehrte.

Soweit es Angaben über die Mädchen gab, die Henkel bedrängt hatte, waren sie immer gleich: Es waren alles junge blonde Mädchen. Keine älter als achtzehn.

Über den Vorfall mit Peisker während der Therapie stand nichts in den Akten.

»Bist du fertig?«, fragte Aydin.

»Fertig? Ich habe schon analysiert«, stellte Brandt fest. »Was denkst du?«

»Könnte unser Mann sein. Nur zwei Sachen machen mich stutzig.«

»Und die wären?«

»Alle Mädchen waren unter achtzehn. Aber eines der jetzigen Opfer war älter als achtzehn. Außerdem hat Henkel sich nicht gewehrt, als der Bruder der Fünfzehnjährigen ihn zusammengeschlagen hat. Das passt irgendwie nicht.«

»Genau, das ist mir auch aufgefallen«, antwortete Brandt und nickte anerkennend. »Das sagt mir, dass er ein Weichei ist, obwohl sein Profilbild uns etwas anderes signalisiert.«

Henkel war groß, hatte kaum Haare auf dem Kopf und wirkte auf dem Foto, welches die Polizei für ihre Akten geschossen hatte, wie der typische Kinderschänder, jedenfalls so, wie sich Brandt einen solchen vorstellte. Dicklich, ungepflegt und unsympathisch.

»Man sollte eh nicht vom Äußeren darauf schließen, was jemand wirklich denkt oder tut.«

»Klugscheißer«, machte sich Brandt über ihn lustig. »Henkel ist unsere heißeste Spur. Seine Sucht nach jungen blonden Frauen könnte ihm zum Verhängnis geworden sein.«

Aydin nickte zustimmend. Sie diskutierten noch ein wenig, danach rief Brandt den Therapieleiter an, um ihm seinen Plan mitzuteilen. Der Therapieleiter war davon wenig begeistert, fürchtete er doch, dass dadurch die ganze Sitzung torpediert werden könnte und die ganze Arbeit für die Katz wäre.

Brandt konnte den Therapeuten dennoch überzeugen.

»Hoffentlich merkt der nicht, dass du bluffst«, sagte Aydin, nachdem Brandt den Anruf beendet hatte.

»Das tut er nicht. Der hatte doch viel zu viel Angst um seinen eigenen Arsch.«

Brandt hatte dem Therapeuten gedroht, ihn wegen Behinderung polizeilicher Ermittlungen mit aufs Revier zu nehmen und dazu alle Teilnehmer, um sie auf dem Revier über die Morde zu befragen.

Mit dieser Drohung hatte er genau das erreicht, was er wollte: Aydin und er konnten der Sitzung beiwohnen, als neue Teilnehmer, die vom Richter dazu verdonnert worden waren, sich einer Therapie zu unterziehen.

Wenn Brandts Plan aufging, würde er danach wissen, ob Konrad Henkel oder vielleicht jemand anderer aus der Gruppe ihr gesuchter Mörder war. Wenn der Plan aufging!

Kapitel 33

»Du Dummchen, du Dummchen. Das war alles andere als ladylike. So verhält sich doch kein Engel«, sagte er zu ihr.

Katja antwortete nicht. Sie lag steif auf dem Bett, als wäre sie erstarrt.

Er hatte sie natürlich wieder zurück ins Prinzessinnenzimmer gebracht und sie angekettet.

»Hattest du wirklich gedacht, dass ich so dumm bin und dich gehen lasse?«, fragte er, noch immer sichtlich bemüht, gelassen zu wirken.

Sie antwortete nicht.

»Wie gut, dass ich kein nachtragender Mensch bin, dass ich niemandem wehtun kann.«

Zum ersten Mal regte sich etwas in Katjas Gesicht. Ihre Lippen zuckten ganz kurz.

»Ich bin kein böser Mensch. Eigentlich liebe ich die Menschen, aber irgendwie wollen sie mich immer verletzen. Deswegen möchte auch ich einmal im Mittelpunkt stehen. Ist das denn so schlimm?«

Der Mann strich sich mit der rechten Hand über den Mund, da er immer aufgeregter wurde und sich Spucke auf seinen Lippen gesammelt hatte.

»Wieso will mich keiner verstehen? Du, du kennst mich doch. Ich habe dir Berta anvertraut. Hätte ich das getan, wenn ich ein böser Mensch wäre?«

Obwohl Katja nicht antwortete, konnte man deutlich sehen, wie sich ihr Brustkorb hob und senkte. Sie schien sehr aufgewühlt zu sein, zeigte dies aber nicht. Dem Mann war das jedoch völlig egal, er wollte ihr sein Selbstmitleid anvertrauen. Um Verständnis werben, warum auch immer.

»Du bist wie eine Rose, meine Prinzessin, deine Dornen sind voller Gift, aber ich bin nur an deinen Blüten interessiert.«

Er trat einen Schritt auf sie zu. Katjas Augen wanderten mit seinen Schritten, aber sie schien noch immer wie paralysiert.

»Du weißt, dass ich dich eigentlich bestrafen müsste, weil du ungehorsam warst, weil du mein Vertrauen missbraucht hast. Aber ich werde das nicht tun, denn du bist noch immer was Besonderes. Erkennst du nicht meine grenzenlose Gutmütigkeit?«

Er lächelte und kicherte, als würde er seine eigenen Worte nicht ernst nehmen. Vielleicht aber auch gerade weil er sie ernst nahm und sich in diesem Moment für Gott hielt, der einer armen geschundenen Seele ihr Leben schenkte.

Dann setzte er sich auf die Bettkante. Sein Blick war auf ihren Körper gerichtet.

Sie lag nackt auf dem Bett. Es war seine Art, sie zu bestrafen, ihr zu zeigen, dass er alles haben konnte, wenn er es wollte.

Dann streichelte er sie. Er fing an ihren Oberschenkeln an und glitt langsam nach oben.

Katja reagierte noch immer nicht. Nur die Härchen, die sich nach und nach aufstellten, und ihre Gänsehaut hätten ihm sagen können, wie sehr sie von der Angst übermannt wurde. Dass sie tief in ihrem Inneren glaubte, dass er sie gleich vergewaltigen würde. Die misslungene Flucht hatte sie seelisch zerstört und sie schien nicht mehr in der Lage zu sein, aus dieser Starre ausbrechen zu können.

Doch das alles bekam der Mann nicht mit, seine rechte Hand wanderte weiter und verweilte an ihrer intimsten Zone. Er streichelte leicht darüber.

»Du hast eine sehr hübsche Muschi«, stellte er fest und drückte ihre Schamlippen zusammen. »Da kann jede Frau neidisch sein.« Er drang mit einem Finger in sie ein. »So schön eng«, grinste er.

Jetzt schluckte Katja und schien aus ihrem Kokon ausbrechen zu wollen. Ihre Augen wurden feucht, auch das bemerkte der Mann nicht. Er war viel zu sehr mit sich selbst beschäftigt.

»Ich beneide dich um deinen tollen Körper«, schmeichelte er ihr. Statt eines Dankeschöns kam nur ein leises Schluchzen. Sie fing an zu weinen. Die Tränen vermischten sich mit ihrer Schminke.

Seine Hand wanderte weiter zu ihrem Bauch, verharrte an ihrem Bauchnabel. Er spielte daran und streichelte ihren Bauch.

Dann wanderte seine Hand zu ihrer rechten Brust. Er berührte sie mit der größten Vorsicht, als wäre sie ein rohes Ei.

»Alles an dir ist perfekt«, sagte er, schluckte den Speichel herunter und drückte die Brust ganz sanft. »Das ist bestimmt 75C. Sind die echt?«

Katja antwortete nicht, aber immer mehr Tränen rannen ihr Gesicht herunter. Sie hatte die Augen geschlossen, als wäre sie bereit, die Vergewaltigung willenlos über sich ergehen zu lassen.

»Warum weinst du?«, fragte er, wartete aber nicht auf eine Antwort, sondern drückte und massierte ihre Brust erst sanft, dann fester. »Kein Silikon, du Glückliche«, stellte er fest.

Seine rechte Hand schob sich weiter und berührte erst ihren Hals, dann ihr Gesicht. Zärtlich wischte er ihre Tränen fort.

»Weine nicht. Alles ist gut. Ich bin dir nicht böse«, versuchte er sie zu trösten.

Doch sie schien nicht zu hören oder gehorchen zu wollen. Die Tränen flossen einfach.

»Dummerchen, ich habe doch schon mal gesagt, dass ich dich nicht vergewaltigen will«, erklärte er, da er nun glaubte zu wissen, warum sie weinte.

Sie schluckte kurz, schluchzte, aber die Tränen wurden nicht weniger.

Er nahm ein Taschentuch aus seiner Hosentasche, er trug eine gewöhnliche Baumwolljogginghose. Mit dem Taschentuch wischte er ihre Tränen weg.

Dabei verteilte sich die Schminke über ihre Wangen.

»Jetzt siehst du eher wie der Joker, als wie ein Engel aus.« Er lachte über seinen eigenen Witz.

Er versuchte die Schminke aus ihrem Gesicht zu wischen, was ihm mehr oder weniger gelang.

Dann steckte er das Taschentuch zurück in die Hosentasche und berührte mit seiner rechten Hand ihre vollen roten Lippen.

»Mach den Mund auf«, forderte er sie auf und sie gehorchte.

»So tolle Zähne hätte ich auch gerne. Aber meine Mutter hatte nicht viel Geld, mehr als Amalgam war nicht drin.«

Natürlich antwortete sie wieder nicht, aber sie hatte aufgehört zu weinen.

»Du bist einfach perfekt.« Er nahm einen Kamm aus der anderen Hosentasche und fuhr ihr damit durchs Haar.

»So schönes Haar, so schönes Haar«, wiederholte er. »Ich wusste von Anfang an, dass du perfekt bist. Du bist zu etwas Höherem bestimmt.« Dabei strich er über ihr Haar, roch daran und kämmte es weiter.

Katja schien alles über sich ergehen zu lassen. Die Augen des Mannes funkelten und er glühte innerlich. Am liebsten hätte er sie noch an Ort und Stelle betäubt und gehäutet, so sehr war er von ihr fasziniert, aber es war spät und er wollte keine Fehler machen. Daher stand er auf, steckte den Kamm zurück und wollte das Prinzessinnenzimmer verlassen.

Vor der Tür blieb er stehen, schaute sie lange an, bis auch sie ihn mit ihren strahlend blauen Augen anschaute.

»Ich vergebe dir, mein Engel«, sagte er voll Sanftmut. Zunächst reagierte sie nicht, ihr Blick war aber auf seine Augen fixiert und dann bewegten sich ihre Lippen.

»Ich heiße Katja«, wisperte sie.

Kapitel 34

»Wir möchten heute zwei neue Kursteilnehmer begrüßen«, begann der Therapieleiter die Sitzung.

Neben den beiden Beamten der Kölner Kriminalpolizei nahmen insgesamt acht Männer teil. Kruse war ebenfalls da.

Bisher hatte Kruse keine Anstalten gemacht, sie zu verraten.

Sie hatten auch Kruses Verlobte gesehen, die allerdings draußen wartete.

Simone Herder hatte überhaupt nicht erstaunt gewirkt, als Brandt und Aydin ihr im Eingangsbereich begegnet waren. Kruse hatte sie anscheinend informiert, was Brandt sehr recht war, hatten sie doch vergessen, Kruse genau darum zu bitten.

Brandt war im Wartebereich auch auf Konrad Henkel gestoßen, der sich gleich negativ in Erscheinung gebracht hatte, indem er Witze auf Kosten eines Angestellten des Bürokomplexes machte.

»Starten wir mit einer kurzen Vorstellungsrunde«, schlug der Therapieleiter Matthias Stein vor.

Er machte einen freundlichen Eindruck, seine Locken und die Brille unterstrichen diesen Anschein. Außerdem trug er eine Fliege zu seinem Hemd, was etwas antiquiert wirkte. Brandt wusste, dass Stein achtundvierzig Jahre alt war.

Die Teilnehmer stellten sich vor, dann war Brandt an der Reihe.

»Hi«, fing er an, schaute kurz in die Runde und fuhr fort: »Ich heiße Jan Neid.«

»Hallo, Jan, schön dass du da bist«, antworteten die Männer.

»Danke, dass ich heute hier sein darf. Ehrlich gesagt, tue ich mich noch ein wenig schwer damit und weiß auch nicht, ob mir das hier was bringt«, versuchte Brandt alias Neid Vertrauen zu gewinnen.

»Das ist gut, Jan. Den ersten Schritt hast du getan, das war sehr wichtig und richtig. Jetzt werden wir dir helfen. Du brauchst keine Angst zu haben, du bist nicht alleine. Stimmt's?«

»Ja, Jan. Du bist nicht alleine. Wir sind für dich da«, kam es aus der Runde zurück.

Brandt kam das Ganze wie das Treffen einer Sekte vor, immer dieses monotone Nachsprechen. Zwangsläufig fragte er sich, ob die Teilnehmer wirklich daran glaubten oder diese Sätze nur sagten, weil der Therapieleiter sie hören wollte.

Wenn er jetzt an Peisker dachte und dazu die Körperhaltung von Henkel sah, schien das alles nur heiße Luft zu sein.

Nur bei Kruse war er sich nicht sicher. Er machte den Eindruck, als wollte er das wirklich. Vielleicht hatte die Liebe zu Herder ihn tatsächlich verändert. Vielleicht?!

»Weswegen bist du hier, Jan?«, fragte der Kursleiter.

Brandt tat, als würde es ihm schwerfallen, darüber zu sprechen, er schluckte kurz, schaute unsicher auf den Boden und überall hin, nur nicht zu Stein oder den anderen Teilnehmern.

»Du brauchst keine Angst haben, Jan. Wir sind für dich da. Wir geben dir Halt, versprochen. Versuche es. Nur das, was du sagen möchtest, nicht mehr.«

Der Therapieleiter schien seine Arbeit wirklich ernst zu nehmen. Wenn Brandt nicht gewusst hätte, dass Stein in die ganze Geschichte eingeweiht war, hätte er geglaubt, dass er Brandts wahre Identität nicht kannte.

»Es fällt mir wirklich sehr schwer, darüber zu sprechen.«

»Versuch es«, bat ihn Stein in ruhigem und freundlichem Ton.

»Ich bin sexsüchtig«, rutschte es Brandt heraus. Er schaute wieder zu Boden.

»Siehst du, der erste Schritt ist getan. Niemand verurteilt dich, oder?«

»Nein, niemand verurteilt dich«, tönte es aus der Runde und erst jetzt hob Brandt seinen Kopf und schaute herum.

Er sah Anerkennung und Lob in den meisten Gesichtern, außer bei Henkel. Sein Gesicht sagte ihm rein gar nichts. Er machte einen extrem unmotivierten Eindruck.

»Und, magst du dich auch vorstellen?«, fragte Stein an Aydin gewandt.

»Hallo. Ich bin Erdal Can«, stellte sich Aydin vor.

»Hallo Erdal«, grüßte die Runde, Brandt fiel in den Chor mit ein.

»Warum bist du hier, Erdal?«, fragte Stein.

»Weil ich pervers bin«, sagte Erdal.

»Wieso bist du pervers? Lass dir das nicht einreden. Niemand von uns ist pervers«, antwortete Stein und schaute in die Runde. Die Teilnehmer gaben ihm recht.

»Also, weswegen bist du hier?«, wollte Stein wissen.

»Ich verteile gerne mein Sperma«, flüsterte Aydin kaum hörbar.

Auch er schien alles dafür zu tun, authentisch rüberzukommen, allerdings hatte Brandt das Gefühl, dass es seinem Partner deutlich schwerer fiel.

Sie hatten sich noch im Büro auf ihre Rollen vorbereitet, da sie möglichst keine Fehler machen wollten.

Brandt war geneigt, Aydin seine Rolle abzukaufen.

So kann es weitergehen, dachte er zufrieden.

»Sehr gut, Erdal. Der erste Schritt ist gemacht. Wir werden dir helfen, wie auch du uns helfen wirst. Gemeinsam finden wir einen Weg«, machte Stein Aydin alias Erdal Mut.

Und so ging es eine ganze Weile. Immer wieder stellte Stein Fragen, hörte zu, was die Teilnehmer sagten, lobte sie und sprach ihnen Mut zu. Kein einziges Mal kritisierte er jemanden. Wenn einer der Kursteilnehmer Kritik äußerte, wurde er weder wütend noch sprach er eine Ermahnung aus, sondern versuchte zu hinterfragen, warum der Teilnehmer den anderen kritisierte. Und schnell schien sich dessen Vorwurf aufzulösen, sodass immer Einsicht herrschte.

Brandt fand das geradezu unheimlich. Glaubte Stein wirklich, dass die Teilnehmer nach diesen Sitzungen normale Menschen werden könnten?

Ein kurzer Blick zu Henkel sagte Brandt, dass sich Perverse niemals ändern würden.

»Woran denkst du gerade?«, fragte Stein ihn.

»Wie meinen Sie das?«, reagierte Brandt überrascht. Aber er war für die Frage dankbar. Es war Zeit, das Tempo zu erhöhen.

»Denkst du gerade an deine Fantasien oder hilft dir diese Sitzung, dich davon zu lösen?«

Brandt antwortete nicht sofort, sondern tat, als überlegte er, was er sagen sollte. Er wollte so authentisch wie möglich sein.

»Soll ich ehrlich sein?«, fragte er dann mit leicht gesenktem Kopf.

»Ja, ich möchte darum bitten. Nur so können wir dich dabei unterstützen, einen neuen Weg zu gehen.«

»Ich muss die ganze Zeit an dieses hübsche junge Ding denken«, antwortete Brandt und grinste kurz. Ganz kurz, sodass man glauben konnte, er hätte wirklich diese sexuelle Fantasie, schämte sich aber, sie zuzugeben.

»Jeder von uns denkt ab und an mal an eine schöne Frau.«

»Ja, aber nicht so, wie ich es tue«, erwiderte Brandt, dabei warf er einen flüchtigen Blick zu Henkel, der anscheinend aufhorchte.

»Und wie tust du es?«

»Na ja, anders halt«, wand sich Brandt.

»Sprich nur, wenn dir danach ist. Lass dir Zeit, wir haben noch ein paar Sitzungen. Wenn du heute nicht darüber sprechen magst, dann vielleicht beim nächsten Mal. Falls du es doch versuchen magst, bist du willkommen, deine Gedanken mit uns zu teilen.«

»Sie war so hübsch, so jung. Ihre schönen langen blonden Haare haben mich ganz geil gemacht«, antwortete Brandt und beobachtete Henkel aus dem Augenwinkel.

Bingo!, freute er sich.

Henkel war nämlich ein Lächeln übers Gesicht gehuscht.

»Wolltest du das junge Mädchen berühren?«

»Ja, das habe ich mir sehr gewünscht. Ich bin immer wieder an ihr vorbeigegangen, weil ich sie einfach nicht vergessen konnte. Ich habe mich für meine Gedanken geradezu geschämt.«

»Hat sie dich bemerkt?«, fragte einer der Teilnehmer.

»Ich glaube nicht. Es war in den Kalk Arcaden.«

»Wieso konntest du deine Augen nicht von ihr lösen?«, fragte Stein.

»Sie war perfekt. Ihr Lächeln hat mein Herz zum Rasen gebracht, ihr blondes Haar hat mich geradezu aufgefordert, es zu berühren. Schon als ich sie gesehen habe, hab ich einen Ständer gehabt. Ich konnte mich auf einer Bank so setzen, dass ich sie eine Weile ungestört beobachten konnte ...«

»Ich verstehe dich nicht. Du siehst doch echt gut aus. Nicht so scheiße wie Kollege Konrad«, bemerkte einer der Teilnehmer, der Bruno hieß. Dabei lachte er und zeigte seine ungepflegten Zähne.

Konrads Augen blitzten kurz auf. Seine Körperhaltung zeigte deutliches Missfallen, aber er reagierte nicht.

»Wieso hast du sie nicht einfach gefragt? Vielleicht wäre sie mit dir ausgegangen?«, fügte er hinzu.

»Ich bin zu schüchtern und sie war verdammt jung. Und ehrlich gesagt fühle ich mich nicht so hübsch«, versuchte Brandt eine Antwort zu finden, die ihm die Teilnehmer hoffentlich abnahmen.

Aydin und Brandt hatten sich im Präsidium noch umgezogen, um so unscheinbar wie möglich zu erscheinen. Das Präsidium hatte eine eigene Kleiderkammer, in der man sich für verdeckte Ermittlungen ausstatten konnte.

Beide trugen alte Pullover, deren Farbe schon ausgeblichen war.

Brandt hatte eine braune Cordhose an und Aydin eine schwarze Jeans, die er wahrscheinlich freiwillig nie getragen hätte.

»Was hast du dann gemacht? Sicherlich das eine oder ...«, meldete sich endlich Henkel zu Wort. Dabei schmunzelte er verschwörerisch.

»Ich konnte nicht anders. Meine Hand ist in die Hose gewandert. Ich konnte sie ja die ganze Zeit beobachten und ab und an hat sie sich gebückt, da konnte ich fast ihre geilen Brüste sehen.« Brandt machte eine kurze Pause, dabei warf er Henkel einen raschen Blick zu und sah, dass dieser von seiner Beschreibung sehr angetan war. Fast überkam ihn das Gefühl, als würde Henkel auch gerade an diese imaginäre Blondine denken.

»Hattest du keine Angst, erwischt zu werden? Es kommen doch andauernd Leute vorbei in so einem Einkaufszentrum«, fragte Mirko, ein anderer, eher ruhiger Teilnehmer der Runde.

»Ja, obwohl es nicht so voll war. Anfangs hatte ich große Angst. Aber das war auch irgendwie der Kick. Ich hatte eine super Position, durch den Spiegel konnte ich sie beobachten, ohne dass sie mich sah. Und als ich meine Hand in der Hose hatte, hatte ich meinen Rucksack auf dem Schoß. Irgendwann war mir das auch egal. Es kam, was kommen musste ...«

»Du hast abgespritzt«, grinste Henkel und fragte: »Hast du ihr aufs Haar gespritzt?«

»In Gedanken schon. Ich liebe es, wenn mein Sperma in das Haar einer geilen Schlampe rinnt.«

»Und was hat sie danach gemacht?«, wollte Henkel wissen. Seine Augen waren weit aufgerissen, seine Worte kamen schneller und er atmete schwerer. Für Brandt gab es keinen Zweifel, dass Henkel erregt war.

Geradezu eklig, dachte er, spielte aber das Spiel mit. Stein schien keine Anstalten zu machen, sich einmischen zu wollen.

»Sie hat mein Sperma in die Haare einmassiert und mir dabei weiter einen geblasen.«

»Du bist echt krank«, antwortete Henkel, ließ sich in den Stuhl zurückfallen und grinste dabei. Brandt ahnte, dass dies Henkels Art war, ihn zu loben.

»Wie fühlst du dich jetzt?«, fragte Stein.

»Gut. Sehr gut. Und vor allem erleichtert, darüber so offen sprechen zu können.«

»Ausgezeichnet. Du bist auf einem guten Weg. Nur wenn wir uns öffnen, bereit sind, darüber zu sprechen, können wir auch etwas ändern. Und du siehst, es verurteilt dich keiner. In unserer Runde braucht sich niemand für etwas zu schämen. Gemeinsam können wir unsere Fantasien in den Griff kriegen und kontrollieren, damit wir ein Leben ohne diesen Zwang und diese Süchte leben können. Möchtest du uns auch deine Fantasien mitteilen? Was hast du gedacht, als du zugehört hast?« Steins Blick ging zu Aydin, der sich bisher eher zurückhaltend gezeigt hatte.

»Ich ... ich war auch ziemlich erregt«, stammelte Aydin, konnte sich dann aber fassen und erzählte, was er dabei genau gefühlt hatte. Brandt war fast geneigt, ihm zu glauben.

Gar nicht schlecht, lobte er seinen Partner in Gedanken.

Stein machte noch ein paar Anmerkungen, Bruno und Henkel gaben etwas von sich zum Besten und kurze Zeit später beendete Stein die Sitzung. Er gab jedem eine kleine Hausaufgabe mit, um dadurch die Lernkurve, wie er es nannte, nach oben zu steigern.

Brandt hatte ihm schon gar nicht mehr zugehört. Er wollte Henkel, also blieb er, bis sich die Runde auflöste. Aydin war schon gegangen, was auch so abgesprochen war.

Brandt stand im Wartebereich, da Henkel noch mit jemand anderem sprach.

Eine Reinigungskraft der Gebäudeverwaltung ging an ihm vorbei, einen Reinigungswagen vor sich her schiebend. Brandt schaute ihr noch nach, da die Person sehr in ihre Arbeit vertieft war. Daher bekam er auch nicht mit, dass Henkel plötzlich neben ihm stand.

»Du bist ein kranker Hund«, sagte Henkel und klopfte ihm auf die Schulter.

»Wieso?«, versuchte Brandt ahnungslos zu tun. Er hoffte, dass Henkel gesprächiger wäre, wenn er ein wenig auf beschränkt machte. Sollte Henkel doch glauben, dass er ihm überlegen war.

»Da fragst du noch? In den Köln Arcaden abzuspritzen, dazu gehört schon viel Mumm. War die Bitch wirklich so geil?«

»Ja, du hast noch nie so eine hübsche Frau gesehen«, antwortete Brandt.

»Dicker, ich habe sie richtig vor mir. Jung, schlank, blondes langes Haar. Ich fahre total auf junge blonde Schlampen ab. Und davon gibt es jede Menge in Köln.«

Sprich weiter, bat Brandt. Mit jedem Wort machte sich Henkel verdächtiger. Dass er auf junge blonde Frauen stand, machte ihn zwar noch nicht zu einem Mörder, aber es entlastete ihn ganz sicher nicht. Doch die wichtigste Erkenntnis war, dass Konrad ihn nicht anlog, da Brandt natürlich anhand der Aussagen von Kruse und Peisker wusste, was für perverse Sexfantasien er hatte. Außerdem deckten sich diese Angaben mit den Angaben in der Polizeiakte.

Ich brauche mehr!

»Hast du dir auch schon mal im Einkaufszentrum einen runtergeholt?«

»Nein, noch nicht. Aber den Gedanken finde ich geil. Sag aber nicht, dass du freiwillig hier bist wie dieser Trottel Thorsten Kruse.«

»Nein, nein. Ich wurde vom Richter verdonnert. Ganz ehrlich, ich finde meine Fantasien nicht schlimm. Aber was soll ich machen?«

Henkel lachte kurz auf, schaute sich dann um, als wollte er sichergehen, dass ihn niemand hörte, dann flüsterte er: »Ich auch nicht. Mein Anwalt hat einen Deal ausgehandelt, sonst wäre ich wieder im Knast, und darauf habe ich keinen Bock. Die ficken dort Männer wie uns.«

»Und was hast du angestellt, dass du hier sein musst?«, fragte Brandt. Er kannte natürlich den Grund, wollte das aber von Henkel hören, um zu sehen, ob er ihm wirklich vertraute.

»Nichts, was du nicht auch getan hättest«, sagte er vielsagend.

»Weißt du, was meine größte Fantasie ist?«, antwortete Brandt mit einer Frage, da er nicht den Eindruck erwecken wollte, allzu neugierig zu sein. Also musste er das Ganze von hinten aufrollen.

»Das Geilste ist, wenn du eine wildfremde Tussi vollspritzen kannst«, riet Henkel. Seine Augen leuchteten und dabei grunzte er wie er ein brünstiges Schwein.

»Ja, aber nicht irgendeine, sondern so ein geiles junges Ding mit langen blonden Haaren«, ergänzte Brandt. Mit jeder Minute, die er mit Henkel sprach, stieg seine Antipathie ihm gegenüber und er wusste nicht, wie lange er diese Scharade noch würde aufrecht erhalten können.

»Ich verstehe dich, Dicker. Ich kann Blondinen auch einfach nicht widerstehen. Hast du denn schon mal eine vollgewichst?«

»Nein, nein. Nur in meinen Träumen. Ich habe mal meinen Pimmel rausgeholt, das war im Wald, als eine Joggerin vorbeilief, die hat mich angebrüllt und dann ging bei mir gar nichts mehr«, versuchte Brandt endlich mehr aus Henkel herauszukitzeln.

Inzwischen waren sie die Einzigen im Wartebereich. Nur die Reinigungskraft kam ab und zu vorbei, um nach dem Rechten zu schauen.

»Guck nicht so dämlich«, rief Henkel der Person nach. Brandt schluckte seinen Ärger über Henkel herunter, schließlich hatte er noch keine verwertbaren Informationen.

Was, wenn der Idiot harmlos ist?, blitzte ihm ein Gedanke durch den Kopf. Vorerst ignorierte er ihn.

»Mensch, Jan, du weißt nicht, was du verpasst. Du musst das unbedingt machen. Aber du musst schnell sein. Die Schlampen schreien zu schnell, und achte drauf, dass nicht ihr dämlicher Freund oder Bruder in der Nähe ist. Die verstehen da keinen Spaß.«

Brandt wusste, worauf Henkel anspielte. Er hatte es schließlich in seiner Polizeiakte gelesen.

»Ich träume schon lange davon, aber das Ereignis mit der Joggerin hat mich doch arg geprägt.«

»Du Waschlappen. Das muss gut geplant sein«, machte sich Henkel über Brandt alias Jan lustig. »Vergiss den Wald oder das Industriegebiet. Geh zum Aachener Weiher oder ins Freibad. Irgendwo, wo die jungen Dinger sich sonnen. Such dir eine aus, die etwas abseits liegt. Und dann muss das schnell gehen. Am besten, du wichst vorher schon mal an, damit du bereit bist. Und wenn keiner bei ihr ist, läufst du zu ihr, spritzt ab und rennst weg. Ganz einfach, das kriegst du Weichei auch hin. Und glaub mir, dieses geile Gefühl wirst du lieben.«

Henkel hielt die rechte Hand vor den Schritt, als wollte er seinen Worten Nachdruck verleihen.

Am liebsten hätte Brandt ihn gefragt, warum er so oft vor dem Haftrichter war, wenn er all seine Aktionen doch so toll geplant hatte. Stattdessen antwortete er: »Wow, vielleicht können wir ja nächsten Sommer gemeinsam zum Aachener Weiher.«

»Üb erst vorher, ich kann keine Feiglinge und Amateure an meiner Seite gebrauchen.«

Brandt war kurz vorm Platzen und er wusste, noch länger könnte er diesen Müll nicht ertragen. Am liebsten hätte er Henkel am Hals gepackt, zu Boden geschleudert und die Wahrheit aus ihm herausgeprügelt, aber er spielte dieses eklige Spiel weiter.

Daher beschloss er, auf volles Risiko zu gehen.

»Weißt du, was ich gerne mal machen würde?«, flüsterte er und schaute in alle Richtungen, als wollte er signalisieren: Vorsicht, jetzt kommt etwas ganz Geheimes.

»Na, was denn?«, fragte Henkel und schaute sich auch um.

Der Trottel, dachte Brandt, antwortete aber: »Ich würde gerne mal ein junges blondes Ding bei mir zu Hause haben, dann könnte ich mit ihr machen, was ich will. Ich habe da einige Fantasien, die mich nicht mehr loslassen, seit ich den Artikel über den Helden gelesen habe.«

»Helden?« Henkel wirkte verwirrt und neugierig zu gleich.

»Ja, der Typ, der die blonden Frauen entführt, der ...« Brandt sprach nicht weiter, er wollte sehen, ob Henkel seinen Satz zu Ende spann.

»Du meinst den Häuter«, beendete Henkel seinen Satz und grinste kurz. Die Boulevardpresse nannte den Serientäter inzwischen nur noch »der Häuter«.

»Genau den. Ich kriege eine Gänsehaut, wenn ich an ihn denke. Ich frage mich, was er mit den Haaren seiner Opfer macht. Ob er sie vollspritzt?«

Henkel antwortete nicht, er schien irgendetwas abzuwägen. Brandt ahnte, dass ihm etwas auf der Zunge lag und er hoffte, dass er es aussprechen würde.

Dann antwortete Henkel schon fast überheblich: »Ich weiß, wer der Häuter ist.«

Kapitel 35

11. Dezember

Mit dem Kölner Express in der Hand setzte sich der Mann in die S-Bahn, um nach Hause zu fahren. Gestern hatte er außerplanmäßig länger arbeiten müssen, danach hatte er sich auf dem Weihnachtsmarkt am Hauptbahnhof mit Glühwein betrunken.

Seine Wut auf seinen Chef war an diesem Abend riesig gewesen. Er hatte noch nie einen Menschen so gehasst wie seinen Chef und das sollte was heißen. Schließlich hatte er schon einige Menschen gehasst.

Er wusste nicht, wie viel Glühwein er getrunken hatte, aber es waren einige Becher gewesen, sodass er sich mehr torkelnd als gehend in Richtung Straßenbahn bewegt hatte. Auf dem Weg dorthin pöbelten ihn einige Jugendliche an und schubsten ihn. Er stolperte und schlug mit dem Knie auf dem harten kalten Boden auf.

Die warme Flüssigkeit, die sich nun um sein Bein legte, signalisierte ihm, dass er blutete. Er ignorierte das Blut, den Schmerz, die Kälte und die Schmach sowieso, bestieg die S-Bahn und fuhr nach Hause.

Dort versuchte er, so gut es in diesem Zustand ging, das Bein zu versorgen und zu verbinden, danach ging er ins Bett, wo Berta schon freudig auf ihn wartete.

Für Katja hatte er an diesem Tag keine Zeit, weil er arbeiten musste. Dabei hatte er ganz andere Pläne gehabt. Die Schuld gab er seinem Vorgesetzten.

Mit Wut und reichlich Alkohol im Bauch versuchte er zu schlafen, doch die Gedanken an seinen hinterhältigen und boshaften Chef ließen ihn nicht zur Ruhe kommen.

»Lach du nur, bald wird dir das Lachen im Hals stecken bleiben«, sagte er in die Dunkelheit und ballte die Hand zur Faust.

Irgendwann schlief er doch ein. Am nächsten Morgen war er noch immer sehr aufgebracht und fasste einen neuen Entschluss. Katja spielte in seinen Gedanken zunächst keine Rolle. Selbst seine Musik aus den Achtziger- und Neunzigerjahren ließ er links liegen und fuhr nach dem Frühstück direkt zur Arbeit.

Auch an diesem Tag schien sein Vorgesetzter seine Wut an ihm auslassen zu wollen. Obwohl er extrem dünnhäutig war, traute er sich nicht, gegen seinen Vorgesetzten aufzubegehren. In einer Situation standen ihm fast die Tränen in den Augen.

»Lass dich von dem Arschloch nicht ärgern, der will nur seinen Frust an dir ablassen«, versuchte ihn die Dame am Empfang zu trösten.

»Schon gut«, antwortete der Mann, da er nicht über seine Gefühle oder Ängste sprechen wollte.

»Seine Frau hat ihn verlassen und jetzt dreht er komplett durch«, ließ die Kollegin ihn wissen.

Den Mann interessierte das herzlich wenig. Er wollte nur seine Ruhe haben, wieso konnte das niemand verstehen? Wie konnte er in diesem Zustand Katja skalpieren und enthäuten? Er brauchte Ruhe!

Die Frau sprach noch ein paar Sätze, aber der Mann nickte nur gleichgültig, bis sie endlich verschwand. Er verrichtete seine Arbeit so gut es ging und versuchte dabei, seinem übel gelaunten Chef aus dem Weg zu gehen. Dies gelang ihm auch, nur kurz vor Feierabend traf er ihn auf dem Männerklo.

»Schau nicht, du Wichser«, brüllte sein Vorgesetzter, dabei schaute der Mann gar nicht.

Schnell verließ er die Toilette und wartete, bis er glaubte, dass der Chef nicht mehr dort war, und betrat sie wieder. Als er etwas im Waschbecken entdeckte, wollte er seinem Glück zunächst nicht trauen.

Doch dann gab es keinen Zweifel mehr: Im Waschbecken lagen zwei Haare seines Chefs, die wahrscheinlich dort hineingefallen waren, als dieser sich das Haar nach hinten gekämmt hatte.

Sein Chef war ein eitler Mensch, durch und durch. Sein Haar war immer stramm zurückgekämmt und er machte den Eindruck, als würde er mehr Zeit vor dem Spiegel als hinter dem Schreibtisch verbringen.

Dem Mann kam das nun entgegen. Er hob beide Haare auf und blickte in den Spiegel.

Er schaute sich zunächst nur an, doch dann grinste er: »Du hättest mich nicht so ärgern sollen. Jetzt kriegst du die Quittung, du Schwein.«

Ursprünglich hatte er vorgehabt, einer anderen Person den Mord an Katja anzuhängen, einer Person, die er mindestens genauso hasste wie seinen Chef: Konrad Henkel.

Doch das Schicksal hatte nun anders entschieden. Schon vor einigen Tagen hatte er kurz darüber nachgedacht, seinem Chef den Mord anzuhängen und sein Haar an Katjas Leiche anzubringen, nachdem er sie skalpiert, enthäutet und von seinen Spuren wie Fingerabdrücken befreit hätte.

Doch dann hatte er sich gegen seinen Chef entschieden, schließlich verkehrte Henkel auch in dieser perversen Szene, wo sich die Männer entblößten, sich Frauen zeigten und onanierten. Und Henkel kannte Kruse und Peisker. Deswegen war Henkel eigentlich das perfekte Opfer. Bis die Polizei den Köder entdeckt hätte, würde er seinen Plan schon längst vollendet haben.

Und dass er mit seinem Plan gut gefahren war, zeigte ihm der tägliche Blick in die Zeitungen. Noch immer wusste die Presse nicht, wer der wahre Täter war, den sie »den Häuter« nannten.

Doch jetzt war er bereit diesen Plan ein wenig zu ändern, und seinem Chef den Mord anzuhängen, statt Henkel.

Bald werde ich mich euch allen offenbaren, dachte er. *Jetzt aber noch nicht!*

Mit beiden Haaren in der Hand verließ er die Toilette und legte sie in eine kleine Tüte, dabei achtete er sehr darauf, dass ihn niemand sah.

Nachdem er seine Arbeit verrichtet hatte, ging er wieder über den Weihnachtsmarkt. Diesmal gönnte er sich allerdings nur einen Glühwein und eine kleine Tüte gebrannte Mandeln.

Danach begab er sich zur S-Bahnhaltestelle und fuhr nach Hause. Während der Fahrt schaute er sich immer wieder die Tüte mit den beiden Haaren an.

»Ich bin Gott«, flüsterte er zufrieden und seine gute Laune war wieder zurück. Er nahm seine Kopfhörer aus dem Rucksack, schloss sie an sein Handy an und öffnete den Musicplayer.

Er spielte seinen Lieblingssong *Self Control.* Als seine Lieblingssängerin Laura Branigan den Refrain sang, trällerte er leise mit.

Und als seine Lieblingszeile kam, konnte er nicht anders, er musste immer lauter mitsingen. Oh ja, er war die Nacht.

Die Menschen im Zug nahm er schon gar nicht mehr wahr. Es waren lediglich einige wenige dort, die ihm nur kurz Aufmerksamkeit schenkten. Einige lachten ihn aus, was er nicht bemerkte, so sehr war er in seinem Song und seiner Welt gefangen.

Denn die Nacht, die Nacht war er, und dort konnte er sich dem hingeben, was er sich tagsüber so sehr sehnte.

»Sehr bald, dann bin ich wirklich frei«, sagte er zu sich und seine Gedanken waren bei Katja und dem großen Finale.

Kapitel 36

»Der verarscht uns doch«, brüllte Brandt aufgeregt. Er war zusammen mit Aydin wieder im Büro.

»Aber woher sollte er das wissen?«, fragte Aydin und versuchte Brandt zu beruhigen.

»Ich weiß es nicht, aber das finde ich heraus. Das passt einfach nicht zusammen.«

»Die Zeit spricht aber für Henkel«, erwiderte Aydin.

»Hör mir auf! Du hörst dich schon fast wie Kramer an.«

Als Henkel Brandt vor zwei Tagen gesagt hatte, er wisse, wer der Mörder sei, hatte Brandt sofort aufgehorcht.

Doch dann nannte Henkel den Namen und Brandt wollte seinen Ohren nicht trauen, behauptete Henkel doch, Peisker sei der gesuchte Mörder.

Er hakte bei Henkel nach, doch dieser beharrte darauf, dass Peisker mit seiner Tat vor ihm geprahlt habe.

Brandt hatte sich daraufhin als Kriminalpolizist zu erkennen gegeben, dennoch war Henkel bei seiner Meinung geblieben, auch als er ihn mit aufs Revier genommen hatte, um dort die Aussage aufzeichnen zu können.

»Bitte versteh mich nicht falsch, aber vielleicht ist es Zeit, dass wir akzeptieren, dass Peisker der gesuchte Mörder ist. Es gibt doch für Henkel keinen Grund, einen Meineid zu leisten. Und Henkel konnte schlecht wissen, dass Peisker verhaftet wurde. Sie haben doch privat nichts miteinander zu tun. Kruse hat gesagt, dass Peisker Henkel nicht mochte.«

»Und genau deswegen glaube ich Henkel nicht. Vielleicht will er Peisker eins auswischen«, beharrte Brandt.

»Ich weiß nicht. Henkel ist doch ein Schaumschläger, so einer hat Angst vorm Knast. Der wird keinen Meineid leisten, das passt einfach nicht zu seinem Profil.«

»Hör mir mit dieser Psycho-Scheiße auf«, drohte Brandt, da es ihn sichtlich wurmte, dass auch Aydin inzwischen geneigt war zu glauben, dass sich Brandt irrte.

Er musste an seinen alten Partner denken, der sicherlich nicht an seinem Gespür und seiner Überzeugung gezweifelt hätte. Aydin würde ihn niemals ersetzen können, davon war er jedenfalls in diesem Augenblick überzeugt.

»Wenn Peisker der Mörder ist, warum hat sein Anwalt dann einen Lügendetektortest beantragt?«, suchte Brandt nach einem Strohhalm, um Aydin zu überzeugen.

Oder willst du dich nur selbst überzeugen? Hast du Angst, zuzugeben, dass du dich irrst?, dachte Brandt, wollte aber diese Überlegung nicht zu sehr an sich heranlassen.

»Welche Wahl hat er denn noch? Die Morde gestehen würde bedeuten, dass er sehr lange Zeit ins Gefängnis muss. Auf der Hochschule haben wir gelernt, dass Lügendetektortests sehr unzuverlässig sind, gerade bei Menschen, die keine Empathie empfinden können. Und Peisker macht mir den Eindruck, als könnte er keine Empathie empfinden. Dem traue ich zu, dass der den Test glatt austrickst.

Sogar der Bundesgerichtshof hat den Lügendetektor als Beweismittel abgelehnt, auch wenn das Amtsgericht Bautzen vor zwei Jahren das Ergebnis einer solchen Untersuchung als Indiz für verwertbar gehalten hat.«

»Das hast du aber sauber auswendig gelernt, Junior. Und was genau willst du mir jetzt damit sagen?«, zog Brandt seinen jungen Partner auf.

Natürlich kannte er die Risiken von solchen Tests und er wusste auch, dass sie als Beweismittel gerade bei Mord nicht zugelassen waren, dennoch konnte der Test einen guten Hinweis liefern, ob Peisker wirklich unschuldig war.

»Du musst mich jetzt nicht aufziehen«, widersprach Aydin und Brandt merkte sofort, dass sein Partner beleidigt war.

Er wollte etwas sagen, als ihm plötzlich eine Idee kam. Sie war gewagt, aber allemal einen Versuch wert.

Er stand auf, zog seine Jacke an und wollte aus dem Büro gehen.

»Wo gehst du hin?«, fragte Aydin.

»Zu Henkel«, antwortete Brandt.

»Ich komm mit.« Aydin sprang auf und zog sich hastig die Jacke an, wäre dabei fast gestolpert, konnte sich aber gerade noch halten.

Brandt unterdrückte ein Schmunzeln.

»Sicher?«, fragte er. Er wollte keinen wankelmütigen Partner an seiner Seite haben.

»Ja!«, war Aydins bestimmte Antwort.

Und was ist mit: »Aber vielleicht ist es Zeit, dass wir akzeptieren, dass Peisker der gesuchte Mörder ist«, dachte Brandt und überlegte kurz, ob er Aydin nicht mit seiner eigenen Aussage konfrontieren sollte.

Andererseits wollte er nicht wie ein eingeschnappter Junge wirken. Aydin hatte ihm signalisiert, dass er ihn noch immer unterstützte, also nahm er diese Geste an.

Und wenn er ehrlich war, war er darüber auch ziemlich erfreut.

Kaum im Wagen, gab Brandt die Adresse von Henkel ins Navi ein und fuhr los. Da Henkel eine Aussage gemacht hatte, hatten sie auch seine Adresse.

»Willst du mich in deinen Plan einweihen?«, fragte Aydin.

Brandt warf ihm einen kritischen Blick zu und erzählte ihm dann von seinem Vorhaben.

»Das ist jedenfalls besser als dein vorheriger Plan«, neckte Aydin seinen Partner.

»Was soll das heißen? Mein erster Plan war doch gut.«

»Kann man so oder so sehen. Du hattest gehofft, dass wir durch die verdeckte Ermittlung an den wahren Mörder rankommen. Und jetzt, da wir einen Namen haben, bist du damit auch nicht zufrieden.«

»Weil dieser Name Peisker ist. Ich hatte gehofft, dass Henkel oder jemand anderer aus der Szene oder der Therapie der gesuchte

Mörder ist. Jemand, der Peisker und Kruse nicht mag. Henkel war perfekt.

Aber nicht Peisker. Er mag Kruse, warum sollte er ihm einen Mord andichten? Und warum sollte er ausgerechnet bei der zweiten Leiche ein Haar verlieren?«, gab Brandt zu bedenken.

»Weil sich das Haar im Ohr befand und somit gut übersehen werden konnte«, erwiderte Aydin.

»Ich glaube nicht an solche Zufälle. Es gab keine verwertbaren Fingerbadrücke, keine Hautfetzen, nicht mal unter den Fingernägeln der Opfer. Nur ein Haar! Sorry, mein Lieber, aber dieser Fisch stinkt gewaltig.«

Brandts Gedanken waren wieder bei Jochen Kruse und dem Keller. Aber sein Gefühl sagte ihm, dass der Bruder immer weniger in Frage kam. Erst recht seit ihrem Aufeinandertreffen mit Henkel.

Henkel hatte gelogen und es war an der Zeit zu erfahren, warum! Vielleicht wollte er den wahren Mörder schützen. Vielleicht gab es aber auch ganz andere Beweggründe. Brandt hoffte, in Kürze darauf eine Antwort zu erhalten.

Wirst du es denn akzeptieren, falls er auf deine Falle nicht reinfällt und bei seiner Aussage bleibt? Brandt wusste keine ehrliche Antwort darauf.

Direkt vor Henkels Wohnung in der Nordstraße in Nippes fand er einen freien Parkplatz.

»Vielleicht hätten wir ihn anrufen sollen? Gut möglich, dass er um die Zeit nicht zu Hause ist.«

»Es soll eine Überraschung sein«, antwortete Brandt knapp und eilte zur Haustür.

Er betätigte die Klingel, doch niemand öffnete.

»Siehste ...«, wollte Aydin gerade von sich geben, als Brandt den linken Zeigefinger vor seine Lippen hielt.

Das hatte ihm gerade noch gefehlt, dass sie den Weg umsonst auf sich genommen hatten.

Er betätigte die Klingel ein weiteres Mal, doch wieder keine Reaktion.

»Lach nicht«, ermahnte er seinen Partner. Aydin tat, als bliebe er sehr ernst, aber sein angestrengter Gesichtszug konnte Brandt nicht täuschen.

Er betätigte die Klingel ein weiteres Mal, hatte aber in Gedanken schon akzeptiert, dass Henkel nicht anzutreffen war. Gerade als er erneut die Klingel betätigen wollte, wurde die Tür geöffnet und ein älterer Mann trat heraus.

»Guten Tag«, sagte der Mann freundlich.

»Guten Tag, darf ich Sie kurz stören?«, fragte Brandt.

»Wenns sein muss«, antwortete der Mann freundlich und zeigte damit an, dass er den Satz ironisch gemeint hatte.

»Wissen Sie, ob Herr Henkel zu Hause ist?«

»Was wollen Sie denn von dem?« Der Mann warf Brandt und Aydin einen skeptischen Blick zu.

»Wir sind von der Kripo und müssen kurz mit ihm sprechen«, sagte Brandt. Vertrauen konnte manchmal die ein oder andere wertvolle Information bringen und der Mann machte den Eindruck, als wüsste er, was in dem Wohnblock geschah.

In den Jahren als Polizist hatte er die Erfahrung gemacht, dass Rentner oft sehr gute Beobachter waren und viel von dem mitbekamen, was in ihrer Umgebung geschah.

Vielleicht lag es auch daran, dass Rentner einfach mehr Zeit hatten als berufstätige Menschen. Und der Mann, der vor Brandt stand, sah aus, als wäre er schon längere Zeit im Ruhestand.

»Von der Polizei, soso, das wundert mich bei Herrn Henkel gar nicht. Ein ganz schlimmer Kerl ist das.«

»Inwiefern?«, fragte Aydin nun.

»Der hat keine Manieren und belästigt unsere jungen Mieterinnen. Deswegen sind Sie doch sicherlich hier?«

»Ja, das ist uns zu Ohren gekommen. Aber leider scheint er nicht in der Wohnung zu sein«, kam Brandt seinem Partner zuvor, glaubte er doch, dass Aydin ansonsten gesagt hätte, dass sie wegen einer anderen Angelegenheit da waren. Diese Steilvorlage wollte sich Brandt nicht entgehen lassen.

»Den sollten Sie wegsperren. Die jungen Dinger können sich ja nicht wehren.«

»Das werden wir machen, wissen Sie, wo wir ihn finden können?«

»Um die Zeit kann er nur in der Kneipe sein.«

»In welcher Kneipe?«, fragte Aydin.

»Na, die am Ende der Straße.«

»Und die heißt?«

»Neusser Treff.«

»Danke«, antwortete Brandt und gab Aydin ein Zeichen, ihm zu folgen.

»Am besten, Sie führen den Idioten gleich in Handschellen ab«, rief ihnen der alte Mann noch hinterher.

»So viel zum Thema: dein geliebter Nachbar.« Aydin schien sich diese Spitze nicht verkneifen zu können.

»Unrecht hat der gute Mann ja nicht.«

»Mag auf Henkel zutreffen. Aber ich kenne diese Sorte Rentner. So einer wohnt auch bei uns. Der mischt sich überall ein. Schaut sogar in die Mülltonnen, und wehe, er findet etwas, was da nicht hingehört, dann gibts eine lautstarke Ermahnung«, schien Aydin sich erklären zu wollen.

»Dann solltet ihr den Müll ordentlich trennen«, antwortete Brandt und war nun derjenige, der schmunzeln musste.

Das Gespräch mit dem kauzigen alten Mann hatte ihm eine weitere Tatsache geliefert, die er gegen Henkel verwenden konnte.

Sie betraten die Kneipe, die sehr überschaubar war. Drei Männer saßen am Tresen. Einer von ihnen war Henkel.

Der Wirt war sehr kräftig, deutlich kleiner als Brandt. Er trug keine Haare auf dem Haupt, dafür hatte er einen großen Schnurrbart.

»Wollt ihr ein Kölsch?«, grüßte der Wirt freundlich und hatte die Hand schon am Zapfhahn.

»Guten Tag, Herr Henkel. Wir müssen kurz mit Ihnen sprechen«, sagte Brandt und ignorierte den Wirt zunächst. Der Wirt grummelte, sagte aber nichts.

»Sehen Sie nicht, dass ich gerade trinke.« Henkel schaute nicht mal zu den Beamten herüber.

Brandt machte einen Schritt auf Henkel zu. Der Wirt machte ebenfalls einen Schritt auf sie zu, aber seine Haltung zeigte sein Missfallen gegenüber Brandt. Die beiden anderen Gäste schienen sich das Schauspiel neugierig anzuschauen. »Entweder Sie schenken uns fünf Minuten Ihrer kostbaren Zeit oder wir verhaften Sie.«

Er zeigte auf seine Waffe und augenblicklich senkte Henkel das Kölschglas, das er gerade zum Trinken erhoben hatte.

»Gut, fünf Minuten«, gestand ihnen Henkel mit säuerlicher Miene zu.

Er stand auf und die beiden Beamten folgten ihm zu einem Tisch, der in der hintersten Ecke der Kneipe stand.

»Ich habe Ihnen doch schon alles erzählt«, erklärte Henkel gereizt, als sie saßen.

»Hören Sie, ich will keinen Ärger. Waffen sind hier nicht erlaubt«, hörte Brandt die Stimme des Wirts hinter sich.

Brandt drehte sich um und antwortete: »Entspannen Sie sich. Wir sind von der Kripo.«

»Das kann jeder sagen! Wo ist Ihr Dienstausweis?« Der Wirt schien wenig beeindruckt.

Brandt und Aydin zeigten ihm ihre Ausweise. Der Wirt warf Henkel einen kurzen Blick zu und ging zurück hinter seinen Tresen.

»Wir passen aufeinander auf.«

»Weiß er von Ihren Vorstrafen?«, fragte Brandt scheinheilig. Diese Best-friend-Nummer hatte ihm noch nie imponieren können.

Henkel antwortete nicht, aber seine Augen sprachen Bände. Natürlich wusste der Wirt nichts davon.

»Warum müssen Sie mich hier belästigen?« Henkel schien sehr angespannt. Anscheinend hatte die Drohung, dem Wirt zu erzählen, dass er ein vorbestrafter Perverser war, ihre Wirkung nicht verfehlt.

»Es geht um Ihre Aussage.«

»Was soll damit sein?«, unterbrach Henkel scharf.

»Wir haben große Zweifel an der Aussage«, erklärte Brandt. Henkel konnte ihn nicht einschüchtern, da konnte er schreien, so laut er wollte.

»Das ist Ihr Problem. Er hat es mir gesagt, und wenn er es nicht war, warum haben Sie ihn dann verhaftet?«

»Er war tatverdächtig. Aber wir haben ihn heute Morgen wieder auf freien Fuß gesetzt.« Brandt ließ Henkel nicht aus den Augen. Natürlich hatte er gelogen, aber das wusste Henkel nicht. Er zuckte kurz zusammen. Die Nachricht schien ihn nicht nur zu überraschen, sondern auch in Angst zu versetzen.

»Und was hat das mit mir zu tun?«

»So dämlich können Sie doch gar nicht sein. Wir haben den Mörder geschnappt. Das bedeutet, dass Sie gelogen haben.«

»Ich habe nicht gelogen«, reagierte Henkel schroff. Allerdings lag sehr viel Unsicherheit in seiner Stimme. Seine Augen bewegten sich zwischen Brandt und Aydin schnell hin und her.

»Sie stecken schon tief in der Scheiße. Es läuft gerade ein Verfahren wegen Meineids gegen Sie.«

»Meineid? Ich habe doch nur gesagt, was Olaf mir erzählt hat. Vielleicht hat er ja gelogen, aber dafür kann ich doch nichts«, gab Henkel kleinlaut von sich.

Jetzt haben wir dich, du Bastard!, dachte Brandt und zog die Schlinge immer enger.

»Peisker bestreitet das. Wir haben die Anweisung, Sie zu verhaften, weil es auch eine Anzeige wegen sexueller Belästigung gegen Sie gibt«, sagte Brandt.

»Sexuelle Belästigung? Wer?« Henkel schluckte. Er griff mit der rechten Hand an seinen T-Shirt-Kragen, als wollte er ihn etwas öffnen, um besser atmen zu können.

»Eine junge Frau aus Ihrem Wohnblock, mehr hat Sie nicht zu interessieren. Sie sitzen ziemlich in der Scheiße. Wir sind angewiesen, Sie mit aufs Revier zu nehmen und einem Lügendetektortest zu unterziehen.«

»Was? Warum das?«

»Sie haben richtig verstanden. Wenn der Test positiv ausfällt, wandern Sie für die nächsten Jahre in den Knast, und was man mit Männern wie Ihnen dort tut, dürfte Ihnen hinlänglich bekannt sein. Es sei denn ...«

Henkel antwortete nicht, er rutschte unruhig auf seinem Stuhl herum. Brandt befürchtete, dass er jeden Augenblick zusammenbrechen könnte. Henkel war ein Waschlappen, nur gegenüber Schwächeren stark. Sobald man Druck auf ihn ausübte und ihn in die Ecke drängte, zeigte er seine Unterlegenheit.

»Es sei denn, Sie sagen uns die Wahrheit, dann können wir einen Deal aushandeln«, brachte sich Aydin ins Gespräch ein.

»Ich wollte das nie«, jammerte Henkel und fügte hinzu: »Es war ihre Idee. Sie wollte Olaf eins auswischen.«

»Wessen Idee? Wer wollte Peisker eins auswischen?«, hakte Brandt nach und fühlte sich bestätigt.

»Simone Herder.«

Kapitel 37

Er hatte es sich viel einfacher vorgestellt, dabei hatte er vor dem Spiegel lange geübt. Nur ein Anruf, nur ein paar Worte: »Hallo, Frau Müller, leider bin ich krank und kann die nächsten Tage nicht zur Arbeit kommen.«

Doch statt Frau Müller nahm sein Vorgesetzter den Anruf an. Er wollte gerade den Hörer auflegen, da hörte er am anderen Ende der Leitung: »Bist du das?«

»Ich bins«, antwortete er leise und eingeschüchtert.

»Was willst du?«

»Ich möchte mit Frau Müller sprechen«, versuchte er einen Ausweg aus dem Gespräch zu finden.

»Was für ein Schwachkopf bist du eigentlich? Was glaubst du, warum ich den Anruf angenommen habe?«

Der Mann antwortete nicht. Was hätte er auch sagen sollen? Sein Vorgesetzter war auf Krawall gebürstet, das war nichts Neues.

»Dazu fällt dir Hohlbirne natürlich nichts sein. Immer muss ich für alle mitdenken. Frau Müller ist krank und ich bekomme jetzt ihre Anrufe, als würde ich nicht schon so in Arbeit ertrinken.«

Der Mann schluckte. Er sah sich nicht in der Lage, seinem Chef zu sagen, dass er krank war, seine Angst, dass er die Lüge enttarnen würde, war einfach zu groß.

»Was wolltest du von Frau Müller?«

»Ich ... ich ...«, nuschelte der Mann.

Verdammt, fluchte er in Gedanken und begann zu schwitzen. Plötzlich fühlte er sich nicht mehr so cool. Er saß nackt auf der Couch, hatte das blonde Haar von Desiree neben sich liegen und ihre Haut wieder über seine Schultern gelegt. Er streichelte das Haar, versuchte so, seine Nervosität in den Griff zu bekommen, was ihm aber nicht wirklich gelang.

»Was ist los? Bist du nun auch noch stumm geworden? Was wolltest du von ihr?«, wiederholte der Vorgesetzte seine Frage.

»Ich ... ich ...«, stammelte der Mann wieder. Er konnte einfach nicht.

Warum? Warum sagst du dem Arsch nicht, was du so lange geübt hast? Du Feigling! Du bist doch Gott!!!, brüllte er sich in Gedanken an. Aber die Stimme seines Chefs lähmte ihn und er schien machtlos dagegen zu sein.

»Ich ... ich ... das habe ich schon begriffen, du Trottel«, äffte der Chef ihn nach.

»Ich bin kein Trottel«, antwortete der Mann und biss sich auf die Lippen. Sein Herz pumpte. Er hatte sich gegen die Dominanz seines Vorgesetzten aufgelehnt.

»Leg dich nicht mit mir an«, reagierte der gereizt.

»Das will ich auch gar nicht«, erwiderte der Mann und ehe die kleine Flamme seines Mutes erlöschen konnte, sprach er hastig den nächsten Satz hinterher: »Ich wollte mich krankmelden.«

Jetzt war es raus und er war froh, dass er es gesagt hatte. Er schaute auf seine rechte Hand, in der er das Haar seines Chefs hielt. *Du bist Gott! Er ist nichts!*

»Willst du mich verarschen? Du kommst heute Abend zur Arbeit. Wo soll ich so schnell Ersatz für dich finden?«

»Ich bin krank, ich habe Fieber. Ich darf das Haus nicht verlassen«, erwiderte der Mann und verdrängte seine Angst immer mehr.

»Mir egal! Du erscheinst zur Arbeit.«

»Ich habe ein ärztliches Attest, ich kann nicht.« Der Mann dachte gar nicht daran, klein beizugeben. Es stand einfach zu viel auf dem Spiel. Das große Finale stand bevor und er musste noch einige Vorbereitungen treffen.

Sein Blick wanderte wieder zu dem Haar seines Vorgesetzten und wieder sagte er sich: *Du bist Gott! Er ist nichts!*

Das Haar in der Hand gab ihm die Kraft, sich gegen die dominante Art seines Vorgesetzten aufzulehnen und es schien zu funktionieren.

»Interessiert mich nicht. Wag es ja nicht, zuhause zu bleiben. Ich muss auch arbeiten. Irgendeiner muss das ja.«

»Sie verstehen das nicht! Mich interessiert nicht, was Sie denken. Nur weil Ihre Frau Sie verlassen hat, haben Sie nicht das Recht, auf mir rumzutrampeln. Ich bin krank und ich werde bis Ende nächster Woche nicht zur Arbeit kommen. Das ist das erste Mal, dass ich krank bin, und wenn Ihnen das nicht passt, dann kündigen Sie mir, Sie Arschloch«, brüllte der Mann in den Hörer und beendete das Gespräch.

Sein Herz klopfte wie verrückt. Ihm war, als würde es mit jedem Ausatmen in die Freiheit springen wollen. Seine Hände zitterten und er schwitzte. Aber was viel wichtiger war, er fühlte sich gut.

Verdammt gut! Endlich hatte er seinem verhassten Chef die Meinung gegeigt. Er war weder in Ohnmacht gefallen noch hatte ihn eine Panikattacke ergriffen.

Stattdessen fühlte er sich überlegen und fragte sich augenblicklich, warum er seinem Vorgesetzten nicht schon viel früher die Stirn geboten hatte.

Euphorisch stand er auf und startete seine Playlist. Berta bellte. Er nahm sie auf den Arm, streichelte sie, knutschte sie ab und drückte sie immer wieder an sich.

»Alles wird gut, mein Schatz. Das war eben eine Mutprobe und ich habe sie bestanden.«

Aus den Bluetooth-Boxen dröhnte Musik von Cyndi Lauper.

Er begann zur Melodie zu pfeifen und dann mitzusingen, er bewegte sich mit Berta im Arm immer schneller zur Musik. Er drehte Pirouetten, hob die Arme und Berta in die Höhe und gab sich vollends der Musik hin.

Erschöpft warf er sich auf die Couch, dabei geriet die Haut unter seinen Allerwertesten und es gab ein seltsames Geräusch, so als wäre etwas gerissen.

»Oh nein«, fluchte er, sprang auf und schaute sich die Haut an. Sie war noch intakt. Erleichtert atmete er aus.

»So kurz vorm Ziel, darf ich nicht leichtsinnig werden.«

Er hob die Haut und das Haar auf und ging damit in einen anderen Raum, den er durch die Falltür über einen Gang erreichte. Dort lagen einige Utensilien.

Vorsichtig legte er die Haut auf einen langen breiten Tisch, das Haar daneben.

Er setzte sich an den Tisch, breitete die Haut aus und streichelte darüber. Sie fühlte sich noch immer sehr weich an.

»Alles richtig gemacht«, lobte er sich selbst und musste an Katja denken, die in ihrem kleinen Prinzessinnenzimmer war. Er hatte ihr etwas zu essen und zu trinken gebracht, aber kein Wort mit ihr gewechselt.

Er wollte nicht, dass sie vor Hunger oder Durst starb, bevor er sein Werk vollendet hatte. Aus irgendeinem Grund bildete er sich ein, dass ihr Haar und ihre Haut nur dann vollkommen wären, wenn sie wohlgenährt war wie diese berühmten Rinder aus Japan, die Kobe Rinder.

Er griff nach einem Gegenstand und machte sich an die Arbeit.

»Es wird herrlich«, sagte er zufrieden.

Kapitel 38

Brandt hatte mit vielem gerechnet, aber nicht mit dieser Antwort. Simone Herder hatte Henkel also dazu gebracht, einen Meineid zu leisten.

Henkel war nach diesem Geständnis in Tränen ausgebrochen, so groß war seine Angst vor Herder. Brandt war das herzlich egal.

»Warum haben Sie das Spiel mitgespielt?«, fragte er den in sich zusammengesunkenen Henkel. Die Schultern des Mannes hingen herunter, sein Kopf war gesenkt und die Tränen flossen, als wäre ihre Quelle unversiegbar.

Der Wirt schaute kurz herüber, schien aber nicht zu wagen, zu ihnen zu kommen und zu fragen, was los sei. Die beiden anderen Gäste schien das alles nicht zu kümmern. Sie unterhielten sich aufgeregt über den 1. FC Köln.

»Warum? Weil ich Olaf eins auswischen wollte. Ich hasse ihn. Immerzu drangsaliert er mich.«

»Dafür nehmen Sie es in Kauf, dass ein Unschuldiger ins Gefängnis geht?«, fragte Aydin mit einem abschätzigen Blick.

Sein Bild vom Guten im Menschen schien einen dicken Kratzer bekommen zu haben.

»Ich dachte, er wäre schuldig, warum sonst haben Sie ihn verhaftet? Simone hat mir erzählt, dass Sie zu mir kommen würden.«

»Also wussten Sie von Anfang an, wer wir waren?«

»Ja, klar. Simones Beschreibung war sehr gut«, erklärte Henkel mit einem kurzen Grinsen, um gleich darauf wieder in seine jammervolle Köperhaltung zurückzufallen. »Sie haben eine gute Show abgezogen. Aber ich denke mal, ich war auch gar nicht so schlecht.«

»Ich glaube Ihnen nicht, dass Sie einen Meineid leisten, nur weil Frau Herder Sie darum gebeten hat«, erwiderte Brandt. Es klang für ihn absolut unglaubwürdig. Selbst jemand wie Henkel, der schon

Bekanntschaft mit dem Gefängnis gemacht hatte, konnte nicht so dämlich sein. Es musste also mehr dahinterstecken.

»Doch, das war so«, verteidigte sich Henkel. »Ich dachte, der bleibt eh im Knast, aber nicht, dass meine Aussage ...«

»Lügen Sie mich nicht an! Sagen Sie die Wahrheit«, unterbrach ihn Brandt scharf.

»Es ist besser, wenn Sie uns alles erzählen. Ansonsten können wir keine mildernden Umstände für Sie geltend machen«, versuchte Aydin es hingegen auf die sanfte Tour.

»Sie hat mir etwas versprochen ...«, gab Henkel kleinlaut zu.

»Und was war das?«

Henkel wippte unruhig auf seinem Platz. Er kaute auf der Unterlippe und schien abzuwägen, ob er es sagen sollte oder nicht.

Brandt ließ ihn nicht aus den Augen. Solange er Henkel in dieser seelisch labilen Verfassung hatte, musste er alles herausbekommen, was dieser wusste.

Menschen wie Henkel neigten nämlich dazu, irgendwann unter dem Druck der psychischen Belastung einfach dichtzumachen und gar nichts mehr zu sagen.

»Dass ich mal dürfte.«

»Was hat Ihnen Frau Herder versprochen?«, fragte Aydin.

»Na, das Eine halt ...« Henkels Stimme erstarb zum Ende des Satzes hin.

»Meinen Sie Sex?«, wurde Brandt genauer.

»Ja. Schauen Sie nicht so«, antwortete Henkel, als ihm Aydins entrüsteter Blick auffiel.

»Sie haben sich für eine schnelle Nummer zu einem Gesetzesverstoß hinreißen lassen?«, hakte Aydin ungläubig nach.

»Ich bin auch nur ein Mann. Wenn ich echten Sex will, muss ich zu Nutten, und Simone ist eine begehrenswerte Frau. Ich dachte, dass sie vielleicht mehr für mich empfindet, wenn ...«

»Wenn Sie für sie lügen«, beendete Brandt den Satz.

»Ja«, gestand Henkel.

»Haben Sie nicht daran gedacht, dass sie Sie nur ausnutzt? Sie ist doch mit Herrn Kruse zusammen«, hakte Aydin nach.

»Thorsten ist ein Waschlappen. Simone ist viel zu stark für ihn. Sie braucht einen richtigen Mann.«

Zum ersten Mal zeigte sich wieder so etwas wie Selbstbewusstsein in Henkels Körperhaltung. Er hatte die Brust herausgestreckt und saß nun deutlich aufrechter.

»Ich dachte, Sie stehen auf Blondinen?«

»Das ist was anderes«, reagierte Henkel plötzlich gereizt und machte eine schnelle Handbewegung, als wollte er seine perverse Seite einfach wegwischen.

Brandt brach das Gespräch ab. Er zweifelte daran, dass Henkel ihnen überhaupt wertvolle Informationen bezüglich des wahren Täters geben konnte. Er wies Henkel darauf hin, dass er bald eine Vorladung bekäme, weil er einen Meineid geleistet hatte.

»Aber Sie haben gesagt, dass wir einen Deal haben«, meckerte Henkel.

»Den haben wir auch. Wir werden der Direktion und dem Staatsanwalt mitteilen, dass Sie geständig waren, und auch, warum Sie die Aussage gemacht haben«, erklärte Brandt.

»Bitte nicht. Ich will Simone nicht in die Pfanne hauen«, flehte er.

»Dafür ist es zu spät«, antwortete Brandt. Die beiden Beamten verließen die Kneipe und gingen zum Wagen.

»Soll ich die Zentrale anrufen?«, fragte Aydin.

»Nein, noch nicht.«

»Sollten wir nicht das mit dem Meineid aufklären?« Aydin machte einen verwirrten Eindruck.

»Das können wir noch früh genug machen. Wir haben jetzt einen kleinen Vorteil und ich will nicht, dass Kramer, dieser Idiot, diesen Vorteil zerstört. Die Polizeidirektion steht hinter ihm und das macht ihn unberechenbar. Vielleicht ist dir auch aufgefallen, dass selbst Bender nichts gegen Kramer unternimmt.«

»Aber nur, weil sie bestimmt auch glaubt, dass Peisker der Mörder ist«, erwiderte Aydin und fuhr sich mit der Hand über den Sechstagebart.

»Wann machst du eigentlich diesen Bart ab?«, lenkte Brandt kurz vom Thema ab, da er nicht glauben wollte, dass Bender wirklich aufgrund einer so dünnen Beweislage davon ausging, dass Peisker ihr gesuchter Mörder war.

Der Druck der Direktion musste schon mächtig sein, wenn Bender sich so zurückhaltend gab. Auf der anderen Seite war Bender nicht dumm, sie musste ahnen, dass er und Aydin nicht die ganze Zeit nach Beweisen gegen Peisker suchten. Aydin schrieb schließlich die Berichte und genau deswegen glaubte Brandt, dass Bender ihre Ermittlungen schützte, um zu sehen, mit welchem Ergebnis sie zurückkämen.

Auch bei der Kripo gab es viele politische Machtkämpfe, aber Brandt hielt Bender für weitaus schlauer als Kramer. Kramer würde sie niemals von ihrer Position stürzen können, das jedenfalls hoffte Brandt.

Diese Gedankengänge wollte er aber vorerst nicht mit Aydin teilen. Er war noch zu grün hinter den Ohren und viel zu ehrlich. Kramer hätte ihn gekaut und ausgespuckt, bevor er bis drei gezählt hätte.

Aydin schaute Brandt indes skeptisch an und verzog seinen Mund.

»Was ist mit meinem Bart? Meine Freundin mag ihn«, erklärte er trotzig.

»Komm, schau dich doch mal um. So läuft doch inzwischen jeder rum. Wo bleibt die Individualität? Wenn deine Freundin sagt, schneid dir eine Glatze, machst du das dann auch?«, zog Brandt seinen Partner auf.

»Ich mag meinen Bart.«

»Pussy.«

»Können wir nicht einfach über was anderes sprechen?«, bat Aydin, der augenscheinlich keine Lust auf das Gespräch hatte.

Brandt lachte kurz, spürte er doch, dass Aydin das Thema zu ernst nahm.

»Hey, sorry. Es war nicht meine Absicht, dich zu ärgern«, versuchte Brandt die Wogen zu glätten.

Er hatte mit seinem alten Partner viele solcher Gespräche gehabt, aber sein damaliger Partner hatte nicht nur wegstecken, sondern auch austeilen können.

Aydin hingegen war ziemlich weichgespült, oder er traute sich noch immer nicht, Brandt die volle Breitseite zu geben.

Und genau das fand Brandt liebenswert an ihm, auch wenn es sich kitschig anfühlte.

»Ist dir aber gelungen«, gab Aydin zu, schaute dabei aber nicht zu Brandt, sondern aus dem Beifahrerfenster.

Statt zu antworten, klopfte er seinem Partner auf die Schultern.

»Ist es denn okay, wenn wir zunächst das Gespräch mit Herder abwarten, bevor wir die Zentrale und Bender über Henkels Meineid informieren?«, fragte Brandt beinahe schuldbewusst, denn er neigte noch immer dazu, die Entscheidungen meistens alleine zu fällen.

»Ja, klar. Es tut mir auch leid.«

»Was?«, fragte Brandt, da er nicht verstand, worauf Aydin hinauswollte.

»Na, unser Gespräch, im Büro. Ich hoffe nicht, dass du denkst, ich wäre dir gegenüber nicht loyal. Aber alles sprach gegen Peisker. Außerdem bin ich ja trotzdem mitgekommen. Ich würde dir niemals in den Rücken fallen. Aber unter vier Augen möchte ich dich nicht anlügen«, erklärte Aydin.

»Schon gut. Nichts anderes erwarte ich von einem guten Partner. Ich brauch keine Arschkriecher wie Kramer an meiner Seite. Bleib, wie du bist«, antwortete Brandt und dachte: *Der Junge ist eigentlich ganz in Ordnung.*

Kurz darauf waren sie auch schon in Nippes bei Simone Herder angekommen.

Sie betraten den Blumenladen, wo Herder sich gerade an einem Strauß Rosen zu schaffen machte.

»Guten Tag, Frau Herder«, machte sich Brandt bemerkbar.

Herder drehte sich um. Als sie Brandt und Aydin erkannte, erschrak sie kurz und rief: »Verdammt.«

»Na, wer wird denn gleich fluchen?«, fragte Brandt mit ironischem Unterton. Es war nicht zu übersehen, dass Herder sehr nervös war.

»Verzeihen Sie, das war nicht gegen Sie gerichtet. Ich habe mich nur an einem Rosendorn gestochen«, versuchte sie ihre Nervosität überfreundlich zu überspielen.

»Alles Schöne hat auch seine Schattenseiten«, gab Brandt bedeutungsvoll von sich.

»Was kann ich für Sie tun?«, fragte sie mit einem gezwungenen Lächeln.

»Können wir ungestört reden?«

»Wieso?«

»Es ist besser für Sie. Ich möchte nicht, dass Ihre Kunden unser Gespräch mitbekommen«, erklärte Brandt, dem es völlig egal war, ob sie sein freundliches Angebot annahm.

»Gut. Ich schließe kurz die Eingangstür«, antwortete Herder, wischte sich eine Haarsträhne aus dem Gesicht, eilte zur Tür und schloss ab, danach brachte sie ein kleines Hinweisschild an, dass sie gleich wieder da sei.

»Frau Herder, ich will gleich zum Anliegen unseres Besuches kommen. Es geht um Konrad Henkel.«

»Was soll mit ihm sein?«, unterbrach sie Brandt und verschränkte die Arme vor der Brust.

»Herr Henkel behauptet, dass Sie ihn zu einem Meineid angestiftet hätten.«

»Ich zu einem was? Ich verstehe nicht, worauf Sie hinauswollen«, tat sie unwissend, doch ihre Körpersprache verriet, dass sie eine schlechte Lügnerin war.

»Frau Henkel, machen Sie es bitte nicht schlimmer, als es ohnehin schon ist. Wenn Sie mit uns kooperieren, können wir beim

Staatsanwalt ein gutes Wort für Sie einlegen«, versuchte Aydin nun an ihre Vernunft zu appellieren.

»Ich weiß wirklich nicht, was Sie von mir wollen. Was soll ich mit so einem Idioten wie Konrad zu tun haben?«

»Warum tun Sie das?« Brandt wurde langsam ungehalten. »Wir haben keinen Grund, an Henkels Aussage zu zweifeln.«

»Er lügt. Ich verkehre nicht mit solchen Menschen«, blieb Herder bei ihrer Meinung.

»Also bestreiten Sie, dass Sie Henkel zu einem Meineid überredet und ihm im Gegenzug eine sexuelle Gefälligkeit versprochen haben?«

»Sie spinnen«, schimpfte sie. »Ich bin eine anständige Frau. Der Idiot, was glaubt der, wer er ist? Hat er sich schon mal im Spiegel angeschaut? Das ist ja geradezu widerlich.« Herder schien sich gar nicht mehr beruhigen zu können. Brandt überzeugte das jedoch nicht. Er glaubte Henkel, jetzt musste er Herder nur noch ein Geständnis entlocken.

»Frau Herder, lassen Sie die Spielchen. Henkel hat sich bereit erklärt, die Aussage unter Eid zu wiederholen. Denken Sie an die Konsequenzen, die das für Henkel haben wird«, versuchte Brandt den Druck zu erhöhen. Dabei log er bewusst.

»Sicherlich haben Sie gewusst, dass er in Sie verliebt ist«, ergänzte Aydin.

»Igitt. Der Spinner soll mir bloß fernbleiben, der ist doch voll krank.«

»Das ändert nichts an der Tatsache, dass Sie Henkel für Ihre Zwecke ausgenutzt haben«, stellte Brandt klar.

»Ich habe gar nichts. Der wünscht sich das vielleicht.«

»Sind Sie bereit, sich einer polygrafischen Untersuchung zu stellen?«, fragte Aydin.

»Einer was?«

»Einem Lügendetektortest«, erklärte Brandt, wartete aber ab, worauf Aydin hinauswollte. Er hatte eine Ahnung und hoffte, dass sie sich erfüllte. Der Plan könnte funktionieren.

»Wieso?«

»Henkel wird seine Aussage durch einen Lügendetektortest unter Beweis stellen. Wenn Sie dies auch tun, können Sie beweisen, dass Sie die Wahrheit sagen. Bevor Sie antworten, bedenken Sie bitte, dass der Staatsanwalt die volle Strafe beantragen wird, wenn der Test gegen Sie spricht.«

»Dann können Sie für bis zu fünf Jahre hinter Gitter wandern. Wenn Sie mit uns kooperieren, kann Ihnen das Gefängnis erspart bleiben«, ergänzte Brandt und warf Aydin einen anerkennenden Blick zu. Der junge Mann lernte schnell. Warum sollte der Trick, der bei Henkel funktioniert hatte, nicht auch bei ihr wirken?

Die meisten Menschen glaubten noch immer, dass es gang und gäbe sei, sich bei Straftaten einem solchen Test zu unterziehen – dank der Polizeiserien, die im Fernsehen rauf und runter liefen. Und was ein Meineid wirklich bedeutete, wusste Herder sicherlich genauso wenig wie Henkel.

»Und was ist, wenn ich mich weigere, so einen Test zu machen?«

»Dann wird es eine richterliche Anordnung geben und der Verdacht, dass Sie gelogen haben, wird noch erhärtet. Nutzen Sie Ihre Chance und sprechen Sie mit uns. Wenn Sie das nicht tun, müssen wir Sie mit aufs Revier nehmen«, drohte Brandt und schob seine Jacke etwas zur Seite, damit Herder die Handschellen sah. Natürlich konnte er sie nicht so einfach verhaften, aber das musste sie ja nicht wissen. Solange er damit sein Ziel erreichte, hatte er mit solchen Methoden kein Problem.

»Ich kann meinen Blumenladen unmöglich alleine lassen, das Weihnachtsgeschäft ist sehr wichtig.«

»Dann erzählen Sie uns die Wahrheit oder wir nehmen Sie mit, damit Sie in der Untersuchungshaft zu sich kommen«, wurde Brandt nun noch deutlicher.

»Ja, gut. Vielleicht habe ich den Idioten gefragt, ob er nicht so was in der Art tun könnte«, druckste sie herum.

»Warum?«

»Warum? Ist das nicht offensichtlich? Wie Sie wissen, hat Thorre mir erzählt, dass Sie bei ihm waren und ihn in Ihr Kammerspiel eingeweiht haben.«

»Und daraufhin hatten Sie nichts Besseres zu tun, als Henkel in Ihren Plan einzuweihen?«, schlussfolgerte Brandt.

»Ich wusste, dass Konrad auf mich steht. Der Idiot sabbert ja schon, wenn er mich nur sieht. Krankes Schwein«, fluchte sie und fuhr gleich fort: »Also habe ich ihn angerufen und zu einem Treffen gebeten.«

»Dort haben Sie ihm dann falsche Hoffnungen gemacht und er ist auf Ihr Spiel eingegangen?«, spann Aydin ihre Erzählung weiter.

»Es war zu einfach. Ich habe ein wenig mit ihm geflirtet. Ihm erzählt, dass ich mich von Thorre trennen möchte und einen dominanten Partner an meiner Seite suche. Einen, bei dem ich mich mal anlehnen kann. Und schon hat er mir aus der Hand gefressen.«

»Hatten Sie keine Angst, dass er Sie verrät? Er ist schließlich vorbestraft und eine weitere Straftat würde ihn direkt wieder ins Gefängnis bringen.«

»Nein, warum sollte ich? Ich habe es in seinen Augen gesehen. Er hat mich mit seinen Blicken regelrecht ausgezogen. Er hätte alles für mich getan.«

»Und warum sind Sie das Risiko eingegangen? Warum wollten Sie Peisker im Gefängnis sehen?«, fragte Brandt.

»Mein Gott, ist das so schwer zu begreifen!«, moserte sie.

»Klären Sie uns bitte auf«, forderte Brandt ruhig.

»Dann hätte ich Thorre für mich alleine. Olaf ist ein sehr böser Mensch und mein Thorre nur naiv. Auch wenn mein Schatz mir gegenüber immer zugesagt hat, den Kontakt zu Olaf abzubrechen, wusste ich, dass er schwach werden würde, sobald Olaf ihn anrief oder ihn drängte.

Ich habe in die Zukunft geschaut. Thorre und ich wollen Kinder, eine normale Familie, und genau deswegen musste Olaf weg. Als Thorre mir erzählte, dass die Polizei Olaf verhaftet hat, habe ich mir nichts mehr gewünscht, als dass er der gesuchte Mörder ist. Und dann kamen Sie zu meinem Verlobten. Zum Glück erzählt er mir alles und dann war alles klar, ich wusste, was ich tun musste, damit dieser Perverse meinen Schatz in Ruhe lässt. Olaf war doch schließlich im Gefängnis. Ich wollte nur sichergehen, dass er auch da bleibt.«

Herder sprach, als würde sie Verständnis für ihr Handeln erwarten. Es war schon sehr merkwürdig, aber die Sehnsucht nach Familie und einem normalen Leben hatte sie zu dieser Dummheit hingerissen. Brandt musste an Henkel denken, der auch davon geträumt hatte, ein normales Leben führen zu können, mit Frau und Kindern.

Bei dem Gedanken wurde Brandt übel. Wer sagte, dass Männer wie Henkel sich dann nicht an ihrer Frau und an ihren Kindern vergingen? Die meisten Vergewaltigungen fanden nicht ohne Grund im Familienumfeld statt. Perverse Fantasien machten nicht vor dem Wunsch nach einem normalen Leben halt. Brandts Berufserfahrung sagte ihm, dass gerade das spießige Leben häufig die Perversen der Gesellschaft schützte.

Brandt beendete das Gespräch mit Herder und machte sie darauf aufmerksam, dass sie in den nächsten Tagen der Polizei zur Verfügung stehen müsse.

»Muss ich jetzt ins Gefängnis?«, fragte sie mit feuchten Augen.

»Das wird der Richter entscheiden«, antwortete Brandt knapp. Er hatte einfach keine Lust auf eine Diskussion. »Aber wir werden in unserem Bericht erwähnen, dass Sie kooperativ waren.«

Jetzt fing sie an zu weinen. Brandt und Aydin verließen den Blumenladen und stiegen in den Wagen.

»Kranke Welt. Junge, Junge, überleg es dir gut, bevor du zu voreilig Ja sagst«, sagte Brandt, während er die Neusser Straße entlang fuhr.

»Wie meinst du das?«

»Na, heiraten. Du siehst ja, was es für kranke Frauen gibt.«

»Na ja, Henkel war auch nicht ohne. Er hat doch das Spiel mitgespielt«, entgegnete Aydin.

»Weil die Schwarze Witwe ihn verarscht hat.«

»Nicht alle Frauen sind so. Meine Maus ist überhaupt nicht besitzergreifend. Ich kann mir sehr gut vorstellen, mit ihr eine Familie zu gründen.« Aydin schien in die Ferne zu schauen. Brandt kannte diesen Blick. Es war der typische Blick eines Menschen, der noch immer sehr verliebt war.

Vor langer Zeit hatte er genauso dämlich naiv geschaut, bis sein Herzblatt einen Tag vor der Hochzeit mit seinem Kumpel durchgebrannt war.

»Hast du Hunger?«, fragte Brandt, da er keine Lust hatte, weiter über das Thema zu sprechen. Es kamen gerade Gefühle hoch, die er ganz und gar nicht gebrauchen konnte.

»Walter?«, antwortete Aydin schmunzelnd.

»Walter geht immer«, bestätigte Brandt und fuhr von der Neusser Straße ab.

Den restlichen Weg fuhren sie schweigend. Aydin schien irgendwo weit weg zu sein. Er schaute die ganze Zeit aus dem Beifahrerfenster und auch Brandt brauchte ein paar Minuten, um die ganzen Informationen sacken zu lassen.

Der Plan mit der Therapiesitzung war nach hinten losgegangen, weil Herder ihn torpediert hatte.

Sie waren dem wahren Täter keinen Schritt näher gekommen. Somit war es für Brandt nur eine Frage der Zeit, bis sie die nächste skalpierte und enthäutete Leiche finden würden.

Kurz bevor Brandt Walters Imbiss erreichte, erhielt er einen Anruf.

Es war Bender.

»Wir haben vorhin etwas reinbekommen«, sagte sie. Ihre Stimme wirkte sehr angespannt und nervös.

»Machs nicht so spannend«, versuchte Brandt die Atmosphäre ein wenig zu lockern, dabei fing auch sein Magen an zu rumoren.

Und dann nannte Bender den Grund ihres Anrufes. Brandt war wie erstarrt. Er konnte nicht glauben, was er hörte.

Kapitel 39

Stolz betrachtete er seine Arbeit.

»Es wird schön, wunderschön.« Er bekam feuchte Augen bei diesen Worten. Seine Sorge, dass er es nicht schaffen würde oder gar noch eine junge blonde Frau töten müsste, hatte sich in Luft aufgelöst.

Noch immer sah er sich nicht als Mörder, sondern als jemand, der seinem Innersten nachgegeben hatte.

Er war die Raupe, die endlich ein Schmetterling werden sollte.

»Das Üben hat sich ausgezahlt.« Stolz klopfte er sich auf die Brust. Sein Blick wanderte in die Ecke, wo die Ergebnisse seiner Übungen standen.

Er stand auf und betrachtete sie, dann schaute er auf den Tisch, wo sein Meisterwerk lag. Es war zwar noch nicht vollendet, aber das war nur noch eine Frage von Tagen, und die das fehlende Teil für die Vollendung hieß Katja, die in ihrem Prinzessinnenzimmer auf ihre Bestimmung wartete.

Er verließ den Raum, folgte dem Gang und stieg durch die Falltür hinauf. Er startete den Musicplayer. Im Atelier, so nannte er seine Arbeitsstätte, hatte er keine Musik gehört, da er sich nicht ablenken lassen wollte. Einmal an der falschen Stelle angesetzt und alles wäre ruiniert. Das konnte schnell passieren, schließlich konnte er nicht stillhalten, wenn er Musik hörte.

Auch Berta hatte draußen warten müssen.

Doch jetzt, da er im Wohnzimmer war, konnte die Musik nicht laut genug sein. Also drehte er die Anlage voll auf. Dass er dabei nackt war, war ihm schon selbstverständlich.

Berta lag in ihrem kuscheligen Hundekorb und schien zu schlafen.

»Du schläfst so friedlich, mein Schatz, weil du weißt, dass es dir gut geht, dass ich mich immer um dich kümmern werde«, schwelgte er in Eigenlob.

Dass die laute Musik Berta jedoch weckte, sie dabei hochschrak und laut zu bellen anfing, bemerkte er gar nicht. Er sah sie nur wach werden und bellen, was er als Begrüßung interpretierte und daher glücklich in die Hände klatschte.

»Hast du mich vermisst, du Zuckerschnecke?« Er ging zu dem großen Tannenbaum und versetzte einigen Schmuck, weil er fand, er hänge an der falschen Stelle.

»So ist es doch viel besser. Meinem ästhetischen Empfinden entgeht nichts«, stellte er zufrieden fest und kratzte sich am Hoden.

»So, Schatzi, du musst jetzt hier warten. Papa hat noch etwas ganz Wichtiges zu erledigen.« Er hob Berta auf, drückte und knutschte sie und legte sie in ihren Hundekorb.

Der Song neigte sich dem Ende und ein neuer Song startete, als er das Wohnzimmer verlassen wollte.

»Franky, du bist der Beste«, jauchzte er bewegt, denn es ertönte *White Christmas* von Frank Sinatra aus den Boxen.

Er blieb stehen, schloss die Augen und schwenkte den Kopf von rechts nach links, dann sang er mit.

Ihm wurde ganz warm ums Herz. Wie konnte man den Song nicht lieben? Wie konnte man weiße Weihnachten nicht lieben? Es war für ihn immer schrecklich, wenn es zu Weihnachten nicht schneite.

Einmal war es so schlimm gewesen, dass er die komplette Weihnachtszeit im Bett verbracht hatte. Es hatte einfach nicht schneien wollen. Egal wie sehr er es sich gewünscht hatte, dieser Wunsch war ihm nicht erfüllt worden.

Zum Glück hatte er im Schlafzimmer einen Fernseher, so hatten ihn die Weihnachtssendungen ein wenig getröstet.

Auf die Fernsehsender war Verlass. Sie zeigten ihm die Klassiker, auf die er sich das ganze Jahr über gefreut hatte.

Der Song neigte sich dem Ende zu und als Frank die letzte Strophe sang, nickte der Mann und presste die Lippen zusammen. Zutiefst bewegt sagte er: »Franky, du hast recht. Mögen alle Weihnachten weiß sein.«

Er atmete deutlich hörbar aus, hielt noch einmal kurz inne und verließ dann das Wohnzimmer. In der Küche öffnete er den Kühlschrank und nahm eine Flasche Chloroform heraus, holte einen Lappen und trat mit beidem zurück auf den Flur.

Er stieg die Treppe in den Keller hinab und betrat einen der zahlreichen Kellerräume.

Eine Kiste stand darin. Er schob sie zur Seite und kaum hatte er das getan, erschien eine Falltür, die er mit einem Schlüssel öffnete und nach oben hob.

Er senkte die an der Falltür angebrachte Holzleiter bis zum Boden, stieg durch die Öffnung und betrat den Gang.

Die Menschen um ihn herum hatten ihn immer unterschätzt, doch das würde bald ein Ende haben. Sie würden Zeuge eines Finales werden, welches die Welt so noch nicht gesehen hatte.

Vor dem Zimmer, in dem er Katja gefangen hielt, blieb er kurz stehen und rieb sich die Hände, da es im Gang doch recht kühl war.

Dann öffnete er die Tür und machte das Licht an.

Im Prinzessinnenzimmer war es warm, schließlich hatte er dort eine Elektroheizung angebracht. Die unterirdischen Räume waren an das Stromnetz des Hauses angeschlossen.

Katja schien zu schlafen, was ihm nur recht war, denn dann würde sie keine Dummheiten machen. Er konnte nur ihr langes blondes Haar sehen, ihr Gesicht war in die kuschelige Decke eingegraben.

Mit jedem Schritt, den er ihr näher kam, stieg sein Puls und er begann zu schwitzen. Die Chloroformflasche und den Lappen hielt er in der rechten Hand.

Katja schien noch immer nicht zu bemerken, dass er im Zimmer war.

»Du schläfst, weil du weißt, dass es dir guttut, dass ich mich um dich kümmere«, flüsterte er zufrieden und tauchte dabei immer tiefer in seine wirre Welt ein.

Er bückte sich kurz über sie und wollte ihre Haare streicheln, da er nicht widerstehen konnte.

Er streichelte die Haare ganz sanft. Katja zeigte keine Reaktion.

Es gab nun keinen Zweifel mehr, sie schlief.

»Umso besser«, wisperte er und konnte sich ein leises Kichern nicht verkneifen. Dann öffnete er die Chloroformflasche und befeuchtete den Lappen, als plötzlich und unerwartet die angeblich schlafende Katja hochsprang, ihm die Flasche aus der Hand schlug und ihn mit der Faust im Gesicht traf.

Der Mann schrie vor Schreck und Schmerz und ließ dabei den Lappen fallen. Die Flasche war bereits über den Boden gerollt und das Chloroform verteilte sich.

Der Mann war wie versteinert, Katja jedoch nicht. Sie griff nach dem Lappen, sprang auf ihn und schrie: »Friss das!«

Kapitel 40

»Das ist er«, rief Brandt und riss das Lenkrad an der Kreuzung nach rechts, um die Fahrtrichtung zu ändern.

»Ich denke auch, ich will es aber nicht hoffen«, antwortete Aydin, den die gerade vernommene Information sehr zu belasten schien.

»Schön wärs, aber ich fürchte, der ist es wirklich.« Brandt versuchte erst gar nicht, die Angelegenheit schönzureden. Es war ihr Job, Mörder jeglicher Couleur zu jagen und zu fassen. »Es kann nur seine Handschrift sein. Ein Schönheitswettbewerb, bei dem Kölns hübscheste Blondine gewählt wird – eine bessere Gelegenheit gibt es doch nicht, sein perfektes Opfer zu finden.«

»Aber gerade da müsste er doch Angst haben, entdeckt zu werden. Soweit wir bisher wissen, hat er die Dunkelheit genutzt, um seine Opfer zu überwältigen. Anders ist es doch nicht zu erklären, warum es keine Zeugen, keine Hinweise aus der Öffentlichkeit gibt, obwohl alle Medien darüber berichten.«

»Fürchte die Nacht«, war Brandts spontane Reaktion.

»Wie bitte?«

»Ach nichts ...«, erwiderte er, es war ihm nur so herausgerutscht und an sich unpassend, brachte es aber auf den Punkt. Er war davon überzeugt, dass der Täter die Dunkelheit nutzte, um sich feige an seine Opfer heranzuschleichen und mit Chloroform zu betäuben. Der Winter war somit die beste Jahreszeit für perverse Angsthasen wie diesen »Häuter«, denn es wurde nicht nur früh dunkel, sondern es war auch kalt. Und in der kalten Jahreszeit schienen die Menschen eher damit beschäftigt, schnell ins Warme zu kommen, als wahrzunehmen, was um sie herum geschah.

»Er brauchte keine Angst zu haben,« erklärte Brandt. »Er hatte doch eine große Auswahl bei dem Wettbewerb. Er musste nur am Ausgang warten und schauen, welche der jungen Frauen alleine nach Hause ging, um sie dann zu überwältigen.«

»Mitten in der Stadt?«, wandte Aydin ein.

»Mitten in der Stadt! Sonst würden wir jetzt nicht zu Frau Pfeiffer fahren.«

»Aber Bender sagte nicht, dass sie etwas gesehen hat oder dass es überhaupt eine Verbindung zu unserem Fall gibt, sondern nur, dass sie ihre beste Freundin nicht erreichen kann und wir uns mal mit ihr unterhalten sollten.«

»Du musst noch einiges lernen, mein Lieber. Wenn Bender nicht glauben würde, dass die Vermisste etwas mit unserem aktuellen Fall zu tun hat, hätte sie uns niemals aufgetragen, mit Frau Pfeiffer zu sprechen. Das hätte dann jemand anderer getan.«

Brandt hatte gespürt, dass Bender trotz ihrer Unterstützung für Kramer nicht gänzlich davon überzeugt war, dass Peisker der gesuchte Mörder war. Anscheinend hatte sie nur darauf gewartet, neue Indizien zu bekommen, und Pfeiffer könnte diese Indizien liefern.

»Dann dürfte Kramer ganz schön bloßgestellt sein«, grinste Aydin.

»Darauf kannst du wetten, und diesmal wird dieser Idiot nicht so billig davonkommen, dafür werde ich sorgen«, bestätigte Brandt und genoss diesen Moment der Schadenfreude.

Gleichzeitig schämte er sich fast für den Gedanken, denn er wusste, dass diese Genugtuung Kramer gegenüber auch bedeutete, dass eine weitere junge Frau entführt worden war und aller Wahrscheinlichkeit nach gerade durch die Hölle ging, oder vielleicht schon auf brutale Weise ermordet worden war.

Frau Pfeiffer wohnte in Ehrenfeld, in der Vogelsanger Straße. Brandt parkte in der Nähe des Hauses und kurze Zeit später befanden sie sich in der Wohnung der jungen Frau, die einen sichtlich angespannten Eindruck machte.

»Ich hoffe, ihr ist nichts passiert!« Ihre Worte überschlugen sich fast und in ihren Augen glitzerten bereits Tränen.

»Trinken Sie etwas«, antwortete Aydin und zeigte sich wieder als der Verständnisvolle.

Brandt lockte das ein kleines Schmunzeln auf die Lippen.

Aydin konnte noch so sehr versuchen, ihn davon zu überzeugen, dass er in einer Beziehung war und seine Freundin über alles liebte, hübschen Frauen gegenüber schien er sofort einen Beschützerinstinkt zu entwickeln. Und die Frauen schienen auch darauf anzusprechen, was Brandt hier wieder deutlich merkte. Allerdings musste er Aydin auch zugestehen, dass er ziemlich gut aussah. Er war groß, schlank, hatte eine smarte Art und ein hübsches Gesicht. Alles Attribute, die auf Frauen wirkten.

Pfeiffer versuchte sich indes zu fassen und antwortete: »Das ist sehr lieb von Ihnen. In der Küche.« Dabei schaute sie kurz nach hinten, sodass Aydin sofort verstand. Die Küche war ins Wohnzimmer integriert.

Aydin stand auf und trat an den Kühlschrank. Kurze Zeit später kam er mit einem Glas Wasser zurück und reichte es Pfeiffer.

Sie lächelte kurz, nahm das Glas und gönnte sich einen Schluck. Als sie das Glas wieder abstellte, zitterte ihre Hand deutlich.

So brutal es klingen mochte, aber Brandt hoffte, dass sie nicht umsonst gekommen waren. Er wollte dieses Schwein endlich fassen und wenn Pfeiffer ihnen dabei helfen konnte, war ihm jede Information willkommen.

»Dann erzählen Sie uns bitte, wann Sie Ihre Freundin das letzte Mal gesehen haben.«

»Das war auf der Aftershowparty, nach dem Schönheitswettbewerb. Katja, ein paar Freunde und ich wollten noch ein wenig Spaß haben.«

»Wann genau war das?«

»Direkt im Anschluss an den Wettbewerb, das war in der gleichen Location.«

Brandt hatte eigentlich das Datum wissen wollen, aber die junge Frau schien vollkommen neben sich zu stehen. Er verzog kurz den Mund, was sie nicht sehen konnte, dafür aber Aydin, weshalb er schnell die nächste Frage stellte: »An welchem Tag genau war das?«

»Am 6. Dezember, nein, am 7. Dezember. Genau, in der Nacht vom 6. auf den 7. Dezember«, korrigierte sie sich.

»Und wie hieß die Location?«, wollte Aydin weiter wissen.

»Das war im Nachtflug.«

Brandt kannte den Club. Er verkehrte ab und an selbst dort. Die Musik war gut und die Frauen, die er dort kennenlernte, ebenso.

»Was ist auf dieser Aftershowparty geschehen?«

»Wir hatten jede Menge Spaß. Es war ein super DJ am Set und wir haben das gemacht, was junge Menschen halt tun«, erklärte sie. Sie blickte kurz zu Aydin und lächelte, dann zu Brandt, wobei ihr Lächeln wie von Zauberhand verschwand.

So alt sehe ich doch gar nicht aus, dachte Brandt beleidigt.

»Haben Sie viel getrunken?«, fragte er.

»Wer hat das nicht?«, antwortete sie.

»Und Drogen?«

»Nein, keine Drogen.«

»Sicher?«

»Nein, wir nehmen keine Drogen«, sagte sie nachdrücklich. Es klang, als würde sie etwas verbergen.

»Frau Pfeiffer, es ist sehr wichtig, dass Sie uns die Wahrheit erzählen. Es liegt ein himmelweiter Unterschied darin, ob man unter Alkohol- oder unter Drogeneinfluss steht«, versuchte Brandt ihr klarzumachen, warum er die Frage gestellt hatte.

»Wieso sollte ich mich selbst belasten?«, erwiderte sie. Ihre Hand umschloss fest das Glas, sie wirkte sehr verkrampft.

»Verdammt, Ihre Freundin wird vermisst und Sie stellen mir wirklich diese dämliche Frage?«, wurde Brandt nun laut.

Pfeiffer zuckte kurz zusammen.

»Sie haben nichts zu befürchten. Junge Menschen probieren eine Menge aus. Egal was Sie genommen haben, Sie müssen keine rechtlichen Konsequenzen befürchten«, schien Aydin den Druck aus dem Gespräch nehmen zu wollen.

»Sicher?«, reagierte Pfeiffer nervös.

»Versprochen«, bestätigte Aydin erneut. »Es geht uns nur darum, wie wir Ihre Aussage bewerten können. Wir haben das gleiche Interesse wie Sie: Ihre Freundin zu finden.«

»Also wurde sie entführt?«, schlussfolgerte sie. Kaum hatte sie das ausgesprochen, kullerten auch die ersten Tränen ihr Gesicht herunter. Sie wischte sie mit einem Taschentuch weg, das auf dem Tisch lag.

»Wir wissen nichts, Frau Pfeiffer. Deswegen sind wir hier und genau deswegen ist es wichtig, dass Sie uns die Wahrheit erzählen. Und wie der Kollege Aydin schon sagte, wir werden nicht gegen Sie ermitteln. Aber helfen Sie uns, die Partynacht zu rekonstruieren.«

Brandt kochte zwar innerlich, aber er hatte kaum eine andere Wahl, als das Spiel von Aydin mitzuspielen. Pfeiffer war ein nervliches Wrack, mit Druck schien man bei ihr nicht weiterzukommen. Und dass sie Drogen nahm, war ziemlich offensichtlich. Viele junge Menschen nahmen Drogen auf Partys, denn sie dachten, damit noch lockerer sein zu können oder mehr Spaß zu haben. Brandt hatte dafür kein Verständnis, im Gegensatz zu Aydin.

»Vielleicht haben wir was genommen. Aber wirklich nur ein bisschen Koks«, rückte sie nun doch endlich mit der Wahrheit heraus.

War doch klar. Brandt fühlte sich bestätigt, allerdings kamen ihm auch gleich einige Zweifel. Menschen unter Drogeneinfluss nahmen Dinge und ihre Umgebung oft verzerrt wahr. Wie glaubwürdig und hilfreich konnte Pfeiffer unter diesen Umständen als Zeugin überhaupt sein?

»Sie alle?«, fragte Aydin.

»Nein, Katja und Tom hatten keine Lust. Sie wollten Pillen, aber keiner hatte Pillen dabei.«

»Wann haben Sie das Koks konsumiert?«, fragte Brandt nun.

»Ich weiß nicht, irgendwann. Ich war schon ziemlich betrunken«, gestand Pfeiffer.

Wenn Sie sich nicht mehr daran erinnert, verschwenden wir nur unsere Zeit, dachte Brandt missmutig und hätte am liebsten das Gespräch beendet.

»Versuchen Sie sich bitte zu erinnern. Waren Sie bereits betrunken, als Sie das Koks zu sich genommen haben?«, schien Aydin einen weiteren Versuch zu unternehmen.

»Hmmm ... ja, gut möglich ...«, begann sie und kniff ihre Augen zusammen, als versuchte sie, die Partynacht wieder vor ihr geistiges Auge zu holen. »Es war ziemlich am Anfang, ich hatte ein Kölsch getrunken.«

»Sicher?«, hakte Brandt nach. Er war alles andere als überzeugt.

»Ja, ja ... ganz sicher. Das war Peters Idee. Er hatte etwas dabei.«

»Was ist danach geschehen?«

»Wir haben die Tanzfläche unsicher gemacht.«

»Und Katja war die ganze Zeit bei Ihnen?«

»Eigentlich schon. Bis dann dieser Kerl kam.«

Brandt horchte auf.

»Welcher Kerl?«, fragte er und ließ Pfeiffer nicht aus den Augen. War das ihr Täter?

»Na, dieser Schnucki. Alex.«

»Alex? Und weiter?«, drängte Brandt.

»Keine Ahnung. Ich habe ihn zuerst entdeckt.«

»Wie meinen Sie das?« Brandt konnte ihr gerade nicht folgen.

»Katja und ich haben ein ungeschriebenes Gesetz. Wenn eine von uns einen süßen Kerl als Erste entdeckt, hat die andere die Finger von ihm zu lassen.«

»Also hat Katja Ihnen diesen Alex ausgespannt?«, schlussfolgerte Brandt und hätte am liebsten laut losgelacht. Was bei Männern absolut üblich war, war bei Frauen anscheinend nicht anders. Vielleicht war diese Stutenbissigkeit bei Frauen sogar noch größer, auch unter Freundinnen.

»Ja, aber nur weil ich sie gelassen habe«, gestand sie, als müsste sie ihre Niederlage schönreden. »Dabei hat Katja einen Freund. Das war schon ziemlich übel von ihr.«

»Einen Freund?«, fragte Aydin.

»Ja.«

»Und wieso war er nicht da?«

»Er macht ein Praktikum in England, während sie rumhur...« Das letzte Wort sprach sie nicht aus, als ahnte sie, wie unpassend diese Bemerkung war. Schließlich war ihre beste Freundin möglicherweise entführt worden.

»Was ist dann geschehen?«

»Ich war stinksauer auf sie und habe mich in eine Ecke verkrochen.«

»Ist Katja mit diesem Alex mitgegangen?«, fragte Brandt. Dass sie geschmollt hatte, war für ihn völlig unwichtig, aber wenn Katja mit einem hübschen Mann mitgegangen war, war es durchaus möglich, dass dieser Alex der gesuchte Mörder war.

Auch wenn Brandt eigentlich geglaubt hatte, dass ihr Täter nicht zu den gut aussehenden Menschen gehörte. Auf der anderen Seite war vielleicht genau das der Grund, warum der Täter so leicht an hübsche junge blonde Frauen herankam.

Er schmeichelte ihnen, wickelte sie um den kleinen Finger, um sie zu sich nach Hause zu locken. Und dann? Dann zeigte er sein wahres, krankes Gesicht.

Brandt lief ein kalter Schauer über den Rücken. War es wirklich so einfach?

»Nein, er war noch bei uns, als Katja weg war.«

Mist, fluchte Brandt und zog die Nase hoch. *Wäre auch zu schön gewesen.*

Wieder nichts!, hätte er am liebsten herausgebrüllt.

»Wissen Sie, ob die beiden Telefonnummern ausgetauscht haben?«, griff Brandt nach dem letzten kleinen Strohhalm.

»Ganz sicher nicht.«

»Sicher?«, fragte Brandt etwas lauter. Schließlich hatte sie unter Drogen- und Alkoholeinfluss gestanden. Und man durfte ihre Eifersucht nicht vergessen. Sie hatte diesen Alex doch für sich haben wollen.

»Ganz sicher. Er hatte die Frechheit, mich nach ihrer Nummer zu fragen.«

»Und haben Sie ihm die Nummer gegeben?«, fragte Aydin.

»Nein, natürlich nicht«, erwiderte sie und zog eine Grimasse.

»Wann haben Sie Katja zum letzten Mal gesehen?«, hakte Aydin weiter nach.

»Das war, als sie eine Zigarette rauchen wollte«, erklärte sie und schlug für Brandt völlig überraschend die Hände vors Gesicht.

Sie hatte die letzten Minuten sehr gefasst gewirkt, woher kam nun dieser plötzliche Gefühlsausbruch?

»Hat niemand aus Ihrer Clique Katja begleitet?« Aydin ließ nicht locker.

»Sie wollte, dass ich mit ihr gehe. Aber ich war zu sauer und habe sie einfach ignoriert«, gestand sie kleinlaut und schluchzte. Sie zog den Rotz in der Nase hoch und hielt das Taschentuch vor ihre Augen, um die Tränen zu trocknen.

»Sie dürfen sich keine Vorwürfe machen. Versuchen Sie sich bitte zu erinnern, was danach geschehen ist«, schien Aydin sie trösten zu wollen.

»Ich weiß es nicht mehr. Sie ist rausgegangen und wir haben weitergefeiert. Und ehrlich gesagt, habe ich sie auch gar nicht vermisst. Ich bin dann irgendwann nach Hause.«

»Hat keiner von Ihnen wissen wollen, warum Katja nicht zurück zur Party gekommen ist?«

»Nein. Warum auch?«

Weil sie deine Freundin ist, hätte Brandt ihr am liebsten entgegengeschleudert, stattdessen kratzte er sich nur am Kopf.

»Also haben Sie sich keine Sorgen gemacht, dass ihr etwas zugestoßen sein könnte?«

»Nein, ich war wütend auf sie. Erst als ich sie nicht in der Vorlesung gesehen habe und sie auf keine Nachrichten reagiert hat und dann auch noch ihr Freund anrief, weil er sie nicht erreichen konnte, habe ich mir Sorgen gemacht«, antwortete sie.

»Könnte sich einer Ihrer Freunde an etwas erinnern?«, suchte Aydin nach weiteren Puzzlesteinen, um Katjas Verschwinden zu erklären.

»Nein, ich habe sie alle gefragt. Keiner weiß, was sie gemacht hat, als sie zum Rauchen rausgegangen ist«, erklärte sie weinend.

Brandt atmete hörbar aus. Das Gespräch hätten sie sich schenken können. Ohne den geringsten Hinweis war das die sprichwörtliche Suche nach der Nadel im Heuhaufen.

»Frau Pfeiffer, bitte versuchen Sie sich zu erinnern. Ist auf der Party irgendetwas vorgefallen, was uns helfen könnte, Rückschlüsse auf Katjas Verschwinden zu ziehen? Schließlich gab es vor der Party diesen Schönheitswettbewerb. Gut möglich, dass jemand dabei ein besonderes Auge auf sie geworfen hat«, erklärte Aydin.

Gar nicht so dumm, dachte Brandt. Er hatte nur an die Party gedacht. Was aber, wenn der Täter unter den Gästen des Wettbewerbs gewesen war und draußen gewartet hatte, um Katja dann zu folgen. Es war absolut möglich, dass Katja nur ein Zufallsobjekt war. Es hatte zahlreiche Blondinen bei diesem Schönheitswettbewerb gegeben und Katja war vielleicht das am leichtesten zu überwältigende Opfer gewesen.

»Nicht dass ich wüsste. Bei solchen Schönheitswettbewerben wimmelt es doch nur so von Spannern. Deswegen würde ich niemals bei so etwas mitmachen.«

»Versuchen Sie sich bitte zu erinnern. Jeder noch so unwichtige Hinweis kann uns weiterhelfen«, beharrte Aydin.

»Da war nichts. Wir waren im VIP-Bereich.«

»Haben Sie denn die Personen nicht beobachtet? War da keiner, der Katja besonders viel Aufmerksamkeit geschenkt hat?«, drang nun Brandt weiter in sie.

»Es tut mir leid, aber ich habe mit keinem Fremden gesprochen und auch nichts Auffälliges bemerkt«, wiederholte sie ihre Aussage. Sie machte den Eindruck, als könnte sie dieses Nachhaken nicht verstehen. Sie wirkte fast gereizt. »Es war sehr voll und alle haben die Mädels auf der Bühne angestarrt, vor allem als sie im Bikini über den Laufsteg liefen.«

»Sie haben aber die Auftritte Ihrer Freundin aufmerksam verfolgt?«, versuchte Brandt seine Taktik zu ändern. Irgendetwas sagte ihm, dass der Täter es sich nicht hatte nehmen lassen, bei der Veranstaltung dabei zu sein.

Wenn er auf Blondinen abfuhr, warum hätte er dann draußen auf sein Opfer warten sollen? Hätte er dann nicht einen Blick auf die Veranstaltung gewagt?

Ja!, war Brandts Antwort. Ein ganz deutliches und klares Ja!

So nahe waren sie dem Mörder bisher noch nicht gewesen und genau deswegen war Schluss mit dem Freundlichsein. Wenn Pfeiffer doch etwas gesehen, aber aufgrund des Alkohol- und Drogenkonsums vergessen hatte, würde er das aus ihr herauspressen.

»Ja, habe ich. Aber ich habe niemanden gesehen, der sie dabei irgendwie angestarrt hätte. Ich will sie doch wiederhaben. Ich vermisse sie und mache mir große Vorwürfe, dass ich nicht mit ihr rauchen gegangen bin«, jammerte sie und fing nun hemmungslos an zu weinen. Sie war vollkommen in sich zusammengesackt.

Mist, wir haben sie verloren, warf sich Brandt vor. Er war zu streng mit ihr gewesen und fürchtete, gar nicht mehr zu ihr durchdringen zu können.

»Alles gut, Frau Pfeiffer. Hier ist meine Karte, wenn Sie sich an etwas erinnern sollten, rufen Sie mich bitte an. Zu jeder Zeit«, versuchte Aydin sie beruhigen. Er reichte ihr die Karte. »Jeder Hinweis kann wichtig sein. Manchmal sind es Kleinigkeiten, zum Beispiel dass ein Fremder über sie geschwärmt hat oder so ...«

Aydin und Brandt standen auf. Es brachte schließlich nichts mehr. Pfeiffer war zu aufgelöst. Brandt überlegte, ob er einen Psychologen einschalten sollte, verwarf den Gedanken aber.

»Geschwärmt?«, fragte Pfeiffer, die plötzlich aufgehört hatte zu weinen und Aydin regelrecht anstarrte. Die beiden Beamten blieben an der Wohnzimmertür stehen.

»Ja, ein Fremder, einer der Besucher, der vielleicht in einem Nebensatz erwähnt hat, wie toll er Katja findet oder so«, antwortete Aydin.

»Warten Sie, da war jemand. Ja, jetzt erinnere ich mich.«

»Wer?«

»Das war auf der Party. Als ich Katja nicht mehr ertragen konnte und meine Ruhe haben wollte.«

»Können Sie den Mann beschreiben?«, wurde Brandt deutlicher. Ihn interessierte der Rest nicht.

»So ein ganz schmieriger Typ. Dick, ungepflegt ...«

»Und weiter?« Brandts Puls ging hoch. Hatten sie doch etwas? Denn genau so hatte er sich den Täter vorgestellt.

»Er hatte was total Ekliges an sich.«

»Was war eklig?«, wollte nun Aydin wissen.

»Das Pferdegebiss und diese Hasenscharte.«

Als sie Hasenscharte sagte, erstarrte Brandt. Es war, als hätte er gerade ein Déjà-vu!

Kapitel 41

»Was ist los?«, fragte Aydin, als Brandt wie ein Besessener zum Wagen rannte. Kaum waren sie eingestiegen, gab Brandt Vollgas.

»Ich kenne den Mann«, antwortete Brandt und machte eine gewagte Drehung mit dem Lenkrad.

»Woher?« Aydin schaute ihn mit großen Augen an. »Wir hätten vielleicht noch ein paar weitere Informationen von Pfeiffer einholen sollen.«

»Wofür? Hasenscharte und ein vorstehendes Gebiss, was glaubst du, wie viele Männer in Köln so aussehen?«, spottete Brandt und bevor Aydin etwas erwidern konnte, fügte er hastig hinzu: »Und dann muss er auch noch Kruse und Peisker kennen. Ich hätte früher darauf kommen müssen. Es lag direkt vor unserer Nase!«

»Ich verstehe nur Bahnhof«, gab Aydin ehrlich zu.

»Wir haben ja gar nicht falsch damit gelegen, dass wir den Täter im Umfeld von Kruse und Peisker gesucht haben.«

»Ja und?«

»Es ist aber keiner dieser Perversen.«

»Willst du mir nicht endlich verraten, wen du verdächtigst? Ich verstehe echt gar nichts mehr.«

»Es ist ein Mitarbeiter aus dem Bürokomplex.«

»Ich habe aber niemanden gesehen, der der Beschreibung ähnelt«, erwiderte Aydin.

»Ich schon. Es war nur kurz und flüchtig. Aber als Pfeiffer den Mann beschrieb, war es, als hätte ich ihn direkt vor mir. Es kann nur dieser Mann gewesen sein.«

»Ich will dich ja nicht nerven, aber wer soll dieser Mann sein? Soll ich die Kollegen anrufen, damit sie ein Phantombild anfertigen?«

»Nein, wozu? Es war dieser Mann. Wir werden ihn direkt an seiner Arbeitsstätte verhaften«, teilte Brandt seinem Partner den Plan mit.

»Ich wiederhole mich nur ungern, aber willst du mir nicht endlich sagen, wer dieser Mann ist? Ich habe nämlich niemanden gesehen, der dieser Beschreibung auch nur annähernd ähnelt, und wenn ich mich recht entsinne, waren wir die ganze Zeit zusammen.«

»Schlecht beobachtet, Junior. Ich habe mich doch noch mit diesem schmierigen Konrad Henkel unterhalten und da bin ich der Person begegnet. Gleich wirst du alles verstehen«, antwortete Brandt und parkte den Wagen direkt im Media Park 7 vor dem KOMED-Haus, wo auch die Volkshochschule ihre Räumlichkeiten hatte.

Brandt nahm nicht den Fahrstuhl, sondern stürzte die Treppe hinauf. Er nahm gleich mehrere Stufen auf einmal. Fast wäre er gestolpert, aber Aydin konnte ihn halten, da er direkt hinter ihm war.

»Brauchst nicht Danke sagen«, witzelte Aydin, aber Brandt war nicht zum Scherzen. Er wollte dieses Schwein schnappen in der Hoffnung, dass Katja noch lebte.

Völlig außer Atem öffnete er die Eingangstür und wäre fast mit einer Person zusammengestoßen.

»Mal halblang. Was soll diese Hektik?«, fragte der Mann gereizt.

»Wir sind von der Kripo und müssen mit einem Ihrer Mitarbeiter sprechen.«

»Können Sie sich überhaupt ausweisen?« Der Mann schien wenig beeindruckt, sondern eher genervt durch die Störung.

Brandt und Aydin zeigten ihm dennoch ihre Ausweise, die der Mann gründlich begutachtete.

»Ich bin der Büroleiter, Dr. Burkhard. Mit wem wollen Sie denn sprechen?« Auf die Betonung des Titels schien Burkhard besonderen Wert zu legen, da er das Wort extra betonte und erst nach einer kleinen Pause seinen Nachnamen nannte.

»Noch besser. Wir müssen mit Ihrer Reinigungskraft sprechen«, antwortete Brandt.

»Wir haben mehrere. Wen genau meinen Sie denn?«

»Er ist männlich, korpulent und hat ein vorstehendes Gebiss.«

»Sie meinen Pferd!«, lachte Burkhard.

»Hat er auch einen Namen?«, fragte Aydin scharf, dem anscheinend Burkhards abfällige Bemerkung missfiel. Brandt hingegen war das völlig egal, er wollte diesen Mann, den er für den gesuchten Täter hielt.

»Er heißt Paul Stucke. Was werfen Sie dem Beschränkten denn vor?«

»Wo finden wir Herrn Stucke?«, fragte Aydin und warf Burkhard einen vernichtenden Blick zu.

»Der Trottel hat sich krankgemeldet«, antwortete Burkhard, er schien noch immer ziemlich gelassen.

»Wo wohnt Herr Stucke?«

»Ich weiß nicht, ob ich Ihnen die Adresse überhaupt geben darf. Sie wissen ja, Datenschutz und so. Aber wenn Sie mir verraten, was dieser Mistkerl verbrochen hat, könnte ich mich überreden ...«

»Sie haben nicht verstanden, oder? Sie geben uns jetzt sofort die Adresse von Herrn Stucke oder wir nehmen Sie mit aufs Revier«, drohte Brandt und zeigte auf seine Waffe.

Burkhard schluckte und zuckte gleichzeitig. Die Farbe war aus seinem Gesicht gewichen. »Nur kein Stress. Ich gebe Ihnen die Adresse.« Seine Augen flackerten nervös.

»Wir warten«, war Brandts knappe Antwort.

Burkhard entfernte sich. Als er schon einige Schritte entfernt war, murrte er aber deutlich: »Bin ich denn nur noch von Idioten umgeben?«

»Der größte Idiot ist er. Was für ein übler Chef. Geradezu widerlich«, stellte Aydin fest.

»Nicht so widerlich wie dieser Stucke«, entgegnete Brandt, der wie auf heißen Kohlen saß.

Konnte Burkhard die Anschrift nicht schneller aufschreiben?

Nach einer gefühlten Ewigkeit kam er mit einem Zettel zurück.

»Hier ist die Adresse. Eine Telefonnummer haben wir nicht im System.«

»Wenn Sie uns anlügen und ihn anrufen, machen Sie sich strafbar«, drohte Brandt, als er den Zettel entgegennahm.

»Wieso sollte ich? Ich habe schon immer gewusst, dass mit dem etwas nicht stimmt. Ich hätte den Idioten niemals eingestellt, aber die Firmenleitung sah das anders. Verdammter Behindertenbonus.«

»Was meinen Sie mit Behindertenbonus?«, fragte Aydin und gab ein schnaubendes Geräusch von sich.

»Der Trottel hat den Job doch nur bekommen, weil wir diese Beschränkten einstellen. Dabei halten sie den ganzen Betrieb auf.«

»Und was sollte man Ihrer Meinung nach mit Menschen mit Behinderungen tun?«

»Sicherlich nicht in die Arbeitswelt integrieren. Diese ganze Inklusion ist doch eine einzige Lüge«, motzte Burkhard.

»Inklusion ist ein Menschenrecht. Sie widerlicher ...«, schrie Aydin, wurde aber von Brandt unterbrochen, der ihn am Arm zog und sagte: »Komm, wir haben alles. Beachte den Wichser nicht.«

»Das habe ich gehört«, bemerkte Burkhard entrüstet. Brandt interessierte das herzlich wenig, er war schon zur Tür hinaus.

Kaum am Wagen, befestigte Brandt das Blaulicht auf dem Dach und fuhr mit Vollgas los.

»So ein Trottel!« Aydin schien sich noch immer nicht beruhigen zu wollen.

»Entspann dich, wir haben andere Sorgen. Lass uns hoffen, dass wir diesen Stucke antreffen und dass Katja noch lebt.«

»Rot«, rief Aydin.

Doch Brandt beachtete ihn gar nicht und raste weiter. Einem entgegenkommenden Wagen wich er mit einer gekonnten Linksdrehung des Lenkrades aus.

»Willst du uns umbringen?« Aydin hatte sich an den Griff der Beifahrertür geklammert.

»Beruhig dich, ich habe alles unter Kontrolle. Ist nicht meine erste Fahrt.«

»Den Eindruck machst du aber nicht«, entgegnete Aydin.

»Verdammt, was ist los?«, brüllte nun Brandt, der sich Aydins schlechte Laune nicht gefallen lassen wollte.

»Es geht um diesen Burkhard. Ich hasse Menschen wie ihn. Egal ob Stucke der gesuchte Täter ist oder nicht, aber über behinderte Menschen so abzulästern, ist einfach nur widerlich. Er hat doch keine Ahnung, wie es ist, wenn man mit einer Behinderung leben muss«, erklärte Aydin. Er kochte regelrecht.

»Und du weißt das?«, erwiderte Brandt.

»Ja, ich weiß es«, antwortete Aydin wütend.

»Und woher?« Brandt war überrascht, bereute die Frage aber im selben Augenblick, in dem er sie gestellt hatte.

»Mein älterer Bruder ist einer dieser ‚Behinderten'. Er leidet am Downsyndrom. Du glaubst nicht, wie oft er gehänselt wurde und noch gehänselt wird.«

»Hey, das tut mir leid ...«, wollte sich Brandt entschuldigen, da er mit so einer Antwort nicht gerechnet hatte und spürte, dass er doch etwas übers Ziel hinausgeschossen war.

»Es braucht dir nicht leidtun. Ich schäme mich nicht für meinen Bruder. Ich liebe ihn über alles.«

»So meinte ich das nicht«, versuchte Brandt klarzustellen. »Es ist schön, dass du deinen Bruder liebst und vor Idioten wir Burkhard in Schutz nimmst.«

»Er hat doch sonst niemanden«, antwortete Aydin und seine Stimme stockte. Brandt sah, dass seine Augen feucht wurden. Aydin schaute aus dem Fenster. Brandt vermutete, dass er seine Tränen verbergen wollte.

Obwohl er weiterhin mit Vollgas Richtung Hürth fuhr, hatten Aydins Worte dazu geführt, dass er von seinem Adrenalinkick herunterkam und nachdenklich wurde. Wieder einmal hatte Aydin ihm aufgezeigt, was es hieß, menschlich zu sein.

Diese Eigenschaft mochte er sehr an seinem neuen Partner.

Schweigend fuhren sie die restliche Strecke bis zu Stuckes Wohnort.

Er wohnte in einem Einfamilienhaus, welches etwas abseits lag und an ein Waldgebiet angrenzte. Das Nachbarhaus stand gut hundert Meter entfernt.

Ideale Voraussetzungen für perverse Spiele, glaubte Brandt.

»Ganz schön gruselig«, sagte Aydin, als sie aus dem Wagen stiegen.

»Du sagst es«, bestätigte Brandt und zog die Waffe. Das Haus schien die besten Jahre hinter sich zu haben. Es war in hohem Maße renovierungsbedürftig, die ehemals weiße Fassade war komplett von Grau überzogen.

Der Vorgarten war alles andere als gepflegt. Unkraut hatte sich überall ausgebreitet. Der Holzzaun war verblichen und als Brandt die kleine Zauntür öffnete, quietschte es gewaltig.

Für Brandt, der viel Wert auf Sauberkeit und Ordnung legte, war der Anblick geradezu unerträglich. Er konnte nicht verstehen, wie Menschen so sorglos mit ihrem Eigentum umgehen konnten. Dass Stucke zur Miete wohnte, wollte er nicht recht glauben.

An der Haustür prüfte Brandt, ob sie verschlossen war. Natürlich war sie das. Er nahm sein Spezialwerkzeug aus der Tasche und wollte gerade die Tür öffnen, als Aydin ihn am Ärmel zog.

»Sollten wir nicht Verstärkung rufen?«

»Quatsch. Wir sind zu zweit. Wir werden das Schwein überwältigen«, erwiderte Brandt, da er kein Risiko eingehen wollte. Es war schließlich denkbar, dass Bender ihnen befohlen hätte, ins Präsidium zurückzukommen und nicht das Haus zu stürmen.

Bekanntlich gab es keine Beweise, die gegen Stucke sprachen. Sein Herz sagte ihm zwar, dass Bender auf ihrer Seite war, dennoch wollte er nichts riskieren. Sie mussten die Sache alleine zu Ende bringen.

»Du bleibst dicht hinter mir«, antwortete er leise, als er mit dem Spezialwerkzeug das Schloss öffnete.

Aydin nickte nur. Brandt öffnete die Tür und ein lautes Quietschen ertönte.

»Mist«, fluchte Brandt leise. Das Quietschen war nicht zu überhören. Wenn Stucke in der Nähe war, hatte er es sicherlich auch gehört.

Die Waffe vor sich haltend und bereit, jederzeit loszubrüllen, betrat Brandt den Flur. Dich hinter ihm Aydin. Vom Flur führte eine Treppe nach oben, mehrere Türen schlossen an den Flur.

»Soll ich hoch?«, fragte Aydin.

»Nein, du bleibst hinter mir«, reagierte Brandt gereizt. Er wollte seinen jungen Partner dicht hinter sich haben. Doch nicht, weil er Angst hatte, sondern weil er nicht wollte, dass Aydin irgendwelche Dummheiten machte, die er am Ende mit dem Leben bezahlte.

Er fühlte sich für seinen deutlich jüngeren Partner verantwortlich.

Mit langsamen Schritten näherte er sich der ersten Tür, die offen stand. Er wagte einen kurzen Blick in das Zimmer, konnte aber kaum etwas erkennen, da es stockfinster war.

Jalousien, dachte er verärgert und überlegte, was er tun sollte. Nur eine Sekunde später hatte er schon den Lichtschalter betätigt. Sein Puls raste, er entspannte sich aber sofort, als er sah, dass niemand im Zimmer war.

»Was ist das?«, flüsterte Aydin deutlich verstört. Das Zimmer war sehr groß. In der Mitte stand ein Himmelbett, das komplett rosa war. Auch die Wände waren mit einer kitschigen rosa Tapete verziert. An den Wänden standen Kleiderstangen, Schränke und jede Menge Spiegel.

An den Kleiderstangen hingen Klamotten, die Brandt ein wenig ratlos machten.

»Wohnt hier noch eine Frau?«, stellte Aydin die Frage, die auch Brandt auf der Zunge lag.

»Irgendetwas sagt mir, nein«, erwiderte Brandt und warf einen letzten Blick auf die Frauenkleider. Ein ungutes Gefühl beschlich ihn.

Vom Flur aus erreichten sie das Badezimmer, auch dort gab es keine Spur von Stucke. Stattdessen jedoch wieder Pflegeprodukte, die eher Frauen als Männer benutzten: Lippenstift, Schminke und andere Utensilien.

Wohnt hier doch eine Frau?, grübelte Brandt und betrat das nächste Zimmer. Es war die Küche. Sie war nichts Besonderes. Der Raum war groß, in der Mitte stand ein Esstisch. Die Einbauküche schien ihre besten Jahre hinter sich zu haben, aber auch hier standen große Spiegel an der Wand. Dem Geschirr nach zu urteilen, war sie nicht nur voll funktionsfähig, sondern vor Kurzem auch benutzt worden.

»Vielleicht ist er noch da«, flüsterte Brandt und zeigte auf das dreckige Geschirr.

Er wollte die Küche gerade verlassen, als er sah, dass Aydin sich am Kühlschrank zu schaffen machte.

Er warf seinem Partner einen kurzen Blick zu, der sagte, dass er seine Zeit nicht mit dem Kühlschrank verplempern solle, doch Aydins starrer Blick ließ ihn umdenken und er trat zu ihm.

Dort sah er, weshalb Aydin sich erschrocken hatte. Im Kühlschrank standen zwei Flaschen. Es klebte jeweils ein Etikett darauf, auf dem handschriftlich vermerkt war: *Chloroform*.

Brandt musste schlucken. Die Hand, die seine Waffe hielt, wurde feucht.

Sie traten aus der Küche und waren wieder im Flur. Die nächste Tür führte augenscheinlich in den Keller. Brandt sah keinen Grund, den Keller zu begutachten, also betrat er das nächste Zimmer. Aydin folgte ihm mit zwei Schritten Abstand.

Sie fanden sich im Wohnzimmer wieder. Dort brannte Licht und Brandt wollte seinen Augen nicht trauen.

Mitten im Raum stand ein großer Tannenbaum, der bis an die Decke reichte. Er war festlich geschmückt. Auch an den Fenstern war Weihnachtsschmuck angebracht und auf dem Tisch befand sich ein prächtiger Adventskranz. Auch im Wohnzimmer waren einige große Spiegel angebracht, was darauf schließen ließ, dass Stucke extrem selbstverliebt war. Beste Voraussetzungen für einen Psychopathen, befand Brandt und es lief ihm kalt den Rücken herunter.

Das Wohnzimmer wirkte in gewisser Weise einladend, obwohl er bei dem Gedanken wieder eine Gänsehaut bekam.

Nichts in dem Zimmer deutete darauf hin, dass hier ein Psychopath wohnte, der seine Opfer skalpierte und häutete, sondern eher jemand, dem Weihnachten viel bedeutete und der extrem narzisstisch veranlagt war.

Brandt musste an das kitschige Schlafzimmer denken, es passte so gar nicht zum Wohnzimmer.

Er schreckte kurz hoch, weil er ein Geräusch hörte. Er zielte in die Richtung des Geräusches und hätte vor Schreck fast abgedrückt. Als er sah, was es war, hielt er die Waffe nach unten.

Es war ein kleiner Hund, der auf sie zugerannt kam und laut bellte.

»Scheiße. Noch lauter gehts nicht«, fluchte Brandt.

Aydin hingegen bückte sich schnell und streichelte ihn.

»Er soll leise sein«, schimpfte Brandt, aber der kleine Hund schien gar nicht daran zu denken.

»Ich glaube, Stucke ist nicht da«, erwiderte Aydin, der weiterhin den Hund streichelte. »Der ist doch total süß.«

»Lass mich bloß mit Hunden in Ruhe«, motzte Brandt weiter, der ihre ganze Aktion in Gefahr sah und dem Köter am liebsten das Maul zugeklebt hätte.

»Was jetzt?«, wollte Aydin wissen.

»Wir werden hier auf das Schwein warten«, sagte Brandt. Kaum hatte er das Wort »Schwein« ausgesprochen, knurrte ihn der Chihuahua an, als verstünde er, wen er mit diesem Schimpfwort gemeint hatte. »Komm.«

»Wohin?«, fragte Aydin, der anscheinend gerne mit ihm weiterspielen wollte.

»In den oberen Stock«, antwortete Brandt.

Aber das obere Stockwerk war sauber, keine Spur von Stucke, sodass sie sich kurze Zeit später im Flur wiederfanden.

»Der ist weg«, bemerkte Aydin ärgerlich.

Brandts Blick fiel auf die Tür, die sie noch nicht geöffnet hatten.

»Was?«, fragte Aydin, dem der starre Blick seines Kollegen nicht entgangen sein durfte.

»In den Keller.«

Kapitel 42

Er wusste nicht, wie lange er auf dem Boden gelegen hatte. Noch immer fühlte er sich benommen und es dauerte einige Sekunden, bis ihm klar wurde, was geschehen war. Er hatte Katja mit dem Chloroform betäuben wollen. Doch sie hatte nicht geschlafen, sie hatte ihn getäuscht, war hysterisch auf ihn gesprungen und hatte ihm das Chloroform aus der Hand geschlagen.

Danach musste es ihr irgendwie gelungen sein, das mit Chloroform getränkte Tuch an seinen Mund zu halten. Wie sonst hätte es passieren können, dass er das Bewusstsein verloren hatte?

Sein Blick fiel auf die Chloroform-Flasche, die offen auf dem Boden lag.

»Katja, du Schlampe«, fluchte er. Sein Schädel brummte und er versuchte aufzustehen. Alles drehte sich, sein Magen schien zu rebellieren, aber irgendwie kam er schließlich auf die Beine.

Er fürchtete, dass Katja schon längst über alle Berge war, dass sie ihm die Schlüssel entwendet, sich von den Fußschellen befreit und das Weite gesucht hatte.

Instinktiv griff er mit der rechten Hand in die Hosentasche, in die er den Schlüssel für die Fußfessel und den für die Falltür gesteckt hatte.

Beide waren nicht mehr dort.

Schweiß trat ihm auf die Stirn und ihm wurde plötzlich kalt und warm zugleich.

So kurz vorm Ziel, wollte er brüllen, war aber unfähig, auch nur ein Wort zu sagen, so sehr lähmte ihn dieser Schock.

Sein Blick wanderte nach rechts zum Himmelbett. Als er sah, dass Katja nicht im Bett lag, schrie er vor Panik.

»Nein, nein, nein!«, brüllte er. »Wieso verstehst du nicht?«

Er fuhr sich mit den Händen durch sein schütteres Haar, zog und riss daran. Es war ihm unmöglich, einen klaren Gedanken zu fassen, da er alles verloren glaubte. Sie hatte die Schlüssel, also lag es nahe, dass sie geflohen war.

Nach einer Weile entspannte er sich allmählich, dennoch zitterte er am ganzen Körper.

»Vielleicht unterm Bett«, versuchte er sich zu beruhigen. Aber seine Prinzessin war nicht dort. Obwohl er sah, dass sie nicht im Bett sein konnte, zog er die dicke rosa Bettdecke zur Seite.

»Wieso tust du mir das an? Wieso?«, jammerte er und Tränen schossen ihm in die Augen.

Sollte er wieder auf der Verliererstraße sein? Er hatte sein Leben lang immer einstecken müssen, niemand hatte ihn je für voll genommen. Weder die Lehrer noch die Schüler, ganz zu schweigen von den Arbeitgebern und der Gesellschaft. Immer wieder hatte er zu spüren bekommen, was es hieß, wenn man angeblich nicht »normal« war. Dabei hielt er sich für vollkommen normal, er selbst hatte nie das Gefühl gehabt, dass sein Verstand mit dem anderer Menschen nicht mithalten konnte.

Aber man hatte es ihm immer wieder attestiert und irgendwann hatte er sich dabei erwischt, dass auch er glaubte, etwas zurückgeblieben zu sein.

Und jetzt war diese Angst zurück, die Angst, ein Versager zu sein. Dabei war er doch so kurz vorm Ziel.

»Sag, dass ich träume. Sag, dass ich träume«, versuchte er der Tragödie etwas Gutes abzugewinnen. Er schlug sich mit der rechten Handfläche auf die Wange. Immer wieder.

»Du träumst. Du träumst«, sagte er schon fast apathisch und schlug immer weiter auf sein Gesicht.

»Schließ die Augen, alles nur ein Traum. Wenn du sie öffnest, ist sie noch in ihrem Himmelbett.«

Er schloss die Augen, wagte aber zunächst nicht einmal zu blinzeln. Dann öffnete er vorsichtig erst das rechte Auge, dann das linke. Es hatte sich nichts verändert. Sie war weg, für immer verloren.

Erschüttert setzte er sich aufs Bett, wischte die Tränen vom Gesicht und legte sich hin, um irgendwie Ruhe zu finden. Er nahm die Decke und deckte sich mit ihr zu.

Er schluchzte, zog die Nase hoch. Seine Augen waren inzwischen vom Weinen rot unterlaufen. Er schloss die Augen, zog die Beine an und wollte nur noch schlafen, um nie wieder aufzuwachen.

Er wollte sterben, doch dann musste er an Berta denken, die oben im Wohnzimmer in ihrem Hundekorb auf ihn wartete. Was würde aus ihr werden?

Plötzlich wurde ihm ganz kalt, denn ein anderer Gedanke drängte sich in sein Bewusstsein: Was, wenn Katja Berta getötet hatte?

Panik überkam ihn und sein Todeswunsch und seine Lethargie waren der puren Angst und Sorge gewichen. Er sprang aus dem Bett und trat mit schnellen Schritten auf den Flur, wollte nur noch zu Berta. Ihr zu Hilfe eilen.

»Ich rette dich, mein Schatz. Papa kommt«, brüllte er und lief den kalten Gang entlang in Richtung Falltür, dabei stolperte er und schrie kurz auf.

Sein rechtes Knie war auf den harten Boden geknallt und blutete sofort.

»Scheiße«, fluchte er und schaute auf den Boden, um zu sehen, was den Fall verursacht hatte.

Als er sah, was da lag, wollte er zunächst seinen Augen nicht trauen.

»Das kann nicht sein. Ich verliere noch den Verstand«, sagte er zu sich und machte einen ängstlichen Schritt zurück.

Er drehte sich um und lief weiter, aber seine Schritte wurden langsamer, dann blieb er stehen. Er wandte sich erneut um und sah noch immer den Grund seines Sturzes.

Nun war er doch verunsichert und ging behutsam zurück, dann bückte er sich vorsichtig und berührte das Etwas, das am Boden lag.

Nun gab es keinen Zweifel mehr, es war keine Einbildung seiner Fantasie, kein Wahnbild seiner Furcht. Nein, am Boden lag Katja.

Am liebsten hätte er vor Glück geschrien.

»Kneif mich«, sagte er freudig und kniff sich in den Arm.

Katja lag noch immer auf dem Boden es war keine Sinnestäuschung.

Vor Freude klatschte er in die Hände, dann hörte er ein leichtes Stöhnen. Katja schien langsam wieder zu Bewusstsein zu kommen.

Der Mann verschwendete keine weitere Sekunde, er hob sie auf und eilte mit ihr in den Operationssaal.

Bevor Katja zu sich kam, hatte er sie schon auf dem großen metallenen Operationstisch fixiert.

»Was ... was?«, waren Katjas erste Worte.

»Alles wird gut, Prinzessin«, antwortete der Mann und blickte mit einem breiten Grinsen in ihre Augen.

Katja antwortete nicht, aber ihre Augen zeigten, was sie dachte.

»Dachtest du wirklich, du könntest deiner Bestimmung entgehen?«, fragte der Mann und nahm das Skalpell in die rechte Hand.

Katjas Augen wanderten zwischen dem Mann und dem Skalpell hin und her. Sie zitterte am ganzen Körper, aber schien unfähig, auch nur ein Wort zu sagen.

»Du wirst bald verstehen. Die Welt wird bald verstehen«, sprach er, als er das Skalpell an Katjas Stirn ansetzte.

Kapitel 43

Es fehlte nur ein Raum im Keller, den sie noch nicht überprüft hatten.

»Was erhoffst du dir eigentlich? Der ist ganz bestimmt außer Haus«, beharrte Aydin.

»Gut möglich. Ist ja nur noch ein Raum«, antwortete Brandt und betrat genervt den letzten Raum.

»Meinst du nicht, dass wir Bender anrufen und Stucke zur Fahndung ausschreiben lassen sollten?«

»Nein«, erwiderte Brandt knapp und blieb so plötzlich stehen, dass Aydin fast mit ihm zusammengestoßen wäre.

»Was ist ...?« Aydin brachte seine Frage nicht zu Ende, da auch er natürlich sah, warum Brandt gestoppt hatte.

In der Mitte des Raumes befand sich eine Falltür im Boden.

»Scheiße«, platzte Brandt heraus, ging sofort in die Knie und versuchte die Tür zu öffnen.

»Verschlossen!«

Aydin war inzwischen auch auf die Knie gegangen und versuchte, mit Brandt die Tür zu öffnen, aber sie schafften es nicht.

»Mist, wir brauchen ein Brecheisen, irgendetwas«, sagte Aydin, dessen Stimme deutlich nervös klang.

»Schon gut. Wofür habe ich das Spezialwerkzeug«, beruhigte Brandt ihn und machte sich damit an der Tür zu schaffen.

Das Schloss war wesentlich hartnäckiger als das an der Haustür, aber Brandt gelang es dennoch. Nachdem er das Schloss geöffnet hatte, zog er die Falltür hoch. Er ließ die Leiter, die an der Falltür befestigt war, herunter und schritt vorsichtig hinab. Aydin folgte ihm auf dem Fuß.

Brandt zog die Waffe, gab seinem Partner ein Zeichen, Gleiches zu tun. Der Geheimgang war zu Brandts Überraschung beleuchtet.

»Was ist das?«, fragte Aydin angestrengt.

»Das werden wir gleich erfahren. Bleib hinter mir«, flüsterte Brandt. Er hatte bereits eine Vorahnung, wofür dieses geheime Versteck diente.

Der Gang war sehr lang und einigermaßen breit. Eine Person konnte sehr gut darin gehen und stehen. Obwohl Brandt nicht wusste, was für Räume an den Gang angrenzten, war ihm klar, dass Stucke Jahre für den Bau dieses Geheimversteckes gebraucht haben musste.

Und niemand hat das bemerkt?, fragte er sich. Die Antwort war einfach: Das Einfamilienhaus von Stucke lag abseits, also störten ihn keine neugierigen Nachbarn. Als sie das Haus durchsucht hatten, hatte er gesehen, dass ein großes Grundstück zum Haus gehörte, dort hatte Stucke das überschüssige Erdreich gut verteilen können.

Brandt blieb stehen, rechts vom Gang erschien die erste Tür, sie stand offen. Er hielt die linke Hand nach hinten, als Zeichen, dass Aydin stehen bleiben und warten sollte.

Langsam näherte er sich der Tür. Mit der entsicherten Waffe wagte er einen schnellen Schritt hindurch. Er zielte in alle Richtungen, konnte aber niemanden sehen.

Erleichtert atmete Brandt aus. Kurz darauf betrat auch Aydin den Raum.

»Was ist das denn?«, fragte Aydin in kaum hörbarem Flüsterton.

»Jede Wette, hier hat er seine Opfer festgehalten«, spekulierte Brandt. Sie befanden sich in einem Schlafzimmer, das wie das Schlafzimmer im Erdgeschoss komplett in Rosa gehalten war. Die Bettdecke hing halb herunter. Brandt konnte eine Flasche auf dem Boden liegen sehen, die umgekippt und ausgelaufen war. Es war eine der Flaschen, die sie im Kühlschrank gesehen hatten.

Brandt hielt den Finger vor die Lippen. Aydin verstand. Vorsichtig verließen sie das Zimmer, wobei Brandt wieder vorausging.

Es musste etwas passiert sein, das stand für Brandt außer Frage, warum sonst hätte die Flasche auf dem Boden liegen sollen?

Er schluckte und sein Herz fing wieder an zu rasen. Diese Nervosität bei Einsätzen wurde er einfach nicht los. An sich wollte er das auch gar nicht, half sie ihm doch, rational und nicht übermütig zu reagieren.

Bevor er den nächsten Raum betrat, blieb er kurz stehen und schaute sich zu Aydin um. Er sah seinem jungen Partner an, dass er nicht minder aufgeregt war.

Vorsichtig öffnete Brandt die Tür und wagte einen schnellen Blick in den Raum. Das Licht brannte und soweit er es gesehen hatte, schien Stucke nicht dort zu sein.

Er betrat den Raum, und was er dort zu sehen bekam, bereitete ihm nicht nur eine Gänsehaut, sondern gleichzeitig einen großen Ekel. Er hörte, wie Aydin hinter ihm schluckte, anscheinend versuchte er, sich nicht zu übergeben.

»Wie krank ist das denn?«, fragte er. Sein Gesicht war noch immer von Abscheu gekennzeichnet.

Vor ihnen stand ein großer Tisch.

»Ist es das, was ich glaube?«, flüsterte Aydin und hielt sich die Hand vor den Mund.

»Ich denke schon«, antwortete Brandt. Er zweifelte keinen Augenblick daran, dass auf dem Tisch die Haut von Desiree Steinbach lag.

Aber nicht nur das hatte ihm die Knie weich werden lassen, sondern auch die anderen Sachen, die er im Raum sah. Jede Menge Häute. Einige bearbeitet, einige nicht.

»Was für ein krankes Hirn«, mehr schien Aydin nicht sagen zu können.

Brandt konnte keine Worte für das finden, was seine Augen ihm zeigten. Hatte Stucke noch mehr Menschen auf dem Gewissen? Er hoffte es nicht. Einige Häute sahen deutlich nach Tierhäuten aus, andere konnte Brandt nicht identifizieren.

Außer den Häuten hingen Kostüme und Kleider auf Kleiderstangen, Schaufensterpuppen und Schneiderbüsten. Er trat an den großen Tisch und sah nun ganz deutlich, was Stucke vorhatte. Nun musste auch er die Hand vor den Mund halten, um sich nicht zu übergeben.

»Der ...«, wollte Aydin gerade sagen, als sie plötzlich einen Schrei hörten.

»Scheiße«, fluchte Brandt. Der Schrei konnte nur von einer Frau stammen.

Ohne eine Sekunde zu zögern, lief Brandt aus dem Raum und in die Richtung, aus der er den Schrei vernommen hatte. Aydin rannte ihm hinterher.

Nur wenige Sekunden später befand er sich in dem Raum, aus dem er den Schrei gehört hatte. Und dann sah er auch den Grund. Eine nackte junge Frau lag auf einem metallenen Tisch. Sie war gefesselt und fixiert. Neben ihr stand ein Mann, es musste Stucke sein. Er hatte ein Skalpell in der Hand.

Die junge Frau schrie nicht mehr und Brandt sah auch, warum: Er hatte ihr den Mund zugeklebt.

»Hände hoch«, brüllte Brandt und hielt die Waffe auf Stucke gerichtet.

Stucke dachte aber gar nicht daran, stattdessen hielt er das Skalpell nun an den Hals der jungen Frau. Brandt wusste, dass die Frau, die dort lag, nur Katja Brandenburger sein konnte. Das Auf und Ab ihres Brustkorbs sagte ihm, dass sie noch lebte.

Ihr Kopf war blutüberströmt. Stucke hatte bereits mit der Skalpierung begonnen.

Keine Sekunde zu spät, hoffte Brandt.

»Lassen Sie das Messer fallen«, forderte Brandt sein Gegenüber erneut auf.

»Das ist kein Messer, das ist ein Skalpell«, erwiderte Stucke. Seine Augen rollten unruhig hin und her und sein Kopf bewegte sich unnatürlich von rechts nach links.

»Runter mit dem Skalpell, oder Sie werden diesen Raum nur in waagerechter Position verlassen!« Aydin ließ keinen Zweifel daran, dass er bereit war, von der Waffe Gebrauch zu machen.

Der Anblick von Katja musste ihn zutiefst verunsichert und wütend gemacht haben, so kannte Brandt seinen jungen Partner gar nicht.

»Legen Sie das Skalpell weg, dann wird Ihnen nichts geschehen«, versuchte Brandt nun auf Stucke einzureden, dabei sagte ihm sein Instinkt: *Schieß das Arschloch nieder!*

»Sie verstehen nicht. Ich kann das nicht. Ich bin doch so kurz vorm Ziel«, sagte Stucke. Seine Augen waren weit aufgerissen.

»Sie verstehen nicht! Sie Arschloch! Skalpell runter, oder ich puste Ihnen das Hirn weg.« Aydin wollte einen Schritt auf Stucke zu machen, aber Brandt stoppte ihn.

»Keinen Schritt weiter, sonst töte ich sie«, reagierte Stucke nervös.

Das Skalpell hatte schon leicht die Haut durchschnitten, denn es färbte sich rot.

Trotz des Klebebandes an ihrem Mund konnte Brandt Laute hören, die Katjas Angst und Schmerzen ausdrückten. Er musste etwas unternehmen. Stucke zu erschießen, war ein Risiko, das er nicht eingehen wollte, da es gut möglich war, dass er im letzten Moment Katjas Hals durchschnitt.

»Es ist vorbei. Bitte geben Sie mir das Skalpell und ich verspreche Ihnen eine faire Verhandlung.« Brandt senkte die Waffe. »Wir sind nicht Ihre Feinde. Bitte vertrauen Sie mir.« Vorsichtig machte er einen Schritt auf Stucke zu.

»Bleiben Sie stehen! Ich scherze nicht«, wiederholte Stucke seine Drohung. »Sie begreifen es einfach nicht. Ich kann nicht mehr zurück. Es ist mein großer Traum. Es ist ihre Bestimmung, für diesen Traum zu sterben.«

»Was für ein Traum?«, rutschte es Aydin heraus.

»Verstehen Sie das denn nicht? Die Haare von Kruse und Peisker, das war doch mein Plan. Als nächstes wäre Dr. Burkhard dran gewesen.«

»Was für ein Plan?«, fragte Brandt und hoffte, Stucke in ein Gespräch verwickeln zu können. So gewann er Zeit und konnte überlegen, wie er ihn überwältigen konnte, ohne dass Katja sterben musste.

»Sie hatten es verdient. Sie sind böse Menschen. Sie waren immer gemein zu mir. Haben mich geärgert, noch mehr als die anderen. Eigentlich wollte ich Konrads Haar an Katjas Leiche anbringen, dann wäre mein Plan noch perfekter gewesen. Alle drei sind doch perverse Verbrecher. Ihr wärt nie auf mich gekommen. Aber Dr. Burkhard hat mich wütend gemacht. Er hatte es verdient, dass ihr ihn verhaftet. Ich bin kein böser Mensch, die schon.«

»Von welchem Plan sprechen Sie?«, hakte Brandt erneut nach. Noch konnte er sich keinen Reim auf Stuckes Worte machen. Aber er hatte eine böse Vorahnung.

»Na, von dem Plan für das große Projekt, von meinem Traum. Deswegen habe ich die Haare an den Leichen angebracht. Ich wollte die Polizei ablenken«, erklärte er und grinste kurz, um gleich danach wieder ein ernstes Gesicht zu machen. »Als Reinigungskraft ist es sehr leicht gewesen, an die Haare ranzukommen. Überall liegen Haare rum. Auf dem Boden, der Toilette, dem Waschbecken. Ich hätte euch sämtliche Kollegen ausliefern können.« Stucke rutschte immer wieder ins Du, was Brandt aber nicht weiter thematisieren wollte.

Er machte noch einen Schritt auf ihn, ohne dass Stucke es bemerkte.

»Wollen Sie mir von diesem großen Projekt erzählen?«, fragte Brandt.

»Er soll die Waffe senken«, änderte Stucke plötzlich seinen Ton. Er war wieder deutlich angespannter.

Brandt gab Aydin ein kurzes Zeichen, dass er die Waffe senken sollte.

»Er soll sie auf den Boden legen«, forderte Stucke auf.

Aydins Augen blitzten, aber Brandt gab ihm zu verstehen, dass er tun sollte, was Stucke verlangte.

»Und Sie auch.«

Brandt zögerte kurz, als er jedoch sah, dass Stucke das Skalpell wieder enger an den Hals von Katja hielt, legte er die Waffe ebenfalls auf den Boden.

Verdammt, jetzt kann er sie töten, dachte er verärgert, da sie nun einen deutlichen Nachteil hatten. Aber welche Wahl hatte er?

»Wollen Sie mir jetzt von Ihrem großen Projekt erzählen?«

»Es wird Ihnen gefallen. Es wird sehr schön werden. Ich werde eine Prinzessin sein.«

»Eine Prinzessin?«, fragte Aydin und legte die Stirn in Falten.

»Ja, eine Prinzessin. Mit ihr«, Stucke zeigte auf Katja, »werde ich genug Haut haben für meinen großen Traum.«

»Wollen Sie sich ein Kleid nähen?«, fragte Brandt, alles andere ergab keinen Sinn, schon gar nicht, nachdem sie in dem anderen Raum die Kostüme und die Haut auf dem Tisch gesehen hatten. Er hatte die Haut schon bearbeitet. Es lagen Schere, Nähzeug, Stecknadeln, Pailletten, Strass und andere Nähutensilien neben der Haut, dazu eine Nähmaschine.

»Kein einfaches Kleid. Ein Prinzessinnenballkleid.«

Warum auch immer, aber Brandt musste gerade an Kramer denken, der behauptet hatte, dass ihr gesuchter Täter introvertiert und überdurchschnittlich intelligent sein musste. Jetzt, da er Stucke vor sich hatte, zweifelte Brandt an dieser Einschätzung. Stucke schien geistig eher ein wenig zurückgeblieben, was auch die Aussage von Burkhard unterstützte. Dieser hatte schließlich gesagt, dass Stucke den Job als Reinigungskraft aufgrund seiner Behinderung erhalten habe.

Dennoch hielt Brandt ihn für sehr gefährlich und unberechenbar. Stucke schien so besessen von seinem Vorhaben zu sein, dass Brandt zögerte, sich ihm einen weiteren Schritt zu nähern.

»Sie müssen jetzt gehen«, sagte Stucke.

»Wollen wir nicht noch ein wenig plaudern?«, erwiderte Brandt.

»Nein, Sie müssen jetzt gehen. Ich brauche Ruhe. Häuten ist gar nicht so einfach, müssen Sie wissen. Das kann nicht jeder. Ich habe lange geübt.«

Er hob das Skalpell kurz vom Hals seines Opfers und wollte es an die Stirn setzen, um mit der Skalpierung fortzufahren.

»Wir haben die Haut auf dem Tisch gesehen, die Sie gerade zu Ihrem Traumkleid vernähen wollen, und auch die anderen Kleider und Häute. Es wird bestimmt sehr schön.« Brandt musste Zeit gewinnen. Egal was er sagen musste, er war bereit, es zu tun. Sie konnten unmöglich den Raum verlassen, das würde den Tod von Katja zur Folge haben, daran zweifelte er keinen Augenblick.

»Es wird traumhaft. Verstehen Sie nun?«

»Ja, mein Kollege und ich verstehen. Jetzt sehen wir auch ein, warum Sie an Tierhäuten geübt haben.«

»Nicht nur an Tierhäuten«, antwortete Stucke und grinste kurz, dabei schaute er fast schüchtern zu Boden.

»An was denn noch?«, fragte Brandt, der die Antwort eigentlich gar nicht wissen wollte.

»An Menschen. Menschenhaut ist anders als Tierhaut, das habe ich sehr schnell bemerkt, als ich etwas Haut von meinem Arm geschnitten habe. Ich wusste, ich muss auch an Menschen üben. Aber ich durfte kein Risiko eingehen. Zum Glück ist die Welt sehr groß.«

»Wie meinen Sie das?«, fragte Aydin, aber seine Stimme klang wesentlich unfreundlicher als die von Brandt.

Brandt warf ihm einen scharfen Blick zu und hoffte, dass sein junger Partner verstanden hatte.

»Ist das so schwierig? Es gibt genügend Kinder in Indien, die man für ein paar Euro kaufen kann. Ich hätte Hunderte haben können. Niemand vermisst Straßenkinder. Waren Sie schon mal in Indien?«

»Nein«, antwortete Brandt knapp.

»Ganz schrecklich. Überall ist es dreckig und stinkt. Und so viele Menschen, Sie glauben gar nicht, wie viele Menschen. Aber es war gut, dass ich da war. So konnte ich üben. Einige Häute habe ich mitgebracht. Als Andenken. Sie müssen jetzt aber wirklich gehen. Man muss die Haut schnell abziehen.«

Brandt hatte sehr große Mühe, seinen Ekel und die Wut herunterzuschlucken. Stucke sprach von den Enthäutungen und den Qualen seiner Opfer, als wären sie eine Bagatelle.

Gib mir eine Sekunde, dann mache ich dich platt, dachte er voller Wut. Dennoch antwortete er: »Warum skalpieren Sie Frauen? Und warum müssen sie blond sein?«

»Sie Dummkopf.« Stucke kicherte beinahe überheblich. »Haben Sie je einen Engel gesehen, der schwarze Haare hat?«

»Sie wollen ein Engel sein?«, fragte Aydin nun.

»Ich bin ein Engel. Ich will mich der Welt als Prinzessin zeigen. Mit traumhaft langen blonden Haaren und einem Kleid, das nur von Engeln stammen kann. Und hübsche Blondinen sind die Vertreter der Engel auf Erden.«

Aydin schüttelte angewidert den Kopf. Brandt verstand seine Reaktion, aber sie half nicht, Katjas Leben zu retten. Stucke weiterhin ins Gespräch zu verwickeln gab ihnen wenigstens Zeit, zu überlegen, wie man ihn überwältigen konnte.

»Sie werden bestimmt der Star sein auf diesem Ball.«

»Ganz sicher. Ich werde alle überschatten. Wenn ich fertig bin, können Sie mich bestaunen, mit meinen schönen langen Haaren und meinem Prinzessinnenballkleid. Kommen Sie einfach zum Silvesterball am Heumarkt. Ich bin schon ganz aufgeregt.«

»Das werden wir tun, ganz sicher.«

»Aber jetzt müssen Sie wirklich gehen«, forderte Stucke die beiden Beamten erneut auf.

»Sie wissen, dass wir nicht gehen können«, antwortete Aydin.

»Sie müssen gehen! Ich muss mich konzentrieren«, wurde Stucke wütend.

»Mein Partner hat recht. Wir können nicht gehen, weil wir Ihnen helfen wollen«, erwiderte Brandt. Vielleicht hatte Aydin recht und es war an der Zeit, den Druck zu erhöhen. Gutes Zureden hatte nicht den gewünschten Erfolg gebracht.

»Sie wollen mir nicht helfen. Sie wollen mich verhaften, lügen Sie mich nicht an.« Stucke schaute von Brandt zu Aydin und wieder zurück, dabei flatterten seine Augenlider.

»Herr Stucke, ich verspreche Ihnen ...«

»Nein! Sie gehen jetzt, sonst töte ich sie«, brüllte er.

»Sie werden sie nicht töten. Wenn Sie sie töten, werden wir Sie verhaften, und dann war es das mit Ihrem Traum. Dann werden Sie nur ein Versager bleiben. Und wissen Sie, was man mit Losern wie Ihnen im Knast macht? Man macht sie zur männlichen Schlampe«, entgegnete Aydin.

»Er soll aufhören so zu reden. Ich scherze nicht. Ich bring sie um«, schrie Stucke. Seine Augenlider zuckten immer stärker.

»Mein Partner lügt nicht. Geben Sie mir bitte das Skalpell, dann finden wir eine Lösung für Ihren großen Traum. Ich verspreche Ihnen, dass Sie als blonde Prinzessin zum Silvesterball können.«

»Dann gehen Sie und lassen Sie mich endlich mein Werk beenden.«

»Wir werden nicht gehen. Sie werden mir jetzt das Skalpell geben und dann ...«

»Nichts dann. Sie gehen, oder ich bringe sie um«, antwortete Stucke fahrig.

Und dann hatte Brandt eine Idee. Es war nur ein kurzer Blick auf den Körper von Katja, aber er war bereit, das Risiko einzugehen.

»Sie ist schon tot«, sagte er und schaute auf Katja, gleichzeitig trat er einen Schritt auf Stucke zu. Es trennten ihn vielleicht noch drei Schritte von ihm.

»Das kann nicht sein«, antwortete Stucke und schaute nervös auf Katjas Körper, der sich nicht mehr regte.

»Sie ist tot. Das Spiel ist vorbei. Geben Sie mir das Skalpell.«

Brandt machte einen weiteren Schritt auf Stucke zu. Aus dem Augenwinkel sah er, dass auch Aydin einen Schritt nach vorne gemacht hatte. Brandt hatte sich so positioniert, dass Stucke Aydin nicht mehr gut im Blick hatte.

Er schien apathisch, schaute wie versteinert auf Katjas leblosen Körper und machte nicht den Eindruck, als würde er mitbekommen, was gerade um ihn herum geschah. Brandt sah seinen Plan aufgehen, als Stucke fast hysterisch wie aus heiterem Himmel schrie: »Dann wird ihr das auch nichts mehr ausmachen.«

Er hob die rechte Hand hoch und wollte mit Schwung Katjas Kehle durchschneiden. Seine Augen waren glasig und sein Kopf bewegte sich, als sei er nun vollkommen dem Wahn verfallen.

Im gleichen Augenblick erschütterte ein Schuss die gespenstische Atmosphäre. Aydin hatte sich blitzschnell zu seiner Waffe gebückt, sie aufgehoben und geschossen.

Stuckes Augen waren weit aufgerissen, das Skalpell fiel ihm aus der Hand und er sackte zu Boden. Blut schoss aus seinem Oberkörper und beschmutzte den kalten Boden.

»Schnell, ruf einen Krankenwagen«, rief Brandt seinem Partner zu und trat an Stucke heran.

»Scheiße, kein Empfang«, antwortete Aydin und lief aus dem Raum.

Stucke atmete, also war er noch nicht tot. Brandt nahm ihm das Skalpell aus der Hand und hörte, wie Stucke hustete.

Aydin hatte gut geschossen. Die Kugel war in die linke Brust eingedrungen, somit war es nur eine Frage der Zeit, bis Stucke sterben würde. Und Brandt hoffte, dass er verreckte, dass jede Hilfe zu spät kam. Selten hatte er einen Menschen so abstoßend gefunden und gehasst wie diesen Psycho.

Er trat an den Metalltisch und fühlte Katja Puls. Er war schwach, sehr schwach. Katja hatte das Bewusstsein verloren und genau das hatte Brandt auf die riskante Idee gebracht, Stucke zu leimen.

»Gib nicht auf«, flüsterte er Katja zu. »Lass das Schwein nicht gewinnen.«

Er schaute sich im Raum um und fand Verbandszeug, welches er an Katjas Kopf hielt. Stucke hatte doch mehr von der Kopfschwarte abgeschnitten, als es zunächst den Anschein gehabt hatte. Aber das Verbandszeug half, die Blutung etwas zu stoppen.

Wo bleibt der verdammte Krankenwagen?, fluchte Brandt in Gedanken.

»Sie werden es schaffen. Sie müssen stark sein«, versuchte er Katja Mut zu machen. Aus anderen Fällen wusste er, dass es hilfreich sein konnte, schwer verletzten Menschen, die bewusstlos waren, gut zuzusprechen.

»Ich lass mir meinen Traum von niemandem kaputt machen«, hörte er plötzlich Stucke sagen. Als sich Brandt umdrehte, wollte er seinen Augen nicht trauen. Denn hinter ihm stand Stucke und hielt Brandts Waffe in der Hand.

»Wie kann das gehen?«, waren Brandts spontane und unbedachte Worte. Stucke war doch so gut wie tot? Die Kugel war in die linke Brust eingedrungen, hatte sicherlich das Herz getroffen. Oder vielleicht doch nicht? War die Kugel am Herzen vorbeigeschrammt?

»Stirb«, sagte Stucke und zielte auf Brandts Kopf. Nur eine Sekunde später erfüllte der laute Knall eines Schusses den Raum.

Kapitel 44

Einige Tage später ...

Aydin saß im Büro und schaute auf den Bildschirm seines Laptops.

»Alles in Ordnung?«, fragte ihn Bender.

»Es muss weitergehen«, antwortete Aydin, der gar nicht mitbekommen hatte, dass seine Chefin eingetreten war.

»Das gehört zu unserem Job«, schien Bender ihm Mut zusprechen zu wollen, dabei wirkte auch sie nicht gerade euphorisch.

Natürlich wusste Aydin das. Er wusste das bereits seit dem Tag, als er das erste Mal ein Praktikum bei der Hamburger Polizei absolviert hatte. Polizisten waren keine Helden, sie waren eigentlich arme Schweine. Immer mit Gewalt und Tod konfrontiert.

Aufgrund seines hervorragenden Abschlusses hätte er auch eine administrative Laufbahn einschlagen können. Aber sein Herz hatte sich für die Kriminalpolizei entschieden. Er wollte die Welt ein wenig sicherer machen. Ob das naiv war?

Klar, hätte Brandt ihm um die Ohren geworfen und er selbst fand das auch, vor allem nach den letzten Monaten brutaler Realität bei der Kripo Köln, dennoch ließ er diese kleine naive Flamme in seinem Herzen weiterbrennen. Weil er hoffte, so die unschönen Seiten seines Jobs besser verarbeiten zu können. Wie zum Beispiel den Tod.

»Ist trotzdem nicht leicht«, gestand Aydin.

»Ich weiß. Sie erinnern mich an mich selbst und meine Anfänge bei der Polizei. Eines Nachts wurden wir zu einer Schlägerei gerufen. Einige Jugendliche, die viel mehr getrunken hatten, als sie vertrugen, hatten sich vor einer Disko geprügelt. Mein Kollege versuchte die Jungs zu beruhigen und auseinanderzubringen. Und dann hat so ein Wichser einfach zugestochen.

Bis heute frage ich mich, warum ich das Messer nicht gesehen habe. Aber es war plötzlich da und der Junge hat es meinem Partner ins Herz gerammt. Er ist noch am Tatort verstorben.« Bender unterbrach sich kurz und drückte die Finger der rechten Hand gegen die Nasenwurzel. »Der Junge hat drei Jahre auf Bewährung erhalten. Jugendstrafrecht«, spottete sie. Sie atmete hörbar ein.

Aydin antwortete nicht, er hörte nur zu. Aber er konnte sie sehr gut verstehen.

»Es hat lange gedauert, bis ich das verarbeitet habe. Ich habe mich oft gefragt, ob es meine Schuld war oder ob ich zu feige war.«

Genau diese Gedanken waren auch Aydin durch den Kopf geschossen. War es seine Schuld gewesen, dass es so geendet hatte? Hätte er nicht gleich die Kollegen rufen sollen, statt Brandt nachzugeben, gemeinsam das Haus von Stucke zu durchsuchen? Dann wäre einiges vielleicht anders gekommen. Vielleicht!

»Es war damals weder meine Schuld noch die meines Partners oder des dritten Kollegen, der dabei war. Es gehört leider einfach zu unserem Job. Wir sind diesem Risiko jeden Tag ausgesetzt. Und je früher du akzeptierst, dass der Tod unser ständiger Begleiter ist, desto professioneller wirst du deine Arbeit machen. Den Tod zu akzeptieren, hat mich in meinem Beruf besser gemacht.«

»Danke, ich werde es versuchen. Aber ich hatte so gehofft ...«, wollte Aydin erklären, konnte aber nicht weitersprechen. Er musste schlucken.

»Was hast du gehofft?«, fragte da eine männliche Stimme aus Richtung Bürotür.

»Dass sie nicht stirbt«, antwortete Aydin und wandte sich zu dem Eintretenden um.

»Ich ehrlich gesagt auch.«

»Gut, dass du da bist. Ich wollte kurz mit euch beiden sprechen. Machst du bitte die Tür zu?«, bat Bender.

Brandt schloss die Tür und setzte sich an seinen Platz.

»Ihr wisst, dass ich jeden Grund hätte, wütend auf euch zu sein«, begann Bender.

»Wir hatten keine andere Wahl«, versuchte Brandt sich zu verteidigen. »Als die Zeugin sich an Stucke erinnerte, mussten wir reagieren. Das Leben von Katja Brandenburger stand auf dem Spiel.«

»Welches sie am Ende trotzdem verloren hat. Versteht mich doch: Ich will euch schützen. Diesen Alleingang konnte ich der Direktion verkaufen, weil ihr Stucke unschädlich gemacht habt. Aber es gibt hier Ströme, die nur darauf warten, euch, insbesondere dir, eins auszuwischen.«

»Du meinst Kramer?«, hakte Brandt gereizt nach.

»Ich nenne keine Namen.«

»Wieso? Wir alle wissen doch, was für ein linkes Schwein Kramer ist. Der hat es auf deinen Job abgesehen«, wurde Brandt laut.

»Das ist pure Spekulation. Egal welche Schwächen Kramer hat, er hat auch Stärken, die wir hier im K-11 brauchen. Und genau deswegen werde ich keine Nebenkriegsschauplätze dulden. Ab jetzt versucht ihr, keine Alleingänge mehr zu unternehmen, und ich sorge dafür, dass die politischen Scharmützel meiner Abteilung keinen Schaden zufügen.«

Aydin nickte kurz. Er glaubte zu verstehen, was Bender ihnen durch die Blume sagen wollte. Sie wusste, dass Kramer ein hinterhältiger Mistkerl war. Nicht umsonst hieß es: *Sei deinen Freunden nah, aber sei deinen Feinden noch näher.*

»Doch deswegen bin ich nicht hier«, fuhr Bender fort. »Die Spurensicherung hat sich bei mir gemeldet und auch die Informationsbeschaffung. Wir wissen jetzt etwas mehr über Stucke.«

Brandt und Aydin horchten auf.

»Er kommt aus einfachen Verhältnissen. Seine Mutter hat ihn alleine großgezogen. Es wurde schon früh eine leichte Intelligenzminderung, also eine leichte geistige Behinderung, bei ihm festgestellt. Er besuchte die Sonderschule und machte mit Ach und Krach seinen Hauptschulabschluss. Zur Intelligenzminderung wurde ihm ebenfalls eine soziale und emotionale Unreife attestiert, als die Bundeswehr ihn ausmusterte. Stucke lebte bis zum Tod seiner Mutter vor sechs Jahren bei ihr. Den Grundbesitz hat er von ihr geerbt.

Ehemalige Kollegen beschreiben ihn als introvertiert und ruhig. Er war ein Einzelgänger. Beim Firmenkarneval erschien er einmal als Frau. Nachdem sein Chef ihn vor versammelter Mannschaft lächerlich gemacht hatte, erschien er zu keinem Firmenfest mehr. Unsere Kriminalpsychologin und Kramer ...«

Brandt verdrehte die Augen, als er Kramers Namen hörte. Bender ignorierte die Geste und fuhr mit ihrer Erzählung fort: »... glauben, dass er an einer Identitätsstörung litt und sich jahrelang verstellte. Laut Recherchen soll die Mutter recht dominant gewesen sein. Dass ihr Sohn transsexuelle Gedanken haben könnte, passte nicht in ihr konservatives Leben als streng gläubige Katholikin.«

»Willst du damit sagen, dass er eigentlich eine Frau sein wollte, aber das aus Angst vor seiner Mutter nicht frei ausgelebt hat?«

»Das ist nach den bisherigen Erkenntnissen sehr gut möglich. Nicht nur die Mutter, sondern auch die Kollegen dürften es ihm schwer gemacht haben, diesem Trieb zu folgen. Einige von ihnen haben ihn heftig drangsaliert, vor allem sein letzter Chef.«

»Und warum dann die Morde?«, fragte Aydin.

»Wenn ein Verlangen jahrzehntelang unterdrückt wird, kann es bei labilen und gestörten Persönlichkeiten zu einer Radikalisierung dieses Verlangens kommen. Aller Wahrscheinlichkeit nach ist das auch bei Stucke geschehen. Trotz der Strenge der Mutter hing er sehr an ihr. Als sie starb, muss er in ein tiefes Loch gefallen sein, so ohne Führung und Halt. Und es ist denkbar, dass er in dieser Zeit die Vision des perfekten Ballkleides ausgebrütet hat. Irgendwann war er davon so besessen, dass er an nichts anderes mehr denken konnte und den Gedanken in einen Plan umsetzte.«

»Und indem er der Polizei Kruse und Peisker als Hauptverdächtige präsentierte, wiegte er sich in Sicherheit«, spann Brandt den Gedanken weiter.

»Genau. Er hat es euch ja selbst erzählt. Außerdem haben Kollegen bestätigt, dass die beiden Stucke genau wie die anderen regelmäßig mobbten.«

»Was ist mit den Dingen, die er uns über Indien erzählt hat?«, wollte Aydin wissen.

»Auch das scheint der Wahrheit zu entsprechen. Die Spurensicherung hat im Haus von Stucke Häute von Kindern gefunden, die aller Wahrscheinlichkeit nach aus der Region stammen. Der Abgleich mit den Konto- und Kreditkartendaten hat ergeben, dass er in den letzten fünf Jahren sechs Mal in verschiedenen Städten in Indien war. Aber bis wir wissen, wer die toten Kinder waren, können noch Monate vergehen, wenn wir das überhaupt je in Erfahrung bringen werden.«

»Wie krank kann ein Mensch sein?«, platzte Aydin heraus. Die Vorstellung, dass Stucke zum Enthäuten von Kindern nach Indien gereist war, war unvorstellbar widerlich.

»Psychopathen mit Logik beizukommen, wird uns Normalos niemals gelingen«, antwortete Brandt.

»Die Gerichtsmedizin hat mir vorhin auch den Befund über das Ableben von Katja Brandenburger gemailt. Jede Hilfe wäre zu spät gekommen. Stucke hatte zu tief geschnitten und lebenswichtige Arterien und Adern durchtrennt. Der endgültige Bericht sollte in einigen Tagen vorliegen.«

Aydin zog die Stirn in Falten. Es war ein schwacher Trost.

»Gibt es Neues wegen der unterirdischen Räume?«, fragte Brandt, dem anscheinend Aydins besorgte Miene nicht entgangen war. Er versuchte, von Katjas Tod abzulenken.

»Ja, nach Auswertung einiger Akten und Kontobewegungen können wir davon ausgehen, dass er Hilfe hatte. Vor allem von einer polnischen Firma aus Krakau. Wir sind aber noch bei der Recherche. Nur so viel steht fest, die ersten Arbeiten dürften vor knapp fünf Jahren begonnen haben.«

»Was wird aus Herder und Henkel?«, fragte nun Aydin.

»Darum werden sich die Gerichte kümmern. Was sie getan haben, ist kein Kavaliersdelikt«, antwortete Bender auf ihre trockene Art und fügte hinzu: »Die komplette Aufarbeitung wird noch Monate dauern. Manches werden wir nie in Erfahrung bringen. Wir treffen uns heute um 16 Uhr zur finalen Abstimmung. Es warten noch jede Menge andere Themen auf uns.«

Als beide nickten, nickte Bender zurück und verließ das Büro.

»Hast du Hunger?«, fragte Brandt.

»Klar, ... Walter?«

»Logisch. Der arme Kerl hat uns schon einige Tage nicht mehr gesehen. Ohne uns kann er den Laden doch dichtmachen«, versuchte Brandt die angespannte Stimmung aufzulockern.

Kurze Zeit später standen sie vor Walters Grill.

»Moin, Moin. Habe euch schon vermisst«, grüßte Walter die beiden Beamten.

»Wieso? Kannst du deine Miete nicht mehr zahlen?«, antwortete Brandt auf seine eigentümlich ironische Weise.

Aydin mochte und bewunderte seinen Partner, vor allem seine Lockerheit. Es war schon bewundernswert, wie schnell Brandt zur Tagesordnung übergehen konnte. Aydin hoffte, dass auch ihm das irgendwann so leicht gelingen würde.

Dass es Brandt manchmal alles andere als leicht fiel, konnte Aydin nicht wissen.

»Wenn meine Miete von euch abhängig wäre, wäre ich schon pleite«, erwiderte Walter und lachte herzlich.

»Sag mal, vertrittst du den Weihnachtsmann, oder was?«, zog Brandt Walter weiter auf, da dieser eine Weihnachtsmannmütze auf dem Kopf trug.

»Witzig, du Banause. Kann ja nicht jeder so herzlos sein. Ich freue mich auf die kommenden Festtage und meine Gäste lieben das. Bis auf dich habe ich nur positives Feedback von ihnen erhalten.«

»Das kann ich bestätigen, Walter. Ich finde das auch super. Da macht das Essen gleich viel mehr Spaß«, bestätigte Aydin.

»Siehste«, nickte Walter bedeutsam.

»Wenn ihr meint ...« Brandt grinste breit.

»Es ist so!«, stellte Walter klar, um gleich hinzuzufügen: »Gratulation übrigens. Habe in der Zeitung gelesen, dass ihr das Schwein gefasst habt. Kranker Typ, wenn man der Zeitung glauben darf.«

»Das darfst du. Der Kölner Stadtanzeiger scheint sehr gute Informanten zu haben«, bestätigte Brandt. Aydin nickte kurz. Er hatte den Artikel auch gelesen und war selbst erstaunt, wie gut die Reporter informiert waren.

»Wie abartig muss man sein, dass man glaubt, aus Menschenhaut das perfekte Ballkleid schneidern zu können? Ich kriege echt eine Gänsehaut bei dem Gedanken, dass dieses Schwein es vielleicht geschafft hätte und dann tatsächlich zum Silvesterball am Heumarkt erschienen wäre, mit seiner blonden Perücke und einem Kleid aus Menschenhaut. Widerlich.«

»Deswegen nennt man diese Idioten auch Psychopathen«, war Brandts trockene Erklärung für das abnormale Verhalten Stuckes.

»In der Zeitung stand aber nix davon, dass ich Brandt wieder mal den Arsch gerettet habe«, erlaubte sich Aydin eine ironische Spitze gegen seinen Partner.

»Echt?«, fragte Walter. »Ich sags ja, in unserem Junior steckt mehr, als man glaubt. Bin stolz auf dich.«

»Hör auf. Ich hätte Stucke überwältigt, du hast mir nur die Arbeit abgenommen«, versuchte Brandt die Rettung kleinzureden. Doch er klopfte Aydin auf die Schulter, was dieser sichtlich genoss. Brandt hatte sich schon einige Tage zuvor bei ihm für die erneute Rettung bedankt und scherzhaft hinzugefügt: »Ich hoffe, dass das nicht zur Routine wird.«

Als Aydin damals aus dem Keller hinaufgerannt war, um die Zentrale anzurufen und Verstärkung und einen Krankenwagen anzufordern, hatte er nicht ahnen können, wie dramatisch sich die Situation im Operationssaal zuspitzen sollte. Er hatte geglaubt, Stucke einen tödlichen Schuss verpasst zu haben.

Als er jedoch in den Operationssaal zurückgekehrt war und gesehen hatte, dass Stucke die Waffe auf Brandt gerichtet hielt, zögerte er keine Sekunde und schoss. Ob Brandt Stucke alleine überwältigt hätte, würde somit immer Spekulation bleiben.

»Wie immer?«, fragte Walter und holte Aydin aus seinen Gedanken. Er drehte die Würstchen, die auf dem Grill lagen. Der leckere Geruch erfüllte die kalte Dezemberluft und machte sehr viel Appetit.

»Nö, ich nehme diesmal auch eine Currywurst«, überraschte Aydin beide.

»Wird aus dir noch ein echter Deutscher?«, spottete Brandt auf seine Art.

»Spaß, ich nehme eine Rindswurst«, löste Aydin den Scherz auf. »Frohe Weihnachten.«

Alle lachten.

– Ende –

Eine Bitte

Sollte Ihnen das Buch gefallen haben, würde ich mich sehr über eine kurze positive Bewertung auf Amazon.de freuen.

Weitere Bücher, bei Amazon als Ebook oder Taschenbuch erhältlich:

Köln Krimi:
Band 1: Die Stillen müsst ihr fürchten – Tatort Köln

Lübeck Krimi:
Band 1: MORD §78 – Ein Lübeck Krimi
Band 2: VERSTUMMT – Ein Lübeck Krimi
Band 3: SEBASTIAN – Ein Lübeck Krimi
Band 4: TOTENBLÄSSE – Ein Lübeck Krimi

SNIPER – Kaltes Blut (Mannheim Krimi)
Honigblau
Täuschung
Wüstcngrab
Nächstenliebe (Das Jesus Sakrileg)

sowie die Thriller Miniserie: **Peter Walsh**

Gerne können Sie auch direkt mit mir in Kontakt treten, alle Informationen dazu finden Sie auf meiner Webseite:

www.salim-gueler.de
oder auf Facebook:
https://www.facebook.com/salim.gueler

Printed in Poland
by Amazon Fulfillment
Poland Sp. z o.o., Wrocław

82433523R00186